TRAPPED INTO LOVE

安宁 / 著

放爱入局

测绘出版社
SURVEYING AND MAPPING PRESS

图书在版编目（CIP）数据

放爱入局 / 安宁著. —北京：测绘出版社，
2015.5
ISBN 978-7-5030-3715-3

Ⅰ. ①放… Ⅱ. ①安… Ⅲ. ①长篇小说－中国－当代
Ⅳ. ①I247.5

中国版本图书馆CIP数据核字（2015）第081626号

责任编辑 赵 强
封面设计 所以设计馆

出版发行	测绘出版社	电　话	010-83060872（发行部）
地　址	北京市西城区三里河路50号		010-68531609（门市部）
邮政编码	100045		010-68531538（编辑部）
电子信箱	smp@sinomaps.com	网　址	www.chinasmp.com
印　刷	北京鹏润伟业印刷有限公司	经　销	各地新华书店
成品规格	166mm×235mm	印　张	20
字　数	308千字	版　次	2015年5月第1版
印　次	2015年5月第1次印刷	定　价	32.80元

书　号 ISBN 978-7-5030-3715-3
如发现图书质量问题，可联系调换。质量投诉电话：010-82069336

目录

目录

楔子

只要在永恒中穿梭的时光足够漫长，再浩瀚的沧海也会慢慢变成桑田。

自古以来，地壳运动不歇不衰，往上可以追溯到盘古开天，往下延续到人类文明被遍地开花的科技主导的今天，从公元前到世纪后的亿万年间，美丽富饶的维、景、相三江入海交汇处冲积平原的形成，没例外也是源于时光的堆砌和变改。

这片源远流长的沃土上，矗立着一座文化底蕴深厚的名城——维州。

唐宋年间就已存在的维州，可谓历史悠久，发展到现代已是占地六千平方公里，常住人口过千万的大都会，地理条件的优越，政策法规的扶持，加上三十载经济腾飞，使得维州高楼林立，商厦云集，世界名牌汇聚，假日人潮汹涌，金融区宏伟的摩天大楼直插云霄，磅礴江面上载重庞大的货轮川流不息。

今时今日的维州，以亚洲最大商港和金融中心的地位闻名世界。

当夜幕降临，从空中俯瞰整个维城，万家灯火，五夜星辰，连不知名的巷子深处，那一盏橘光闪耀的宁静街灯，都像在向国人呈示现世的繁华盛况。

只是再太平的天下，也难免会有十之一二的不如意事。

就维州而言，近几年的社会焦点，一直集中在房地产上。

楼价持续暴涨，黄金地段的价格高得让人叹为观止，有些高端豪华楼盘的售价甚至是上不封顶，就连交通不便的几处边郊远镇，最低房价也已高到令人瞠目。

升斗小民每年收入的涨幅，远赶不上以房地产等重点行业数据为主体，所堆垒出的年度经济稳步增长的高发展率，由此显而易见，楼价越是上涨，就越意味着普通家庭那有限的钞票的购买能力缩水下降。

明明是太平盛世，普通人却一年比一年买不起房。

这份老百姓心头的痛，成了维州市新一届领导班子急欲解开的死结。

对于此种不协调的发展现象，维州市政府也曾经采取过不少对楼价进行调控的措施，诸如提高首付比例，加强信贷管理，限制外资进入，禁止商业银行向未封顶楼盘发放按揭贷款，等等，无奈基于种种复杂的原因，一直以来始终是收效甚微。

过千万的常住人口这个基数本身，就已使得维州的房地产存在着巨大的刚性需求，开发商的逐利行为，投机者的入市追涨，以及外来资本的恶意炒作，在过去那些年间，就算楼价在宏观调控下偶有回调，也十分短暂，很快就会触底反弹，继续新一轮的攀升。

相应地，政府不得不进一步加强管控，譬如收紧土地政策。

然而开发商为了自身利益，又总是上有政策下有对策。

最近维州市最火爆的新闻就是：

由房地产行业协会牵头，维州市二十八家房地产商发表联合声明，成立不降价联盟。

消息一经传出，立刻引起轩然大波。

针对房地产商的这种对抗性行为，政府及相关部门备受瞩目，不得不在翌日的早报上辟出整版来声明态度，其中不但详述了几项即将出台的紧急应对措施，头版头条还配发了新官上任的维州市一把手沈迟山脸容肃穆的照片。

沈迟山的讲话被放大为最醒目的标题：

“我们一定会想办法，把房地产市场引导到健康的轨道上来。”

可圈可点，指的就是诸如此类的发言，听上去仿佛拍板的承诺，让人挑不出错处，实际上却是巧妙地含糊，“尽力”“想办法”这种字眼，多是标准而艺术的外交辞令，给予人们遐想空间的同时，还避重就轻，为方方面面都谨慎地留有余地。

况且，沈迟山公开做这样的表态，很难说不是为情势所逼。

现如今不管什么媒体，几乎每天都有与房地产相关的报道，电视里哪一区的楼盘涨跌多少，报纸上二手房成交几何，网络上看多看空的争辩愈演愈烈，房价的去向早就成为全民最关注的敏感话题。

在这种民意趋于躁动的状况下，政府出面回应，到底是为了安抚民心，还是确实已迫在眉睫，不得不给开发商一个警告信号？想来无人知其真正意图。

所谓官方态度，不到必要公之于众时，一定扑朔迷离。

但显然的是，房地产市场有压市和救市两种政策，当前的维州亟须压市。

一切未知将来，从这一刻拉开帷幕。

第一章

起手之迷踪局

是她，他静然凝睇。

犹如这无端相遇，惊鸿一瞥，已然足够了解她的一生。

深秋的黄昏，夕阳将下未下，一抹斜阳打在围墙外的高大银杏上，层层叠叠的光华金黄夺目，将秋意染到最透最深的茂密枝头，在坠落之前绚丽到了极致。

简陋围墙内，星宇豪庭仍未竣工，林立的高楼与夕阳竞辉。

双晴望向前方，工地上杂乱无章，拆除的脚手架随处堆放，地面坑坑洼洼，举步维艰。不远处，在西装革履的售楼员陪同下，零星地散落着一两拨来看房的客人。

“小姐，请戴上安全帽。”随行在她身旁的王准提醒。

她接过他递来的安全帽戴好：

“我们要去哪一幢？”

“老板交代我陪你去看看六号楼的C型复式。”

“房子销售得怎么样？”

“九成以上都售出去了，只剩下楼层不好的一些尾盘。”

她看看手机，十一月六日，不由得惊讶：

“才两个月出头吧？”她记得是趁金九银十开盘的。

在这么短的时间内，竟然已进入销售尾声，难怪已经没什么人来看房。

“这个楼盘主打中小户型，房子大小适中，设计出挑，空间利用率达到百分之八十五以上，还是包含全套厨房电器在内的精装修房，所以很受那些准备结婚的年轻人欢迎，一推出几乎就被抢购一空，卖得比广告铺天盖地的长乐庄还好，连老板都说超出预期。”

“长乐庄？汪伯伯家开发的那个楼盘吗？”

“对，就在马路斜对面，他们定位在中高端路线，户型偏大，投入一套中央空调和供水供热的中控系统，单价比我们的高出一倍多。最近房价涨了不少，导致他们总价过高，一般家庭负担不起，这次开盘的几幢楼销售不到六成，听说汪秀年在公司例会上大发雷霆。”

双晴原本想说，那她爸一定很开心，话到嘴边又咽了回去。

大人的事，小辈多嘴无益，这是母亲从前教导她的。

“今天公司的早会上还说了，要趁热打铁，争取下个月就把后半批楼也推出市场。同事们私下都在猜，长乐庄和星宇豪庭挨得这么近，老板可能想抢在他们之前开新盘。”王准为讨大小姐的欢心，知无不言，言无不尽。

她听了心里一惊，竞争这么激烈，果真是同行如敌国。

幸而这么多年下来，一直没有影响到她和汪锦媚的交情。

她小心避开地面上的废弃钢筋和断木，跟着王准向前走，楼层间隔错落，有些残阳照不到的地方，巨大阴影笼罩下静谧无声，越往里越空旷。

六号楼的设计是两梯四户，东西两头是三室两厅，中间两套是一室户，顶楼还带跃层。挨着一室户还没封闭的阳台外，搭建着简易的升降机，用来运输建筑材料和供客人看房时上落。王准领着她搭乘升降机，一层层往上行，轧轧的铰链声在寂静中异常清晰。

到了顶楼十六层，两人从敞开的阳台进去，走到东头套房。

这时王准的手机响了起来。

“喂，你说什么？喂……能听见吗？我这里信号不太好，你等等。”王准捂着电话对双晴道，“这套就是C型复式，你看看喜不喜欢。”

“你去忙吧，不用管我。”

“公司里的同事找我，不知道是什么事，我下去回个电话就上来。”王准一脸歉意，简单介绍过房子布局，乘了升降机下去。

双晴独自在屋子里转了一圈，南北两厅带双阳台，一气贯通，楼上挑出跃层和阳光房，统共两百多平方米，通风和采光无可挑剔，但因为是毛坯房，还没装修，放眼只见简易白墙，布满沙尘的水泥地面，未批荡的天花板，一室空荡简陋，真不知有什么好看。

从学校赶来这里，不过是父命难违，她从小乖巧听话。

背包里传来嘀一声响，她拿出手机，是湛开给她发了语音留言，曾经孩提时青梅竹马的少年，如今已身在大洋彼岸。

这些年来科技的飞速发展，总在把人们层出不穷的奇思妙想逐一实现，从前联系唯有写信，心里纵有千言万语，也只能付诸纸笔，等回信等到望眼欲穿，似乎还没过去多少年，生活已经发生天翻地覆的改变，如今纵使隔着千山万水，也可随时随地在方寸屏幕上相见。

双晴点击语音，听见湛开笑眯眯的说话声：

“我们公司的TP6手机计划全球同步上市，到时我会回国。”

她听完轻笑出声，摁下录音键，回道：

“你也好意思说全球同步，哪一次你们的新型号上市，国内不是比欧美晚到货至少一个月的？”刚说完这句，就听到外头升降机轧轧声响。

王准这么快上来了？她对着手机继续录音：

“你回来时给我带一部TP6，我想送给爸爸。”

父亲毫无预兆地叫她来看房子，虽然不知道他是心血来潮，还是出于什么考虑，不过古语云：来而不往非礼也。即便是父女，或者应该说，尤其是顾天成与她这样的父女，有些时候，示孝不是应该，而是必须。应分的客气与回应，是维持和谐关系的最好方式。

升降机咔嚓停下，一墙之隔外传来脚步声，夹杂着售楼员的热情介绍：

“寇先生，C型复式只剩下朝西的这套，其他都卖光了。”

“我上房地产交易网查过，这层朝东的那套也没标注出售，那么巧今天卖掉了？”

含蓄低回的男性嗓音格外悦耳，像最细的琴弦被和风吹过的垂枝轻柔拂动，余韵延绵，意蕴无限，令人惊叹世间真有这种男人，光凭嗓音就能魅惑人心。

双晴还没回过味来，就听到一阵带笑的女声：

“我们只是上来随便看看，朝西就朝西吧。”

凭着女性特有的敏感，她觉得那女子的语气里透着心不在焉。显然姓寇的男人有明确的购房意向，但他的女伴似乎并不着急，言语间有点敷衍似的，真是矛盾的一对。她好奇心起，悄悄探首出厅，廊道里三个人排成一线，背向她朝西头的房子走去。

售楼员走在前面，热切地解释：

“寇先生，你说得没错，东头那套是没卖出去，不过我们老板自留了。”

她的视线停在最后的男性背影上，削身长躯，修肩宽背，穿着月白色的休闲外套，窄身形裤子裹出翘实臀形和迷人长腿，鳄鱼皮鞋的纹路如复古素锦，鞋面洁不染尘，步履不徐不疾，落地无声，行走间衣摆迎风飘起，英姿轩昂，难以形容。

她心里无端萌生一点前所未有的绮念，想一窥他的庐山真面目。

似乎察觉到身后传来气息波动，他微微向后侧了侧首。

就这么一眨眼，他已安步走近廊道尽头，转入客厅，被白墙隔阻了身影。双晴呆立原地，好一会儿才回过神，看了看表，王准还没上来，她抬步往外走，与其在这儿瞎等不如下去。

不宽的走廊里，能听见那男人与售楼员偶尔的交谈，缓声低语，柔和极致，穿透一道道墙壁，从寂静中传来，隐约余音先是空屋弥漫，然后从四面八方向她聚拢，不容抗拒地萦绕入耳，恍如两人隔着异世空间，她离他这样近，能闻其声，却又那样远，不能见其面。

她失神地走近升降机，正想进去，忽然听到楼下有人窃窃私语：

“老大，这地方连鬼影子都没一个，干吗不坐外头那台破电梯，非得爬楼梯？这麻袋沉得要死，我快背不动了。”

“你有没有脑子？那机器动静多大啊！要是不小心被人瞧见了，咱俩还能逃得掉？行了，就这吧。”

“我心里有点寒瘆瘆的，赶紧完事走人吧。”

“操！胆子这么小，你出来混个球！”

双晴屏息静气，凝神细听，那形迹可疑的两人却压低了声音，再听不清他们在说什么。她越想越觉得不对，拿出手机想打给王准，转念又顿住，万一信号不好，得提高嗓门，说不定会惊动楼下的人，于是拇指从通话键上移开，只发了条短信叫王准马上回来。

她把手机调成静音，转身往回走。

西头屋子里，那男人不知是听到她从廊道走过的轻微脚步声，还是碰巧踱到门口，当她穿过走廊拐入阴暗的楼梯间时，他往外瞥出的眼风正好捕捉到她一闪而逝的身影，这不经意的一眼，让他原本平静的眸光瞬间波动了一下。

双晴蹑手蹑脚地拾级而下，往细微声源处潜行。

楼下那诡异的两人仍在低声交谈：

“你得把血往他身上倒，光倒在地上有什么用？蠢得像头猪！”

“这样行了不？你快给110挂电话，完了赶紧撤。”

“催什么催？这不是正在打……喂，110吗？我要报案，这里是普罗路一百号星宇豪庭的工地，我们在六号楼十五层发现一具死尸，你们最好派人过来！”

双晴心头一突，死尸？！

“喂，《维州晚报》报料热线吗？我们在普罗路一百号星宇豪庭的工地发现了死尸，警察马上就到，你们也抓紧时间过来吧！”

双晴越听心脏越紧缩，害怕得指尖发抖，在强烈的好奇心驱使下，她克服住转身欲跑的极度恐惧，慢慢移近墙边，惊魂未定地往里间微微探首。

一个壮硕的男人举着手机站在窗边，他剃着平头，满脸凶相，叉着光膀子，拨打了好几家媒体的爆料热线；另一个染着满头黄发的小混混蹲在地上，脚边放着一个特大号的红色编织袋，不知正把些什么东西收拾起来，匆匆忙忙往袋子里塞。

还有一个瘦小干瘪的老头子，倒在房中央猩红刺目的血泊中。

乍然入目，她受惊过度，手里的电话跌了下去。

就在这电光石火之间，无声尾随她而来的男人身形倏闪，迅疾跨前的长腿闪电般踢出，以柔软鞋面准确无误地接住坠落中的手机，鞋尖借力往上一勾，左手抓住被挑高的手机的同时，右手捂住她几乎失声尖叫的嘴，他目光锋利精湛，对房内情形一掠而过。

纵然他一气呵成的动作快疾无比，也还是带出了衣物的轻微窸窣声。

屋里的黄毛小子猛地回头，停下正在收拾的双手，满面惊恐：

“谁在外面？！”

双晴被搂紧藏身墙后，那人俯首在她的耳沿，轻得几不可闻：

“别出声。”嗓音陌生中带点初识的熟悉。

他如丝的热气紧贴在她耳垂下方，独特的呼吸从细肤深渗脉理，几乎魂魄俱失的她眼泪夺眶而出，谢天谢地！在身后箍着她的不是坏人同伙，而是那个姓寇的男人，绝处逢生的她后怕得全身发软，连站都站不稳，整个人虚脱无力地倚在他胸膛上。

洁净幽微的发香，隐隐萦绕过他的唇沿鼻端。

他松开捂着她嘴的右手，改为扶在她肩上，轻微有力，极具安抚作用。

两人的连串动作，俱在无声无息中进行。

“哪儿有人？别他妈的自己吓自己。”里头壮硕的男人斥责道。

“我刚才真听到声音。”黄毛小子嘀咕，“老大，都收拾好了，我们走吧？”

双晴还没反应过来，已被一双健臂倏然拦腰提起。

那男人环抱着她，迅速退入隔壁屋子，藏于另一堵墙后，避免和即将出来的两人碰面。楼外传来升降机的轧轧声，不知是被人调了下去，还是在升上来。

“东西拿好，撤了！”壮硕的男人低声唾骂。

夺门而出的仓促脚步声从墙外乱沓经过，很快消失无踪。

搂在她腰间的臂弯无声松开，停在她侧面的深泓目光也随之收起。

直到这一刻，双晴的安全感才真正回到体内，高度紧张的神经松懈下来，脑海里便不停闪现出惊心动魄的血幕男尸，不适的反应一下子涌入胃袋，她扶着墙壁干呕起来。

“杀……杀人了……快报警……”她结结巴巴，语不成调。

“那两人已经报过警，警察应该很快就到。”

他稍微退后，眼神深不可测，看着她难受地弓腰抚胃，极力控制自己。

刚才一眼扫过，屋里的男尸面目青灰，手足发暗，应该是已经死去多时，尸体上未被血染的皮肤渗出水汽，说明之前可能冷藏在低温的地方，被人装在袋子里搬过来，暴露在空气中，温度升高，才遇热化水，至于地上的一摊血，腥味淡薄，颜色发暗，明显不是刚从人体里流出来，要是他没看错，那黄毛小子最后往袋子里塞的是市立医院输血用的血浆袋子。

他们不像杀人犯，而像是在伪造血案现场。

这时楼梯间上方传来女声的叫唤：

“中绎，楼下看完了吗？差不多该走了。”

“来了。”他走出房外应声，略为思忖后没再返入房中，只压低声音，隔墙问双晴，“你还好吗？自己能不能走？”他今日此行只为看房，在这种不明朗的状况下不宜介入。

既然不准备做目击证人，也就没必要和谁过多接触。

里头的双晴努力止住干呕，用手背擦去胡乱下落不止的眼泪：

“我没事，谢谢你。”

“你太莽撞了。”他直言不讳。

一个手无寸铁的女孩子，遇到这种事情，首先要想的是怎么保护好自己，她本应该迅速离开现场，找个安全的地方再打电话报警，像这样鲁莽行事，只身涉险一探究竟，只能说天真得不知世间有“险恶”二字。

他作最后建议：

“你和我不是报警的人，无缘无故出现在这里，有些事情说不清楚，为了避免不必要的麻烦，最好还是别和警察碰头，我走了，你也早点离开。”

双晴被他劝诫得无地自容，在墙后羞惭不已。

“我知道了……”

他又在原地稍待片刻，确认她安然无事，这才离开。

她侧耳倾听，直到他轻微的脚步声再不可闻，才闭上眼背靠墙壁，不由自主地回味起他刚才的一言一行，可惜她先是惊慌失措，接着心悸不适，最后还是没有看清他的模样，想到这点，她不由得懊悔万分，继而想起隔壁房间里还有个死人，又开始害怕起来。

慌忙跑出去时，手机屏幕闪亮。

“我上来了，你在哪儿？”王准着急不已。

她三步并作两步奔上楼梯，踏上最后一级台阶，穿过走廊的瞬间，恰巧看见那个拯救她于危难的男人走进升降机，他微微低着头，专心聆听身边的女人说话。

“中绎，”那女人迟疑着，“我上次和你说，公司可能会派人去美国培训。”

“不是还没落实吗？怎么，你有兴趣？”

“也不是，只不过我……我也递了申请。”她说完又急忙解释，“我是看别人都递申请，就跟着一起递了，不然显得我不够积极。应该是轮不到我的。”

他低声一笑：“知道了。”

双晴看着他顶天立地般的高大背影，全部意绪汇集成唯一心念，祈求他能在这刻不经意回首，让她记住这一天的这一面。

也不知是听到她五脏六腑内回荡的迫切心声，还是听到了她跑上楼的脚步声，他原本低着的头轻抬起来，缓缓回转，随着修剪齐整的发根向前微移，线条优美的耳朵轮廓，棱角分明的半边侧面，渐渐呈现在她眼前。

她的心怦怦乱跳，如同万世瞩目，期待着眼帘内映入他的五官。

倏然轰的一声，升降机滑了下去，他整个人消失在她面前。

“小姐……”

仿佛远方传来叫唤，将她从迷惘中惊醒。

她深呼吸一口气，定了定神，看向走到身边的王准。

“你赶紧给我爸打电话。”

“怎么了？”

双晴把楼下发生的事复述一遍。

王准听到一半已经全身冒出冷汗，要是在他的陪同下她出了什么事，后果不堪设想，没等她说完，他就跑到楼下察看。再跑上来时，他面色已然剧变，手指哆嗦着拨出电话，一待接通，王准低声把事情压缩成三五句，惶恐而快速地汇报完毕，紧接着把手机递给双晴：

“老板让你听电话。”

双晴接过，另一边传来顾天成关怀备至的问询：

“晴晴，你没事吧？”

“只是有点被吓到，其他没什么。”

“你马上回学校，让王准留下来处理。”

“警察一会儿就到了，不需要我和他们说明情况吗？”

“这件事非常蹊跷，你是我女儿，身份太敏感，要是作为目击证人被记录在案，万一传出去，很容易被有心人利用来造谣生事，你把电话给王准。”

双晴依言而行。

王准一边听着指示，一边匆忙把双晴扶进升降机。好不容易顾天成那边挂了电话，他又忙不迭打给其他人，做出各种紧急安排。到了楼下，王准再也寸步不离，亲自把双晴送到围墙外，交给等候多时的司机，他再急急忙忙跑回工地。

双晴钻进黑色轿车的后座，司机为她把车门关好。

她降下车窗，一片金黄的落叶从银杏树上飘落，在半空悠悠旋转。

远处警笛声鸣，渐行渐近。

之后几天，不管梦里梦外，双晴的思忆中无时无刻不充塞着一道男性背影。

周末从学校回到家中，她对什么都提不起兴趣，蒙头倒在床上，脑海里一遍遍重演，他曾经的一举一动、一言一语，那段令人百般惆怅的记忆，连最微小的细节她都不愿遗漏，她甚至记得他月白外套上的斜纹，每每回想，心口都酸涩绝望，也许余生再遇不上。

老帮佣刘惠娟上楼催了几次，才将她叫起来吃饭。

走出卧室经过婴儿房时，不出所料，看到两名特聘的保姆在团团忙活。里头抱着孩子的钟怡听到脚步声，放眼望向门外，见到是她，矜持地笑了笑。

双晴客气地点点头，径自下楼。

顾天成坐在客厅的大沙发里翻阅着财经杂志。

身为顾达集团的创立者和掌舵人，他的前半生简单几句就可概括。

和前妻结婚的第二年生下女儿，直到三十出头，事业终于小有所成。之后生意越来越大，应酬越来越多，原配不堪寂寞下堂求去。后来他与秘书钟怡产生感情，没多久再婚。如今社会，富二代多数是空壳，手中没有实钱，徒具虚名，像顾天成这种有实力的老马才最吃香。

时隔四年，钟怡为他添了一名麟儿。

要说功成名就、家庭美满、儿女双全的顾天成还有什么念想，那就是在房地产行业里，他仍然屈居于汪秀年之下，多年来始终超越不了。

双晴坐到父亲身边，顺手抽过架子上的报纸，问道：

“爸爸，那件事怎么样了？”

“已经处理好了。”

她瞄了眼他手上的杂志封面，再翻翻报纸，讶异道：

“居然一点消息都没登出来。”

顾天成笑了：

“当然不能见报。”

她想想也是，顾达旗下的公关部向来手段高超，一旦有影响不好的事件发生，即使是半夜魂游梦中，那群精英也会立刻出动，务必肝脑涂地，做到只手遮天。

“到底是怎么回事？”她忍不住问。

“有人买通市立医院太平间的负责人，用假造的身份证明文件，假冒亲人，神不知鬼不觉地把一具多年没人认领的无名尸体认领了出来，搬到我们星宇豪庭的楼盘里，意图制造成一出凶杀案现场的假象。”

“他们是什么人？为什么要这么做？”

“能有什么，无非是想给我添乱。”

而只要有钱，总能找到一两个肯推磨的替死鬼。

灵慧的双晴一点即透。

“是不是星宇豪庭卖得太火爆，招人眼红了？”

“算是吧。如果媒体传出去，有人在星宇豪庭的房子里被杀害，整个楼盘就成了不吉祥的凶宅，不但会影响到后面的新盘上市，甚至连原来的业主都可能会联名提出退房。”

双晴听得胆战心惊，这招也太歹毒了一点。

顾天成合起杂志，顺手拿过报纸，慈爱地看向女儿。

“幸好那天被你发现得早，公关部才能在记者过来前快速做好准备。”王准先一步派人守住工地外围，不允许外人进入，记者们被隔在相离甚远的售楼接待处。

那些记者接触不到警察和现场，一来没图没照，无凭无据，公关部坚持声称，有人恶作剧报假案；二来招待方着意安抚，好吃好喝侍候完了，还人手一个大红包，又说最近正打算和对方老总商量来年的广告投放事宜，让所有人尽兴而归，事情也就顺利压了下来。

“这么陷害人，手段真够卑劣的，爸爸你查到是谁了吗？”

顾天成眉头的川字纹几不可察地动了动。

“不着急，总有水落石出的一天。”

“那爸爸你加油，早日揪出幕后黑手。”

双晴拿过顾天成放下的杂志，打开的瞬间就被吸引住了。

重磅文章的标题被极醒目的粗黑字体重重标出：

维州市二十八家房地产商发表联合声明，成立不降价联盟。

一百多页的周刊，将近三分之一的内容刊载的全是相关事件，乍看去铺天盖地，有被记者采访的路人表示支持，认为本来就不该降价，否则早期买房的业主的损失谁来负责？难道把房子退了重新再买吗？也有言辞犀利的专栏，指责房地产商的不降价联盟有违法嫌疑。

几天不问世事，差点与社会脱节，竟不知出了这么大的新闻。

细细读毕，她好奇地问父亲：

“不降价联盟是什么？”

顾天成从报纸里抬起头，瞥了眼她手中的杂志，答道：

“是指二十八家开发商联合成同一阵线。”

“你们统一制定各区的楼盘价格？”

“当然不，这是很大的误解。”

“那不降价怎么解释？”

“不降价的意思，是指从现在起的未来十八个月，也就是一年半之内，加入联盟的开发商卖出去的住宅，如果在销售过程中出现降价的情况，该楼盘的开发商会给前期购买的业主补偿所跌的差价。”

双晴一脸茫然，有些似懂非懂。

顾天成耐心解释道：

“譬如我们开发的星宇豪庭，这批开盘销售均价是三万八，目前基本卖光，等到下一批开盘，相同楼层的房价就不能比这批的明显降低；如果低了，我们就要给这批买房的业主赔偿差价，跌多少赔多少。举个例子，业主以每平方米四万的价格买了六号楼的房子，同样的楼层，如果我们在下一批开盘时只卖三万五的话，就要退还给他每平方米五千块的差价，以补偿房价下跌所给他造成的损失。”

“意思是你们向购房者承诺，未来一年半里房子不会降价，一降你们就赔钱？”

“对。”

修过市场经济学的双晴不无疑惑：

“这种补偿方式不会牵涉到串通与操纵市场价格吗？”

“召集建立联盟的人是汪秀年，我只是附议他，你汪伯伯作为本市第一大房地产商，旗下的律师顾问团可是名闻遐迩，他们早就研究透了，政府关于禁止价格垄断的相关规定里，确实有一条‘经营者之间不得通过协议、决议，或者协调等串通方式，统一确定维持或者变更价格’，但是另一方面，发改委同时也明确规定了‘允许开发商在降价后补贴业主’。”

双晴恍然大悟：“又是打擦边球。”

大企业专属的律师团，最擅长的从来不是匡扶正义，而是极尽所能钻现行法律的空子。

“政府对房地产管控变严，行业里想通过这种方式向社会传达一个信号。”

“我明白了，你们是在暗示——不，应该说是明示那些持币观望的人，在未来的一年半里，房价只会涨不会跌，他们最好现在就把握时机入市。”

“聪明女。”顾天成笑赞。

“那要是在期限内，联盟里有开发商违反了这个协议怎么办？”

“违约者要支付给其他二十七家一笔惩罚性赔款，不过这一点只是口头约定，不会落到条文里，不具备法律效力。”

双晴又不解了：

“既然已经大动干戈，为什么到最后违约责任仅仅只是个君子协定？”

“因为一旦落到书面上，就真的成了证据，证明我们在操纵市场价格。”

“那岂不是整个联盟根本没有法律约束力？如果有个别开发商为了尽早清空库存，就是单方面降价，再耍赖不愿意支付赔款，你们也拿他没办法。”

“这点你说得没错，真有人那么做，其他家确实阻止不了，但不会拿他没办法，整个业界会联合起来，从资金链到建材供应等全方位排挤他、打压他。业内的诚信有时候比业外的更至关重要，一旦在同行中的信誉毁了，这家公司基本也就走到头了。”

双晴樱唇微张，恍然大悟。

“爸爸，你给我的感觉，狡猾奸诈才是从商最重要的。”

顾天成听了呵呵一笑，古语云：奸商奸商，无商不奸。这项国人特有的陋习源远流长，在过去几千年间深入人心，究其根源，自是从古至今，商家为着逐利，作恶多端，真正做到不欺世盗名者寥寥可数；即使到了现代，个中种种黑暗，仍不足向年轻的女儿道说。

念及此，顾天成想到另一件事，笑容缓了缓：

“怎么样，你对爸爸的生意感不感兴趣？”

双晴一怔，怎么无端问起这个？转瞬忽然警觉，脑海闪掠过楼上的婴儿房，迟疑几秒，她飞快地笑笑，若无其事地翻着杂志，继续之前的话题：

“那个不降价联盟，你和汪伯伯怎么说也是带头人，真的不会有事吗？”对父亲横加进来的问话轻巧避开，含糊带过。

顾天成是何许人也，见她这样，即刻闭嘴，对这掌上明珠，他一向疼爱有加，轻易伤害不得，他不以为意地一笑，顺着女儿的话应道：

“你得明白一点，你汪伯伯和我都是有社会地位的人，我们绝不会公然违法，这是肯定的。再说了，所谓联盟也没有正面触犯法律，只不过是在两条法规之间钻了个空子。”说完他看了眼女儿，嘴角动了动。

紧接着双晴的手机就响了，她应了两句，挂掉后起身。

“学校里的室友有急事找我，让我回去一趟。”

“叫司机送你。”

“不用了，我坐小区巴士，到市区再换地铁好了。”

这么着急离开，可见有多不想再谈下去。

顾天成沉吟了一下，心里的话终究没有说出口，只点头叮嘱：

“那好吧，路上小心。”

双晴应了声是，转身时眉目上挂着的笑容一垂，如释重负。

顾天成看着她快步上楼，想了片刻，拿起手机拨出去。

“翡真？是我。”

返回学校之后，双晴继续过着平稳无波的日子。其实那天室友打电话给她，并没有非要她回来不可的急事，只是和她说，想拿她的资料书用用而已。

以此为借口，不过是为了离开那个不似家的家。

父亲对她而言，越来越像一个熟悉的陌生人，与其待在家里，和他的而不是她的家庭成员，共度他的愉快周末，她宁愿回到学校，独自在食堂、寝室和图书馆之间穿梭。

世间有一种温情，离异者的子女在失去之后，永不复拥有。

形单影只的平静，却也没有持续多久。

接到朱翡真的电话时，她正躺在床上看书，看到萧伯纳说，要结婚就结婚去吧，要单身就单身去吧，反正最后都会后悔。她看着屏幕上闪动的名字，觉得萧伯纳的话再对不过，朱女士就是结了婚，最后后悔，离了婚，最后仍旧后悔的人。

聆听完母亲大人的召唤，手机刚挂掉，马上又响了。

“晚上有没有空？出来吃个饭。”汪锦媚懒洋洋的话传来。

双晴莞尔：“你刚睡醒？”

“是刚被我哥追魂夺命的电话吵醒。”

“我一会儿要去我妈家，她那边晚高峰时段很难打车，你方便来接我不？”

汪锦媚听了哈哈大笑，极尽揶揄：

“活该你打不到车，说了多少次让你开车，你就是不愿意，现在要劳驾本小姐了吧？”

“汪二小姐，教导主任的工作不适合你，训话多了伤肝，你就说行不行？”

“不行也得行，我正好有事找你。”

“好事还是坏事？好事无限欢迎，坏事好走不送。”

“就你那小样，好事能轮到你？”汪锦媚毫不客气地回敬。

“我也这么想。”双晴叹气，人生中种种好事，几曾有过她的份。

迟疑了一下，她轻声道：

“锦媚。”

“有话就说。”

“前几天我爸问我对他的生意感不感兴趣。”

“他什么意思？”

“我就是不明白他什么意思。”

“我们明年才毕业，他不会现在就想把公司交给你吧？”

双晴嘴角一扯：“你觉得可能吗？”

汪锦媚在那头想了想，说：

“是不太可能，你爸身边那只母老虎一直虎视眈眈，小太子又刚刚出世。”

双晴不说话，顾天成在商界浸淫二十多年，像他这种成功人士早养成习惯，断不会把时间浪费在毫无意义的废话上或是做些完全没有目的性的事情上。直觉告诉她，父亲十有八九是在试探，纵然他已经极其谨慎，她却不算太过愚钝。

她只是百思不得其解，父亲为什么要这么做？

从床上爬起来，换好衣装，收拾完毕，看看时间又觉还早，索性倚在床前，取过枕边的书随意看完，才拎起背包走出校门，扬手叫了辆计程车。

双晴依足吩咐，不早不晚到了朱翡真的住处，踏正钟点摁铃。

前几日还坐在父亲家的沙发上，此刻已然转战至母亲家楼下。

这就是她过往多年的人生，直如走马观花。

门开处，朱翡真拿着无绳电话，嘴角带笑，低声细语和人聊着什么，她朝站在门外不动的女儿招招手，随即转身进了卧室，将房门轻轻虚掩。

双晴立在原地片刻，认命地进屋换鞋，懒得再像以往那样自己招呼自己，她连水也不倒，直接窝进客厅沙发，拿起报纸随意翻阅。

入目所见，仍是与房地产相关的资讯，其中有则公告，说原定于十一月开幕的维江三角洲地区秋季房地产交易会，因故推迟，具体日期有待另行通知。

房地产商的不降价联盟成立后，政府曾迅速出台好几项回应措施。

把这则消息与之联系起来，个中含意耐人寻味。

好比一方公之于众：我要这么玩。

另一方当即禁止：不准你这么玩。

于是前者找了个机会：那就拉倒，大家都别玩。

双晴搁下报纸，看了眼充满艺术摆设的客厅，受报道影响，她忍不住心算，这房子少说一百六十平方米，地段均价每平方米三万五千元，房屋的总价怎么也得超过五百六十万元，就算是月入过万的白领，也要不吃不喝攒上四十多年，才能买得起。

这还没把未来房价增速和通货膨胀算进去，所以说买房果然不是人做的事。

一旦做了，从此不再是人，时下有个专称，叫房奴。

她低头看表，半小时过去了，主卧房门仍然虚掩一线，母亲大人的电话还是没有讲完，她揽过旁边孤单的抱枕，抱在胸前，每次来这里，都有种在长辈家做客的错觉。

或者应该说，在这所房子里，她不是主人，也从未被母亲当成客人。

百无聊赖的眸光扫到左侧，钢琴烤漆的茶几流光暗盈，摆着七个造型特别的水晶杯子，宽口窄底，与常见的玻璃杯相似，特别之处在于每个杯子的截水位不同，有的离杯口几厘米，有的离杯底几厘米，截水位下方的杯形比上方小一圈，看上去就像两个大小差一号的杯子在截水的圆环处无缝结合，错落有致，完美一体。

她有些好奇，想拿清水把每个杯子都灌到截水位，再找双象牙筷子出来敲一敲，看看这七个水晶杯是不是真的按“Do Re Mi Fa Sol La Si”的标准音色制造。

可惜她还没来得及从窝着的沙发里起身，就看见卧室的门打开了。

朱翡真搁下刚挂掉的无绳电话，含蓄地敛了敛脸上若有若无的微愉表情。

双晴见状，往前倾出的身子缩了回去，静静地不再动作。

“是不是想喝水？”朱翡真关切地问，身为著名时尚杂志主编，无论何时何地，她的仪容都无可挑剔，此刻亦然，衣着庄重得体，眉目风韵依旧，身段绰约如故，秀丽容颜仿若只是三十出头，给女儿倒好水后，她问道，“你最近很忙吗？”

“没有。”双晴平声静气。

“那怎么大半个月都不来看妈妈？”口气十足嗔责。

双晴抬起头，表情有点不可思议，不明眼前人何出此言，不是朱女士自己一直没时间吗？

朱翡真脸上除了堪称完美的关怀和责备，没有丝毫别的神色。

短暂的凝视，双晴笑笑垂下眼睫，既然认为是她的错，那就是吧。

“我以后知道了。”语气已变得有些淡。

朱翡真侧了侧身，换了个坐姿，却好像还是有些说不清的隐约不适，索性站起来，将无绳电话摆回底座。双晴看着她的背影，下意识地丈量两人之间的距离。

三米，还是五米？何必这样刻意逃离。

但，就连她自己都觉得陌生、压抑，无话可说。

她收回目光，无声无息地饮下杯子里沁凉的水，微寒的水流沿着胸腔里看不见的食管滑下，穿过沸血跳腾的心脏，一时冷热交加，整个心室都为之轻颤。

她轻扯嘴角想笑，这就是血脉相连吗？

面对从小离开她的母亲，内心始终无法萌生亲切感。

然而挂名母亲，实实在在就是她最浓的血亲，骨肉相连，要摆脱天性的渴望或想置之不理都是不可能，心头那种盼而不得的失望，日积月累，不是一般疲惫。

朱翡真从厨房端出一盘芒果，说：

“知道你喜欢吃这个，我昨天特地去买的。”

双晴几乎是本能地抗拒，一下子偏过脸去，神色和姿态俱现疏冷。

她不是洋娃娃，不是玩具，不是随便被谁扔到角落里积灰蒙尘一年半载，再拿出来拍拍灰尘，笑嘻嘻地哄两句，她就会兴高采烈感恩戴德，彻底不计前嫌。

让人痛恨的是，她到底已经长大，这个年纪似乎没了任性的资格。

意识到自己反应过激，她顺势倾身向前，把手中的水杯放到茶几上，以此掩饰内心情绪，双肘撑在膝头，静止几秒，然后身子一低，盘腿滑落到地毯上，不再与朱翡真近距离同坐，这才慢吞吞地拣起一枚芒果。

朱翡真有些无奈，看着她将芒果皮一瓣一瓣撕剥到底，专心致志得仿佛把手上微不足道的小事当成了一项忘我的工作，顺理成章地将方寸之内的亲人拒于千里之外，薄抿唇角，默然无声，连嘴头上敷衍一下母亲好意的说辞都全然拒绝。

这个女儿，越长大，越敏感尖锐，朱翡真逐渐招架不住。

不无勉强地笑笑，做母亲的尝试打开话题。

“你最近过得怎么样？”

“就那样。”

“还是经常和汪锦媚在一起吗？”

“嗯。”双晴淡淡地应了声，懒得提汪锦媚过一会儿就来接她。

朱翡真迟疑了一下，问道：“你下周有没有空？”

“什么事？”

“我想介绍一位朋友给你认识。”

双晴长睫一抬，眸光再度落在茶几上的水晶杯上，朱翡真虽有品味，但远远未臻于讲究如斯，她轻撇嘴角：“就是送你这套杯子的人吗？”

能想到挑这样一份礼物，那位追求者显然下足了心思。

朱翡真的面容略显尴尬，女儿轻描淡写的反问，等同于没有答复，既不说有空，也不说没空，说话就那样戛然而止，任凭话题凌空搁置，让人有点下不来台。

她不安地挪了挪身子，随口扯了个别的话由：

“那小孩取了名字没有？”

“取了。”

“叫什么？”

“顾令勉。”

顾令勉，朱翡真轻喃了声，神色渐渐起了变化，有丝理解不了的迷惘，又似看淡人世的悲凉，空荡的房子里一时寂然无声。

双晴眼底滑过一抹悯惜，冷淡的神情缓和些许，把剥好的芒果递给母亲。

朱翡真回神，接过芒果放回盘子里，见女儿静默无语，又开始剥第二枚，她面容换上正经之色，说道：

“你明年就毕业了，有什么打算没有？”

双晴心念一触，怎么最近都开始关心她的人生了？

“还没想好。”她回答。

朱翡真的目光游移了一下，交握双手，试探着道：

“你爸爸前几天和我商量来着，我和他说了，以你的性格，首先他那摊子生意就不适合你。”

连身边亲人都能动辄拒之千里，划出距离不去维系，这份骨子里头的疏离断绝了长袖善舞的可能性，根本不可能让她在复杂的社会人际关系中做到游刃有余。

双晴的长睫轻轻一颤，垂得更低：“那妈觉得什么样的工作适合我？”说话清冷无波，仿佛也自知缺点，由是虚心请教。

朱翡真几乎是带着一丝讨好的笑容。

“你想不想出国？”

“不怎么想。”

如果想去国外生活，早在当年湛开出去的时候就一起走了，在最合适的时候都没有离开，现在时过境迁，无谓重提。

她的人生没什么目标，既无追求，也无所谓成就，不用像别人那么努力，维州这个承载了她过往岁月的华锦之城，从家庭分崩离析的那一年起，对她而言就已经形同异乡，她无须出国，也能感受到无归无依的孤独苦涩，又何必郑重其事，非要漂洋过海去领略一番。

朱翡真看着女儿，有些难以启齿，神色添了点谨慎。

“不想就算了，你不缺钱，也没必要看人脸色做事，赚得少不说，关键是辛苦。”

“是啊，听说经常要加班，还不稳定，老板说炒就炒。”她从善如流。

“不过年纪轻轻，也不能不做事。”

“嗯，游手好闲的时间一长，铁甲也会变废人。”

看来女儿也不是不懂事，朱翡真放宽了心，想说的话脱口而出。

“我和你爸的意思，机关里的工作更适合你，你觉得怎么样？”

双晴手上剥芒果的动作霎时停顿，明明这一刻水杯离她很远，没沾上半点水星，却没来由觉得心脏在僵冷中一点点收紧，有种被勒得喘不过气的感觉，她的怀疑终于被印证，果然，本能的排斥没有错，温柔的背面，总窝藏着伤害。

这就是母亲把她叫来的目的。

为父亲做一回说客。

过去半个月，连个关心的电话都没有，今天终于能见面，却是为了别的事由。

她垂得极低且侧往一旁的乌顶，让朱翡真只能看到一束黑亮马尾和一点尖细的下巴，看不清女儿的脸容，见她没吭声，以为她听进去了，便继续游说：

“既然你不考虑出国，进企业拼死拼活又没必要，不如在机关里谋份安稳的工作，将来什么都不用操心，国考的报名已经开始，你想不想试试？”

以顾天成的人脉关系，只要女儿的笔试成绩过关，面试应该不成问题，何况这个女儿从小到大就很优秀，如果她愿意考，很可能一点都不需要父母操心。

双晴搁下剥了一半的芒果，抽过面纸一点点擦拭染汁的指尖，可无论她怎么用力，那碍眼的淡黄色始终擦不干净，如同母亲的话在她心里划过的痕迹，很淡，不深，却始终在那里，如芒刺一样，她掷下捻成一团的纸巾霍然起身。

一反先前的冷淡，她脸上笑意盈盈：

“那就考吧，我都听你们的，谁让我是你们生的呢！”

朱翡真顿时错愕，望着女儿抓起背包，大步流星地往外走的背影。

她无奈地长叹一声，说话不再遮遮掩掩。

“我也是为你着想，你将来总得有份稳定的工作，过你自己的生活，这对你是最好的安排，那个家，以后不会再有你的位置。”

双晴回眸，为她着想？世上再没有比这句更动听的谎言。

她一扯唇角：

“妈，你的家从来就没有我的位置。”

朱翡真当场语窒，张嘴欲言，却说不出半个字，眼睁睁看着女儿甩门而去。

双晴走到电梯前，定定地看着梯门上自己的镜影，一双雾眸如灵魂尽失，在她刚刚离开的那套精装细设的房子里，主卧、客房、书房甚至阳光房，无不高雅十足，别具匠心，唯独，从来没有一间为少女而设的居室。

母亲大人觉得她不需要，她认为前夫已经给了女儿最好的物质条件。

所以在朱女士这里，对这方面完全不加考虑。

收入丰厚的工作和精彩的私生活，将朱翡真造就成独立卓越的女人，余暇多彩多姿，连亲生女儿想见她一面都要提前预约，好不容易承蒙召见，还以为终于可以小聚天伦，不料一个来电而已，朱女士含娇带俏避入房中，就那样把女儿撂在外头整整四十分钟。

就算是外人，也不曾给过双晴这种冷落到了无礼的待遇。

走进狭窄的电梯，她对着囚室一样的密封空间，只觉欲哭无泪。

奢华的敞篷跑车没有规规矩矩地泊入停车位，而是随意地停在车道一旁。

驾驶座里打扮得又潮又野的卷发少女戴着耳塞，手肘搭在车窗，指尖跟随着音乐节奏轻叩方向盘，对过往路人投来的惊奇目光视而不见，保安人员走过去时脸上艳羡的表情，落入走出骑楼的双晴眼内。

世上有许多人，以汪锦媚和她一出世就拥有的东西为毕生奋斗目标。

反而身在其中的她俩，并没有太多的幸福感可言。

更多的时候，双晴希望自己住在普通的房子里，有一对平凡但感情和睦的父母，没有高官厚禄，不会富贵逼人，就是简简单单的一家人，重要的是都在一起，互相关爱，不分不离，生活平静顺遂，这样一生已经足够。

可惜，上天布施给苍生的际遇，总是有意无意地出错，旁人想到达她们所在的阶层很奢望，而她们想回归过去的愿望很渺茫。

她轻嘘一口气，控制好自己的情绪，拿起手机拨出去：

“李证先吗？我是顾双晴，不好意思又要麻烦你……是，一切照旧，全部资料都要……能早一点给我最好，费用我会打进你的银行卡……好的，谢谢。”

她朝跑车走去，腿一抬凌空跨入副驾驶座，她和汪锦媚虽然同校，但专业不一样，大四课程少，汪锦媚又不住校，除非事先约好，否则平时见得也不多。

汪锦媚转头看见她，拔了耳塞，怨念道：

“别每次都这样对我老公。”

双晴瞄了一眼橙金闪亮的车身，再瞥向还在爱车如夫保鲜期中的好友。

“你这回挑的老公也太炫俗了点。”

这个牌子和车型，开在维州跑不起速度的马路上，无异于是赤裸裸的嚣张炫耀，但她转念又觉得，能够做到无所顾忌，除了自己，对外界任何人的评价毫无期待，也不是件易事。

为什么汪锦媚可以，那么多年过去，她却始终无能为力？

一直一直，摆脱不了做好孩子的心理，只为博父母一笑。

时至今日，到底还想乞怜什么？

她沉默不语，低头系安全带。

汪锦媚侧头看向她。

“每次见完你妈，你心情都差得要命。可是下次她一声令下，你又会马上投怀送抱，你说你这是何苦？那么不开心，以后就找借口推辞，少点过来好了。”

“我要是不来，会换成她不开心。”虽然她每次依言而至，朱翡真不见得有多欢喜，但如果她违逆朱翡真的意愿，肯定会惹母亲大人不高兴。

“还记得你以前和我说过什么吗？”汪锦媚问。

“多久以前？”

“高一那会儿，开学没多久，你和我又成了同桌。”

“哦，那时候。”她勉强打起精神，“也不知老天怎么想的，还让我们坐一起。”

“你以为我待见你啊？”汪锦媚啐了一声，还不是她妈多事，私下拜托班主任给她安排一个学习成绩好的同桌。

“我当年说过什么？”双晴瞥眸，“让你念念不忘到今天。”

“你说我十五岁了，要是在古代，早就已经结婚生小孩，拜托我清醒一点，别老把脑袋埋在沙堆里，一心只想当长不大的娇娇女，遇到半点不顺心的事就发脾气。你还说，世界上根本没有谁会陪谁走到生命尽头天荒地老，父母把我们养大，已经尽了他们的责任。”

双晴张圆了嘴，不能置信自己年少时曾那样义正词严，废话连篇。

“我还真是站着说话不腰疼。”她泄气道。

嘴舌最大的用处原来不在骂人，也不在接吻，而在于随时可以把冠冕堂皇的道理，说得比珍珠落玉盘更动听，说着说着，还没打动需要慰藉的人，自己已经信以为真。

那些劝慰别人的话语，大概有一半是为了自欺。

只是欺得了一时，欺不了一世。

一颗心比不上看透世情的父母冷硬，就注定会受伤。

“你和我已经二十一岁了。”汪锦媚的口气有些淡漠无情。

双晴忍不住叹气，这也是她想说的。

“锦媚，你二十一岁就开这种车，三十一岁的时候怎么办呢？”

“管那么远干吗？”汪锦媚嗤笑，谁知道十年之后世界会变成什么样，何必庸人自扰，“过了那么多年，就算是死人也不会留在原地，你怎么就一点没变？”

这个世界日新月异，变化之快令人眼花缭乱，顾双晴那颗古老的水晶心，已经十二分过时，早该跟着这个时代变一变。

“变了又怎么样呢？”双晴反诘。

她不是不知道，社会对权力和金钱的狂热崇拜，让生活彻底失去了童话色彩，再没有慈爱的国王，也再没有白雪公主，大爱无私的亲情和恶毒凶狠的后母一样，都已渐渐偏离现代文明，前者在付出时往往渗入了自身利益的考量，譬如她的母亲朱翡真，身体力行，为前夫做着代言人，谁能说其中没有她的优渥生活仍得益于前夫照顾的原因？

所谓吃人嘴软，拿人手短。

至于后者，则进化到了以客气和含蓄来矫饰手段，又如她的继母钟怡。

她其实也清楚，自己生存的城市丛林有多么现实和恶劣，只是备感无力，就算改变自己去适应这个社会，又能怎么样呢？难道一天二十四小时就会变得快乐无比？还是她和汪锦媚的家能够回到幸福的从前？

既然明知不可能，她宁愿内心深处那点最初的美好不要变，虽然会伤心，偶尔还会觉得痛苦，但至少她心底有一份珍藏和怀念。

“你就死性不改，一辈子做听话的乖宝宝好了，只要你自己受得了。”汪锦媚说。

双晴听了牵牵嘴角，最后不再作声。

从小到大，她没给父母找过麻烦，他们说什么就是什么。

可是有什么用呢？

即使乖巧如她，也没能从双亲那里获得更多的奖赏，使得他们给她更多的关注。她与汪锦媚之所以成为朋友，很大程度上就是因为同病相怜，她乖巧之路行不通，叛逆如汪锦媚，结果也没有任何不同，照样没法吸引到她父母更多的疼爱。

成年人最可怕的心理黑洞就在于，成家立室是随波逐流，而当某天他们突然醒悟，不愿再为家庭子女无私付出，余生只想追求个人享受时，就会彻底不管不顾，绝情到让全世界为之咋舌。君不见那些四五十岁以后闹婚变的，无论男女，也不管是成功人士还是市井小民，冲动起来无一例外，都是疯狂得哪怕上百头牛也拉不住。

而做子女的还不能谴责他们自私，那些没有被针扎到肉的“别人”会说，父母也有追求幸福的权利，身为子女，一味要求父母更爱自己，何尝不自私？

双晴自嘲地笑笑，决定换一个不那么伤感的话题：

“你怎么有空约我，那群名车会的狐朋狗友呢，没给你安排节目？”

“其实今天请客的是我哥，我只负责把你带过去。”

“你哥？”双晴惊讶，汪锦程怎么无缘无故突然请她吃饭？

“是这样的，我哥有个朋友想买婚房，上周去看了你们星宇豪庭的C型复式，那楼盘不是卖得火价格有点高吗？那人的女朋友犹豫不决，当天没有下订，后来他们又去看了几个别的楼盘，最后还是觉得你们那套最合心意，可是再去问时，才知道是最后一套，已经被人买走了，所以那人就想托我哥问问，你们还有没有不对外公开发售的内销房。”

“这人面子不小啊。”双晴斜挑叶眉，居然能出动汪锦程帮忙。

“听我哥说他刚从省厅调过来，在市局工作，是他们系统有史以来年纪最轻的副局，不出意外，过两年还会往上提，前途无量得很。我哥认识他没多久，算是有点小交情，这还是他头一回开口托我哥办事，我哥也挺想攀这门关系的，所以不管怎么样得表表态。”

“他要买房子，你们长乐庄大把，你哥送他一套不就行了？”

汪锦媚翻个白眼，一脸受不了她的表情。

“你真是单纯得我想活活掐死你，先别说他是不是好这一口我哥不知道，就算我哥愿意送，也得他肯收才行，交情没到那份上，敢贸然收这么重礼的都是傻瓜，万一我哥给他下套，转头就往纪委寄匿名信呢？他不死也得脱层皮，那么年轻就做到副局的男人，你觉得他的智商跟你那么低？为了贪图一套半套房子的小便宜，不惜毁掉他的大好前程？”

双晴吐吐舌，不能怪她天真，而是这个社会比她想象中还要复杂。

“其实星宇豪庭前阵子差点儿出事。”

“怎么了？”

“有人把医院太平间的尸体私下弄出来，偷偷搬到星宇豪庭的楼里，在尸体上洒满血，然后打电话报警，捏造说我们楼盘里发生了凶杀案。”

“我靠！这也想得出！真够毒的！”汪锦媚先是吃惊，继而不解，“事情闹得这么大，怎么外头一点风声都没有？”

“当时刚好被我撞见，我爸就及时处理了，没曝光出来。”双晴略过那男人不提，要说清楚来龙去脉得有一部惊悚小说那么长，她从手机里调出顾天成的号码。

“爸爸，星宇豪庭的C型复式，你们内部还有没有？”

“怎么突然问这个？”顾天成略显惊讶。

“有朋友想买，但售楼处说没了。”

“那个房型确实已经售罄，不过我让王准把你看的那套留下了。”

她一愣，原本轻浅的笑容慢慢消失。

“留——下了？”

“星宇豪庭这个楼盘不错，C型复式的格局也好，按进度明年三月可以交房，你七月毕业，中间几个月刚好可以把房子晾一晾，到时候你不管是想住在家里，还是想像汪锦媚那样有你自己独立的空间，都不成问题。”

她的胸口像挨了一记重击，一句话也说不出来。

原来如此，有人迫不及待，只等她一毕业就把她扫地出门，原来那天父亲欲言又止的就是这件事，真不明白，他既然主意已定，又何必在她面前故作姿态。

女儿过久的沉默引起顾天成的关注。

“怎么不说话了？”

车子风驰电掣，双晴只觉舌头被风吹得打了结，出口每个字都有点艰难。

“那除了这套……还有没有？是锦媚的哥哥想要。”

“汪锦程？”顾天成惊讶尤甚，“他怎么会对星宇豪庭感兴趣？”

“我不太清楚。”她竭力自持，睁大雾气染上的眼眸。

顾天成略为沉吟，就算不买汪锦程的账，也得给汪秀年一个面子。

“你等等。”最后的“等”字余音缥缈，大概是手机被搁了下来。

双晴隐约听见父亲在和什么人说话，似有轻微争执，但很快对方就没了声音，然后她的耳朵中传来顾天成简明扼要的交代。

“我会安排另外腾出一套，你让汪锦程直接去售楼处办手续。”既然已经送上人情，索性大方到底，“外面卖九八折，财务部会给他算九折。”

“谢谢爸爸。”她挂了电话，合上眼，对汪锦媚道，“搞定。”

“你怎么了？”汪锦媚望过来，“哪儿不舒服吗？”

双晴没作声，过了一会儿，终究忍不住，眨了眨微潮的双眼。

“突然之间觉得自己像个孤儿，很难受，有点想哭，但是又哭不出来。”

“算了吧，从我认识你起，就没见你流过一滴眼泪。”

汪锦媚笑讽，手中方向盘一打，驶进饭店停车场。

前方有辆宝蓝色的私家车先一步泊入，亮红尾灯乍闪。

驾驶座里的男人停好车，习惯性地洞察一眼周围的环境，当从反视镜里看见后方的跑车时，精锐的目光在张扬的车牌上停了停，维字NB338，唇沿不禁一翘。

人心何其不足，这一生还没发完，就已祈愿生生皆发。

他的长睫往上扬，瞳中映入一张苍茫颜面。

车尾灯淡淡打出的暗红光芒，被跑车的挡风玻璃滤成柔和，洒落在副驾驶座她微低的额头上，垂肩长发因风撩起，发端轻拂唇面，幽瞳玉颊，一丝彷徨之色若隐若现，带着星点迷离，仿佛魂魄不知不觉已然轻逝，此间徒遗玉塑空躯。

是她，他静然凝睇。

犹如这无端相遇，惊鸿一瞥，已然足够了解她的一生。

“顾双晴！你发什么呆？还不快下来。”

发呆中的她下意识望向声音来处，汪锦媚在车外等得满面不耐，她仓促应声，无心去摸索隐藏式车把，素手倚阑，随着长裙在车门上方划过一道美丽的弧度，双足飘然落地，那满腔心事，最终遗留在身后，融入半空涌来的暮霭里。

前方比她早下车的男人投来瞬间注视，目光随即无波掠去。

提不起情绪的她一直低着头，没有留意周遭，因此并不知道，自己与朝思暮想的人错身而过，直到行近汪锦媚身边，见她双目闪光，一脸如梦似幻，定定地看着前方。

“长得真俊，我要是找他做老公，你肯定不会说炫俗。”

好友魂魄被勾的样子，引得双晴转眸，看到走入饭店旋转门内的一抹侧影。

那一刹那，她的记忆全盘复苏。

如临近枯萎的花在最后一刻被洒上甘露，满心欢喜，焕然盛放，然而不过一瞬，就已从幻想中被现实唤醒，变得颓唐破碎，败谢不堪，她大概是被那份不明不白的思念折磨过度，才会觉得那道不完全的身影有点像那个人，但是怎么可能？

这地方不是普通人会来的，她怔怔然跟着汪锦媚走进去。

鼎庐饭店远近驰名，专门以鲜美纯正的高档海鲜为宴，店里不设大厅，从一楼到五楼全是气派非凡的超级包厢，随处可见富丽堂皇的水晶灯做明亮点缀。

为着心底那丝极为渺茫的希望，进门后她把大堂前后左右环视一遍，原本稀微的希望，因了心有所求，又求之不得，变成深深的失望，其实早该明白，对世人而言，某年某月在某时某地，与谁来去遇见，都不过是一面缘尽的陌生人。

任思忆再深，但重逢不得，一切皆属枉然。

她的情绪低到了极点，万念俱灰。

“我们另外找间房，别和你哥一道。”

“干吗这样？来都来了。”

“我今天心情不好，不想板着一张苦瓜脸，到时败了你哥和他朋友的兴致。”但也不想为难自己，死撑起笑脸去和人应酬敷衍。

汪锦媚不甘心，连珠炮劝说加抱怨，无奈她坚持己见。

拗不过她，汪锦媚只好应承。

两人熟门熟路，来到五楼，要了汪锦程隔壁的包厢。

“你先待着，我去和我哥打声招呼。”汪锦媚说。

“替我和他说声对不起，改天我回请他赔罪。”她无精打采，把背包和疲惫的自己一齐扔进沙发。

“算了吧你。”汪锦媚冷哂，开门出去。

相邻的厢房内，空间大得惊人，华灯熠熠辉映。

居中一张豪华圆桌，金色餐布缀满流苏如意结，每两个座位之间的间隔异常宽敞，再多放一把欧式宫廷椅还绰绰有余，桌上整齐摆放着两套清一色骨瓷餐具，酒杯中绛紫色餐巾折成繁花，穿着马甲戴着领结的侍应静立一角，经理西装笔挺、皮鞋锃亮，耳廓上戴着最新式的蓝牙对讲耳机，手握餐牌站在贵客身后恭候点菜。

汪锦程一身雅痞打扮，富家公子做派，闲闲把玩着捷克水晶酒杯的杯柄，相形之下，坐在他左侧的寇中绎衣饰简洁，似乎没那么考究，然当细看，潜藏在眉宇间的不凡气度，却非常人能比，蕴着笑意的黑瞳底下，深沉内敛更是含而不露，只听他笑说：

“你们的不降价联盟，动静还真大。”

“也就那么一闹，有没有效果还不知道。”汪锦程答道。

“我前几天和朋友吃饭，无意中聊到维州市房企的财务状况，说你们汪家、唐宏和金图三家公司的发债总额，加起来超过一百二十亿元，年底都着急还贷，所以外界有所怀疑，不降价联盟的成立，是不是和房企的财务不良状况有着密切关系。”

为了回笼资金，偿还银行的庞大贷款和利息，销售形势紧迫，开发商迫切需要把手中积压的楼盘清掉，所以才刻意造出“你们再等，我也不降价”的舆论现象，以此暗示那些一直持币观望的潜在买家，以及更多不明真相的公众入市。

汪锦程弹了弹指间的烟灰，不无保留地笑应：

“唐宏和金图的资金链确实出了点问题，要说联盟的成立和这事没有一点关系，那不是实话，不过要说关系很大，也不见得，外头怎么可能知道我们真正的财务状况？”

能进入房地产这个圈钱产业的，哪家不是和银行或私募有着深不见底的渊源？一时的资金压力，只要人脉资源不出问题，终究能在平衡好各方利益关系之后得以解决，说白了，已贷出巨款的银行本身，也是轻易承担不起企业破产、巨额贷款变成一摊坏账的风险。

寇中绎端起酒杯摇了摇，笑饮一口。

“和你们几家相比，顾达集团今年的发债额不到二十亿，按说顾天成的资金压力不大，他怎么也和你们掺和到一起？”

对顾天成而言，隔岸观火岂非更明智的选择？

“老顾倒是不想蹚浑水。可是你想啊，大家都在河边湿了鞋，能让他一个人干干净净站在岸上看热闹吗？让他以后坐收渔翁之利？那必须不可能啊。”

寇中绎眉端一挑，以示了然。

结合他的多方了解和汪锦程的隐约披露，整件事已不难推导。

最开始应该是唐宏和金图的资金链出了问题，焦头烂额下向汪氏求助，或是想把自己手中难以为继的现成项目和汪氏合作，结果同样受到资金困扰的汪秀年与其一拍即合，决定以不降价联盟的方式对刚需群体进行强势导向。

当房企资源过度集中，哄抬和把持市场价格，也就不在话下。

然而这么一来，不管在明在暗，都算是和政府的调控政策杠上，面对面打擂台。作为联盟主导人的汪秀年，当然不肯让实力接近的最大竞争对手顾天成置身事外，不免要联合唐宏和金图，想方设法把顾达集团一起拉下水。

至于顾天成，人在江湖，又岂能独善其身？

寇中绎想通后，适时止住，这事多少有点敏感，不宜深入，稍一不慎就会踩到警戒线，他随意找了个无关痛痒的安全话题，和汪锦程闲聊起来，同时放松自己靠向椅背，意态闲散，眉舒目展。

当汪锦媚推开房门，看到的就是寇中绎含趣蕴笑、风度翩翩的样子。

在她一怔的同时，寇中绎搁在桌面的手机震动起来，他低头看了看号码，以手势示意汪锦程随意点菜，拿起手机往外走。

“姑姑？你什么时候回来？航班订好了告诉我。”

他轻声交谈，抽空朝汪锦媚微一颔首，与她擦身而过。

汪锦媚眼波乍亮，回首追逐他的背影，瞬间意识到自己失态，慌忙在兄长注意到前收回视线，不太自然地轻咳了一声，转头对一旁的饭店经理道：

“你在这儿正好，我和朋友在隔壁米兰房，她喜欢吃冰镇芥蓝，但是嘴刁得很，只吃脆嫩的芯，你能不能让厨房把芥蓝全部去皮？”

她说完又忍不住回头，看见最后一抹衣袂消失在虚掩的门外。

“没问题，我这就交代厨房。”

经理应允不迭，把印制精美的菜单呈给汪锦程，对着耳机吩咐下去。

汪锦程随手翻了翻菜单，里面就算最便宜的一道清炒时蔬，也因辅菜的不是普通料酒而是五粮液，而使价格高得普通人难以接受，虽说是寇中绎找他帮忙，可他订的这个包厢，一顿饭至少会吃掉寇中绎半个月薪水，怎么可能真让他请客。

汪锦程合上菜单，原封不动地还给经理。

“照我往常点的都上一份。”说完他对汪锦媚道，“双晴没事吧？”

“她心情很差，让我和你说对不起，改天她再回请你。”

汪锦媚有些心不在焉，频频向门外顾盼。

那人讲电话的声音，愈来愈低不可闻，想是已经走远。

长廊里铺着厚沉地毯，华美的花卉纹案在水晶灯下鲜艳夺目，廊道两侧厢房几近客满，但因隔音良好，四周寂静无声，不知情的人置身此间，会以为是到了人迹罕至的宫殿回廊，绝难相信那一扇扇紧掩的门后，竟是热闹之至的笙歌宴所。

不热闹的除了汪锦程的包厢，大概就只剩下米兰房。

双晴独坐一隅，自斟自饮，兀自嘟囔：

“死人汪锦媚，怎么还不回来？投胎也不用这么久。”

房里空荡得能听见回音，她越等越不耐烦，按捺不住起身，颦着眉打开房门，半眯的眼眸有些迷糊，分不清南北东西，甩了甩脑袋，努力确定方向。

与长廊呈T字形衔接的窗边回廊处，寇中绎低声打完电话，转身往回走，行经拐角时，被寂静空间里几不可闻的脚步声吸引，他迅速转眸，看见消防用的楼梯间内，一道纤影不留神踢到台阶，猛地打个趔趄，差点儿栽倒。

他定睛看着那道不无熟悉的背影，柔细腰肢还算挺直，步子也沿直线拾级而上，看来没有完全喝醉，但纤纤玉指片刻不离扶手，每往上踏出一步，长曳及地的蓬松裙摆左摇右荡，显见脚步虚浮，纵然没有七分酒意，也已经四到五成。

寇中绎想召人来顾，长廊两端却不见服务生的身影。

这层已是顶楼，上去就是露天的天台，他忆起在饭店门口，她坐在名贵的跑车里，幽眸失神，凄楚动人，那种少不更事原应眉端飞逸的年轻脸容，却似不堪承受漫长的绝望沧桑，就连此刻，她一晃而过的侧面也是死气沉沉，像是生无可恋。

他有些惊讶，不明白会是什么事，让年轻的她悲伤至此。

忖度了一下，他终究还是再次尾随其后。

毫无知觉的双晴蹒跚着走出天台，驻足在空旷无边的夜幕下。

夜色如潮，涨染至世界尽头，远处灯火阑珊，车辆疾驰声不时传来。

她迈步走向俯身可见一楼地台的倚栏，夜风卷着秋夜的微凉袭来，原本被酒意醺得发热的身子打了个冷战，背靠镶嵌在栏杆上的玻璃滑坐在地，仰首眺望渺无星子的夜空，思绪迷茫虚空，如果一个人出生之前可以选择，她愿不愿来到这个世界？

寇中绎隐匿在钢制的门板后，无声无息注视着夜阑笼罩下的孤单身影，她紧靠着冷凉的玻璃，像受伤的小动物一样蜷成团状，过了一会儿，她终于动了动，将额头垂抵在双手环抱的膝盖上，动作自然得就像早已习惯这样安慰自己。

如同初遇那日，他又静待片刻，确定她的情绪渐趋克制，便打算离开。

“双晴？”楼梯下方忽然传来惊惶的叫唤，“你是不是在上面？”

他半探出去的身形倏然收回，再度隐于黑暗的门板后。

汪锦媚三步并作两步冲上来，当看到天台上缩坐一角的人影安然无恙，心慌神乱的她大松一口气，继而为自己在汪锦程的包厢里耽搁过久而后悔，愧疚又懊恼。

“你干吗一声不响跑上来，把我吓死了！”

双晴扯扯嘴角，自嘲声中还带着一丝自厌：

“你放心，我还没想好墓志铭。”

“你不要胡思乱想，说不定你误会了，你爸可能不是那个意思。”

“我没误会。”她冷声轻哼。

汪锦媚默然，不再试图说些连自己都觉得虚伪的安慰话。

双晴沉寂良久，再度开口：

“他老婆好不容易生了个宝贝儿子，现在母凭子贵，当然不希望我这个前妻的女儿接触他的生意，他心虚不敢和我挑明，就找我妈出面，说什么为了我好，让我出国或者去机关单位，我还没毕业呢，就急着把房子准备好，想让我搬出去。”

至于受前夫照顾良多的母亲，摆明了是知恩图报。

明明是她的亲生父母，却迫不及待地要赶在她独立之前，把她快快推入社会，仿佛这样他们就可以一了百了，卸下多年的沉重负担，她这个累赘的女儿，终于再也不会成为他们年复一年已近厌倦的心理愧疚，让他们不耐烦和继续操心。

她想破脑袋也想不明白，自己到底做错了什么，他们为什么要这样对她？

“以前我总是在心里不停地和自己说，虽然我父母离婚了，不住在一起了，但我始终是朱翡真唯一的女儿，顾天成也永远是我的爸爸……”

上帝会知道，她只能这么想，一直这么想。

不坚持这么想，她和无父无母也就没什么两样了。

“可是今天我才明白，不管我怎么自欺欺人，都改变不了眼下的事实，我妈已经不是我妈，她有她的生活，那里面没有我；我爸的第一身份是顾氏集团的董事长，其次是那个女人的丈夫，接着是那女人的孩子的父亲……你不觉得好笑吗？我们看上去锦衣玉食，好像拥有别人梦想中的一切，但其实你和我，什么都没有，根本一无所有。”

汪锦媚张了张嘴，最后选择沉默，不知道该说什么，又能说什么。

寇中绎静匿在门后，那抹受伤的细碎的哽咽声，在寂夜下显得异样压抑无助，断断续续传入耳中，他默立片刻，最后身形敏捷一闪，不为人察地下了楼。

回到包厢门口，他拦住上菜出来的侍应，递上信用卡，不一会儿侍应结账回来，交给他一个装着发票的纹印札封，他把札封别进皮夹，抽出现钞做小费打赏，侍应感激离开。

他一改沉静面容，嘴角含笑，仿若抹着星辉，伸手推开包厢的门。

第二章

附凤之星罗局

在她眉端渐渐聚拢的忧郁，引得寇中绎眼波闪了闪，目光再度落在她如画勾出的侧面，她的不快乐无法掩饰，与醺染的酒气和喧嚣的舞曲格格不入，太过明显，她缓缓回头，换成他不再避开，两人短暂对视，他看见无助，她看见怜惜，两者交织融会，无声流动。

双晴听从朱翡真的吩咐，上网报了名，准备参加国考，她把这个消息通过语音留言告诉湛开，没多久收到回复，他说：

“Take it easy，你还有我。”

她看得失笑，同时心底一酸，想到自己的父母。

她以为可以重温一下从前的母慈子孝，谁知道不但母亲小心回避，父亲雪上加霜，就连好友也嗤之以鼻，斥她看不清现实，成长的代价就是某天会幡然醒悟，原来错在自己，不该还会憧憬，还会失望。

现实世界纯洁无用，感情是负累，伤心纯属多余。

自私和无情，才是现代人最切实际的品性。

到了周末，她的心情已经平复。

去书城买齐参考书，然后前往星宇豪庭的售楼处。

顾天成给她准备了房子，她要和不要，结果都会一样，差别只在于她是迟一些还是早一些搬出去，和父母争执闹腾从来不是她的风格，她习惯了平静接受。

不管是房子，还是她的命运。

售楼处大门敞开，一进去就看见不少人从二楼下来，底下议论纷纷。

“怎么这么快，手续都办好了？”

“没呢，财务部的终端机坏了刷不了卡，得去银行取现金给他们，还好今天下定只要五万块，超过五万银行要预约，可就麻烦了。”

双晴摸摸背包，里面的现金两千元不到，索性不上去了，转身往外走。

依稀记得马路尽头的超市旁边有间储蓄所。

星宇豪庭虽然是顾天成旗下开发，但因为是董事会制度的上市公司，她这个准房屋所有人还是得在合同上签个字，走一走财务流程，而与其麻烦父亲底下那些每日像陀螺一样疯转的职员，为这点小事特地拿一沓文件跑去学校找她，还不如她这个闲人来售楼处办理。

按湛开的话说，顾双晴和汪锦媚是截然相反的两种类型，汪锦媚有福享尽，奢华不计；双晴却从无自觉，自己也能像汪锦媚那样，做个唯我独尊的公主。

不管外出或回家，她习惯了不需要司机随传随到，和普通人一样去坐地铁，犯懒就打车，和学校里其他同学一起吃食堂，偶尔宿舍有人嚷着要改善伙食，她也凑钱跟大家去吃廉价小馆子，对于环境和菜式从不挑剔，而当室友在熄灯后夜谈中艳羡提及，想去某饭店长长见识，她也乐于掏一回腰包大方请客。

以至同窗三年多，临近毕业，身边同学依然不知道她真正的家世。

朱翡真曾经赞过女儿这一点好，待人谦逊有礼，处事从不骄纵。

想到母亲，她心里微微酸楚，不管朱翡真出于什么目的，有句话说得无比正确，以后父亲的家里，再没有她立足之地，搬出来只是早晚的事。既然父母希望斩断她长久以来的依赖心理，借此机会迫使她尽早独立，她何不唯命是从，给他们一个痛快。

心头那份挥不去的苦涩，终有一日会习惯，甚至于麻木。

她推开银行的玻璃门。

狭小的储蓄所里只有三个柜台，也不知是规模小，还是位置太隐蔽不为人知，等候办理业务的只有寥寥数人，她取好号码，坐在前排，从背包里拿出参考书。

过了一会儿，大门的铰链吱呀一声，又有人进来。

轻闲的脚步，在看见前排那道骨架纤细的侧影时顿住。

她低着头在看书，浓密黑发用一只幽光流闪的黑宝石猫形夹子别在脑后，鬓边飘下几缕发丝，盈眉撩颊，玉色面容如洗月华，似笼沉烟，明明置身红尘，却整个人岿然不动，像一尊孤静出尘的青花瓷偶，与她身处的凡尘俗世隔着三千里远。

那晚夜幕下的萎靡褪去，晴空白日里的她，恬淡而带着些微朝气。

十足是美人如花……遥在不可攀摘的云端。

寇中绎收回目光，抬腿迈向柜台，顺手掏出钱包。

他才抽出银行卡，就听见背后传来淡冷指责：

“这位先生，你是不是该排队？”

双晴不悦地盯着面前高挑俊致的背影，还没来得及分辨心房一悸的熟悉感，他已讶然回首，对上她微带谴责之色的水眸，相互凝视的瞬间，他的眼神隐隐透出一抹奇异，眼波深处既含着一种初初相见的隔陌，又仿佛漾着一丝莫名的轻微熟悉和神秘深沉。

她刹那间呆住，傻瓜似的用力眨了眨眼，几疑身在梦中。

某种不明而强烈的奇特感袭上心头，在涌现瞬间被她恐慌地压下去。

他垂视她的眸光略显绵长，幽深中星芒一掠而过。

她脸上的表情在他回首的一刹那定格，对他“金玉其外可惜败絮其中连取钱也要插队”的唾弃之色来不及撤去，在他眼底下暴露无遗。

他没有多做解释，绅士地朝她做了个请的手势。

双晴的大脑仍然一片空白，机械地起身上前。

直到她把卡递进柜台，等候营业员点钞时，迷失的灵魂才慢慢归窍，而从侧后方传来的注视感，气场强大逼人，带着难以言喻的无形压力，让她莫名不安，有股想抚顺脑后发丝与腰间衣褶的冲动，瞬间那种反射性的恐慌接踵而至，将她心中的一切幻绪全部消灭。

她飞快地在取款单上签字，紧张得差点儿写错自己的名字。

寇中绎看着她手忙脚乱地把现金塞入背包，唇角不由得微挑，她认出了他。

但就似乎在矛盾中挣扎，不知道该不该和他打招呼，毕竟对他来说，未必会记得那日与她的一面之缘。

最终羞怯压下冲动，深缺勇气的她决定做个安分的陌生人，回身时不声不语。

他将指间把玩着的银行卡顺势一收，纳入掌中，好风度地侧身给她让路，朝她微微一笑，像是许久不见的温和问候。

双晴脑袋轰的一声，血液全往上冲，耳根涨得通红，不假思索夺路而逃。

跑出几步后，她脑子里一闪，倏地停步，愕然回首，瞪着柜台前寇中绎的挺拔背影，他递给营业员的银行卡，闪着某种特别的冷金属光芒，而那种光芒她并不陌生——那意味着，他是这家银行尊贵的超级VIP客户，规格是专人在内室接待，任何时候都不需要排队。

眸光一抬，她刚才取钱的柜台上方，果然标注着接待VIP的字样。

他只是一时亲民，懒得召唤银行的当班经理。

脸庞蓦地如沸水狂烧，她几乎是奔出门去，生怕被无辜冤枉的他不经意回首，那会让她尴尬得想死掉，脚底飞一般穿过马路，将储蓄所远远地抛在对面，人在安全距离外，她控制不住回头去看，银行门口空无一人，他还没有出来。

她骤地低头，不知何时双手握成了团，指甲掐得手心生疼，她轻轻松开，甩了甩因奔走太快而微晕的脑袋，有些无法理解自己潜意识的反应。

唯一可以确定的是，不，她不相信一见钟情，绝不。

顾董事长也曾对前妻一见钟情，爱得要生要死，结果又如何？

开始都以为会白头偕老，最早注册公司，用的是顾天成的姓氏和朱翡真的名字，叫顾真公司。没几年都把对方当人生污点，撕破脸，劳燕分飞，徒剩下公司名，一个莫大的讽刺。后来成立顾达，把顾真合并进去，曾经的爱情从此销声匿迹。

古人所咏诵的坚贞爱情，到了文明现代，早已经变得脆弱不堪，它经不起考验，熬不过距离，扛不过时间，抵挡不了诱惑，承受不住穷富突变。

寇中绎从银行出来，习惯使然，举目一扫，那道纤细的身影早消失无踪。

他走到路边，拉开车门，发出咔声轻响。

坐在车里等他的杨竞彤惊了惊，连忙收回投在窗外的失神目光。

“这么快就取好钱了？”

“银行里没什么人，基本不用等。”

寇中绎看了一眼交往半年的女友，一向聪敏干练的她，此刻不自觉地用手勾着安全带，从中午被他接出来，她就明显有些心神不定。

两人的相识，始于他前单位某任领导夫人的介绍。

到了适婚年纪，就连单位里扫地的阿姨，都恨不能围上来热切关心他的终身大事，隔三差五追着问东问西，令他啼笑皆非，最无奈的就是面对领导夫人，这种牵桥搭线难以推辞。

原本只打算走过场，没想到初次见面，彼此印象都不算坏。后来杨竞彤又陆续约他几次，双方都不觉对方有明显缺点，于是也就平平稳稳地谈了下来。

“你没事吧？”他似随意，又若探询。

“没事啊。”杨竞彤露齿一笑，若无其事地坐直身子，“我们走吧。”

寇中绎不作声，眸光在她的面容上停了停，幽芒微微流转。

在他收回视线打算启动车子的瞬间。

“中绎——”杨竞彤突然开口。

“嗯？”他松开拧到一半的车钥匙，静待下文。

杨竞彤心中所想捂了很久，再掩不住迟疑面色，说：

“我……我想来想去……还是觉得那房子的价格太高了。”

寇中绎笑了笑，看一眼女友。

“看了那么多楼盘，只有这套你最喜欢，我手里还有些基金和股票，套现之后可以付掉百分之七十的房款。”

他说话的语气里，没来由出现一丝细微谨慎，皱着眉头的杨竞彤却完全忽略了，只沉浸在自己的难言心事和混乱思绪中，烦恼着不知该怎么和他表达。

“就算只贷三成贷款，刨去你的公积金额度，也要向银行贷款一百五十多万。”杨竞彤力图劝说，对于工薪阶层来说，这绝对不是一笔小数目，更何况以她对寇中绎为人的了解，难以想象极有原则、洁身自好的他将来会收受贿赂，获天降横财。

富人眼里区区的一百多万，如无意外，他们要负债到白发斑斑。

寇中绎本人却不以为意。

“我收入稳定，以后慢慢还就是了。”

“你收入再稳定，也要还几十年。”杨竞彤抢着说道，凝重面容下隐藏着某种无力把握的挣扎，天人交战片刻，她最后仍是犹豫不决，只好避重就轻，“要不……我们还是另外选套小一点、便宜一点的吧？”

车厢里陷入沉默，寇中绎没有回答，气氛仿佛僵滞。

过了一会儿，他才缓声道：

“你今天怎么了，是什么事让你这么不安？”顿了顿，原本平静的嗓音忽然压向锐利，“还是其实你根本不想买房？不想结婚？”

杨竞彤浑身一震，似毫无防备下被他揭了面具，下意识地急着辩解：

“我不是这个意思！”

寇中绎轻淡一笑，侧头直视她慌乱的双眼：

“那你是什么意思？说出来我们好好商量。”

从他嘴里吐出的每一个字都极具耐心，却偏偏就是会让杨竞彤觉得有如烈焰灼肤，像被某种毫不留情的犀利在步步逼迫，她几乎是直觉地避开他能洞穿人心的目光，紧张得十指交握，而后迅速解开，不自觉地拔高音量：“我真的觉得房价太高。”

“竞彤，你在心虚。”他沉声如刃，直剖要害。

“没有！我只是——”

“你我之间若连坦诚都做不到，我同意，这个婚不用结了。”

他铁语铮声，态度决然。

杨竞彤被逼得猛一咬唇，彻底豁了出去：

“公司里临时追加了一个去美国进修的名额，我可能有机会，如果去得成，我要留在那边工作至少两年，以后具体会待多久，现在还不清楚。”

她不无心虚地低下头，怕见到他震愕变色的面容。

寇中绎的棱唇慢慢一牵，只是淡淡笑了出来。

“这个消息你知道多久了？”

“没……没多久。”

“这么说，当时你认为星宇豪庭房价太高不肯下订，只是想拖延我？那么多楼盘你全看不上眼，其实都是借口？在知道星宇豪庭的C型复式售空之后，你忽然改口说还是觉得这套最好，也是为了搪塞我？你想借此打消我继续看房的念头，是吗？”

“不是的！中绎……”杨竞彤急得一团慌乱，用力攥着他搁在方向盘上的右手，生怕他随时开门下车，“我只是心里很乱！自己都不知道该怎么办！”

“你当然早就知道你会怎么办。”寇中绎唇边笑痕淡下，话声薄凉，“你只是没想到，你打得好好的算盘会被我意外拨乱，真抱歉，我不该为了满足你原本想买房的心愿，而去托朋友成全，结果却给你带来这么多不必要的烦恼。”

“中绎你别这样！我不是存心想瞒你。”

“你不是瞒我，是耍我。”

他气量不窄，能理解她的想法做法，但还是无法掩饰一丝失望。

公司只是“可能”派她出国，还没具体“确定”到底是她还是其他人，她就已经一面拖延与他的婚事进度，一面等待上层的最后决定，连一丝风声都不透露给他，这招两手都要抓，两手都过硬，她身体力行得很好，比他还深谙进退之道。

如果进修名额落在她头上，他敢肯定，以她现在的心态必走无疑，退一万步，就算出不了国，她怕什么？不是还有他垫底？到时她一样可以若无其事地嫁给他，做个幸福的新娘……是不是女人都爱玩这种小心计、小手段？

从前听人说恋爱中的男女智商都是负数，他曾不以为然，觉得自己在感情里一直能冷静自持，清楚地知道自己欣赏这个女人的哪些优点，知道她性格中的哪些方面适合自己，时至今日才明白，原来未必是他真的了解这个人，而更可能是不知不觉中，把对方套进了自己属意的模型，他所欣赏的她的品行，也许只是他单方面为她加持的光环而已。

“竞彤，你这种行为和脚踏两只船有什么分别？”

杨竞彤心中的愧疚被这句平静的话击得粉碎，受不了这么尖锐的指责，她猛然还击：

“每次都是这样！就只会说我！你有没有想过你自己？有多少次我想找机会和你说清楚，可你呢？不是在加班就是有应酬！稍微有点空的时候，也只会拖着我去看房子，你到底知不知道！你已经有多久没好好陪过我了？！”

她夺眶而出的眼泪，让他一脸难抑的复杂情绪在瞬间覆没。

静默片刻，他再度开口，语气起了变化：

“你也知道我调了部门，刚开始接手新的工作。”那带着淡淡情感的微细失望已经消逝，眼底蕴着适时浮现的歉疚，眸心浸了些冷冽，微芒流转，像深海复杂无边。

杨竞彤不停地拭泪，女人一旦觉得内心积压的委屈有了出口，就会瞬时把这份委屈无限放大，对自我再不控制，彻底放任，不管不顾，任由情绪肆意溃决。

“和这个一点关系也没有，是你的性格问题！你只要定了目标，就会想方设法去达成，包括结婚也是这样，可你有没有想过我的感受？我不希望结婚对我来说，只是一个需要如期达成的目标！我希望那个过程是用心而甜蜜的！是，我知道你很忙，工作很繁重，可我真的完全没有幸福感，你到底明不明白？”

寇中绎轻嘘一口气，试图驱散心底冒出的陌生和冷意。

不，他不明白。

他不明白在过去半年的交往中，她在朋友面前无时无刻不以他为荣为骄傲，从不觉得与他有任何性格不合，就连结婚也是她先提起，她忘了最开始积极看房的人是她自己，这还没过去几天，现在她只不过有一个可能展翅高飞的机会，仅仅只是可能和机会罢了，远远未成既定事实，就已经怎么看他都不顺眼。

迫不及待要当面昭告他：其实我早就受不了你。

他完全不明白，为什么女人的心会变得比天气还快。

他几乎想问，如果他不是只打一份政府工，连套像样的房子也不能一次性付清全款，日常收入虽然旱涝有保，却无法让她看到更优质的未来；如果说，今天的他有着豪门公子的亿万身家，开得起豪车，住得起豪宅，她嫁给他所会得到的将远胜于千里迢迢奔赴异国他乡，那时她的决定，还会不会下得这么快速与决然？

最终他没有问，再多的解释也已经毫无意义，这就是和他相恋半年的女友，世间无人不画皮，都习惯把真身藏在笑面和妆容之后，想想都觉得荒谬。

要是没有这段插曲，他可能会顺理成章娶了她，一生也就这么过了。

寇中绎启动车子，神情平静。

“那房子我肯定得买，既然跟朋友托了周折的关系，不可能我说声想买，就轻轻松松找人帮忙；不想买了，就随随便便说声不要，等办好手续我送你回去，如果你决定出国，我能接受。”

杨竞彤心口一颤，接过他递来的面纸，抹干眼泪，低着头不再作声。

双晴一路翻着书本，往售楼处走去，阳光将她的身形往地面上拉出幽静无声的影子，专心致志的她丝毫不察，自己被呼啸而过的车辆远远地抛在后面。

倏忽之间，后视镜里的她缩成了小黑点。

开着车的寇中绎有点神思恍惚，是命运将他推至如此混乱的境地，还是他自己一手造成的局面？为何那个女孩子与他前往相同的方向，两人之间无非是谁比谁快一步，谁比谁慢一点；而坐在他身边原本谈婚论嫁的恋人，却不久就要和他分道扬镳，从此天各一方。

他将车子停在售楼处的空地上，坐在前排的两人尽皆沉默。

寇中绎垂下眼帘，终究什么也没说，只抬手熄火。

杨竞彤也解了安全带，无言下车，跟在他身后进去，迟疑道：

“你去办吧，我在楼下等你。”

两人前景未明，她又一分不出，总不能在这种情形下，还在购房合同上占个名字。寇中绎听了只是点点头，仍然不说什么，也不勉强她，大踏步走上楼梯。

二楼大厅摆着四五张圆桌，坐满了准备买房的人，有的一家到齐，共同参详；有的是夫妻两口子，不时低声商量。每桌都有售楼员在解释公积金、商业贷款及合同条款，看见有新的客人到来，匆忙中问声好，又低头答疑解惑去了。

寇中绎要找的不是售楼员，目光掠向财务总监办公室没关严的房门。

里头隐约传出唯唯诺诺的低声，似乎在打电话。

他走到僻静的角落等待，倚窗点了支烟，眸光随意落在室内。

那几桌想买房的人，都挨着售楼员在细细盘问，神色显得关注急切，似乎凝聚了毕生的渴望，恨不得当场拿钥匙入住，唯如此才能真正安心。然而又在多少人的脸上，呈现出房价太高而存款不足，害怕贷款会导致负担过重的忧心忡忡。

买与不买都是两难。

犹豫不买吗？一家三代全挤在阴暗逼仄的旧居，床底塞满凌乱招尘的杂物，动不动潮湿发霉，行走时只要稍为转身，不是碰到三十年前的破损床角，就是擦到斑驳的墙壁掉灰，熬过少年时期已经不堪，成人后还要继续忍受这种生活？

谁肯甘心这么过一生。

狠狠心一咬牙买下吗？不但这辈子的积蓄全投进去，还要背负大大几十万甚至过百万的贷款，从此节衣缩食，时刻关心不能断供，否则就会被扫地出门一无所有，如此度日，恐怕下半世都会被压得喘不过气，余生就为了一套房子打工。

那是另一种海水没顶似的无奈和悲凉。

到底从何时起，买房成了一个人的人生终极目标，造成今时今日如此局面，究竟是谁的责任，政府？开发商？抑或是整个社会？

就在思绪纷呈间，嗡嗡不停的嘈切声中潜入细微的脚步声。

寇中绎向窗外弹掉一截烟灰，掉头看去。

双晴踏上最后的台阶，心神在刹那间被某种波动牵引，抬首迎上一道视线，在僻静靠墙的角落，与她隔着喧闹的人群，背对斜阳洒照，他的面容沉如暗魅，擒住她视线的眸波秋水生寒，冷酷如烟，与早前在银行里表现出来的风度翩翩和善解人意大相径庭。

她心念凌乱百转，意外他何以在这里出现，旋即恍悟为何会与他在银行遇见，想起自己先前的无礼而羞惭不安，最后敏感察觉到，他此刻似乎心情不豫。

她比在银行时更不敢开口，头一低就想避入财务总监的办公室。

“这位小姐，你是不是该排队？”突如其来的讥谑，刻意压得极低。

在四周鼎沸的交谈声中，他凭空飞来的话语没有引起其他人过多的注意，却成功地把双晴的脚步硬生生叫住，她背对着他僵立在原地，脸上一阵红一阵白。

总监室里，一名烫着卷发的女人透过门缝看到她，马上满面堆笑迎出来：

“双晴你来了？快进来！我一下午就在等你。”

她机械地被那女人挽着手臂拉进去，听到门扇在身后咔嚓关上，尽管那两道如芒刺在背的淡嘲眸光已被隔绝在外，耳后滚烫的灼意还是久久未退。

都说六月债，还得快，临到她身上，没想到比火箭还快。

财务总监笑容满面，递过来一沓准备好的文件，双晴就像嘴角刻着微笑的扯线木偶，对方翻到哪一页，让她在哪儿签字，她就被动地拿起笔，依言画名。

门外有两桌售楼员把客人相继送走，暂时闲了下来。

两人见寇中绎侧身立在窗前，无意趋近已经空闲的她们，以为他和某些购房者一样，都是约好了在顾达工作的相熟员工，在等对方过来帮他争取尽可能低的折扣，既然觉得他可能在等熟人，那两名三十出头的女售楼员也就没有过去招呼他。

趁着人少的空当，她们端着茶杯，凑到一桌，窃窃私语起来：

“刚才被老田拉进去的小姑娘是谁啊？”

“你不认识？那是大老板的千金！”

“那个离了婚的前任生的女儿？”

“对。”

“我说呢！怪不得老田一脸巴结相。”

“她能不巴结？”嗓门压得更低，八卦往纵深发展，“上周发生的事你不知道吗？”

“我上星期高烧在医院吊针，请病假没来，怎么了？”

“大老板留出来两套C型复式，这你知道吧？六号楼那套就是给这位大小姐的；另一套听说本来是要给现任老板娘的娘家人，就在上周六下午四点多的时候，老板娘的大哥领着一大家子人浩浩荡荡地来办手续，哎哟，你可没看到老田那嘘寒问暖的劲儿。”

另一个马上拍了下她的手臂：“你小声点。”

“那天可精彩了，老田刚把合同拿出来，老板娘大哥的手机突然就响了，也不知那头说了什么，我就看着他整张脸都变了，本来兴高采烈的，一下子变得像蒙上了黑不拉几的锅灰，接完电话，他就阴着脸把自家人从椅子里轰起来，气冲冲地全领了回去。”

“怎么会这样，打电话的人是谁啊？”

“那位国舅爷的手机漏音，老田那会儿离他特别近，私下里说了，打他电话的人就是老板娘，是她把自家人给赶了回去，后来公司里就传开了，说大小姐得了一套房子还不满意，跟老板发横，把本来属于老板娘的那套也给占了。”

“真看不出来，小姑娘年纪轻轻的还挺有心眼。”

“可不是，你说那房子她早不要晚不要，偏偏人家来办手续时才说要。”

“一会儿她出来我得认着点，别以后不小心把人给得罪了。”

两人嘻嘻哈哈，又低声聊了会儿各种道听途说，才起身散去。

寇中绎立在窗边，一直维持着原来的站姿，直到听完八卦。

他把烟蒂掐灭，看了一眼已去招呼新来客人的售楼员，目光转而停在总监室关着的深褐色木门上，上周六正是他托汪锦程帮忙买房而约吃饭，在鼎庐遇上顾双晴的日子，这么说来，原本属于顾天成岳家的房子，就是他今天要买的这套？

而她被无辜牵连，为他担了莫须有的罪名？

思忖间，总监室的门被拉开，一抹娉婷身影走了出来。

不期然撞上他避之不及的眸光，她再度呆了呆，他眼底遥远而黑暗的尽头，浅浅漾着某种不明意绪，有点像歉然，还有一些她无法解读的更深意味。

她微微发怔，无法理解他前后态度的微妙变化，直觉就想回应他展示出来的友好，却在那抹礼节性的微笑跃上唇边前醒过神来，凭什么她要呼之则来？

说到底，两人都还不算认识。

这样的心神不宁让她自觉丢脸，把背包懊恼地甩到肩后，却看见他大踏步走过来，那么巧他也要离开？相投的眸光胶结着，他的凝视不曾移开，她终于觉得不对，他似乎是冲她走来，错愕看着他的身形一步步行近，她脑子里乱七八糟的念头全部惊滞，整个人动弹不得。

当他真的在她身前咫尺处停下，她的大脑仍然无法运作，失魂不信的眸光从他大方伸到面前的手掌一寸寸往上，最后爬达他深不见底的浓黑瞳心。

“顾双晴？我是寇中绎，汪锦程的朋友。”

“你、你好。”

她受惊过度的神色，让心怀歉意的他几乎失笑出声，原本只是打算讨个人情，始料未及会使她陷入流言蜚语，握住她条件反射下呆滞伸来的柔荑，他以令人舒适的力度，温润的手掌合着她冰凉无骨的掌心，轻轻一握，说话声低沉愉悦：

“幸会。”

没想到竟然是他。

那一刹那，她萌生荒谬错觉，仿佛有些什么，就这样成为定局。

过了好几秒，才慢半拍地反应过来，他已松手，她忙不迭地收回手掌，被他握过的手心和手背像是被沸水煮过，每一寸肌肤都烫得发麻，蔓延到前臂，似失去知觉，而理智偏偏此前就已出离轨道，让她无法思考，完全不知道该如何安置在这刻濒临死亡的灵魂。

“你……你怎么知道我的名字？”她艰难地试图觅回语言的能力。

他明显怔了怔，瞬间勾唇一笑，望向财务总监的办公室：

“那位总监出来招待你时，叫你双晴，对吗？”

“哦——”

“抱歉房子的事给你添了麻烦。”

“那个，不……不客气。”她手足无措，未及做出更恰当的反应，就听到一阵熟悉的歌声：“……如果连自尊都已经不再需要，这个世界什么爱你买不到。”

出窍的灵魂刹那被拽回，她脸上迷蒙的神色瞬间消失，螓首一低，避开他充满黑暗力量的蛊惑深瞳，手忙脚乱地从包里翻出手机，同时指指财务总监室：

“我和田阿姨说过了，她会给你办好所有手续，我还有事先走了。”说完不敢再多看他一眼，她逃命般向楼梯下方跑去，对等候多时的手机另一头急忙说了声：

“李证先？”

寇中绎望着她的背影，听见她的说话，眸心骤然一凝。

难道说……

他有点好笑地目送她奔下一楼，慌不迭地推门而去，他想了想，拿出手机，调看通讯录，查了查没找到，翻到另一个名字拨出去。

“谁啊？”略带疑惑的年轻男声接起。

“我。”

“你谁啊？”不耐烦的声线顿了顿，在不置信中骤然结巴，“老……老大？”

“好久没联系，你还在景州吗？”

“靠！真的是你！”那边又惊又喜，“我一直在景州，退役回来就没挪过地儿。”

“最近忙什么？”

“这破地方能有什么忙的！还不是在老头的公司里混口饭吃。”

“能耐啊童念，接老头的班做大老板了吧？”

“什么老板不老板的，整天和一堆破玻璃、破铝合金打交道，烦都烦死了！对了，我上个月去维州谈生意，找大仙喝酒了，他还问起你来着！”

寇中绎眼睛一眯，果然是在维州。

他笑着又闲聊两句，然后挂了电话，敲开总监室的门。

天高云淡下的梧桐树，疏落枝头仍能成荫。

双晴穿着深紫罗兰的卫衣套装和帆布鞋，束成马尾的浓密发梢拂过纤细后颈，在闹市中穿街过巷，熟练地找到目的地，那是一处寻常路段，某个不起眼的铺位。

就像那种主营网上销售的实体店面，总共不过十来个平方米的样子，任谁进去都看不到一点特色，靠墙的橱窗里摆着市面上随处可见的摄影器材，有刚上市的流行新款，也有乏人问津的旧版，几排盒子堆叠得随意杂乱，有的塑料膜上还蒙着一层薄灰。

不知是上班时间客人无暇光顾，还是生意本来就淡，冷清的铺子里只有店主一人，坐在柜台后昏昏欲睡，见有人推门进来，他眉梢吊起，斜斜瞥去一眼，看清来人面孔后，才懒洋洋地打个哈欠，勉强提起精神，魁梧的身躯从阴影里站起来，说：

“来了？”

双晴冲李证先笑笑，笑容一闪即逝，很有点羞耻和无奈。

“不好意思，又麻烦你了。”

“没事。”

李证先从柜台底下拿出一个牛皮纸袋。

她接过放进背包，告辞离去。

步行近一刻钟，到了商业中心附近，转乘园苑巴士，回到阔别已久的家。

食指按下门栅上的指纹仪，古铜色镶着兽首的金属门咔声解锁，同时密布在园栏四周、与安保中心联网的红外线警报器指示灯闪了闪，远程监控状态自动解除。

双晴走进时值半亿、带独立泳池的花园别墅。

多少人为三餐一宿还在贫困线上苦苦挣扎，她却能住在城堡之中。

在外人看来，何其幸福，只是生活一向如人饮水，是冷是暖，独自己心知。这里对她来说，除了女主人当家的丰功伟绩，并没有留下什么美好的记忆。

女人能享福通常有两个原因：一是自己命好，含着金汤匙出世；二是生的孩子命好，含着金汤匙出世，母凭子贵。她的后母钟怡就属于后者，在顾令勉出生后，双晴觉得连院子里装饰用的根雕，也几乎要为钟怡的志得意满而枯木逢春，更别提那些络绎不绝，拎着名贵礼品上门的亲戚朋友。

为了不用面对喧闹和尴尬，所以她有时连周末也避宿在学校。

时代的变迁，总是令人感慨，古时三甲及第只与才华相关，现在充斥人们耳目的功成名就，不是福布斯排名，就是各种富豪榜，唯金论时代的到来，不知不觉中造就了世人的急功近利，只讲目的，不计手段，更喜欢坐享其成。

以前，隔壁家的饭菜比较香，现在，隔壁家的老公最受青睐。

不管隔壁的男人是现任的，还是二手的，总有人妄顾一切，为之前仆后继，假使他还是个成功男士，则更加备受瞩目，有的不惜闹到三败俱伤，也有的像钟怡这样，坐守长线，等钓大鱼，在顾天成的原配能同艰苦却无法共富贵而分道扬镳后，好运地捡了个现成。

尽管她比顾天成小十多岁，但也算求仁得仁。

客观而言，钟怡的相貌算得上秀丽，娴静中带着知性的淡定和精明，嫁给顾天成注定了她的孩子从一出生就身份不寻常，看看客厅里具有专业护理资格的两名高级保姆就能知道，这不一个在收拾大大小小的奶瓶去消毒，另一个怀抱即将满月的顾令勉不住地轻哄。

对于钟怡本人，最大的不便，无非是下午茶得从屋外搬到屋里来。

双晴进屋时，她正搁下手中的茶杯。

看见继女，钟怡细眉一牵，适时站起，露出的笑容恰如其分：

“双晴你回来了？”

“钟阿姨。”

她问了声好，异常收敛，完全不同于面对朱翡真时的率性。

两人之间早形成某种相处的默契，钟怡待她客气有加，她对继母礼貌周至，多年来双方始终维持着这份必要的礼节。有时候当着顾天成的面，两人甚至比许多举案齐眉的夫妇还相敬如宾；不过像这种顾天成不在的时候，那份表面的尊重，通常也就点到即止，谁也别妄想谁会更进一步，或退一步。

沉潜在客气底下的矛盾，没有人会当面点破。

就这样持久拉锯多年，谁也不愿率先打破平衡，以落对方口实。

“你要不要喝点什么？惠娟正在厨房里做酸梅汤。”钟怡说道，话声中的热情与关切，依旧是拿捏得恰到好处，一分不多，也一分不少。

“不用了，我先上楼。”双晴礼貌谢绝。

她不愿回家，与不愿去母亲那儿的原因如出一辙，原本该是她的“家”，那一边总是不当回事地随便晾着她，而这一边，却总有人用主人的方式招呼她。这两者没有本质区别，对几位成年人来说，她就是一个来去不定、可有可无的小客人。

母亲或许无心，而面前这一位，却未必无意。

至于顾天成，现任妻子极少在他面前嚼女儿的舌根，反而会不时提醒他，对唯一的女儿要多加关心，表现颇是贤良淑德，由此常年公务繁忙的他又怎会注意到，这对继母和继女之间的微妙对立，以及女儿那一点藏得极深的敏感心思。

当无人知晓的不适感，积聚到一定程度时，双晴终于自觉地做起了客人。

时刻谨记，安分守己，偶尔回来寄居一宿。

在她上楼后，负责厨房工作的刘惠娟端着酸梅汤出来。

刘惠娟五十出头，是顾天成已辞世的母亲家的远房亲戚，在双晴还小时就已经在顾家帮佣，看见自己照顾长大的小公主婷婷的身影闪没在楼梯口，她惊喜道：

“晴女回来了？要不要……”话到一半登时住嘴，今时已不同往日，她看向钟怡，嗓门不自觉低了许多，“要不要问问她晚饭想吃什么？”

“不用了。”钟怡头也没抬，淡淡回应，说完，又自笑笑，“你去问她也不会说，她难得回家，你就别让她不自在了，天成也快回来了，去准备开饭吧。”

刘惠娟张了张嘴，最终闭上，拿着托盘返回厨房。

钟怡看也不看桌面上摆得端正的酸梅汤，从保姆手里抱过孩子，脸上洋溢着母性光辉，连连亲吻爱儿，一口一个“宝贝”昵唤不停，笑盈盈地起身上楼。

双晴在房里洗完澡，头发还没吹干，就听到敲门声响。

她应声开门，等在房外的刘惠娟拉起她的手，满是怜惜地把她端详一番：

“你爸回来了，快下去吃饭吧，这都瘦成什么样了，一会儿多吃点。”

双晴刚想回话，就看见走廊的尽头，保姆从钟怡的卧室里出来。

她欲动的唇沿牵成不语的微笑。

就在这瞬间，她的手腕被刘惠娟用力攥挽到臂弯里。

刘惠娟像遇到危险时张开翅膀护雏的老母鸡，既有在双晴面前彰显自己忠心的心思，不管这屋子里存在多少压迫，她都会坚定不移地与小主人站在同一阵线，又有点向与她身份同等、却不如她老资格的新保姆昭示自身地位的意味。

两人走到楼梯口，和保姆相遇。

双晴笑面不变，任由刘惠娟拉着自己，从低头侧身让路的保姆面前走过，普通保姆哪懂得待她这样谦卑有礼，显然是早早就被钟怡约束教导过。

到了楼下餐厅，十人长座的酸枝餐桌上摆满菜肴，却只见顾天成一个人坐在主位上翻阅报纸，尽管岁月如刀，顾天成仍算保养得宜，面容温文清瞿，腰腹平坦一如年轻人，全身上下看不到中年男人发福变形的地方，时光在他眉头刻下的川字纹，每一道都似蕴藏着丰富的人生经历，于无声处彰显成功人士的成熟和魅力。

双晴叫了声“爸爸”，拉开椅子坐下，顾天成看见女儿入座，随手合上报纸。

远远跟在双晴身后一同下楼的保姆，这时才毕恭毕敬走上前：

“顾先生，太太说她身体不舒服，不下来用餐了。”

错愕之色在顾天成脸上一闪而逝，快得连近在身侧的双晴都没有察觉，他心中清明，面上纹丝不动，深藏不露的平静面色一如往常，只以关怀的口吻道：

“你盛碗汤上去给她，就算吃不下饭，也要喝点汤。”

双晴低着头，静静坐在旁边，不多嘴半句。

她回来时，钟怡分明一点不舒服的样子都没有，现在却不肯下楼和他们同桌吃饭，摆明了是在使性子，只不知这莫名其妙的脾气，针对的是父亲还是自己。

保姆离开后，她带着应有的礼貌和适度关心，轻声开口：

“爸爸，你要不要上去看看？”语气清浅，神色安然。

“不用了。”顾天成笑笑，示意她举箸，“来，吃饭吃饭，多久没回家了。”

双晴心口一暖，轻微发酸，她始终是在父亲身边长大。

一直以来，和父亲都要比母亲更亲厚些。

父女俩有一搭没一搭地闲聊，虽不十分亲昵，总也不算生分，那套应世的虚情假意，除了和钟怡打交道，她平常用不着，尽管如此，钟怡存心营造出来的阴影还是让她有些受影响，除了被动地低声回话，多半时候只是静静吃饭。

“你的考试在什么时候？”顾天成问。

“下个月笔试。”

给女儿夹了片鲍鱼，顾天成和颜悦色道：

“爸爸身边其实很缺信得过的人，我只是担心你对房地产没兴趣。还有就是我和你妈都觉得，女孩子在机关里工作比较轻松，各方面也稳定，所以想让你去试试。能考上当然好，考不上也没关系，最多辛苦一点，来给爸爸帮忙。总之别给自己太大压力，明白吗？”

双晴在短暂的沉默后应了声“是”。

顾天成又问了一些学习上的情况，她如数回答，仍不多话。

“今天的灵芝丹参炖猪肚不错，没有外头做的腥味，惠娟，去把汤热热，再给双晴盛一碗。”顾天成看一眼墙上的时钟，已过了半小时，他用餐巾抹净嘴角，起身时拍了拍女儿的肩膀，言语姿态俱是自然，“你慢慢吃，我上楼看看你钟姨。”

双晴“嗯”了一声，过了一会儿，回头去望顾天成的背影。

也许，父亲并非什么都不知道。

她一边慢慢地喝着汤，一边拿起顾天成搁下的报纸。

看到一则令人意外的消息：

原本延期的房地产交易会，在经过多方协商后，定在下周开幕。

平淡的文字下依稀可见暗流汹涌，问题如此迅速得到解决，定然是对峙中的某一方做出了若干妥协，不知牺牲了什么利益，才得以换来交易会的顺利举行。

双晴吃好饭上楼，关上房门，盘腿坐到床上。

从背包里拿出李证先交给她的牛皮纸袋，把文件一页页摊开来细看。

沈承贤——朱翡真的新一任男友，现年四十七岁，美籍华裔，五年前在维州成立天居设计公司，但一直是雇人管理，他本人长年居住国外，直到两个月前才从温哥华回来。

种种介绍十分翔实，看上去无懈可击。

这倒有点棘手，对于这种人，该用什么方法去辨明他的真假？

沉思间，敲门声响起，双晴起身去开门。

刘惠娟手上端着一盅虫草雪蛤，有点惴惴不安地往走廊两边张望，较早前鼓足了劲表明立场的冲动余勇用罄，此刻变得有所顾忌，说话声压得极低：

“晴女，我偷偷炖的，你快趁热吃了。”

“谢谢娟婶。”双晴几欲叹气。

刘惠娟是心地善良没错，但她自以为高明的举动，其实是妇人之愚，使双晴头疼至极，这种偷偷摸摸的怜惜，像是见不得光，完全没有必要，反而只会加深她和钟怡之间的隔膜，因为容易招致旁人的误解，以为钟怡在生活上苛待继女。

事实上钟怡待双晴一直可圈可点，至少表面上说得过去，如果刘惠娟的言谈举止被钟怡知晓，难保她不会对顾天成流泪哭诉后母难为的苦处。然而双晴也没法和刘惠娟这样固守己见的老一辈人解释，什么是无声较量，什么是平衡有道。

另一方面，她还不能拂老保姆一片心意，让刘惠娟伤心。

这也是构成她不愿回家的一个原因，左右太难做人。

她唯有无奈笑笑，委婉道：

“下次可以多炖一些，大家一起吃。”

“你还有空管别人吃不吃？人家可没你那么好心。”刘惠娟把炖盅塞进她的手里，朝走廊另一头努了努嘴，“我刚才上楼，那边……好像跟你爸吵了起来。”

双晴一怔，刚想多问一句，房间里的手机响了。

房门就敞开着，音乐铃声清晰传出，把刘惠娟吓了一跳，她生怕引起注意，急忙把双晴往房里一推，拉上门匆匆离开，双晴哭笑不得，回身去接电话。

“晚上来不来夜庭？”汪锦媚问。

“和谁？要是你那群名车会的狐朋狗友就免了。”

“不是他们，就我和我哥，还有托我哥帮忙买房的寇中绎。”

听到那个特别的名字，双晴当场愣了愣。

“你认识寇中绎？”她下意识地问，怎么从来没提起。

“你干吗那么惊讶？我哥今晚约他喝酒，我跟去凑热闹，不就认识了？”

双晴心念电转，陡然明白过来：

“你……喜欢他？”

“你大爷的！果然懂我的只有你。”汪锦媚尴尬承认，“是有点意思。”

“那你玩开心，我还有事要忙，不去了。”双晴即刻推辞，脑海里却不由自主地掠过一道隽拔身影，那样夺目的俊容，摄魂的深眸。

挂了电话，她没来由觉得一丝心烦意躁，再没有心思研究散在床上的资料，只想到外头院子里吹吹风，索性就把文件收好开门出去，三步并作两步走到楼梯口，不知道脑子里哪根筋突然搭错，脚下不由自主一转，朝廊道尽头慢慢走去。

房门紧闭的主卧里，隐约传出说话声：

“你和我置气也就算了，和孩子计较什么呢？”

“我和她计较？你怎么不说她都做了什么？这份传真，你看看购房合同上的名字！她当初怎么和你说的？那房子不是汪锦程要的吗？怎么莫名其妙变成了这个寇中绎？”

“小怡——”

“她大可以明说两套房子她都要，我肯定一声不吭全给她！现在来这么一出偷梁换柱，算什么意思？”

“你先别急。”

“我不急，一点也不急！我有什么好急的？我就是觉得委屈！你什么时候短她零用，缺她钱花了？就那么套破房子，你说她转手能赚多少钱？为了这么点蝇头小利算计我，她眼里还有没有我这个阿姨了？”

“中间肯定有什么误会，她不知道我另外留了套房子给你，不可能是冲着你来的，她的性格我很清楚，绝对不可能是为了倒手赚差价，这点我相信她。”

“你当然相信她！你什么时候觉得你的宝贝女儿有错过？我爸妈、我哥都已经到售楼处准备签字了，她闲得无聊一个电话过来，随随便便两句话，你就让我把家人叫回去！你有没有想过，那天我家里人在售楼处有多难堪？！”

钟怡越说越气急攻心，嗓音颤哽不已。

顾天成自知理亏，只能好言相哄：

“是我不好，我给老婆赔罪，你也知道那孩子心思细，她长这么大还是第一次向我开口，我怎么能不答应呢？再说了，她只是我女儿，将来总要嫁人，我最多给她一份嫁妆，保她衣食无忧；你可不同，你是我老婆，这家里还有谁比你的地位更高？我手里的不都是你的？再过几个月，星宇豪庭二期也差不多要对外发售了，你到时去看看，喜欢哪套就哪套，我绝无异议，这样行了吗？”

双晴站在门外一动不动，整个人静得几乎连呼吸的微气都已停顿。

耳畔还在极细地嗡嗡回响，仿佛无法习惯而剧烈排斥，那些如裹冰凌的话在耳膜上不住震荡，造成异样的刺痛。从前，她亲眼看着房中的那个男人叫自己的母亲为老婆，人前人后，恩爱有加，现如今连名分带称呼都换了人。

这就是世人传颂的爱情和婚姻？

为什么她这个“将来总要嫁人”的女儿，会觉得毛骨悚然。

“顾天成你不用挑好听的话来哄我，我父母对你而言是外人，比不上你的宝贝女儿重要，这点我认了！我就只说令勉，你女儿我不敢招、不敢惹，但我儿子也不是外头捡的！总也是你亲生的吧？我不奢望什么，就只一个要求！将来我儿子长大，你能一碗水端平了！”

“行行行，老婆你去挑两套，一套孝敬爸妈，一套孝敬皇帝儿子，满意没？”

顾天成一味低声下气，百般宠让，间或夹杂两句甜言蜜语。

好不容易，终于把钟怡逗笑，她轻啐一声：

“我有什么不满意的。”哽咽渐止。

双晴在外听闻，禁不住轻扯嘴角。

哭闹只是手段，获取才是最终目的，尽管这种手段并不高明，但十分有效就是了。

她无声退后，打算静静离开，然而就在转身的瞬间，眼角余光掠见隔壁门缝下的地板上细影一动，与此同时，主卧里再度传出余怨未消的冷嘲热讽：

“你也别觉得我贪心，顾天成你做过什么事，你自己心里清楚，你偷偷摸摸给朱翡真的那五十万，我就当买个了断，她好歹陪你睡了那么些年，总算你没有交代底下人隐瞒我，还有这点可取之处，否则你看我跟不跟你离！我今天就和你说个明白，你以后要是再不声不响给她塞钱，咱俩的日子不用过了！”

双晴僵在门外，全身血液剧烈地往脑门上冲，几要爆裂。

“你别说得那么难听，翡真始终是双晴的母亲，那笔钱是我和她以前的约定。”

双晴猛地转脸，朝隔壁微开一线的房门瞪去，地板上的细影慌张地往里一缩，她心头霎时无名火起，这还没嫁出去呢！就急着叫人盯着她了？也不嫌做得过分！还有，就算她的生母再如何不济，也轮不到里面那个女人出言侮辱！

她大步上前，握成拳的右手松开，屈指不高不低地叩响房门。

房中顿然一静，然后是钟怡拔高的声音：

“谁啊？进来。”

双晴伸手推开房门，立在门口中央。

钟怡微微变脸，坐在床边搂着老婆的顾天成马上起立，面容略见尴尬。

“爸爸，钟姨。”她含笑入内，经过婴儿床时，停下来，轻轻捏了捏沉睡中天真纯洁的小小粉脸，笑道，“弟弟长得真可爱。”

钟怡即刻从床上弹起，一脸浓重的戒备。

顾天成一把拉住妻子的手腕，阻止她上前，神色如常平和：

“怎么了？找爸爸有事吗？”

从搬进别墅，这还是女儿第一次进入他和钟怡的卧室。

“爸爸，我明年就毕业了，能不能给我买辆车？”

“没问题，你想买什么样的？”顾天成满口应承。

镇定下来的钟怡勉强扯出一抹笑容，尝试加入话题：

“早就让你从车库里选一辆开回学校，你一直坚持不要。”

“以前没那个必要，不过以后工作了，我想还是有辆车方便一点。”五十万就能让这女人跳脚，索性让她尽情多跳几下，双晴定睛看向父亲，满眼渴望：

“爸爸，我很喜欢锦媚最近买的那款。”怎么也得五六百万吧？

顾天成眉头一动，迅即宠爱地笑了，为着这个女儿从八岁之后，就已在他面前绝迹的那点撒娇，他爽快道：

“没问题。”只要女儿开心。

“是什么车？”不明就里的钟怡好奇地问丈夫。

顾天成轻描淡写，化一触即发的矛盾于无形：

“我也不清楚，这些年轻人喜欢的东西谁搞得懂？明天让王准去办就是了。”汪秀年那个出了名的刁蛮女会开什么车？想也知道，不外乎是要从欧洲订货。

“谢谢爸爸。”

双晴见好就收，不再为难父亲，笑笑转身离开。

独自走过寂静的长廊，明明已经如愿以偿，心口黑洞却似乎变得更深，明明父亲不是不疼她，可那份沉重空虚还是压得人难受至极，让她抑闷想哭而哭不出来。

她亟须离开这栋房子，远远地，到什么地方去喘一口气。

夜庭是一间具有神秘色彩的私人夜店。

在汪锦媚跻身的圈子知名至极，半月形的开放式全皮榻座，为营造最舒适感受，榻上宽敞得能容下二三十人，中间放一张沉香木矮几，木几上摆列着晶莹剔透的时尚酒盏，和一套捷克水晶盘盛着的鲜果小食，沿榻摆满可供客人随意倚卧的大大小小软枕。

汪锦程兄妹和寇中绎闲坐在榻上，边听爵士乐边喝酒聊天。

“中绎，你买房子的事办好了？”汪锦程问。

“办好了，多亏你托人帮忙，他们给我打九折。”

“九折？”汪锦媚惊呼出声，望向自家兄长。

汪锦程脸上也显见意外。

寇中绎察觉有异，不由得问道：

“怎么？有问题吗？”

“顾氏历来的楼盘定价，都是以建设期付款不给折扣，银行按揭九八折，一次性付全款最低九五折，我没想到他们会给你优惠到九折。”汪锦程解释。

“我说了吧，找双晴肯定没错。”汪锦媚得意不已，“你这还是按揭房呢！”

“幸亏是双晴，要是其他人，这份人情可欠大了。”汪锦程摇头笑道。

两人这么说个不停，使得寇中绎回忆起在售楼处的那天，她惊呆微张的小嘴，慌乱无措的眸波，还有最后落荒而逃的狼狈身影，他定了定神，对汪锦程道：

“你这回帮了我大忙，以后有用得着我的地方尽管开口。”

“不过是举手之劳，你这么客气就没意思了啊。”

寇中绎心念转了转，垂眸端起酒杯，轻晃酒液：

“我在景州有个姓童的朋友，家里做建材的，不知道对你有没有用处？”

景州姓童的建材商？汪锦程来了兴致：

“不会是童念吧？”

寇中绎扬眉，这么巧？

“你认识童念？”

“还真是他？你怎么不早说！”童家可是维江三角区最大的建材供应商。

寇中绎笑了，一般来说应该是材料商追在开发商屁股后头跑才对，怎么现在反了过来，汪锦程一听他认识童念，高兴得像天上掉元宝似的。

“我本来还担心，说出来会不会给你添麻烦。”以为他是想给朋友拉生意。

“我们原本有固定的供应商，合作很多年了，但是最近他们突然要求把六个月的账期缩短成三个月，目前双方闹得有点僵，我正考虑是不是换人呢。”

“你要是真打算换供应商，小童确实是个不错的选择。”

“听说他不久前来维州见过老顾，他们有意签一份长期合作的最惠价协议。最近玻璃行业涨价得厉害，就拿我们正在开发的长乐庄来说，按照原来的图纸规划，门窗不管大小，通通要上3C玻璃，结果后来玻璃价格大涨，其他建材也跟着水涨船高，使得我们的总成本超支不是一点点，只好……”汪锦程顿觉差点失言，不自在地咳了声，迅速改口，“要是能和童念搭上线，那再好不过。”

小童和顾天成也有打交道？寇中绎心念暗闪，面上对汪锦程笑道：

“应该问题不大，我明天和他打声招呼，让他和你直接联系。”

“那我先谢了。”汪锦程端起酒杯。

寇中绎说了声“客气”，两人举杯相碰，一饮而尽。

“说来说去都是生意经，你们无不无聊？”汪锦媚在旁嘀咕。

“我们这是谈正经事。”汪锦程笑训。

“正经事不能留到明天吗？大晚上在这里有什么好谈的，寇中绎你说是不是？”汪锦媚不服气地辩驳。

寇中绎笑应一声，低头看手机，杨竟彤给他发来信息：

“公司的通知下来了，那个增加的出国名额给了我，我考虑了很久，这是我人生中最好的机会，我决定好好把握，趁着还年轻在事业上拼搏一下，将来的事将来再说，对不起。”

她不想把一生中最宝贵美好的岁月，浪费在柴米油盐和鸡毛蒜皮上。

所以不愿错过展翅高飞的机会，而宁愿错过他。

人各有志，他平静回复：

“我能理解，尊重你的选择。”

他放下手机，抬首时视线不经意飘向门口，落在刚走进来的窈窕身影上，她穿着灯笼袖黑纱泡泡公主短裙，紧贴长腿的裙摆上绣着碗口大的黑绢玫瑰，层层叠叠的花瓣缀满水晶，夜灯下璀璨夺目，她谢过前来招待的服务生，扬眼寻望，一转头迎上他深静如海的眸光。

这一瞬间，他胸口深处有些细微的无名情绪，被轻轻搅动。

有的人，注定会错过；而有的人，注定会遇上。

她迅速低头，朝他们的酒榻走来。

汪锦媚见寇中绎神色微滞，她沿着他的视线回首，看见双晴惊讶不已。

“你不是说不来吗？”

双晴把黑色亮片小手袋放在榻上，唉声叹口气：

“我也不知道为什么，突然之间觉得对你思念如狂，今晚不见你一面会睡不着觉，所以为了避免通宵失眠，我思前想后，还是决定飞奔过来深情看你一眼。”

汪锦程登时被逗笑：

“哈哈哈，你来看谁不好，看她不是浪费感情？”

寇中绎的眸光在双晴巧笑倩焉的脸上停了停，与她性情不符的夸张言辞，抓着手袋链子不放的紧张动作，她想掩饰什么？是心情不好，还是见到他觉得别扭？他唇角微翘，从矮几旁微微抽身，无声地向后移了移，让出足够宽敞的位置，倚身靠向榻壁软枕。

唯一没笑的是汪锦媚，她疑惑地盯着双晴：

“你没事吧？”

“有事，你问问名车会的二世祖们，有没有人想换新车？”

双晴边说边踢掉鞋子上榻，却没有坐到寇中绎让出的空位上，而是挤在汪锦媚身边，小腿优雅横叠，双手轻压裙角。

“你家有车子要卖？”汪锦媚应着，目光却落在别处。

“回头再和你说，你先打听一下。”

"行，我给你问问。"汪锦媚抬手，指向东侧角落，"哥，那是不是梅家老三？"

汪锦程撑起身子看过去："还真的是他。"

"听说这个败家子要办珠宝展，我去找他聊两句。"汪锦媚兴奋低叫，拨开双晴下了榻就奔过去。

"我也去打个招呼。"汪锦程笑着起身，"你们先坐一会儿。"

偌大的榻座，瞬间只剩下不说话的两个人。

寇中绎一脸慵静懒言的表情，他的好意她不领情，便不再去碰壁。

双晴自顾玩着手袋的金色链子，摆明了也不想无话找话，场面一下子冷清，过了一会儿，她大概觉得无趣，伸手去端桌上的酒杯，眸波不经意撞上他的黑漆深瞳，这次她没有避开，四目相接，令措手不及的他眼底流过微微乱色，迅即敛了睫。

她别转头，望向玻幕长窗外面，榻上灯色朦胧不明，隐隐约约的维城夜景穿透玻璃映入眼帘，一城星星点点的灯火，不知道映耀着多少温暖的家庭。

灯火之外，无边无际的黑暗，也不知隐匿着多少不幸福。

在她眉端渐渐聚拢的忧郁，引得寇中绎眼波闪了闪，目光再度落在她如画勾出的侧面，她的不快乐无法掩饰，与醺染的酒气和喧嚣的舞曲格格不入，太过明显，她缓缓回头，换成他不再避开，两人短暂对视，他看见无助，她看见怜惜，两者交织融会，无声流动。

"你别看锦媚的性子好像很疯，其实她没谈过恋爱。"

她率先打破沉默，唤回理智藏起自己，神色变冷，带着肃清一切的距离。

他斜斜地挑了挑俊眉，面露惊讶，似不太明白她在说什么。

"你少招惹锦媚。"她开门见山。

寇中绎眉泉一蹙，明显对她的话觉得不可思议。

"你去买房的那天，和你一起来的是你女朋友吧？"她步步紧逼。

他原本不动微思的浓睫抬了抬，她面容上那丝难以掩饰的责难，让他颇为好笑，他很确定自己没有做出过任何会造成汪锦媚误会的暧昧言行，实际上还是今晚来到这里，汪锦程才正式介绍妹妹给他认识。

他企图招惹的，从来不是汪锦媚。

沉吟了一下，他没有回答她的问题，而是反问：

“你想出手什么车子？”

双晴被问得一呆，他神色自然磊落，让她的满腔正义沦为狼狈。

她极不想回答，不想和他开始任何话题，可是从小的教养不容许她对人无礼。

“和锦媚的差不多。”她僵着声线答话。

“我家里人最近回国，刚好要用车。”他拿起手机，“你的号码？”

双晴觉得心脏有些不对劲，无缘无故跳得太快速和剧烈。

愈是这样，她愈是静默得异常，一句话也不再说。

得不到回答，他抬首望向她，眸光带着问询的意味，耐性而坚持。

压迫感强大得令人难以抗衡，弱势的她最终屈服，轻声报出手机号码，内心有个清晰的声音，一声紧似一声地催促她离开，她不安地抓来一个大抱枕，紧紧抱在胸前，仿佛这样就能挡住某种不明的侵略，隔出与他之间不可逾越的界线，让自己躲藏在安全区域后面。

眼底收入她的局促和焦虑，他合上手机，嗓音略带安抚：

“到时我联络你。”

心口的紧张愈积愈甚，她噌地挺直腰，扔下完全无用的抱枕：

“我离开一下。”

寇中绎望了一眼不远处往回走的汪锦程兄妹，再望向眼前几欲逃离的身影，唇边轻含一点薄浅的笑意，抓住这稍纵即逝的机会，他朝她倾身低语：

“就在刚才你出现的时候，女朋友和我分手了。”

刻意的解释传入耳中，开始只是令她身形一滞，没反应过来他的意思，在按着裙子挪腿落地的一刹那，所有动作瞬间停顿，她背对着他整个人僵在原处。

他特地告诉她……他现在是孤家寡人？

第三章

折梅之卸肋局

世上又有多少人、多少事经得起认真追究？

双晴望着母亲略显落寞的面容，想起钟怡在房里对顾天成说的话，轻声道：

“爸爸再婚也好多年了，现在还有了儿子，我想他以后没那么多时间和精力再兼顾你，妈……你还要继续这样下去吗？”

天边残霞将尽，挂着最后一抹紫红交错的黯淡余光。

寇中绎停好车，下来看了看外墙上钉着的门牌，沿街走到一百三十三号，停下脚步，面前是间不起眼的摄影器材专门店，外墙灰不溜秋，锈迹斑斑的铁闸卷在门楣上，门口连张广告贴纸都没有，隔着玻璃门依稀可见内里萧条无人。

再确认一次门牌号码，他推门而入。

听到响声，原本缩在柜台后做事的李证先站了起来。

寇中绎立在门边，双手插在暗纹口袋里，左手肘弯搭着件薄外套，米色丝质衬衣勾勒出完美的身肌线条，领带随意地斜斜拉松，整个人显得娴静而高贵。

他刻意环视简陋的四周，先是难以接受地摇头，然后格外感慨：

“混得真差劲，李证先，你在家是不是靠老婆养？”

“我……操！”

李证先把手里的文件袋往柜台一摔，大步走了出来，面上惊愕被从心底焕发出来的笑意取代，那笑容转瞬即逝，风霜刻下痕迹的脸变得异常肃穆，在寇中绎面前站定，雄健体魄啪的一声挺胸立正，右手齐眉一挥敬了个标准军礼，说话高声嘹亮：

“报告组长！七七三五二部队歼六特别行动组山鹰前来报到！”

寇中绎微并指尖在额边闲闲一点，算是回礼，终于也笑了起来：

“老实说，你这是不是黑店？装个破得没边的门面，其实是挂羊头卖狗肉？专门干两千块买根手指，五千块买只眼睛，代客杀人放火的孬事吧？”

“去你丫的！”李证先霍然击出铁拳。

寇中绎不躲不退，受力的肩胛向后疾速一晃，借势卸去大半力道，硬生生受了他一拳，稳然身躯纹丝未动，扫一眼橱窗里摆着的器材和设备，继续揶揄：

“不是杀人放火，那就是找猫找狗了？是不是还顺便代人捉奸？”

“差不离那点破事，老子在这旮旯儿闲得蛋疼，找点乐子消磨消磨时间。说正经的，你怎么会在维州？我还以为你当年去美国你姑姑那儿不回来了。”

“那年姑姑生病，我只是去看看她。”他虽然有从军经历，真要留在美国也不是没办法，纯粹是他不感兴趣，“我回来就进了省机关，最近刚调过来，只是不知道你也在维州。”

“这是我老婆的娘家，搬过来一年多了。你呢，平常工作忙不？”

“现在政府公务的透明度越来越高，不忙是不可能的。”维州作为面向世界的窗口城市，吏治比从前不知严明多少，平时不是上头布置繁重的公务，就是手下被人投诉问责，但凡职衔带个“长”字，压力不是一星半点。

老一辈那种一杯茶、一张报纸的好日子，已被时代的滚滚洪流彻底淘汰。

两人又相互聊了一下现状之后，寇中绎问：

“大仙，你认识顾双晴？”

“姓顾的丫头？认识啊！怎么，她犯你手上了？还是你看中她了？”

“别瞎扯，前段时间我买房，她帮了大忙，我就是无意中听到她提起你的名字，才想你是不是也在维州，你们俩看上去八辈子打不着交道，怎么认识的？”

“她爸身边有个助理叫王准，那小子和我岳母家是亲戚，就是他给介绍的，小丫头找我是为了调查她妈交往的那些乱七八糟的男人。”

寇中绎一怔：“她在查她妈妈的男朋友？”

“说男朋友那是好听了，多数都是冲她妈手里的钱去的，有些就是千门里的姑爷，职业骗徒，一群人精心策划，有备而来。”李证先摇头道。

“她每个都查？”

“全都查，最近又冒出一个美籍华人，背景是个富豪，低调得很，信息特别少，我到现在还没发现他有什么不妥当。对了，你是情报分析高手，要不你帮忙看看？”

“这不太好吧。”毕竟涉及她母亲的隐私。

“有什么不好的，难道你看了还会说出去？要是那男的有问题，而我没查出来，到时候她妈上当受骗就真不好了。”李证先边说边拿过柜台上的文件袋。

寇中绎想了想，这话也有道理，便接过袋子。

正打算抽出里头的资料，手机突然响起，他只好放下文件袋，接通电话。

“竞彤？……晚饭还没吃，我在朋友的店里。”他看了看表，“好的，我十五分钟后来接你。”说完合上手机，把文件袋还给李证先，顺手拍了拍他的肩膀，“今天没时间了，你自力更生吧，有想不通的地方打我电话，改天把嫂子约出来一起吃个饭。”

“操！你怎么也变得有异性没人性了！”李证先笑骂。

寇中绎也笑了笑，看着故交战友，神色忽转正经：

“大仙，我有件事需要你帮忙。”

李证先眼一眯，也不问是什么事，直接回道：

“只要老大开口，兄弟万死不辞。”

“那谢了，保持联系。”

寇中绎笑着挥挥手，转身出门，取了车，朝杨竞彤家开去。

他一手握着方向盘，一手戴上蓝牙耳机，拨出电话。

“……是我，姑姑过几天回来，我就是和你说一声。”

“……既然你这么忙，那等她回来再说吧。”

“……目前为止，一切顺利。”

“……不了，我约了人。”

车子途经闹中取静的清幽地段，前方有家杨竞彤喜欢的法国菜，以前他们来过几回。

开过去时，寇中绎不经意看了一眼，这一掠目顿时就踩了刹车，缓下速度慢慢往前驶，马路对面，双晴和一男一女两名中年人，有说有笑地走进了那间法国餐馆。

她穿着紫色的小礼服，胸前佩戴着一串珍珠璎珞，长发挽成发髻，十分清丽典雅。

每次见到她，都是截然不同的面貌。

只是这一次的装扮，相对她年轻的面容而言，太过恰当，似投谁所好，也不知是早慧还是早熟，早慧是家教和修养使然，早熟的背后，却可能是难以和外人道说的辛酸。

她的身影消失在门内，他踩下油门，拐过路口继续疾驰。

没多久就到了杨竞彤家楼下，妆容精致的她已经等在路边，连身短裙珠光闪亮，勾出婀娜曲线，晶灿铆钉大皮带束着柳腰，配上暗棕色亮泽的大波浪卷发，她梦想成真，顺利获得那个百里挑一的机会，整个人较以前更加充满自信，如花艳放显尽娇媚。

杨竞彤坐进车里，朝寇中绎展颜笑笑。

目光在她的笑容上停留，他没有忽略她的期盼之色。

“很好看。”他体贴夸赞。

脑海里却不期然闪过另一道纤丽身影，粉黛不施，玉质天成。

他将车子掉头，一路上两人相处自然，仿如从前一般，他只是来接杨竞彤外出看一场电影，听一次音乐会，而不是去赴这顿最后的晚餐。

她的签证已经下来，不日就要飞往异国他乡。

“想吃什么？”他笑笑问，待她如知己好友，脸上不见离愁别绪。

分手分得如此顺利，让杨竞彤心里产生莫名的失落和惆怅。

“去我们初次约会的那家法国餐厅好不好？”

他眼底暗光一闪，没有异议。

车子原路返回，他打开音响，怀旧老歌流淌在狭小空间，想到即将见到的人，思绪轻微飘忽，一贯沉静的面容有些心不在焉，似乎还没等谁刻意安排，上天已自有主张，如此几次三番，不约而同遇见，在她懵然未觉之前，命运的力量已驱使着他一步步走进她的人生。

他不自觉的沉默面容，使得杨竞彤也是一路无话。

直至到了老地方，在老位置坐好点完单。

杨竞彤心中积聚的感伤愈来愈浓重，再也无法忍受，她伸手抓住寇中绎随意搁在桌上的手掌，原本自如的面容，在那瞬间换了崩溃，她低声乞求：

“中绎，你就让我出去见识见识，否则我这辈子都不甘心。”

寇中绎微讶挑眉，他从一开始就没有阻拦，她如愿以偿，为何还不满足？

“你等我好不好？只要两年，两年后我一定回来！”

原来如此，鱼与熊掌两欲兼得，他垂视自己被她握着的手。

他为她营造的世界她不要，念念不忘想去追寻一个未知的将来，尽管其中充满荆棘和变数，胜在足够新奇，她信心满满勾画的关于未来的美好遐想，令她自己无限向往。

“中绎，你等我好吗？”杨竞彤继续央求，说着说着自己先潸然泪下，她不是不知道自己要求过分，大家都是成年人，到了适婚年龄谁都耽搁不起，叫他空等两年有点厚颜无耻，可是她心里真的非常不舍得，条件这么好又这么宽容大度的男人，以后再难遇上。

寇中绎胸中有些沉抑，造成如今的局面，并不全是她的错，主要责任其实在他身上，明知此刻犹豫不定十分危险，一不小心就会留下后患，然而面对前女友的泪容，他不无歉疚，难以狠心开口和她一刀两断，他始终希望她是带着快乐而不是悲伤的心情奔赴大洋彼岸。

他沉默地拿起手边的纸巾递给她。

杨竞彤不肯接，雨打梨花一样楚楚可怜，哀切祈求地看着他。

寇中绎一时心软，动手为她抹泪。

他不会再和她联系，但此时此刻没必要告诉她，只委婉道：

“两年后你要是回来，到时再说。”

杨竞彤不过是背水一战，对他放手一搏，其实不抱多少希望，听到他模棱两可的回答，虽不能尽如人意，不过那话中意思，以后重拾旧情的可能性还是有的，她不由得破涕为笑，连声应好，生怕回应迟了，对面的男人就会咻的一声飞走，激动之下，泪水又涌了出来。

她真情流露，嗓音几近发颤：

“中绎，我真的很爱你。”

他心头一哂，莫名觉得可笑，她很爱他，爱到要离开他。

我爱你，这句话多少年前就已耳熟能详。

以他的年纪，交往过若干女友很正常，痴迷于他的女性不是没有，但曾经对他说出“我爱你”的女人，包括杨竞彤在内，从未表达得如此急躁和迫切。

他暗沉的内心深处浮上一丝茫然，生平第一次意识到，这种强烈的情感反应，他非常陌生，他喜欢面前的女子，她淡定、坚强、独立，对他没有过多依赖，他也丝毫不介意她瑕不掩瑜的心计和手段，这种感情对他而言已经是爱，由此他曾经考虑过和她结婚。

成家是一件无论男女在适当的时候，都会去做的适当的事。

可是，眼前的这个杨竞彤，就像一面使人现出原形的镜子，照出他内心被忽视已久的荒芜空无，如果他从前的认知已经是爱，那杨竞彤此刻的急切表现，又是什么？

他忽然对自己的感情变得不确定起来，下意识地，转眸看向窗边。

那里有一桌人，有一个人。

全餐厅最好的景观位置依窗而设，窗外景色悦目，窗内帘幔垂衬，一侧天鹅绒长椅里，坐着一位长相富态的中年男士，穿着名贵西装，亮泽发型一丝不苟，在他对面的美貌妇人气质高雅，打扮入时，双晴就乖巧地挨坐在母亲身边。

她十足小鸟依人，睁着明亮眼瞳，听对面的男人侃侃而谈。

微微弯起的嘴角带点笑嘻嘻，一派真诚无害，偶尔适时地“哦”一声惊叹，配合着露出一时惊奇一时钦敬的表情，极为讨人喜欢，唯是无人注意的指尖，在来回轻抚着杯沿，这细微而枯燥的动作，才显出内心的一丝无聊来。

她分明是在演戏，也许同样的剧目出演场次太多，演技已十分娴熟，无比合作的奉承姿态信手拈来，毫无破绽可寻，任何一个不了解她的人，大概都会对她的单纯信以为真。

寇中绎的眸光在她手边定了定，有条不紊摆放着的全套西餐餐具，由外至内，大小刀叉之多，并非化繁为简的日常西餐所用，看样子点的不是普通套餐。

极可能是顶级全餐，从头盘到甜点，都必须按大厨菜单逐一上菜。

她性格中明显有着不喜麻烦的一面，对她来说这不过是一次普通会面，甚至已经让她觉得厌烦，就算是为了给足母亲面子而隆重出席，也不至于要辛苦自己吃最正宗的传统西餐，要知道没什么比法国菜程序更多，更讲究用餐礼仪。

寇中绎望定那套餐具，心念电闪，终于明白用意。

他不着痕迹地收回视线，对面侍者为杨竞彤摆好餐盘后退下，她抬头看来，他端起桌上水杯抿了一口，敛低长睫盖去所有微细的表情，慢条斯理地开始进食。

背对屏风的双晴没留意斜后方有人，她的注意力全集中在那男人身上，哪怕对方只是打开餐巾这样细微的动作也不放过，在半垂不垂的眼眸和似笑非笑的脸容下藏着心思，既然号称是隐居美国的富豪，那就看看他对高级餐厅是否熟悉。

趁着头盘撤下，等候主菜上来的间隙，双晴对朱翡真道：

“妈咪，沈叔叔比你以前认识的那些朋友好多了。”

对面的沈承贤听闻，露出持重谦逊的笑容：

“双晴你过奖了。”

“他不就是送了你一条手链，这就说上好话了？”朱翡真笑嗔女儿。

“我才不是说好话。”双晴嘟了嘟嘴，她不喝红酒，另外叫了杯果汁，嘴里轻啜着果汁吸管，笑眯眯的双眼天真无邪，“沈叔叔你不知道，现在国内真是什么人都有，就说去年这时候吧，有个长得挺好看的男人对我妈咪穷追不舍，就差没把心肝肚肠都挖出来给她。”

朱翡真脸容一滞：“你提这种陈年旧事干什么？”

母女俩迥然相异的反应，引起了沈承贤的兴趣，鉴于隐私却不便追问。

“古人说得没错，窈窕淑女，君子好逑。”他笑着道。

双晴轻轻吐出小嘴里的吸管：

“可惜啊，他不是君子，是个骗子。”

“骗子？”沈承贤一脸惊讶。

“嗯，沈叔叔出国多久了？听说过国内的天仙局吗？”

“我很年轻就出去了，在美国读的硕、博，有二十多年了吧，时间过得真快，你说的天仙局我不清楚，只是听人提过，按现在的说法就是诈骗犯对不对？”

双晴脑中飞掠过李证先提供的调查报告的内容。

年轻时赴美进修，移民二十二年，逐一吻合，毫无差错。

“沈叔叔你说对了，以前的天仙局是下九流的勾当，多数是流氓和小混混做的，一群乌合之众，骗骗无知的良家妇女；现在可大不一样，诈骗集团都懂得事业化经营了，他们有公司，有管理，搜罗各种人才，运作起来比小型企业还专业。”

“这么厉害？”沈承贤的兴趣浓厚起来。

“绝对超乎你的想象，他们有一组人马专门负责物色目标，通常盯上的都是那些富有又寂寞的单身女性。”双晴别有所指的眼风瞟向自己的母亲。

朱翡真尴尬得老脸生红，出声抗辩：

“你看我干什么？我既不富有，又不寂寞，别拿我说事。”

她话虽这么说，却是落落大方，并没有阻止或暗示女儿换个话题。

双晴也就肆无忌惮，继续对沈承贤道：

“骗子公司除了有专人寻找目标，还有人负责收集目标人物的情报，有人负责对精心挑选出来的行骗人进行包装和训练，这个重要角色可以是他们内部的人，也可以向同行租借或对外雇佣，一切只看需要，这人的谈吐打扮、性情志趣，全都会投金主所好。”

既能言善道，又温柔体贴，寂寞感性的单身女子通常难以抵挡诱惑，就算开始时怀有戒心，但女人到底是水做的，容易心软，对方又极有耐性，最后总会被磨得慢慢上钩。

“他们先骗取女人的感情，再进一步诱哄她们对子虚乌有的项目进行投资，通过这种方式诈取大额金钱，整个计划从头到尾非常缜密。”

“这我还是第一次听说，今天大开眼界了。”沈承贤惊叹道。

双晴嘿嘿一笑，话锋忽地一转：

“沈叔叔你呢？表现这么好，不会也是在演戏吧？”

朱翡真的脸色登时微变，当场出声喝止：

“你怎么越说越离谱，快给沈叔叔道歉！”

“翡真没关系，她也是关心你。”沈承贤笑道，诚恳地看着双晴，语气满不在乎，“我在美国也算是有点儿资产，还不至于对你母亲的钱感兴趣。”

他的笑容看上去诚挚无比，双晴始终无法判断真伪，既然真假难辨，就不好贸贸然搞坏融洽的气氛，她马上顺应朱翡真的要求，依然笑嘻嘻的，有点赖皮，又有点撒娇：

“沈叔叔对不起，我说笑的，你不会介意吧？”

“绝对不会，和你聊天非常有趣。”

这时侍应端上主菜，三人不再交谈，相继安静用餐。

在他们侧后方，杨竞彤起身去了化妆间，寇中绎无声观察。

那中年男人喝汤时调羹向外舀，从侧面入嘴，进餐速度适中，注意保持和同桌两位女士一致，在她们都吃好后才吩咐撤盘，对二人照顾有加。随后他吃鱼和吃肉的刀叉不曾弄混，对着餐桌上高矮不同的酒杯，每一道菜配什么酒也没弄错，换饮之前娴熟地先以冷水漱口，如此表现，堪称完美无缺。

甜品上来时，三个人再度有说有笑，双晴的表情放松，看得出戒心渐去。

寇中绎却敏锐地捕捉到一丝不妥。

那男人掩饰或说演绎得很好，就连聪慧如她，也察觉不出他是否别有所图，但偏偏就是这份过度自如，让人觉得有问题，他每个用餐的动作，每句对话的台词，就连脸上每丝最细微的表情，都表现得恰到好处，如此这般，竭尽全力，难道单纯为了奉承这对母女？

以寇中绎从事侦讯多年的经验判断，这似乎有点不合常理。

这种会面，正常的表现，应该是比较随意自然。

也许，那男人手里所谓的资产，在不久的将来会突发状况，而不得不向朱翡真女士借调头寸，他对她的钱“不感兴趣”，只不过是硬起头皮希望她能“江湖救急”。

杨竞彤补妆回来，寇中绎召来侍应结账，偕她起身离开，他走在杨竞彤后面，想起李证先说过，那男的是美籍华人，他打开手机发了条短信。

双晴放下吃甜品的小勺子，用餐巾抿了抿唇，取出包里震动的手机。

“等他结账时，你陪你妈妈离开，寇中绎。”

她心口霎时漏跳半拍，飞快抬首望寻。

在门边回廊处，他落后于一道女性背影几步之遥，正与拿着结账夹子的高级领班低声交谈，然后他打开钱包，似乎是抽出钞票递过去，那领班朝四周看了看后迅速收下，寇中绎回首，隔着层层叠叠的灯影，与她的视线相遇。

浮华盛世营造这布景，谁一次顾盼便已倾城。

熟悉的歌词无端滑过心间，手中餐巾被她无意识地紧攥成团。

他朝她远远颔首，夹在指间的银行卡充满暗示地扬了扬，灯影下身形幽深，也不知脸上是否带着薄薄笑痕，那段不远不近的距离让她看不真切，没有言语，不打交道，他甚至没多作停留，只是短暂一眼，一个微小动作，已然转身。

两人转瞬消失于门外。

双晴良久收不回视线，门口的射灯底下拉出一抹透明轻烟，仿佛他残存的余影袅袅，在她平静的面容下，心潮比暴风雨来临前的维江还汹涌得更甚。

终于明了，之前种种惊惶的反应意味着什么。

在未来的彼方，有一处她从未见识过的举世无双的桃花源，或是，一道会慢慢淹没她，让她在凌迟中窒息的深渊，那句歌词怎么说？爱情慢慢杀死她。

心间酸涩胀满，差点儿让她落泪，忘了自己身在何方。

“双晴？你怎么了？”

察觉到女儿不对劲的朱翡真轻唤。

她如梦初醒，顾不得还有旁人在场，以手轻轻掩面，艰难出声：

“我有点不舒服，想去一下洗手间……妈咪你一起去吗？”她勉自镇定，用手背碰了碰母亲的坤包，暗示她去补补妆。

她的动作让朱翡真误以为自己妆容有缺，向沈承贤道声歉，跟着站起来。

沈承贤也连忙绅士地推椅起身。

双晴朝他笑笑。

“沈叔叔，要不结账吧？我回去休息，你和妈咪另外安排好了。”

“好的，我这就买单。”

双晴挽着朱翡真的手臂走入洗手间，等朱翡真关上门，她转身出去。

寇中绎先是用短信吩咐她和朱翡真离场，接着冲她轻弹银行卡，最后让她看到他赏给领班大额小费，把这几个仿佛毫无关联的举动串联到一起，让她想起在售楼处买房的那天，财务部的终端机坏了，他们不得不去银行取现金付款。

他给她的暗示已经呼之欲出。

就见刚才那个领班从收银台过来，走到沈承贤身边，弯着腰一脸歉意地打开手中夹子，嘴里不知在解释什么。沈承贤听完摆了摆手，收起夹子上的信用卡，改为取出一沓现金，没几分钟，领班结账回来，朝客人摊开的长夹内整齐地放着找回的小面值纸币和数枚硬币。

双晴看着沈承贤从夹子上把纸币和硬币全部捡在手里。

画皮下的真容终于露了出来，她长嘘一口气，忽闻背后传来微声。

双晴回过头，无奈地朝朱翡真摊手：

“你都看到了？”

朱翡真神色暗淡，良久没有说话。

虽然百分之十五的服务费已经自动打在账单中，可作为一个号称在国外生活了二十年并有一定社会地位的男人，这位沈承贤先生竟没有给小费的习惯，就连领班找回的几枚硬币都悉数收入囊中，这种与身份冲突的矛盾举止说明什么？

唯一的可能，此人对自己的经历或背景撒了谎，甚或两样都是作假。

朱翡真很快敛起情绪，拍拍女儿的肩头，话声平稳：

“过去吧。”

“你早就起了疑心，是不是？”所以才不阻止她的种种试探。

“真真假假，假假真真，做人有时候糊涂点好，知道得太清楚没意思。”朱翡真无可无不可地应道，到了她这个年纪，很多时很多事，睁只眼闭只眼就够了，不必追根问底。

世上又有多少人、多少事经得起认真追究？

双晴望着母亲略显落寞的面容，想起钟怡在房里对顾天成说的话，轻声道：

“爸爸再婚也好多年了，现在还有了儿子，我想他以后没那么多时间和精力再兼顾你，妈……你还要继续这样下去吗？”

明知一个两个都是骗子，也不拒绝，无非为了吸引前夫关注，让他放心不下。

朱翡真身形微微一晃，以手扶着石柱。

“你胡说什么呢？”她云淡风轻地应声，面上带着宽容无知稚子的笑意。

双晴即刻闭嘴，心里难受得不行。

曾经，母亲也有过幸福的岁月。

有体贴的丈夫，听话的女儿，夫妻俩的收入不高不低，好在生活稳定，日子这么过下去，说不定也就白头偕老了，只可惜，人心总是不容易满足。

双晴一直不知道，也从来没有问过父母，当初到底是父亲不安于现状，还是母亲对虽不拮据但也说不上富裕的生活终于有了微词。总而言之，小女儿一天天长大，家庭开销像雪球迎面滚来，也许是两人都觉得吃不消，开始穷途思变。

在年轻的朱翡真的劝说或支持下，又或是年轻的顾天成终于下定决心，两人倾尽家财，又跟亲戚朋友凑了一笔款子，全部投给顾天成的老同学，俩人合伙承包工程。

好比亿万人里总有一个会中大奖，顾天成就是那个命该发达的男人。

在那个淳朴的年代，社会风气还没有变得像现在这么不堪，人与人之间仍然看重情义，比较信守承诺，当顾天成收到第一笔回款，捏着厚重的一沓沓钞票时，那种前所不曾有的底气和满足感，让他真实地感受到了金钱独有的魅力。

从此一发不可收拾，深深扎进商海。

而丈夫变化之大，令朱翡真始料未及。

他全身心投入到刚刚起步的事业中，那个她从前呼之则来，随时可以让她依靠的男人，摇身一变，成了忽妻略儿的生意人。在她需要他的时候，他总是没有时间，一个“忙”字占据了他全部的生命和灵魂，尽管两人的银行存款随着他的忙碌一年比一年水涨船高，可是这一切对于她来说，已经失去了初始憧憬的意义。

多少个独自哄着生病的孩子入眠的夜晚，疲惫的她悔不当初。

从最开始毫无怨言的鼎力支持，经由一次又一次得不到体贴、关心、陪伴和交流的失望，再在繁重家务和育儿压力的催化下，最终演变成世界大战。起初两人在互相指责后还懂得反省，尽力改正自己，宽容对方；时间一长，慢慢也就麻木了，破罐破摔，听之任之。

没钱的时候一心希望富有，当有了钱，两人也渐渐变成了怨偶。

闹到离婚，已经一切全是眼前人的错，哪还记得对方曾经的好？那时的最大心愿，就只想从绝望的困境中尽快解脱，为此不惜付出任何代价，连女儿也可舍弃。

所以双晴不信爱。

时光永远有办法把幸福化作虚无。

世上没有不透风的墙，尤其当墙后面的那个人是钟怡时。

有时候双晴都觉得，就算面对的是坚不可摧的防弹玻璃，她那淡定精明的后母也能设法从中劈出一道通风的暗缝——其实想想也不奇怪，钟怡若没有点手腕，当初并不算特别靓丽的她，又怎么会在美人堆里脱颖而出，把顾天成一颗临灭未灭的半老心攫入囊中？

周末回家，钟怡对她没了笑脸，只维持一份近乎冷淡的客气。

她也就明白，继母已经知晓她买的是什么车，安的什么心。

无奈顾天成最近脚不沾家，双晴没见到父亲，虽然她和继母之间不会轻易就炮火连天，但别墅里低气压盘旋，待着也是无趣，她索性回校复习。

温习到头晕眼花，休息时，她用迷你手提上网浏览新闻。

因故推迟的房地产交易会终于开幕。

有超过五十个楼盘和一百宗土地项目参展，但是前去看展的人却发现，作为房市风向标龙头的维州市本地参展商不到十五家，包括汪秀年、顾天成旗下公司在内的房地产大鳄，以及邻市景、相两州的重点房企，几乎全部缺席。

她正想不通为什么会出现这种情况时，汪锦媚找了过来，嘴里嚼着口香糖，抓起桌面上她的参考书胡乱翻翻，眼睛瞄见她的电脑屏幕，问道：

“在看交易会的新闻？”

“嗯。”

“这次展销的楼盘几乎没降价。”

“那些一心想在展销会上买房的人会很失望吧。”

前几届交易会上，不少开发商都想办法促销，用附加实物或较低的折扣，吸引有买房意向的人群下订，不少人抱着等展销会再买的心理，没想到这次不但本市多家开发商没参加，就算参展的楼盘，也多数没有实质性的优惠，与政府管控政策出台前相比，总体而言，房价不但没有明显下降，反而又略为上升了。

“我哥说了，今年展销会的成交量和往年没得比，过了中午就很冷清，三大展馆显要位置没一家有分量的，都是些实力和背景不怎么样的二三线房企。”

这些小房企不愿得罪政府，所以应邀参加，但同时他们也不愿意得罪同业联盟，故而难有优惠。在这种情况下，楼市价格怎么可能会被政策拉动下降？

“那些不参展的企业是怎么回事？”双晴疑惑不解。

既然当初协调好了还是及时举办，为什么临到最后却会抽身？

“很简单啊，我爸和你爸不下场玩，还拉了一群人隔岸观火呗。”

这就是一次有预谋的造市，不降价联盟里有人主导，有人附议，联合起来与管控政策抗衡。而事实证明，这招确实有效，在一定程度上推高了房地产市场价格。

房市其实也如行舟，不退则进，接下来的涨幅势头已可预见。

双晴不由得摇了摇头，这一来遭殃的还是那些有购房需求的维州百姓。

纵观古今中外，世上生活最艰辛的从来是升斗小民，从疾病战争、政治斗争到国际之争，及至本国利益集团的内耗博弈，老百姓永远牺牲或被牺牲在最前沿。

汪锦媚将嚼得没味了的口香糖吐进垃圾篓，对双晴道：

“梅三的珠宝展定下来了，他打算做成高端的小型展会，只针对特定客户发放邀请函，我想掺一脚玩玩，来问问你有没兴趣。”

“我马上要考试了。”

“你不会真想进机关吧？”汪锦媚满脸厌嫌。

“不然做什么？”

总不能毕业了还做伸手党，天天问父母要零花钱。

就算顾天成愿意养她一世，她还不乐意看钟怡的脸色，自立才是正途。

“我打算过了年去我爸的公司实习，要不你跟我一起？”汪锦媚嘻嘻笑道，十足仗义地给好朋友贡献馊主意，“我还真不信了，你爸能眼睁睁看着你流落到我家做苦力？你丢得起那人，他还丢不起那脸呢！到时候你想在他公司里做什么职务，还不是一句话的事。”

“算了吧，就我妈一个已经够他家里那位提心吊胆的了。”

“也是，不管怎么说，你爸现在挺好的，总不能你妈不开心，就非得拖着全世界都陪她不开心。当初你爸又不是像我爸那样搞外遇，还不是你妈坚持要离。

再说了，你后妈虽然为人有点功利，不过对你爸还挺真心的，换了我是她，好不容易嫁了个不错的男人，结果他还和前妻剪不断理还乱，我不阉了他才怪呢！”

双晴微微张嘴，看着好友，一时无言以对，原来在外人眼中，整件事有不同版本，像汪锦媚就对她妈不以为然，觉得是朱翡真欺人太甚，她揉额叹气道：

“我爸不知道在忙什么，最近老不着家。”可别以前没外遇，临老入了花丛。

“会不会是在忙着和香港财团合作的事？”

“你怎么知道？”双晴惊讶。

“前两天我爸跟我哥提过几句，我不小心听到的。”

双晴隐隐觉得离奇，顾天成和香港那边的合作很重要吗？竟然能令汪秀年高度关注，还特地和儿子讨论上了，她看了一眼好友，意有所指：

“你呢，最近的老公有没有换新花样？”

汪锦媚大眼一翻，拉过她旁边的椅子瘫坐下去，唉声叹气：

“别提了，我太他妈受挫折了，打他电话总是推说很忙。我要是不联系他，他从来不会联系我，一次也没有，我坚持不懈死缠烂打吧，约他四五次，他倒也肯出来一回，可就是根本不给我任何开口的机会，简直像一堵铜墙铁壁，防得滴水不漏。”

双晴低头，眸光落在书页上，心绪有点飘忽，说的是那个人吧？

汪锦媚此刻急需听众，见她静默不语，便自顾自大发牢骚。

“我们单独吃了两次饭，其实相处得挺愉快，他超有风度的，又细致体贴，属于那种永远不会让女孩子难堪的男人。但令人憎恨的是，他也永远不会让人产生任何遐想。他可能对我真的没有那种意思吧，每次总是在我忍不住想表白时，他都会不着痕迹地带开话题，搞得我都不好意思开口，真是痛苦死了。你说喜欢一个人怎么那么难？”

双晴侧首看她，过了一会儿，才认真道：

“那就别喜欢了。”

“你以为感情是你手里的皮球，你想动它就动，你想静，它就马上给你静下来吗？等你什么时候真正喜欢上一个人，才会明白那种抓心挠肺的滋味。”

“我喜欢过湛开好不好？”她即时反驳。

汪锦媚一哑，继而怒火中烧：

“你不在我面前提那浑蛋会死啊？当初我纡尊降贵给他面子，跑去吼一嗓子我喜欢他，结果他跟我说他暗恋你三年了，我靠！气得我差点儿吐血！长这么大就属那回最丢脸了！”

“都猴年马月的事了，难为你还记得这么牢，真跟他有仇？其实偶尔丢点小脸，有益身心健康，你看你扛着记忆中的屈辱，成长得这么茁壮，你该好好感谢他才对。”

汪锦媚将手中书本啪地扇在她的后脑勺上，笑着唾骂：

“幸亏你和寇中绎不熟，要是再出现那种惨无人道的悲剧，以后月亮有多远，你就给我滚多远！我绝对和你老死不相往来！”

双晴的面容微微一僵：

“有那么严重吗？”

“你克我桃花呢！你说严不严重？我可跟你说清楚了，我喜欢的男人你绝对不能碰，我不喜欢的，你就算把他们溶成浇花的肥料，我也没意见。”汪锦媚咬牙切齿，仿佛真对高中时期的旧事仍耿耿于怀，心气难平余怒未消。

双晴下意识地别开眼眸，面色有些不自然。

“咦？”汪锦媚忽地转过她那部只有两个巴掌大的迷你手提。

小小的屏幕上，即时通信的对话框在闪耀着：

“小晴儿，想要TP6手机，来机场接我。”

杨竞彤出国那天，寇中绎去给她送行。

双晴则同往常一样，隔段时间去见朱翡真一面。

从那日沈承贤的身份露出一丝端倪之后，她担心母亲与他之间会不会有事发生，曾拜托李证先密切注意。后来得知朱翡真没有和沈承贤摊牌，而是选择了冷处理，近日几乎闭门不出，她既感安慰，又觉无奈。

不知母亲是被她的话刺伤，还是终于肯从虚妄的梦中醒来，明了她自己内心的真正渴望，就像一道怎么也填不满的沟壑，不管身边来去多少男人都于事无补，他们始终不是那个她直至彻底失去方知后悔莫及的前夫，由是沉寂下来。

当双晴进门，看到朱翡真的真丝长裤上竟全是褶子，向来注重仪容的母亲还不以为意，她很是吃了一惊，没想到当日一句忍不住的提醒，会打击她至此，仿佛放弃了一直以来的坚持，人生失去了希望和目标，变得格外消沉颓丧。

连面容都比从前暗淡苍老。

看见朱翡真这样子，双晴的欣慰感遁去无踪。

两人如常聊了些闲话，以前朱翡真偶尔会问起顾天成的近况，其实母女俩都心知肚明，这是朱翡真平时约见女儿的一个主因，但这一日她刻意避而不谈。

双晴体恤母亲心事，主动提起：

“爸爸最近经常飞香港，妈妈你想带点什么吗？”

朱翡真叹口气，笑笑道：

“年纪大了，不像年轻时贪图新鲜，没什么想要的了。”

双晴听了心里难受，一直到离开，她仍然在自责和后悔。

早知如此，还不如让沈承贤陪在母亲身边，人生短暂，不如意事又十之八九，损失点钱算什么？只要沈承贤肯花足心思，投朱翡真所好，至少她可以拥有一段快乐时光。

当来到李证先店里，从他手中接过最新的报告时，她踌躇了许久。

最后一咬牙，轻声对李证先说：

“谢谢你，这件事到此为止，我不想查了。”

决定来得如此仓促，毫无预兆，让李证先愕然：

“我通过管道联系到了在美国做征信的行家，对比那边返回的前期信息，虽然还是看不出这个沈承贤的履历有什么纰漏，但直觉和经验告诉我，越是这样越不对劲，真实得过头，几十年人生没有一丝引起别人疑惑的地方，反而有点像假的，你确定不再往下查了吗？”

双晴内心矛盾至极，想起母亲的颓态。

像沈承贤这种极尽关怀体贴能事的男人，对中年女性而言就像毒品，明知他心中藏着诡计和危险，可仍忍不住与他约会上瘾。朱翡真年近半百，人生进入稀微尾声，也不过剩下这最后一点七情六欲，何苦还要迫她割裂，迫她面对。

她心意已决，终究还是摇了摇头：

“不查了。”把报告塞进背包，她顺手拿出手机，告别面有忧色的李证先，转身时给湛开留下语音信息，“我现在去机场，你下机过了海关给我电话。”

李证先看着她出门远去，摸摸下巴，在店里踱了几步。

思前想后，最终他给寇中绎打了个电话：

“老大，我上次和你说过在调查一男的，姓顾的丫头今天突然说不查了，可我心里不踏实，总觉得那人不对劲，你什么时候有空？来帮我看看他的材料，没准你能发现蛛丝马迹。”

寇中绎身处机场，站在一旁等候杨竞彤办理登机手续，听了李证先的话，他眉头一蹙，突然不查了？半途而废不像是她的风格，她怎么了？

“你的直觉没错，那男的确实有问题。”

李证先在电话的另一头嘴巴大张：

“我操！太神了吧！你连丫是谁都不知道，就知道他有问题？”

“这就是你和我的差距。”寇中绎扯唇一笑。

“别玩了！赶紧告诉我，你怎么知道的？”李证先急得抓耳挠腮。

“我曾经在餐厅见过他一面，你调查的方向可能没找对。”

“哪儿不对？”

“你是不是没查过他在两国的出入境记录？”这一项普通人断然无法造假。

李证先有如醍醐灌顶，手掌一拍大腿，居然把这点给疏忽了！

“操！丫头她妈以前交往的男人都是国内的，我脑子一下子没转过来。”

大厅里有悦耳的女声，用双语在一遍遍广播，什么航班可以登机了。

李证先隐约听闻，疑惑道：

“你在机场？”

“有朋友出国，我来送送她。”

“那么巧，小丫头刚才来我这儿拿报告，也说去机场。”

寇中绎微微一怔：“她来机场干什么？”

“好像是有朋友从国外回来。”

有朋友回国？交情好到要她接机？灵思闪处，他唇沿一牵：

“是不是她的青梅小竹马？”

“她没说。等等，你怎么一听就知道是青梅竹马？你调查过她？”

寇中绎静了一静，目光深沉平和：

“你以后留意一下她的行踪。”

“你什么意思？真看上她了？怕她被小竹马拐走？”

“挂了。”

“别啊！先说清楚！”

寇中绎不为所动，笑着合上手机，看向办好手续走回来的杨竞彤。

她的表情无奈之中还带点高兴：

“柜台说航班因故延误，预计还要再过一小时才能登机。”

“那找个地方休息。”

寇中绎接过她手中没托运的简易行李，轻车熟路地朝贵宾室走去。

维州国际机场的出发厅内外，设有等级不同的贵宾室，全天候免费供应茶点，有多国杂志可供随意取阅，提供代换登机牌及特别通道等服务，除了方便旅客，也为寇中绎这种来接机送机，却不能进安检的VIP客人提供了便利。

通常情况下，旅客可凭里程积分或其他方式，获得免费进入普通贵宾室候机的资格。

然而寇中绎此刻领着杨竞彤进去的，却是有着严格资格限制，环境和服务一流，且按人数收取费用的高级贵宾室，他从钱包里抽出一张卡，黑色卡面上镌刻着几个金色英文单词，向接待生出示后，两人被迎进去，而杨竞彤从最初的意外，变成最后吃了一惊。

她曾跟小老板陪同大老板出差，亲眼所见大老板用的就是这种卡，后来才知道，这张黑卡全球通用，持有人可随意出入世界各大城市的机场贵宾室，每次以美金按人头结算费用，她心里满是疑惑，寇中绎只不过是个普通干部，怎么会随身携带这种卡片？

杨竞彤迟疑了一下，终究忍不住强烈的好奇心，带点试探问：

“这是你的卡吗？”还是跟什么人借的？

寇中绎笑了笑，把卡随意收进钱包，没告诉她这张卡仅限本人出示使用，只说道：

“我姑姑给我办的，为了方便她回国时我接送她。”

“你姑姑是做什么的？怎么没听你提起过她？”杨竞彤脱口而出。

“她在曼哈顿的投行任职，负责一些投资方面的事情。”

寇中绎轻描淡写地应了句，没再往下说。

杨竞彤惊得啊一声，她这次工作调动，也是去曼哈顿，这瞬间她突然意识到，自己对寇中绎的了解可以说是少之又少，她心中隐隐有些后悔，离开他的决定似乎仓促了些，早知道他有亲戚在国外……她开始觉得，自己会不会是犯了个无法挽回的错误。

接待生端上茶点，两人相对而坐。

室内人客稀少得堪比昂贵的西餐厅，除了寇中绎和杨竞彤，就只有一名斜躺在角落沙发里的男子，他穿着纯黑恤衫和膝盖处磨得泛白露须的牛仔裤，戴着一顶窄窄的贝雷帽，压得极低的帽檐遮去了大半张脸，不知是否已经睡熟。

时光从指缝间点滴流走，舒缓的音乐低微如梦。

双晴进来时，顺手从门边架子上取了份报纸，边翻边往里走，没留意周遭。

寇中绎却从她一进门就注意到了，他端起咖啡慢慢啜饮，视线藏在杯子后方追随她前行的身影，眸色被咖啡的热气氤氲得墨波流转，深如夜幕苍穹，吞噬万物。

来接机的她会出现在这里并不意外。

维州机场的到达厅和出发厅不同，因为普通旅客抵埠后通常直接离去，不会多作停留，所以为避免资源浪费，到达大厅不设任何贵宾室，仅为身份尊荣或地位特殊的旅客，提供可从停机坪直接进入的超V规格贵宾休息室，而这种休息室通常情况下不对外开放。

由此，有些像她这样提前过来或所接航班延误的接机者，会先到出发厅这边的贵宾室稍作休息，等荧屏上显示到港预告之后，再前往到达大厅接人。

她身为顾天成的女儿，出入这种场所，自是小事一桩。

斜躺在沙发里的男子翻了翻身，长腿一伸站了起来，他拉拉帽檐，压得更低，隐藏在阴影下的眼睛闪过奇光，盯着那道走向角落空位的纤丽身影。

裤管移动的细微划空之声，让寇中绎警觉侧眸。

擦身而过的男子完全无视他与杨竞彤，只紧盯着双晴的背影大步走去。

太过明显的捕猎之势带出危险意味，寇中绎的眸光骤然缩成利刃冷锋，他想干什么？意识一动已无声起立，戒慎如针芒的瞳子锁定那男子，微妙瞬间做出精确判断，那人的目标确实是双晴！

“中绎你怎么了？”

杨竞彤疑惑的话声未落，只觉眼前一晃，对面已没了人影。

寇中绎在两步外直接跃上挡路的桌面，足底在椅子扶手上一点，闪电般飞出数米，白衬衣盈风绷紧隆起的胸肌，太斯文闲适的装束掩盖了某种冷酷狙杀的黑暗气息，他去势之快身形之矫捷，犹如特技表演，一瞬间，那男人抬手时腕间划过的金属冷光，令他本能暴喝：

“小心！”

双晴一惊，还没来得及回头，已被人从身后箍住。

一只大手勒住了她的喉咙，让她发不出任何声音，只觉身体一轻，脑袋一阵晕眩，整个人被箍着一百八十度转身，迎面对上振衣而至的寇中绎，他全身线条紧绷，右臂搭在侧边的椅背上，似为止住来势，又似蓄势待发，瞳中掠入她受惊过度的恐惧面容，一抹关怀和震怒毫无掩饰地从他眼底流泻出来。

她身后那人心中一凛，无端有种面对丛林猛虎的错觉。

“小晴儿。”他警戒地盯着寇中绎，却是对双晴笑唤，放松了从前曾千百次这样和她玩闹的手劲，腕上的纯钢链子奇特粗犷，流闪着匕刃一样的炙眼冷光，“就知道你每次都会早来，所以我把航班改签提前了，在这里守株待兔，还真让我逮到你这只小蠢兔。”

“湛开……”

她呆呆地下意识应声，灵魂却似在八百年前就已被摄去，迷离眼波落入寇中绎情绪汹腾的黑瞳内，两人就那样对视着，山河失色，时光静退。

她的颈间忽然受压，大掌下的细嫩肌肤迅速下陷，指印周围泛红，被压迫得呼吸不畅，没有生命危险，但就十分难受，湛开俯首在她耳边，亲昵到暧昧。

“他是谁？”湛开直勾勾瞪着寇中绎沉肃威棱的脸，流露出极度不悦，“晴晴，别告诉我你爬墙了，我会活活拧断你的小脖子。”

“你瞎说什么！”双晴醒神大急。

她什么时候成了他的墙内红杏？真是存心败坏她的清誉，她挣扎着想掰湛开的手指，却竭尽全力也挣不出他的怀抱，一张俏颜全涨成了粉色，这样当面纠缠不清，让她难堪至极，混乱得心慌，头一低再不敢对上寇中绎的双眼。

隔着她与湛开对峙，寇中绎敛起寒酷之色，面容转为清冷：

“抱歉，是我唐突了。”

湛开冷哼不理，强押着怀中人往外走。

“我……那个……”

双晴想解释点什么，湛开却覆手捂住她的嘴巴，不给她半点机会，她整个人被挟持着动弹不得，欲回头再看寇中绎一眼而不能，转瞬就被掳出了贵宾室。

寇中绎回首，那边杨竞彤早站了起来，神色苍白地紧捏着手中护照。

等他走近，她用尽全力把手里的东西朝他身上一摔：

“她是谁？你们怎么认识的？你是不是早就等着这一天？你给我解释清楚！难怪我说要出国，你一次也没有挽留过！亏你还好意思说我！”

荧屏已在闪播登机通知，寇中绎一声不发，任她发泄：

“你说啊！你们开始多久了？你想和我分手是不是？我告诉你！没那么容易！我现在不走了！我不出国了！你这辈子也别想离开我！”

杨竞彤失态地又哭又叫。

他胸腔内翻腾起一股无法解释的烦闷，不知是突如其来，还是早就积压在怀，倏地抄起杨竞彤的行李袋，另一手攥过她手腕，微笑温柔而沉冷：

“那好，我们现在就去民政局登记。”

他不介意结婚。

当感情的归宿成为定局，也许能解决许多他不愿细想的问题。

杨竞彤被他跌跌撞撞扯出几步，哭声渐弱，脚下自有主张，不肯再跟他走，她既割舍不了眼前不可多得的男人和感情，也无法放弃一觉醒来就会到手的似锦前程，持续闪起的登机广播，意味着分离在即，她悲从中来，上前紧紧抱着他，埋首在他怀内失声痛哭：

“中绎……我不想离开你，我不想离开……中绎……”

他沉默许久，嗓音沙哑：

“我知道。”

“你一定要等我……你答应我好不好？我求求你……”为着此刻的别离，以及爱情隐然流失的恐惧，她哭得撕心裂肺。

寇中绎抿薄的唇沿动了动，终是无声，过了半晌，见她愈哭愈烈，才道：

“你给我点时间考虑一下。”暗沉眸光飘向无人的门外，罕见地有些空洞，他合上眼，仿佛把自己与什么隔绝，抬手抚抚杨竞彤的发丝，“你得进安检了。”

杨竞彤竭力止住抽泣，他提着行李，沉默地偕她前行。

走到安检口，他拍拍她的手，轻轻松开，天下无不散之宴席。

杨竞彤再次扑到他身上，紧抱着他，她心里有种强烈的预感，这一走有些东西会就此失去，永远再找不回来，她内心天人交战片刻，最后还是恋恋不舍地放开了他。

寇中绎扯了扯唇角，目送伊人远去。

直到她频频回顾的身影再看不见，他平静转身，独自离去，当杨竞彤把眼泪擦干就会发现，地球的另一边，会是她甘之如饴的新世界。

不出两个月就会把他抛到九霄云外。

他不相信，两年之后她会回来。

寇中绎没有离开机场，而是把车开到到达大厅下某一处出口停好，下车穿过长长通道，走到超V规格贵宾休息室，出示身份证明进去，随意挑了张桌子坐下，拿起杂志翻阅。

大约过了一刻钟，休息室的门被推开，一个和悦的女声说：

“中绎。”

从湛开回来，双晴除了正常上课，余暇被他全部霸占。

湛开喜欢玩，还是热衷于不疯魔不成活的玩法，致使平日对种种行为规范遵循得堪称楷模的双晴，在一夜之间变成了Bad Girl，陪着湛开日日酒筵，夜夜笙歌，呼朋唤友，出入声色犬马场所，为了衬托他和她勾肩搭背时的意气风发，她还常常配合地把自己打扮得一身珠光宝气，要多俗艳就有多俗艳。

周末晚上，她穿戴好下楼，看看时间还早，坐在大厅里翻了翻晚报。

顾天成仍旧去了香港。

上次交易会顾达集团没参展，显然仍和汪秀年站在同一阵线，那之后她更加留心房地产的新闻动向，想从侧面了解他们在做什么，相关方面又是如何回应。

不出所料，报上果然有最新消息。

维州市政府依据“土地闲置满两年，可依法无偿收回的，则务须收回，重新安排使用”这项政策，近期开展了对闲置土地和拖欠土地出让金行为的大力查处，先后公告解除了三块地的出让合同，而被注销收回的这三块地中，就包括了唐宏和金图的各一块地。

由于资金链出现问题，这两家一直没有按时缴齐土地出让金。

其中唐宏除了土地被没收，还按当初的合同规定被处以两千万元罚款，不管怎么看，双晴都觉得政府的举措是在杀鸡儆猴，以此打击开发商联盟的囤地及其他对抗性行为，所幸暂时还没有看到顾达集团被牵连进去的迹象。

楼梯上传来脚步声，双晴放下报纸，却没有起身，只端起茶喝了口。

钟怡抱着顾令勉，一边轻声逗着儿子，一边走到她对面坐下。

“阿姨。”双晴这才放下茶杯，客气称呼。

钟怡淡淡地瞥向她：

“又要出去？”

“嗯。”

“你爸不在家，你整个人都变野了，这穿得像什么样子？”

双晴几乎不敢相信自己的耳朵，钟怡自从嫁给顾天成以来，未曾用过这么重的语气和她说话，更遑论教训她。现在这是什么意思，终于要撕破脸了吗？

“我的言行举止有何不妥，自有我妈管教，不劳阿姨费心。”她淡声回应。

钟怡不怒反笑，低头继续逗弄儿子：

“是吗？你妈真的有空管你？她没忙着时不时换男人？”

双晴霍然抬眸，唇角一弯：

“关你什么事？”

钟怡也抬头看她，眼角的笑纹依旧拉着弧度：

“你这么激动做什么，我说的难道不是事实？她对你真的像个妈妈？够得上我对令勉的十分之一吗？我永远不舍得伤害我儿子，她呢？从头到尾只会利用你吧？”

双晴瞬间被击中软肋，面孔难堪得无处摆放。

她僵直着起身，一字一顿：

“我妈再怎么差，也始终是我妈，谁都不能代替她。凡事不过三，再让我听到你说她不好，我对你不客气。”

子不嫌母丑，母亲待她如何，她心知即可，无须外人代为不平。

钟怡讪诮地扯扯嘴角，看她一眼，没再说什么，抱着儿子走向餐厅。

出门离去时，双晴心中更多的不是恼怒，而是有种尊严委地的无奈，别人家或许有个不争气的孩子，她却是有个不争气的母亲，明明已过不惑之年，即使做不到无欲无求，原也应收心养性，朱翡真却私生活太过张扬，以致沦为继任的笑柄。

车子穿行在夜色中，一路上光影闪掠，映得她陷入思索的面容明暗不定。

到了夜庭，湛开已然在座，远远向她招手。

他另一只手在玩着手机，待她坐下，说：

“你要的TP6。”

“有什么好玩的新功能吗？”她打起精神挨近去看。

“这个型号的处理器特别强大，配合优化了的操作系统，相当于一部微型电脑。至于好玩的东东，我给你装了一个我新开发的程序，叫Monitor。”湛开拿过她的电话拆了背板，取出芯卡装到TP6里，开机运行桌面上的Monitor小图标，“你现在打我电话。”

双晴按他说的拨号，耳中传来电话接通的长嘟声，却讶见湛开手里的电话毫无反应，不响，不震，就算设了静音，屏幕也该闪亮才对，但他的手机连闪也不闪。

“这么奇怪？”她问。

湛开示意她放下手机，指着她手机屏幕上微微闪动的绿色光点，说：

“你点这个，会出现对话框，问你是否远程启动，点确定。”

她依言而行，在湛开的示意下再把手机放到耳边，此时湛开的电话仍然没有任何反应，但她却听到了声音，是现场演奏的低低的爵士乐，夹着嘈杂喧哗。

湛开既没动作，也没拿高自己的手机，坐在原处道：

“能听清楚我说话吗？”

当耳中清晰传来这句话时，双晴恍然醒觉，她透过手机听见的正是周遭的声音。

“这个Monitor是可以远程启动的监听软件？”她问。

“原理差不多，我给你装的只是初步研发出来的测试版，目前只具备一些简单的功能；将来完整版的Monitor，会是GPS卫星定位功能的深入扩展。”

“什么意思？”

“只要在两部TP6手机都装上Monitor客户端，互相将对方设为完全信任用户，就可以远程启动对方手机里的Monitor，随时定位对方的具体位置，监听对方的动静，打开对方的手机摄像头，对他所在之处拍照或录像后自动回传，或是现场直播，甚至可以令对方的手机发出预设的警报声。”

“装了这个神器，世界上还有什么奸情？”双晴瞪大眼睛叫道。

湛开好笑地敲她一个响头，说：

“Monitor的主要应用对象不是那些低级的忙于捉奸的夫妻，它针对的是学龄前儿童、上了年纪的老人以及遭遇抢劫、入屋打劫或被绑架的特定人群，等等。它的载体不限于手机，将来还可以加载到其他电子设备上，譬如镯子大小的手环，或是哨子形的吊坠。”

双晴慢慢听明白了：

“你是说，假使有妈妈带孩子出门，而孩子不幸走丢了，妈妈可以马上用手机远程启动孩子身上安装了这个程序的电子产品，来确定孩子的具体方位？”

“没错，对于找回走失的老年痴呆症患者也有用。”

功能确实强大，对目标人群也实用，她兴致勃勃地拿手机试玩起来。

这时湛开撞了撞她的肩膀。

双晴抬首，夜庭门口走进来两个人。

她和湛开出入频繁，时间一长，遇见熟人在所难免。

那边寇中绎一眼看见他们，眼神朝这边定了定，伴在他身侧的汪锦媚随即望来，四个人面色各异，汪锦媚最为直接，一脸意外，率先快步走近，站在榻沿斜睨了湛开一眼，转头望向身穿抹胸黑缎连身超短裙的双晴，不耐烦地笑骂：

“才几天没见，你被这烂人带得堕落成什么样了？小姐，你去阻街吧，我们今晚的酒钱就靠你了啊！”汪锦媚的眼风再度鄙视地瞥向湛开。

湛开对她的挑衅不以为意，并起食指和中指，贴唇朝她放肆地抛了个飞吻：

“小妞，好久不见。”

“去你大爷的！谁是你的小妞？”汪锦媚即时杏目倒竖。

双晴游移的视线避离寇中绎，下意识地并了并原本已紧合无缝的双腿，她的眸光飘忽不定地滑过他的身体边缘，停在虚无浮动的空气中，嘴里吐出熟络的招呼：

“锦媚，你哥怎么没来？”

那份不必要的热情，在旁人难以觉察的紧张下不自觉地虚高。

“他今晚没空。”汪锦媚说。

寇中绎的双手半插在裤子口袋里，沉静面容让人看不出情绪，视线在双晴的垂睫上停了一会儿，而后掠过，不偏不倚地对上湛开眯细的双眸，他比平时墨漆些许的深瞳毫无退让意味，下一瞬密睫微敛，莞然回视汪锦媚侧过头移来的视线。

湛开咧嘴轻笑，忽然伸手把双晴搂入怀中，众目睽睽之下，他得意的唇角示威地擦在她耳畔，与此同时，一道有如针细的耳语传入她的耳膜：

“小晴儿，你长大了啊，连我都懂得利用了？”

双晴一僵，在他怀里缩成团，心虚地不敢反抗，只能环臂护住自己，无力地试图阻止他刻意的肌肤相亲，嘴角还不得不牵出一抹应酬另外两人的微笑。

“湛开你个神经病！周围都是圈子里的人，你别害她嫁不出去。”汪锦媚瞪着眼骂，转而对双晴道，“梅家珠宝展的日期定了，开幕酒会当天只接待特别嘉宾，到时我给你寄两张邀请函，你有兴趣就来看看，中绎，我们去那边，别搭理这俩疯子。”

寇中绎唇畔微翘，定睛把曲线玲珑浮凸的双晴打量一遍，视线停在她纤长诱惑的雪腻玉腿上，欣赏之色溢于言表，眼波顺带掠过环搂着她、领子下方纽扣浪荡不羁地敞开、皮带镶着闪亮金属铆扣的湛开，他笑吟吟地附送一句：

“其实锦媚错了，今晚的酒钱应该指望你这位男伴。”

旁边汪锦媚听了一愣，瞬即望向湛开，不顾场合地大笑起来。

肆意飞扬惯了的湛开根本预料不到，寇中绎会出其不意地反击，被当面折辱的他愕定两秒，反应过来后，将怀内埋首闷笑的双晴一甩，铁青着脸霍然起立走了。

双晴连忙抓起手袋，对寇中绎和汪锦媚胡乱挥挥手，踩着细高跟追出去：

“湛开！你等等我！”

湛开充耳不闻，噌噌噌阔步下楼，一步不停地出了夜庭，又往前走了很长一段路，直到十字路口才停下来，等着身后虚浮不稳的脚步声跑近，他阴郁回首。

“这就是你总要来这鬼地方的原因？”

双晴面色一黯，微微咬唇，低头轻喘着不作声，模样有些可怜。

湛开嘘口气，心软地放柔脸色，试图厘清整件事：

“锦媚喜欢他？”

她不说话，默默点了点头。

“而他喜欢的人是你？”

她迟疑了一下，最后摇了摇头：“我不太确定。”

寇中绎给她的感觉如雾里看花，似乎对她有那么点意思，可始终隐晦不明，仿佛蒙着一层诡异的阴影，既让她觉得迷惑，又备受吸引，愈来愈无力抗拒。

“不确定，你就拿我做陪衬？你想防患于未然还是怎么的？”

“我长这么大，除了你，就只有锦媚这个朋友，我不想和她之间出什么问题。”

尤其还是这种让人哭笑不得的悲情三角恋。

“所以你就想把那男人推到她身边？”湛开皱眉谴责，直指要害，“你有没有想过，万一让锦媚知道你在把‘爱情’割舍给她，以她那么强的自尊心，你认为她会怎么想？”

双晴烦躁地抓了抓长发，来回踱了几步。

“那你说我该怎么办？难道要我跑去和寇中绎说‘喂，我最好的朋友喜欢你，所以你不能喜欢我，你可以喜欢全世界任何一个女人，只不能够是我’？还是去和锦媚说‘其实我对他一点意思都没有，你放心好了，我绝对不会和你争’？我不知道我还能怎么做！”

湛开眯长的目光如刀尖淬了毒，忽然开口：

“你真的对他一点意思都没有？”

双晴登时哑口，如一尊窈窕石像定格在霓虹幻彩下，面对马路上呼啸而过的车声，良久不动，夜风吹来，她的鬓丝被轻轻拂起，一袭黑裙裹着的单薄身影，立在旷夜无人的街道里，显得瑟缩孤独，她慢慢以双手捂住整张脸孔，让自己陷入黑暗。

“你知道的，我不敢喜欢。”

细微颤抖的嗓音从指缝间泄出，带着深深的惶惑，在年少亲眼目睹父母婚变之后，深切的创伤一直伴随着她成长，这世上她最不信任的就是婚姻。

而最恐惧的，就是爱情。

第四章

计爱之虚名局

湛开听了俯首，笑眯眯盯着她的眼睛。“没有我——你不知道该怎么办？”

她哈哈大笑，配合地向他屈手鞠躬，俯首称臣，快乐哼唱：“你是电，你是光，你是唯一的神话！”

“那就跟我走。”他忽然出声。

她笑容一滞，嘴里小调陡停，面色起了微细变化，别开首不看他。“你又来了。”说完转身欲走。

湛开一把拽住她的手臂，口气强硬：“你知道我是认真的。”她咬唇，没有接他的话。

双晴自认已将意思传达到位，之后就不再出入夜庭，至于寇中绎是怎么想的，她猜不到，也不想去猜，汪锦媚在图书馆那日给她的警告，使得她决定把自己的心意付诸落花流水。

没过多久，她收到汪锦媚让梅家寄来的珠宝展邀请函，精美的函封内夹着两张磁卡，她兴趣不大，把邀请函随意塞在背包外层也就忘了，依然日复一日地在图书馆里复习国考。

临近周末，接到顾天成的电话，让她回家喝汤。

钟怡带了孩子去打预防针，家里只有父女俩，刘惠娟见双晴回来，且女主人不在家，厨房终于由她做主，高兴得不得了，做了一桌子双晴爱吃的菜。

双晴把TP6带了回来，一边给手机装各种应用，一边问顾天成：

“爸爸最近和香港那边在谈生意吗？”

“公司要扩大规模，需要有新的资金注入，我们在和香港的城锦基金接触。”

“希望大吗？”

“目前为止，还算顺利。”

她不懂生意上的事，也就没多问，把顾天成原来手机里的联系人同步好，将芯卡拆下装到TP6里，开机下载通讯录，检测各项常用功能都没问题，递给父亲。

“这是湛开公司研发的新机型，性能不错，爸爸你以后用吧。”

顾天成笑呵呵地接过，为着女儿的懂事和心意，心里颇觉安慰：

“以后周末多回家住，在外头一个人怎么吃都吃不好。”

双晴看向父亲，他对女儿的关怀始终胜过汪秀年对汪锦媚。

“爸爸，房子的事我想和你解释一下。”

“父女俩有什么好解释的。”

“汪锦程有个朋友在政府部门工作，他看中了星宇豪庭的复式，想买来做婚房，汪锦程就想趁这个机会和他打好关系，所以让锦媚来问我，我当时没和你提这些因由，只说是汪锦程想买，主要是考虑到锦媚和我的交情，她既然开了口，又是第一次拜托我，我当然希望爸爸你能帮就帮，我真的不知道那套房子你是留给钟姨的，否则我绝对不会要。”

“已经过去了，你别放在心上，汪锦程那位朋友在什么部门？”

“具体做什么的我没问，只知道是个副局长。”

顾天成点点头，想也是有点地位，说不准和他们从事的行业还有关联，否则汪锦程不可能动用这么大的人情去换交情，他给女儿夹了个鸡腿，说道：

“爸爸给你准备房子没别的意思，一方面我忙起来很少在家，你就常常住在学校，所以我想你可能回来不大开心；再者市区交通方便，将来你工作结婚，始终需要一套房。”

双晴心口一热，笼罩了许久的阴霾被那一点热量雾化，悄然散去，一个有能力为她准备房子的父亲，还有时间陪她谈心，还要求他怎么样？

“谢谢爸爸。”她眼眶轻红，说话微哽。

她要的从来不是房产和金钱，只是这一点关心，能让她感受到，就已足够。

“和爸爸客气什么，你最近去看过你妈妈吗？”

“去过。”她简单应了声，有点不愿多提。

“她还好吧？”

“挺好的。”就是条件太好了，才会被别有用心的人盯上，“你以后别给妈妈钱了，她一个人根本花不了那么多，而且钟姨知道了会不高兴，你还是少管点妈妈的事。”

顾天成不以为意：“她将来也是留给你，阿怡那边没事的，不用担心。”

双晴知道父亲一直对母亲照顾有加，但不像朱翡真常常通过她打探前夫近况，他很少在女儿面前提及前妻，大概是不想让单纯的女儿涉入成人复杂的世界。

像这样主动问起的时候不多……想到这里，她灵思一动，瞬间明了，母亲可能有什么事，父亲知道结果，但不知道过程，所以把她叫回来想了解一下，于是她主动说：

“妈妈早前认识一个新朋友，两人走得很近，我让私家侦探查过，没查出什么问题。不过我心里总觉得那人不大可靠，设了个饭局让妈妈看清了他的真面目，她现在应该和他没联系了吧。”

双晴没有说的是，母亲不快乐。

汪锦媚说得对，父亲已经重新组织家庭，只会往前走，不会再回头，朱翡真心里在等的人早已走远，她想等的结局永不可能实现。

顾天成放下筷子，沉吟了一下。

“这段时间我来回飞香港，太忙了，很少在公司，王准昨天才找机会和我说起，她前阵子动过一笔款子。”

双晴乍闻吃了一惊：“她拿钱干吗去了？总共用了多少？”

朱翡真嫌理财和投资琐碎麻烦，一直是王准做中间人，安排可靠的基金经理帮她打理，这也是顾天成给她多少钱都放心的原因，资金流向他了如指掌。

“不清楚用途，数目倒不大，十万出头，连本带利在一周内还了回来。”

正因为金额不大，又及时还回，所以王准才没放在心上，没有第一时间向老板汇报，但顾天成经历过商界多少腥风血雨？而且最了解朱翡真的性格为人，敏锐如他一听就觉得不对，前妻这种看似平常的举动下，隐藏着一丝异常。

朱翡真自己不投资，而做生意、临时需要资金周转、交情深厚到她愿意借钱的，她身边应该没有这三个条件同时具备的朋友，排除这两点，剩下需要借钱的就只有亲朋好友。然而若是亲朋好友，拮据到急需借这么一笔款项的，不可能在短时间内就有能力还回来。

双晴也想到了这一点。

她查过朱翡真的历任男友，和李证先接触那么久，对江湖上流行的各种骗术约略了解，能这么快速还款，给人营造出良好信誉错觉的，往往是放长线钓大鱼的骗子，成功的行骗无非利用人们几种普遍的心理，一是贪婪，二是同情心。

最惨烈的，莫过于被利用的是感情，最后人财俱失，身心俱伤。

第二天上午，双晴去到朱翡真的住处。

她不无后悔，之前调查的重点一直放在沈承贤身上，没想过单独查一查朱翡真的动向，结果没有保护好母亲，早知会发生这种事，就不叫李证先终止调查了。

路上她仔细思量，事先打好腹稿，见到母亲该怎么切入，如何开口。

到了楼下，摁铃和电话都无人应答，她直接上楼，拿钥匙开门进去，看到多日未见的母亲躺在床上未起，窗帘全部拉上，遮得房内暗无天日，寂静如死。

朱翡真见到她来，仍旧懒懒地不愿起身，过了好一会儿，才强打起精神下床招呼女儿。

双晴所有想说的话，全部咽回了肚子里。

此刻她情愿多花十万，只要能让母亲恢复活力。

母女血脉相连，朱翡真的了无生趣，她感同身受，心里难受得不行，她现在唯一想做的，就是把朱翡真带出这间屋子，到外面呼吸一下新鲜空气。

还没想好去哪里，手机响了。

“你今天来不来？”汪锦媚没头没脑地抛来一句。

“你在说什么？要我去哪儿？”

“珠宝展啊！今天是开展第一天，你没收到邀请函吗？”

“噢，”双晴终于想起，真是及时雨，“收到了，我马上过来！”

挂了电话，她迅速调动情绪，用非常乐观和夸张的语气对朱翡真说：

“妈妈，有一样东西，是全世界女人的最爱，哪怕只有小指甲那么大，都能让女人如痴如醉，常常忍不住想向别人炫耀自己拥有它，你猜猜是什么？”

朱翡真被她逗笑了：“我猜不出来。”

双晴直接打开母亲的衣柜，拿了套色泽亮丽的裙子出来，笑嘻嘻地道：

“你好好打扮一下，我这就带你去看。”

朱翡真不怎么想出门，随口推搪。

怎奈双晴非常坚持，好说歹说，又劝又哄，推着她进浴室去梳洗，连洗澡的热水都给她调好，最后她见实在拗不过女儿，只好唯命是从。

双晴不开车，朱翡真的车子又送去了店里做保养，于是两人打车前往。

珠宝展在江边的一家私人会所里举办，整面墙的落地玻幕外是长长一段江堤，只供会所私家独用，江面水平如镜，沿堤古树参天，幽然清净。

每位应邀而至的客人，都需要按照磁卡上标示的日期和时间前来，刷卡进入观展。通过这种方式，分时段严格控制参观者数量，使现场绝不会出现仄逼如菜市的大众展馆情景，加上完美的餐饮和休憩等配套设施，真正体现出格调品位。

根据国外权威机构的统计，中国在未来五到十年间将会成为全球最大的奢侈品消费中心，由是各路人马为抢滩这个最有前景的市场，早就陆续登陆国内各个繁华大都市，现场受邀的参展商无一不是全球顶级的珠宝制造商，也就不足为奇。

朱翡真这才明白，全世界女人的最爱，原来是钻石。

经济发展迅猛，社会财富的总体膨胀，不可避免地带来货币的相对贬值，使人们的购买力下降，现如今花上百万买一颗钻石已不再值得炫耀。

以同样金额去买一个马桶才叫人拍案惊奇。

汪锦媚迎上来，热情介绍过展况，朱翡真随步观赏各家橱窗。

双晴则被拉到一边，汪锦媚压低声音：

“我不知道你妈会来，最近忙得很，忘了和你说，梅三的舅妈自作主张请了圈子里的一些阔太太，梅三虽然不乐意她搞这种小动作，总是打着梅家旗号去拉关系，可他大哥不许他抹舅妈的面子，阔太名单里就有你后妈，所以她没准也会来，我没空陪你和朱姨，你自己留心了。”

“知道了，你去忙吧，不用管我们。”

“还有，寇中绎也来了。”

双晴不由得错愕，这种一掷万金的地方，他来干什么？

“你邀请的？”她问汪锦媚。

“我邀请过他，但他当时拒绝了，说自己一个大男人对珠宝不感兴趣，没想到他竟然有个非常有钱的姑姑，真奇怪，从来没听他提起，他姑姑好像刚从美国回来，那么巧和梅家有生意来往，收到了梅大哥的邀请，所以他今天是陪长辈过来，正在那边看钻石呢，我还有事，你们先转转，看中什么需要打折的找我。”

汪锦媚说完匆匆离开。

双晴扬眼望去，一束束纯白盛开的蝴蝶兰，将现场点缀得华美极致。

在她和汪锦媚短暂的交谈间，朱翡真漫步到了Forevermark永恒印记的裸钻橱窗前，因为母亲在场，双晴原本还犹豫着要不要避开寇中绎，这一回眼看去，和朱翡真同在橱窗前的另外两名客人，其中一个不是寇中绎是谁？

她站在原地，隔着那样一段距离，静静地看着他。

原来喜欢，是一日心期，而爱情，是三秋念想。

这时朱翡真回头向她招手，她踌躇了下，打消回避的念头，抬步过去。

寇中绎陪着的女士约莫四十多岁，妆容配饰极其素雅低调，美丽面庞与气宇静沉的他略有几分相似，举手投足间透出一股养尊处优的贵气，那种与生俱来似乎已富过几代的气度，温润柔和得让人不敢逼视，绝不是普通有钱人家的名媛阔太可同日而语。

她原本只是随意看看，见到旁边的人移步看过来，便打算偕寇中绎离开，为后来者让出最佳位置，不意目光掠过朱翡真的侧面，她优雅的面容起了微细变化，定睛看着朱翡真，微蹙秀眉，仿佛费力思索着什么，最后却还是模糊不清。

寇中绎在旁乍然看到双晴，也不知是有心理预期，还是城府极深，面上不见意外，只是两人对望久了些，他凝视她的眼神也过于柔和了些。

这短暂的神色变化，适巧落入他身旁回过首来的女士眼内。

她目光专注起来，朝双晴微笑颔首。

“中绎，这位小姐是……”

“阿……阿姨好。”双晴紧张不已。

听见她说话，原本用镊子夹起裸钻，拿放大镜细细检视的朱翡真转头看来，不期然对上那女士的视线，朱翡真微微张嘴，似有些迷茫，瞬间拨开云雾，惊声低叫：

“寇丹？我是朱翡真，你还记不记得？以前我们在南区读同一所高中。”

寇丹轻“啊”一声，面上惑色终于展为笑容：

“我想起来了，你是朱翡真。”

寇中绎和双晴顿时面面相觑，世界很大，也很小，有时候就像这样，让人觉得不可思议之余，还有点啼笑皆非，真是怎么也想不到，两人之间还有这样的渊源。

寇丹又看向双晴，对朱翡真笑道：

“这是你女儿？长得真标致，和你年轻时一个模子。”

“哪有你说得那么好。”朱翡真的目光落在寇中绎身上。

他着一身独特的阿玛尼黑色西装，精裁的弧形衣领沿胸而下，优雅修窄的细美末端，被一粒单扣终止于腰际，勾勒出最贴身的入字形下摆，半遮半掩着飘逸的丝质衬衣，整个人显得磊落高贵，又因为是双晴从未见过的正式打扮，别有一种浑然天成的端俊非凡之感。

无与伦比的制服魅力，比平时更性感得过分，令人心倾神陷。

寇中绎瞳仁湛澈，眉目含笑，先是看了双晴一眼，然后抽出半插在裤子口袋里的右手，适时地伸向朱翡真，还略微弯了弯身，态度尊敬，语气和悦：

“伯母好，我是寇中绎。”

朱翡真满面笑容，与他握了握手。

她到底比双晴见识老练，知道出现在今天这种场合的非富即贵，尤其眼前这位年轻人的完美涵养和娴熟姿态，不是一朝一夕能够养成，寇丹和她这个侄子的身份不简单，而他注视双晴时的眼神似乎有点特别，要是两人能成一对，倒不失为美事。

心里有了这个念头，朱翡真活络起来，和寇丹热切寒暄。

寇中绎见两人有意叙旧交新，便对寇丹微笑建议：

“姑姑，不如去楼上茶座，坐下来慢慢聊。”话音未落，就察觉双晴面容一滞，他不动声色沿着她的视线望去，不远处一道人影正定定看向这边。

双晴一把挽起朱翡真的手臂，将她转了半个身背对钟怡。

“中绎说得对，妈、寇丹阿姨，我们还是找个地方坐下来。”

“你怎么了？急乎乎的。”朱翡真轻呵略见焦躁的女儿。

“是啊，那么急干什么？今天可真是巧了。”快步行近的钟怡笑着插进话来。

回头看见她的刹那，朱翡真的脸容有些微白，但很快就镇静下来，她并不理会钟怡的挑衅，只淡淡地对双晴道：“你刚才说去哪儿？走吧。”

钟怡却不肯就此罢休：

“这些钻石不错啊，你们母女俩没有看中的吗？买了再走也不迟。”

她心里怨气积压多时，碍着顾天成的面子不好上门寻仇，好不容易偶遇朱翡真，自然不肯轻易放过奚落她的机会，她脸上笑容持续，似落落大方。

“双晴，你爸连几百万的车子都肯应承你，不会在乎这点小钱的，看中什么就买给你妈好了。”冷嘲热讽的鄙夷口气，刻意充满打发叫花子似的不屑。

双晴听得心火沉涌，眼眸直直对上继母，不再客气：

“你不是一个人来的吧，和你同行的太太团呢，是不是那边几个？你有什么脾气回家冲我爸发去，别在大庭广众下撒泼，除非你想把我爸的脸丢光，让那些认识你的太太团看一场好戏，她们事后一定会不遗余力在圈子里帮你广为宣传，你说是不是？”

真逼急了她绝不介意，让散落在四周有头有脸的客人看看，顾天成的女儿和后母大打出手，反正传出去肯定是年纪大的贻笑大方，谁会去指责年轻的继女不懂事？

钟怡被她拿话堵得窒了窒，竟也噤声，顾天成的名声确是她的七寸。

寇丹和寇中绎看这阵势，心里已经雪亮几分。

朱翡真的脸色虽然难看，毕竟年岁和阅历印在身上，平淡地没多大反应，只任由女儿紧紧挽住自己的臂弯，反而是双晴，出生以来何曾受过这种郁气，虽然为着保护母亲像老鹰一样急忙张开翅膀，豁出去对钟怡撂下狠话，但其实眼眶内已经委屈得微微发红。

寇中绎长腿一跨，往前一步站到橱窗前，立定在钟怡和她之间，他身形峻如山岳，把两人隔离开来，爱怜地看了双晴一眼，转头对橱窗内的销售员道：

“有没有适合她这个年纪的？”说完若无其事地回首，“姑姑，你是行家，来帮忙看看。”

寇丹对钟怡破坏气氛的小插曲也是恍若未闻，只与寇中绎打趣应和：

“现在国内还流不流行见面礼？”她笑着执起双晴僵握成细拳的手，安抚地拍了拍，然后吩咐柜台：“麻烦挑一颗D色的，手指这么细，戴一克拉太大，七十分就合适了。”说着温和含蓄的面容转向朱翡真，“这种小玩意，父母送的没意思，最好还是男孩子买得起。”

钟怡嘲讽双晴坑蒙父亲买几百万的豪车，寇丹这话便别有所指，但从她嘴里说出来，随口无意的一句，平和不带火气，让闻者刺耳，却是挑不出刺来。

寇中绎配合地屈指轻弹双晴的额头，动作语气俱是暧昧：

“你愣着干什么，还不快点谢谢我姑姑？”他挺拔峻伟的胸膛端立在她身前咫尺，如同一堵遮风挡雨的保护墙，将她隔离在危险之外，无人可以再攻击进来。

双晴心口一酸，眼眶瞬间变得更红。

钟怡被视若透明，讨了个没趣，瞥了眼朱翡真，冷哼一声后走人。

橱窗内戴着白手套的销售员从陈列盒里挑出一颗钻石，放在特殊的仪器下。

“这颗D色七十五分，净度VVS1，台面到底尖的比例是百分之六十一，切工、抛光和对称度都是EX，没荧光，这批钻石是我们公司特地为这次展会准备的，Forevermark全球唯一激光编码还是空白，可以按照客人的要求刻在钻石上。”

“想刻什么号码？”寇中绎微笑问。

语气似有微妙变化，已回归平常，不若方才亲昵。

双晴低下头，眼中泪水如滚珠滴落。

“谢谢你。”

寇中绎垂眸凝视她，心口最柔弱的一抹神经被细微触动，恍惚间忆起不知道曾经在哪里看过的一句话：钻石，是情人那滴冻结了的眼泪。

他良久没有回话。

钟怡已经离开，双晴觉得没必要再演戏，对钻石便谢绝不要。

但寇丹貌似与她一见如故，执意要她收下，说是给故人女儿的小见面礼，朱翡真原本帮着双晴推辞，后来也不知是不是越看寇中绎越顺眼，一方面不太想坚拒寇丹的好意；另一方面也有点顺水推舟的意思，最后终于首肯，吩咐双晴收下。

这么贵重的礼物，两位女性长辈肯定是别有用意。

寇中绎自始至终似置身事外，安静闲适地站在一旁，对寇丹和朱翡真的交谈不置一词，面上保持着恰如其分的微笑，那笑容极为浅淡，既看不出乐见其成的愉悦，也没显露出丝毫的不情愿，旁人根本无从得知，他到底在想什么。

这样的高深莫测，让双晴琢磨不透他的意思，她心里并不想无缘无故收取那么贵重又有特殊含义的礼物，无奈朱翡真在再三推辞后改了口风，授意她好好多谢寇丹，这种场合下母命难违，她只好勉为其难地应承下来，诚心诚意道：

“谢谢寇丹阿姨。”

“阿姨也谢谢你不嫌弃，我很开心。”

直到这时，寇中绎才笑了笑，再次不咸不淡地问她：

“想好刻什么号码了没有？”

双晴摇摇头，一时之间真想不出，该把什么数字印在这颗钻石上，作为独一无二的镭刻纪念号码，记忆闪处，她忽然福至心灵，对销售员脱口而出。

“就刻1160616吧。”

销售员把她的指令输入系统，又打开画册让她挑选镶嵌款式，她看了一眼寇中绎，令人难以捉摸的笑痕一丝不变地挂在他的唇角，面对她的眸光，沉静谦和如故，那样子完全就是对她所刻数字的含义没多作关注，由是毫无领悟，也就没有任何反应。

她心里霎时酸楚满溢，为自己无人知晓的心事。

这时，远处的钟怡一边看着他们，一边拿着手机在讲电话。

定好钻石后，一行四人去茶室休息，朱翡真虽然没有表现异常，依然和寇丹有说有笑，但双晴还是感觉到了，母亲原本就不高的兴致，已被钟怡的出现彻底败坏。

坐了二十分钟左右，双晴便提出告辞。

明明心情不好，还不得不强颜欢笑，是非常痛苦的事。

双晴自己就不肯做，又怎会为难母亲。

寇丹也不挽留，得知两人是打车过来，坚持要让寇中绎送她们回去。

“这怎么好意思。”朱翡真婉拒。

“我约了人谈点投资的事，没那么快回去，他送完你们回来接我正好。”

朱翡真推辞不过，也就大方接受。寇中绎先去取车，朱翡真与寇丹又聊了一会儿，然后才道别。双晴挽着母亲的手臂，刷卡离开会场，走出会所大门。

迎面就见钟怡和顾天成站在喷泉旁边，不清楚是钟怡故意把顾天成叫来，还是他自己有事过来，但很明显的是，钟怡不知找了什么借口，使得顾天成陪她等在门口。

双晴明显觉得母亲的手臂一紧，夹得她的手掌动也不能动。

顾天成也见到了前妻和女儿，他看向钟怡，她笑着亲昵地给他理了理衣领。

朱翡真的神情瞬间暗淡，那一刹那双晴很想上去给钟怡一记耳光，要不是寇中绎的车子及时驶到面前，无形中遏制了她心火大盛的冲动，她极可能已经闹得全家一起丢人现眼。

顾天成拿开钟怡的手，朝她们走过来，冲朱翡真点点头。

朱翡真勉强牵牵嘴角，萧郎陌路，纵使相逢应不识。

寇中绎目光暗闪，在挡风玻璃后看得清楚，他下车走到双晴身边，她下意识地牵了牵他的袖子，他是她最强有力的依靠，是她安全感的唯一源头。

只要他在，一切都可迎刃而解。

女儿不经意的小动作引起了顾天成的注意，精敏目光看了眼寇中绎。

"翡真你没开车？我让司机送你们回去。"顾天成说。

"不用你送！"双晴抢先冷声拒绝，一把拉开寇中绎的后座车门，用力把想回话的朱翡真推了进去，转头对顾天成气恨道，"你什么都不用做，只需要管好你现在的老婆！"

说完她也钻进车子，啪的一声大力甩上车门。

寇中绎隔着车窗看她，无奈地摇了摇头，脸上带着宠溺的笑意，转头朝一直注视着他的顾天成颔了颔首，然后拉开驾驶座的门坐进车里，方向盘一打，掉头驶了出去。

车厢里死一般寂默，片刻后被朱翡真打破，她笑着问寇中绎：

"你和寇丹是亲姑侄？"

寇中绎对着后视镜里的朱翡真笑了笑，目光掠过一旁的双晴。

她一动不动，靠着车门望向窗外。

“我爸爸只有这一个妹妹。”他应声，将车子驶上环线。

“当年她在高考后突然消失，大家都不知道原因，也不知她干吗去了。”朱翡真说。

“……她参加完高考，就听从家里安排出了国。”

“原来是这样，那她出国挺早的。”那时才是20世纪80年代中期。

寇中绎笑着附和。

朱翡真又问了一些他的个人问题，在哪里读的书，现在从事什么工作，家里父母是做什么的。寇中绎对自己的事情都一一作答，当被问及父母时，回答就简单许多，只说父亲以前在金融系统工作，现在退了下来，在维州近郊的家里颐养天年。

闲聊时间过得快，没多久就到了朱翡真的住处。

三人下了车，双晴看着母亲道别后进了楼门，对寇中绎道：

“我自己打车回学校就行了，你回去接寇丹阿姨吧。”

“真的不用我送你？”他俯视低着头的她。

“不用，寇丹阿姨等你很久了。”

“那好吧，你自己小心。”

他说完上车，点了火却没踩油门，在后视镜中与不由自主望过来的她对视。

挡位一换，他把车倒到她跟前，降下车窗。

“上来，我带你出去，到方便打车的地方你再下来。”

双晴本以为他会直接离去，下次见面不知又要等到何时，没想到他竟然会回头，再给她一次选择的机会，她原本的坚持连同之前单方面默守的距离和界线，被这个意外惊喜一下子击溃，她咬着嘴唇以疼痛阻止心头酸楚化成泪意，迟疑了几秒，最终绕到副驾驶座上了车。

就让她多珍藏一点，和他相处的时光。

两人都不说话，车子飞驶过一个又一个路口，他没说给她停在哪里，她也没再提打车。就这样一路开到她的学校，解开安全带准备下车时，她终究没忍住，低声问道：

“你还记得我们第一次见面是在什么时候吗？”

他侧过头来看她，瞳心墨黑浓重，缓缓回答：

“十一月六日，星宇豪庭六号楼十六层，你穿紫灰色卫衣和淡蓝牛仔裤。”

这个比他倒车回来更为意外的答案，惊得她骤然抬首，他淡淡一笑。

那串刻在钻石上永恒不灭的数字，是他们相遇的时间和地点。

当双晴再捧起书复习时，变得什么都看不进去。

总是会想起寇中绎，想起两人在星宇豪庭惊心动魄的初见，想起在银行和夜庭时一而再的偶遇，他出现的每一次，说过的每句话，他的一举一动，一颦一笑，连最细微的不经意的一次低头或侧首，总是会在某些瞬间蹦出来，以绝对姿态侵占她的全部思绪。

珠宝店按她的指环尺寸，为钻石镶上经典简约的铂金戒托，让专人送了过来，她没有佩戴上手，但每每独处，都会打开锦盒看着戒指，心潮起伏难以自制。

不由自主，一天比一天患得患失。

就这样不知不觉间，国考的日子到了，她才惊觉没有好好准备，不免懊恼自己浪费光阴，既而又自我安慰，考试和人生一样，哪怕做了最全面的准备，也永远没法预测下一刻要面对的是什么样的难题，这么一想也就释然，只求尽人事，至于结果，由之听天命。

早上高峰期，她从学校出来很难打车，湛开主动充当司机。

到了指定的考试楼前，她打开背包，翻了几次没找到准考证，开始着急：

“怎么会这样，我记得出来时带了的，千万别不见啊！”

“你找什么？”湛开疑惑。

“我的准考证！昨晚明明放进去了，可是现在找不着！”

她把包翻了又翻，仍然找不到，惶急之下更为慌乱，把手中抱着的资料书放在干净一点的地面上，将包里物件一股脑儿全倒了出来，一样样拨拉开来看。

湛开好笑又无奈，惩罚性地捏了捏她的后颈。

“是不是放东西时又神不守舍了？”

她惭愧不语，为着心坎里的那份思念，最近不管做什么都有点心不在焉。

湛开看了看她放在旁边的资料书，书页的中间好像有一道小缝隙，他弯腰拿起来一抖，果不其然，一张纸片从中悠悠飘落。

双晴捡起一看，大松口气，把散乱一地的东西再捡回包里。

眸光落在装着戒指的锦盒上，怔怔然不再动作。

她似乎已经一百年没有寇中绎的消息。

始终做不到主动和他联系，不仅仅为了矜持，她那么清晰地记得，汪锦媚说喜欢他，如同她深深记得他锋锐的眉眼，温和的笑容，别样的风度和体贴。

一只大手在她面前晃了晃。

“发什么呆？再不进去你要迟到了，考完我来接你。”湛开拍拍她的脑袋。

双晴回过神，起身拿好东西，匆匆跑了进去。

刚找到座位坐下，监考人员就拿着试卷进来，随后考试开始。

黑压压一片人头的考场里非常安静，只听见行笔的沙沙声，她摒除杂念，专心致志，摊开试卷快速浏览一遍，对题目有了大致的了解，定下心神书写答卷。

生活的脚步，就是每一天都在向前，然后让每一天都成为历史。

当“每一天”连接得足够长，串成一段时期，就构成了不断重复的历史。

某个时期的社会，总会与过去的某个历史阶段，具有这样或那样惊人相似的特征，区别只在于，生活的内容发生了巨大变化，由此引致在表现形式上也会有所不同，社会的发展从来不是笔直的大道，而总是在循环往复之间，螺旋地向前辗滚。

多少年前，公务员曾是人人梦寐以求的铁饭碗，后来经济大潮掀起，相对稳定但无法致富的公职成了取舍两难的鸡肋，又多少人办了停薪留职，下海从商。

然而经济与社会一样，都是有着繁荣与衰退的循环周期，发展到了今时今日，经济危机越来越频繁和尖锐，甚至变成全球性大规模爆发的金融海啸，某些经济不景气的年份，在大街上放眼望去，连墙缝里都映着失业人士落寞的影子。

当人们求富的心态被现实打击不止，甚至连个人生存都成了问题时，安稳意识就会被急剧唤起，薪资稳定、福利完善且有一定发展前景的公务员，再次成为社会普遍化的最佳选择，只招三十人的某机关系统作为维州市的热选部门，报考人数竟然超过两万。

竞争的残酷，使得个人对社会资源的争夺，越来越剧烈。

沉浸在奋笔疾书中的双晴浑忘时间，直到被铃声惊醒。

她抬头往陌生的四周一看，有种不知身在何方的虚幻感，旁边有人已经起立，大多数人包括她在内，都没时间再仔细把答案检查一遍，只能在响铃中交卷离开，楼道里拥挤不堪，纷乱嘈杂，有的在议论考试题目，有的在猜测下午会考什么内容。

她拎了背包下楼，犹豫是回学校休息，还是在附近找个地方歇脚。

湛开的车子就停在路边，见她出来，他推门下车。

“时间刚好，午饭想吃什么？”

没想到他真的会抽时间过来，双晴有点小开心，跑过去用力抱了抱他：

“开开，你真好！要不是你找到准考证，我都不知道该怎么办了。”

湛开听了俯首，笑眯眯盯着她的眼睛。

“没有我——你不知道该怎么办？”

她哈哈大笑，配合地向他屈手鞠躬，俯首称臣，快乐哼唱：

“你是电，你是光，你是唯一的神话！”

“那就跟我走。”他忽然出声。

她笑容一滞，嘴里小调陡停，面色起了微细变化，别开首不看他。

“你又来了。”说完转身欲走。

湛开一把拽住她的手臂，口气强硬：

“你知道我是认真的。”

她咬唇，没有接他的话。

“我这次回来是为了TP6的上市推广，工作做完就得回去，待不了太久。过完年你就毕业了，我想回去后给你申请学校，等你过来念硕士，你意下如何？”

“我没想过出国，这你是知道的。”她声如蚊蚋。

“那是以前，晴晴，拖了这么多年，你该好好考虑一下我们之间的感情了。”

“我真的不知道。”她发急，话出口又觉歉疚，蔫了下去，“你别逼我好不好……”

“我不是逼你，我只是想不通，你对什么事都抱无所谓的态度，不是你爸就是你妈说了算，或者索性我说了算，你完全不在乎，为什么偏偏在出国这件事上，会这么固执？这些年来不管我怎么劝，你始终坚持不肯出去。”

“有些东西你不明白。”

“你不说，我当然不明白。”

双晴挣开被他握着的手臂，良久压抑道：

“我不能走，我走了，我妈怎么办？”

“这是什么话，难道她还要你照顾不成？”

她脸上露出一丝无奈伤感的笑痕：

“湛开，她只剩下我了。”

母亲未必需要她在生活上给予照顾，然而只有身为女儿的她，才是朱翡真和顾天成还能有关联的唯一纽带，这是多年来朱翡真赖以生存的支柱，始终未肯死心，如果她突然抽身，使得朱翡真再无所依恃，从此孤身一人，也许会给她造成巨大的心理灾难，双晴无法想象母亲的心境会变成什么样，假如承受不住而崩溃，那会是一夜之间老去十年，永远无法恢复。

这就是为什么她一直没有离开维州，连大学也留下来读的原因。

湛开的手机骤然响起，他看也不看直接挂掉。

“这还不好解决？把你妈妈一起接出去，她在维州本来也不见得舒心，换一换环境，说不定国外的生活更适合她。”

双晴心里矛盾至极，一方面觉得他说的话有道理，与其让母亲留在维州，不定什么时候还会遭遇钟怡的折辱，不如索性带她远走高飞，与前尘往事彻底隔绝，从头开始新的生活，只是另一方面，母亲未必肯断了对父亲的念想。

而她自己，对未知的将来，也有着深不见底的恐惧。

“出去后你要是过得不开心，随时可以回来，我绝对不拦你。”湛开继续劝说，又一次挂掉铃声再响的手机。

“你让我想想。”她十分无力，既说服不了面前的他，也无法说服自己。

“想什么？”湛开的语气陡然尖锐，扳过她的肩，“寇中绎吗？”

“……不是。”

“那种男人太复杂，不适合你，在机场你也见到了，他身边有女人，就这样还和锦媚来往，同时还和你纠缠不清，你觉得他对你会有多少真心？”

“你别这样。”她哀号，他一针见血的话，让她心口轻微刺痛。

湛开眼底抹上的暗淡一闪而逝，掌中手机催命般再次响起，他终于看了一眼来电，接起应了句“马上回来”就挂掉，对她道：

“公司找我有事，上车我送你到前面的餐馆，你自己吃点东西。”

“不用了，你同事催得那么急，你赶紧回去，我在附近随便找点吃的。”

湛开久久地看着她，最后扯了扯涩意唇角，笑痕落寞：

“是不是这么多年过去，我依然无法让你爱上我？”

双晴僵在原地。

面对他不加掩饰的伤心，再说什么安慰的场面话已然是亵渎，眼见他要走，她冲动之下就想应承他，然而话压在舌尖底下，就像字字缚了千斤，死活吐不出来。

他退后一步站定，如同最后的坚持。

“无论如何，尽早给我你的答案。”

她眼睁睁地看着世上唯一最为她着想的人，转身背对她大步离去。

双晴完全没了食欲，只想回楼里找个地方静一静。

她颓唐地走上台阶，路过廊柱时，赫然看见一个人，他倚着柱子，低着头和谁在讲电话，嘴里轻声重复着什么饭店的名字，在被她发现的瞬间，冷峻面容倏然一抬，黑瞳射出锐利肃杀的光芒，准确无比地锁定近身目标。

看到是她，他迅速挂了手机。

与她隔着彼岸观花的距离，寇中绎神色清淡，站在原地没有动，看着她即使在错愕之下，也并不比湛开离去时更少的伤心面容，他平静地开口：

“为什么没有答应他？”

她心口抽痛，低落难过极需抚慰，世界之大，却找不到一个人来安慰她，那一夜湛开也曾问过她类似的问题，其实答案从来无改，她本想对寇中绎笑笑，眼泪却从面庞滑下。

“开始的时候，我不敢喜欢，后来，他离开了，我已经不能喜欢。”

现在，是无法喜欢。

在合适的时候，最初的朦胧情愫被年少无知弃置在萌芽中，直到长大，直到十多年后的今天，在这段漫长的时光流逝中，没有走到一起的两个人，已经渐行渐远，不知不觉间，人还是那人，两颗心却已经回头无路地错过。

终于有一天，是他，或她，遇上了别人。

面对她的泪眼婆娑，寇中绎不再说话。

若不是场合不对，她可能会在他面前失声痛哭。

他蹙了蹙眉，对她最深的印象不是在鼎庐天台，也不是在夜庭，而恰恰是在珠宝展上，她像受惊的猫一样向伤害她母亲的人抡出暗爪，虽然生涩，但果断迅猛，出乎他的意料，他宁愿见到她像那样张牙舞爪、充满斗志，而不是现在这样忧伤，整个人凄楚不堪。

一抹难言的阴郁浮入他眼底，某些预料之外的情绪隐隐脱轨。

他缓步走近，温热掌心握上她的单薄肩头，两人近在咫尺，隔着雪青色的亚麻衬衫，她能感受到他胸膛散发出来的热度，飘在她耳畔的醇和嗓音极具安抚作用。

“你下午还有一场试要考，我先陪你去吃饭。”顿了顿，像是为了加深这份安抚，声调愈加柔软，“刚好我朋友推荐了一家饭店，你要不要去试试？”

她没有回答，而是反问：“你为什么会在这里？”

他的唇沿又飘起让人捉摸不定的微笑：

“如果我说……我只是来问问你，戒指的尺寸合不合适，你信不信？”

言下之意，纯粹为着思念，来见她一面。

她自然不信，却有种强烈的欲望，想紧紧抱住他的腰，不顾一切埋头到他温暖的怀里，把情绪全部托付，然而在她把想法变成行动之前，他已经轻轻放了手。

“走吧。”

车子驶在路上，他出奇地沉默，她也就不说话。

开了一刻钟左右，到达一家古色古香的四合院，进门处雕廊画栋，有一面墙镶嵌着透明的玻璃，玻璃后的烤室里架着一座特殊的炉子，身穿大红袍的师傅正在炉上烤着鸭子，有慕名而来的外国食客拿着摄录机，隔窗拍摄这个供人观赏的烤鸭制作过程。

寇中绎回头看她一眼，许是为了活跃气氛，打趣她道：

“你说是你考得好，还是他烤得好？”

她被逗笑，眉梢挑了挑，合掌低低祈祷：

“希望是一样好，但愿他的鸭子不会烤焦，我的成绩也不会考砸。”

寇中绎莞尔，掌心手机震动，打开看了一眼后合上，对她道：

“你去洗把手，我来点菜。”

“别点太多，我没胃口。”

他目送她走远，回绝前来领位的迎宾，沿着院落廊道往里走。

有间包厢的门没关严，可能是服务员在进出上菜，从里头传出说笑声，当中有个声音听上去很熟悉，他止步聆听，确定没错，抬手意思意思地敲了敲门，大方推开。

一桌五人正在品茶，除了年轻的汪锦程，其余几位全是中年人。

看见他进来，汪锦程一脸意外，马上起身笑迎：

“你怎么来了？这边坐。”

“不了，我约了朋友。”他笑着推辞。

寇中绎极有风度地向在座的众人道了声“打扰”，当目光和座中面带讶色的顾天成相遇时，似乎两人都记起了，曾在梅家珠宝展的会所门口见过一面，他当即朝顾天成微笑颔首，算是无声问候，转头对想介绍他和大家认识的汪锦程道：

“我在外头听见你的说话声，进来打个招呼，最近特别忙，有件事忘了和你说。”

“什么事？”

“锦媚曾经告诉我，说你想拿北新区富华路靠江边的那块地？”

“没有啊，公司里没这计划，那丫头不清楚，胡说来着。”

寇中绎轻“啊”一声，歉然地屈指敲敲脑袋：

“可能我忙起来记混了，我以为你在北新区有项目，所以想提醒你慎重点。”

顾天成听见，目光闪了闪，开口问道：

“那块地怎么了，有什么问题吗？”

见是他在问，寇中绎笑笑，不加隐瞒：

“省人大预备提案建一条连通维州港和景州新工业园区的高速路，方便两地之间进出口货物的短途运输，如果提案通过，高速路很可能会挨着那块地。”

他只约略一提便不再多言，和汪锦程又闲聊几句，告辞离去。

包厢里顿时议论起来，桌中有人对顾天成道：

“你之前好像提过，对那块地有兴趣？”

顾天成点点头：“是在考虑中。”

“要是有高速路经过，那肯定做不成高档社区。”

“就算普通楼盘也卖不起价格，销售的风险太大了。”

“我怎么没听说有这条提案，是不是真的？”

“我这朋友的能力很强，人脉也广，既然他这么说，我估计不会是空穴来风，他说的消息有很大的可能是真的。”汪锦程对众人说道。

顾天成一怔，难道刚才那年轻人，就是汪锦程那位找他买房的朋友？

才这个年纪就提到了副局的位置，成为地方政府的中层骨干，光有能力是不够的，更需要为人处事和良好交际的双重智慧，通常这种人比普通人更谨言慎行得多，除非有过硬的交情，否则就算知道什么内部消息，也绝对不会随便外传。

况且年纪轻轻就交游广阔，眼界胸襟定是非同凡响，明摆着仕途一片光明，想必也不会愚蠢到和企业进行钱权交易自毁前途，所以他今天想帮汪锦程，是因为承过人情？

顾天成思索过后，往外打了几个电话，托人打听高速路提案的事情。

外头大厅里，双晴回来时，寇中绎刚点完菜，递给她净手的棉巾。

这体贴的微细动作，让她心如鹿撞，接过棉巾擦了擦手，慢慢地连手背也擦过，湛开说过的话浮上她心头，似往血管里流入一根微细的刺，带至心脏位置，卡在那儿再也动弹不了，让人难受得要命，她以棉巾一角无意识地缠着指尖，绕过一圈又一圈。

“其实湛开说得对，让我妈离开维州未必不好。”

寇中绎没说话，把斟好的茶递到她面前，自己也端起茶杯抿了一口，看着她不敢抬高的脑袋，眼内划过一道复杂微芒，过了一会儿，才不徐不疾道：

“那你去吧。”

这样的答案一下子让她愣住，不可置信地抬眼。

他过分的冷静堪称无情：

“相信我，离开维州对你最好不过。”

她的脸霎时涨成了猪肝色，霍然从椅子里站起。

他仰首看她，在她无法承受满腔的羞耻感，准备转身离去之前，淡声道：

“不然你想从我口中听到什么？”

她如置身在悬崖峭壁的狭缝，进不得退不得，极度后悔自己孟浪的试探。

“坐下来。”他定睛看她，耐心等待，直到她终于肯勉强坐下，才再度开口，“你见过我的前女友，她和我分手就是为了出国，当女人已经做出选择，男人能怎么办？只能是尊重她的意愿，你要是想离开，我一个字都不会反对。”

他静默了一会儿，目光投向垂在半空的红灯笼。

“她离开那天很伤心，要我答应等她。”他神色微为迟疑深沉，没有提自己当时已经形同拒绝，只是对她说，“不过将来的事，谁也不知道会是怎么样。”

无意识中她已握手成拳，尖锐的指甲刺得掌心生痛。

他真厉害，一声痴情等待，与她画下不可能的轻松界线，她最好不要对他抱有期待，再一句将来不知怎样，又在不可能之中，给她与他之间留出一线似有似无的生机，仿佛若她存心争取，他也不是很反对，真可谓退可守，进可攻，总之不管她将来怎样，他毫无责任。

她气极反笑：

“所以你就和我玩暧昧？还是你觉得，我适合做你排遣寂寞的小玩意？”

深眸涌出无边的暗色，寇中绎定定看着她，一字一顿：

“我只是不希望以后让你伤心。”

“我现在就很伤心！”

“双晴。”醇和的嗓音压抑绷紧，他头一回像这样唤她的名字，带着某种难以决断的犹豫，略微一动的唇角欲语还休，最后只是化作轻然无奈的叹息：

“先吃饭吧，吃完我送你回去，养足精神下午进考场。”

一阵嘈切的交谈声纷杂而至，有人在惊讶之后笑了出来。

“中绎，原来你约的人是双晴，怎么不早说？”

双晴惊得猛地回首，汪锦程和顾天成立定在她身后。

眼见这意外一幕，汪锦程的目光明显带着玩味。

顾天成的面色如常，看不出任何变化，他只是看了一眼马上站起来的神色不安的女儿，再看向不为所动只是含笑跟着她一同起立的寇中绎。

那天之后，双晴和寇中绎再没有联系。

她只有在见到汪锦媚时，才会知道他零星的消息，汪锦媚每每提及他，总是一脸崇拜向往，说他办事精干，为人磊落，帮了汪锦程不少忙，但从来不肯拿好处，连低到只是几百块纯粹意思意思的购物卡，都坚决一张不取。

不难听出，他现在和汪家兄妹往来密切。

除了寇中绎，自从湛开摊牌之后，她也开始回避。

她无法违背初衷，应允和他一同出国，却也无法断然拒绝，有些话一旦出了口，就再没有回旋的余地。以湛开桀骜的个性，也许这个从小一起长大的挚友会就此失去。她希望两人之间能有一段冷静的时间，让他与她都慢慢沉淀下来，真正明了两人心中各自所想。

在深秋黄叶孤飞的季节，得不到答案的湛开终于独自离去。

双晴很不开心，却无处言说。

低落的情绪还没过去，朱翡真来电说和朋友去旅行，要出门四五天，让女儿不用去看她。稍后，双晴又接到王准的电话，她要的跑车已经空运回来，送到了别墅。

她不得不在周末再次回到那生疏得已几乎遗忘的父亲的家。

宽大的客厅里不见钟怡的身影，保姆抱着孩子在晃荡。

双晴四周看看，确定无人，由着内心小小的好奇，她走了过去，窝在保姆怀内的顾令勉仿佛感觉到了，扭头看来，承传了顾天成基因的眼瞳极其漂亮纯净，卷长的睫毛就像浓密的小刷子，薄薄的粉嫩小嘴无意识地咧开来，澄澈无邪的笑容，让人心底柔软到无法抗拒。

她不禁弯腰，用指腹逗他的脸蛋，轻点小鼻子：

“好可爱。”

“每次抱他出门，邻居都这么说。”保姆附和着，也是赞不绝口。

顾令勉笑得更加灿烂，对着姐姐手舞足蹈起来。

她收回手直起身，眸光依然眷恋地落在与她有一半血缘关系的小小天使脸孔上，但愿多年以后，他仍能保持这样原始的童真，但愿他的成长路程会与她的彻底不同，但愿他的人生，能远离她在这幢屋子里曾经历的曲折艰辛。

钟怡站在厨房门口，看着双晴回过头，两人四目相对，谁也没打招呼。

双晴头一低，转身往楼梯走。

客观而言，钟怡也是个优秀的女子，但女人就是这样，一旦牵涉到夺夫之争，谁还能温柔婉约大方得体？况且被触及底线，还有没有维持大方姿态的必要？

现代女子与从前相比，多了一份坚强和不甘懦弱，逆来顺受已不多见。

只是对双晴来说，这世上只有帮亲，没有帮理可言。

有人说过，最好永远别和那些号称帮理不帮亲的人做朋友。若是朋友，当然希望自己有难时对方挺身而出，不出钱好歹也出把力。如果在自己落难时，他们不但不施与援手，还摆出一副“我很公正，确实是你不对”的完美道德姿态，这种朋友要来做什么？

不过是给自己的人生添堵。

同样的道理，如果顾双晴不能责无旁贷地站在朱翡真身边，无论母亲是好是坏、是贫是富都一如既往地支持她，朱翡真何苦十月怀胎把她生出来？

可以争执吵闹，可以怄气负气，可以离家出走，可以离经叛道，就是永远不能让最亲的亲人真正伤心。

经过书房时，双晴站定，顾天成坐在办公桌后。

“爸爸你在家？”她说着走进去。

“你回来了？这是车钥匙和证明文件，牌照已经上好了。”顾天成笑着拿起桌面的档案袋递给她，“要不要开出去试一试车？”

“不急，你怎么回来这么早，身体不舒服吗？”

“我没事，就是知道你今天回家，所以早点回来。”顾天成倾身向前，“和爸爸说实话，那天和你一起吃饭的年轻人，是不是你朋友？”

此朋友非彼朋友，分明有特殊的含义。

双晴微微避开父亲探询的目光：

“你别误会，他确实是我朋友，不过不是你想象中的那种朋友。”

“他叫什么名字？”

“寇中绎。”

“星宇豪庭的房子，就是帮他买的？”

“嗯，我和他就是因为房子，才有所接触。”

顾天成点了点头，女儿不是前妻，已经一把年纪，大可以视人生如游戏，天真单纯的她如果遇人不淑，必然会遭受巨大伤害，而以他身为父亲的立场，这个宝贝女儿可不是谁都能追的，不过就目前看来，虽然比较片面，那年轻人勉强还算及格。

他也就不多说什么，父女俩闲聊了一会儿，双晴起身回房。

她盘腿坐在床上，把档案袋里和车子相关的证明文件抽出来，上下翻了翻，随手搁到一旁，又拿起车钥匙，无意识地把玩，整个人有些发呆。

背包里响起音乐铃声，她扑过去，手忙脚乱找出手机一看，是东方广场某品牌发来的新货通知，她难掩心中失望，无绪地删除短信，返回主界面，指尖留在通讯录上。

反复犹豫许久，怀着一腔忐忑及某种隐约希祈，给寇中绎发了条短信：

“我的车子到了，你还要吗？”

片刻后，他直接打了电话过来，嗓音低沉：

“双晴？”

她心口一酸，几乎落泪，一别一千日，一日十二忆，每天想他十二回，十二个时辰无一落下，正应了“时时怀念”，比如隔三秋还相思得厉害，她握着手机什么话也说不出来。

他在遥远的那头笑了笑：

“车子我要，你把文件快递给我，我让人去办过户手续。”

这两句话让她澎湃的情绪直线跌落谷底，冷淡短促地回了声“哦”便准备挂掉，快递给他，两人无须见面，简单明了，其实这样也好。

寇中绎心思缜密本非比寻常，她又表现得这么明显，他一下子就无声地笑了，笑容挂在她看不见的唇边，使得嗓音在透过电话时带上几分温柔意味：

“我朋友又推荐了一家餐馆，你什么时候有空？我们去尝尝。”

她心口怦怦轻颤，挣扎须臾，很快就投降，轻轻“嗯”了声。

第五章

违心之支离局

世事有时就是这样，得与失，都缘本有，再渴望，也是无法他求。

过了周末，双晴驾车返校。

之前汪锦媚的跑车运到时，曾约她一起试车，兴奋地告诉她都有什么功能，尽管她留有印象，对车子的性能不算陌生，但毕竟是生手上路，她摁亮仪表盘上的液晶屏，打开系统预设的驾驶演示，仔细看过一遍，才把车子慢慢开出去。

沿途经过十字路口，看见斑马线上有行人在闯红灯。

她一直难以理解，一个人每天吃喝玩乐、打游戏看电视、泡在网上、宅在家里、无所事事的时间不知几何，光阴大把大把地浪费，根本毫不珍惜，却偏偏出门在路上时，不管开车的还是走路的，都迫不及待要争抢那三五秒。

平常的时光浪费了虽然可惜，至少不会构成生命危险，但抢着过马路的那三五秒，却往往会失去或夺去他人的生命，尽管这个道理如此浅显易见，无奈国人长期以来恶劣的行为习惯已成定性，对日常生活中虚掷的光阴全不在意，而对闯红灯依然故我，长年乐此不疲。

正应了那句：可叹世人看不穿。

为了不惹人侧目，她没开进校园，把车子停在学校附近的居民区。

回宿舍后叫来快递，把证明文件寄给寇中绎。

日升月落，一晃眼到了周三。

下课回到寝室，她发现背包里调了震动的手机有未接来电，一个是出差在外的顾天成，回拨时已经无法接通；另一个是朱翡真，说是又准备旅行，问她想要什么礼物，双晴回电和母亲聊了几句，听上去朱翡真似乎很忙，她便自觉挂掉。

去食堂的路上，她百无聊赖地把行道树一排排看过去，不知当中有没有一棵长着童话里的树洞，让她可以把满腹的心事悄悄埋藏，直到老死或彻底遗忘。

下午没课，宿舍里有的睡懒觉，有的去逛街。

她照旧拎了背包前往图书馆。

对绝大多数普通人而言，学习依然是改变命运的最有效途径，就读同样的学校，接受同样的教育，求学时期是荒废度日还是沉淀积累，往往决定了毕业踏入社会时的不同起点。

书本摊开在桌面，她却仍旧提不起兴致，强迫自己好几次，始终看不进去，索性把书推到一旁，起身去借了本小说，一边戴耳机听着音乐，一边看白纸黑字之间的虚拟人物演一场悲欢离合，心绪渐渐沉浸其中，不知不觉，消磨到了天色欲暮。

馆内华灯初上，犹如电影院里剧终散场。

书中最后的结局，两人背道而驰，从此天各一方。爱一个人很容易，恨一个人更是转瞬而已，如何在又爱又恨之后走到一起，却是如涉千山万水。

就在她惆怅现世无情的时候，寇中绎的电话来了。

“你在哪儿？”他问得自然。

这对无所事事的她来说，绝对是意外惊喜，异性之间通电话，第一句就过问对方的行踪，所给人的感觉到底不同，她悲伤的心情一扫而空，莫名觉得愉快。

“学校，你呢？”

“这么巧？我也是。”他低低一笑。

她先是一怔，然后便被欢喜的狂潮淹没，双手紧紧捂着手机：

“你在什么地方？！”

“刚进大门。”

“那你沿着主校道往里走，大概五百米有幢图书馆，我现在就下来！”她急忙挂了电话，把东西扫进背包，连带子都来不及绑上，拎起就往外跑。

一口气奔下五楼，往主校道飞奔，远远看见他徐步而来的英飒身影，成为大众视线焦点，与他迎面走过的一群女生，莫不频频回顾，嘿笑着窃窃私语。

他看着她一路跑过来，在面前立定，凝视她气喘吁吁的样子，笑了出来：

“急什么？”

“你怎么会过来？”她喘着气，眼睛弯成眉月。

看见她鬓边掉落一缕发丝，他插在裤子口袋里的手动了动。

“我在附近开会，本来要到晚上七八点，结果一组人有事提前结束了，我想正好可以来你们学校取车，就让单位的司机把我送了过来，你晚饭吃了吗？”

“还没，接到你电话时我正打算去食堂，想不想尝尝我们学校的饭菜？”她掏出饭卡用力弹了弹，豪气干云，“我还有五十块，可以请你吃顿好的！”

寇中绎被她天真淘气的样子逗笑：

“我的卡估计能有五百块，还是我请你吃顿更好的，车子在哪里？”

双晴笑着与他出了校门，走到停车的小区。

寇中绎绅士地为她拉开车门，然后自己坐进驾驶座，把车子解锁，左手搭上方向盘，倒出车位，右手指尖在战斗机风格的仪表盘上连连点过，双晴看到液晶屏上显示出实时摄像的前后方路况，继而是自动卫星定位，最后停在超过二十声道的扬声器音乐系统上。

她心里觉得惊奇，这种超级跑车的操控方式和普通车子大为迥异，没开过的人可能连启动都不懂，但他的动作明显比她流畅多了，转念又想起，在梅家珠宝展那样的场合，他也是没有半点拘谨怯场的不适感，始终一副怡然自得气定神闲的姿态，她看向他的侧面。

“你开得真熟练。”迟疑了一下，她直接问，“你家里条件是不是很好？”

寇中绎笑了笑，把车停在红灯路口：

“我姑姑在美国有辆差不多的，我去探望她时开过。”

“你经常去探望你姑姑？”

“她回来多一些。”

这时两人不约而同地望向挡风玻璃外。

一个满面皱纹的老婆婆，搀着一个身形佝偻的老大爷，两人白发斑斑，衣衫褴褛，眼神浑浊凄苦，穿行在等红灯的车阵中，逐车敲窗乞讨，不住点头哈腰。

这对老夫妻的行为极其不当，会给行车人造成不便和危险，然而现代人的自私、冷漠及对社会的关怀与责任感的缺失，在这一刻也算是让她见识到了。

端坐在各种名车里的社会中产人士和各界精英，没一个伸出援手，哪怕有的人本来就开着窗在抽烟，也没一个雪中送炭，他们就像集体患了令人心寒的失明症，对巍巍颤颤的老夫妻俩——最底层的民生，漠视到了骨髓里。

双晴知道有一种职业乞丐，但这一对实在不像，她低头打开背包。

最见不得孩童受苦、老无所依。

只有两种人她不施与，四肢健全的成年人和明显人为造成的残疾儿童，前者有手有脚，哪怕去工地搬砖也不会饿死，至于后者，施舍他们形同于作恶者的帮凶。

面对乞讨的老人家，真假其实不重要，能被骗去多少呢？一点买零食的钱，一次打车的钱，还是像今天这样外出吃顿饭的餐费零头，微小到可忽略不计的这点支出，完全不影响她的生活，不管是平常随手花掉，还是送给这对赖乞讨以生存的老两口，对她来说没区别。

世间可怜人，没遇到也就算了，既遇上，不可视若无睹。

翻来翻去找不到皮夹子，她无比郁闷，哀号出声：

“我钱包忘带了。”

一只干净的手出现在她面前，指间夹着黑色真皮男款钱包。

“本来想请你吃大餐的，现在只能喝西北风了。”寇中绎玩笑道。

双晴惊讶于他的大方，又对他和自己观感一致而觉得感动与欢喜。

“没关系，我年轻，喝西北风也能饱！”

她不客气地从他手中取走钱包，打开抽出一张五十元，带得里头的小札封也掉了出来，她捡起拿在手中，降下车窗把钱递出去，交给那对迟疑着走过来的老夫妻。

“大妈、大爷，马路中间很危险，你们这样也会妨碍交通，快回路边去。”

老婆婆抬起双手接过她递来的钱，眼中冒出无法置信的泪光，老大爷走路一瘸一瘸，明显右边腿脚不便，他颤着手收好老伴递来的钞票，脱下脚上的旧布鞋，把钱一折再折，郑重地藏到了鞋里，两人千恩万谢，对双晴连连作了七八个揖，才相互搀扶着往路边回去。

相邻的车道上，停着一辆落后半个车位的黑色轿车，司机也降下了车窗，双晴的视线被老夫妻的背影挡着，看不到人，但从老两口不停作揖的动作知道，对方也有慷慨解囊。

她心里为老夫妻高兴，人类善良的秉性虽已珍稀，总还未灭绝。

就在那一瞬间，某种不明的直觉使得她下意识侧首，朝那辆黑轿车的后座看去，一扇黑黝黝严丝密缝的玻璃窗映入眼底，隔窗什么都看不见，但她却有一种强烈的感觉，车后座似乎有人，而且似乎就在看着他们。

她心里觉得怪怪的，回身坐好，转头想和寇中绎说话，却见他的目光凝定在她这一侧的后视镜上，似乎是在看那辆黑轿车的车牌。

见她望来，他垂了垂睫，收回视线，前方绿灯亮起，启动车子滑行。

双晴望向窗外，黑色轿车往右边拐了个弯，很快消失不见。

“好人还是有的。”她随口感叹。

寇中绎打着方向盘，过了一会儿才应声：

“那是市政府的车。”

“咦？你怎么知道？”

“我给政府打工，市里的领导相当于——我的衣食父母。”

说得也是，连领导的车子都不认得，这份工不用打了，她有些好奇：

“你常常能看到大领导吗？”

“开会时偶尔能见到。”他一语带过。

她想起还拿着他的钱包，便打算把札封放好还给他，不意看到上面印有鼎庐字样。

“你也去鼎庐吃过饭？我喜欢他们家的冰镇芥蓝。”

他侧过头来看她：“去皮的，不去皮的不吃。”

她哇的一声惊叫：“你怎么什么都知道？”

他被她问得自己也一怔，是，这种毫无意义的细节，为什么会清楚记得？

“你和汪锦媚去鼎庐的那天，我见到你了，只是你没有见到我。”他唇沿笑笑，接过她还回的钱包，丢在手刹旁边，将车子转入灯火通明的岔道，“到了，就是这家尚膳宫。”

“新开的饭店吗？”她以前没来过。

“刚开没几天，听说味道很正宗，你要是觉得不好吃，我再陪你去喝西北风。”说话间手机响起，他瞥了一眼屏幕，把车刹停在门口，“你先进去找位置坐下，我去把车停好。”

双晴拿了背包下去，寇中绎看着她合上车门走远，才接通电话。

…………

“姑姑不在维州，她去了香港，那边公司开董事例会。”

…………

“知道了，等姑姑回来，我问问她的日程安排。”

…………

“嗯，是我。”

…………

“我自有分寸，你贵人事忙，这点不相关的小事，就别费心了。”他唇角半含着讥诮的笑，轻描淡写地说完，面容冷冷，挂了电话。

他掏出烟点燃，神色淡漠地眺向霓虹永不落的夜空，深深吸了一口，独对高远浓黑的夜幕，徐徐呼出烟气，不远处路边的公交站牌下，一对送别的小情侣在昵笑拥吻。

他们抱得那么紧，笑得那么真，连路边扬尘都似沾染了爱情的味道。

掐灭烟蒂时，他的决定已下，吃好饭就送她回校。

两人相处的时光，对她也许短暂，对他却是，已经长到令人不安。

天气预报过几天会降温，双晴在学校吃过午饭之后，返回别墅拿几件厚暖的冬衣，顾天成出差在外，钟怡带了孩子和保姆去影楼拍写真，刘惠娟坚持要留她吃晚饭。

她拗不过老好保姆，只好坐在沙发上，边看报纸边等着用餐。

维州的楼价在经过一段时间的胶着后，不但没跌下去，反而因为开发商们再度联合起来打擦边球，已造好的房子全捂着不发，使得楼市又开始小幅往上攀升。

如果放任捂盘行为继续，当市场的刚性需求被积压到一定程度后，楼价就会被拉动，若再有人刻意制造舆论风向，涨幅可能会像坐上火箭，在两三个月内直线飙升，由是为了避免这种情况的发生，有关部门及时发表声明，即将对房地产市场秩序进行专项整治。

在现代化商业社会里，政府职能的实施受到相当程度的制约。

对于楼市这样的核心行业，完善行业法规是一个漫长探索的过程，而除非市场形势异常特殊紧急，否则政府不能直接入市干预，为了能对市场起到调控作用，比较直接的做法，是通过政策措施或舆论引导去影响涨跌趋势，然而若真有企业群体扛住了这种冲击，政府部门也是无可奈何，只能另谋他途。

层出不穷的上有政策和下有对策，带给双晴一种风起云涌的压迫感。

平静光景下隐藏着的尖锐对立和较量，已经紧绷得像一触即发的弦，角力双方谁再出手拨一拨，就不知会变成什么样。然而多少代人的流血、付出的辛勤劳动，才造就今日维州的空前盛况，她只愿这长治久安的景象，能延续到千秋万世。

愿生活这方土地上的维州人，薪火相传，一代又一代安居乐业下去。

把报纸翻过最后一版时，钟怡抱着顾令勉回来了。

两人已久不说话，钟怡见她在家，淡淡地瞥过一眼，坐到沙发的另一边，交代一同回来的保姆去冲奶粉，然后低头逗弄儿子，对继女视而不见。

双晴合起报纸，打算离开。

“我本来不想说的。”钟怡忽然开口。

她一怔回首，钟怡神色漠然地看着她。

“你从你爸手中得尽好处，却平白让我担一份罪名，我还就不甘心了。”

双晴不作声，静待她的下文。

“你手里星宇豪庭的那套房子，是我建议你爸留给你的。”

她有点不相信自己的耳朵，反应过来后不禁撇唇笑了笑，果然当初父亲说为她准备了一套房子时，她就猜到是有人希望她尽早搬出去，没想到还真被她猜中了。

“虽然就算我不提，你爸应该也会想到给你留一套，但我确实当面提醒过他，就在那边餐桌上吃饭的时候，你可以问刘惠娟，当时她在旁边听着。”

“是吗？那真是谢谢阿姨了。”

父亲给她准备房子，双晴相信他是出于对她的关怀，方便她日后自住或出租；若说继母的出发点也是为了她好，为了她的将来考虑，那就有点说笑了。

钟怡对她揶揄的口气不以为然。

“我对你是不是真的关心，那些都是虚的，对你来说有什么意义？你手里拿着房子，这才是切实的利益，就算我希望你搬出去，原意是为我自己着想，你也获利了，不是吗？”

她以真小人的姿态坦诚相告，几乎要让双晴心生敬意。

“所以，你今天到底想和我说什么？”

“你太依赖父母，始终希望他们重新在一起，回到你们从前一家三口的日子，可是你觉得那样现实吗？不管有没有我的存在，你爸和你妈之间早就覆水难收。”

双晴承认，她确然有过这种愿望，潜意识里希望父母可以重归于好，但那是从前；发生了那么多事之后，时至今日，已事过境迁，她的想法已经改变。

“而且你有没有设身处地为你爸想过？难道你还能陪在他身边一辈子？过几年你会结婚，成立你自己的家庭，将来陪你爸生病老死的人，不是你，不是你妈，只会是我。”

“那也不代表你可以对我妈不尊重。”

钟怡一听，脱口笑了出来：

“难道她就尊重我了？你怎么不说她从来都没把我放在眼里？她活得比谁都潇洒，哪需要你为她愤愤不平，你有那份闲心和余力，不如管好你自己，你去管她？！”

双晴哑口，发觉无可辩驳。

朱翡真一直借由女儿接近顾天成，在生活上及财务上和顾天成纠葛不清，钟怡想是只能容忍到她毕业成人，尤其在钟怡自己的孩子出生之后，更决心不再忍下去，所以不知对顾天成使了什么手段，只想方设法要将继女扫地出门，切断她在父母之间的桥梁作用。

个中缘由，父亲也许是知道的，所以才默许了。

至于母亲，双晴不确定朱翡真在利用她之余，是否曾真心为她着想过。

该刹那，她虽然不能完全原谅钟怡的所作所为，却已多少能够理解。

钟怡不再说话，喂好孩子后抱了上楼。

双晴回到自己的房间，手机“叮”的一声，银行发来短信，显示她的账户里收到了一大笔钱，她登录网上银行一查，是个姓余的人打来的，想来想去，只想到寇中绎欠她一笔车款，可是看转账金额，又比车子原价高出许多，她当下拨通他的手机。

“我收到一笔钱，转账人叫余敏，是你打给我的吗？”

“是，我最近比较忙，车子的转让手续和转账，都是托朋友处理。”

“你朋友钱打多了，你卡号发我，我给你转回去。”

“我买房时拿到特别优惠，一直没机会感谢你，多出来的那部分，算是我的一点心意。”他的声音压得有点低，似乎不太方便说话，只能抓紧时间解释。

她一听跳了起来：“那怎么行！我不要！”

“两个选择，一是你收下。”寇中绎不容她分说，“二是我把房子和车子都还给你，你连房子的钱一起退给我。”说到最后，低沉的嗓音已隐含笑意。

她当场傻眼，这种要挟也太无赖，他的购房款又不是交到她手里，她哪来的钱还给他？才想开口反驳，忽然一声隐约的浑厚男声透过他的手机传过来，有种说不出的威严。

“小寇，一会儿开完会，到我办公室来一下。”

寇中绎在那头应了声是，和她说话时嗓子压得更低：

“就这么定了，我现在要去开会，再联系。”

她无奈放下电话，心里却是打定主意，多出来的钱绝对不能要。

当初她单纯只是想帮汪锦程一个忙，根本没别的想法，要是拿了这笔像佣金一样的钱，不说别的，只说钟怡，岂不是应了她曾经对顾天成讲过的那些难听话？难得当时顾天成坚决不信她是为了倒卖赚钱，她才不想坐实钟怡安给她的罪名，令父亲对她的信任大打折扣。

看着手机银行显示的余额，感觉就像烫手的山芋，她心里有点急，可是又不便打扰寇中绎，这件事不解决她还没心思干别的，整个人坐立不安，直到刘惠娟来叫她吃饭。

她完全没胃口，只喝了点汤，胡乱扒了两箸菜，就放下碗筷回了卧室。

想着已过了下班时间，寇中绎应该忙完了，她发去一条短信：

“你现在方便了吗？”

十分钟过去，没有收到他的回信。

她看着手机屏幕上的时钟，一分一秒地流逝，等来等去没有回音，最后实在忍不住拨他电话，才发现他已关机，她打了一刻钟左右，他的手机始终处于关闭状态。

也许人真的会对得不到的东西异样执着，自认识以来，她从未试过如此迫切，脑袋里只充塞着唯一的念头，无论如何也要找到他，然而不管她间隔五分钟、十分钟拨一次，还是不间断连续重拨他的手机，听到的都是一个没有感情的女声在机械重复“对方已关机”。

她在房间里不停地走来走去，开始愈来愈担心，不知道他是不是出了什么事，焦虑得几乎失控，来来回回折腾许久，怎么也联系不上，最后耐性和焦躁两皆耗尽。

她终于放弃，伏倒在床，把手机扔到一边。

世事有时就是这样，得与失，都缘本有，再渴望，也是无法他求。

正当双晴仰躺在床上，大脑空洞呆呆观赏天花板时，汪锦媚来电：

“我在夜庭，你来不来？”

她灵魂归窍，想了想，从床上爬起来：

“我半小时后到。”

收拾好出门，一路握着没响过的手机，到夜庭时天已全黑。

茫茫夜色像柔软无垠的纯黑绸缎，街灯如同镶在黑缎上的宝石熠熠生辉，点缀出繁华迷离，如此歌舞升平的景象，似能使世人转瞬忘记那些来无由去无定的忧愁。

汪锦媚独自坐在榻上，面前的矮几上摆着空瓶。

“怎么一个人在这儿喝闷酒，你哥呢？”双晴脱鞋上去。

汪锦媚抬头看她一眼，仰首饮尽杯中酒，笑笑道：

“他有应酬。”

双晴想起报纸上登的住建委关于专项整治的声明，问道：

“你们家是不是也捂盘不售？”

“大概吧。”

“不会有问题吗？”

“现在是市场经济，市委和住建委那群人做不了什么。”

双晴想想也是，以政府的立场，一举一措牵涉面巨大，必然慎之又慎。

“那份整治声明，你哥他们怎么看？”

“我哥说，无非就是沈迟山手底下的人弄出来的警告，那群人连出台一份芝麻绿豆大的声明，都要综合考虑方方面面，论证会不会给当前经济带来什么影响，造成什么社会后果，做事这么束手缚脚，等到能落实具体措施，我哥他们的目的早达到了，到时候政府再让干吗，大家就乖乖地听话好了。”

好好配合国家，对方一点辙没有。

“……想得真绝。”双晴说。

“再说了，捂盘最多只是违规，够不上违法。”汪锦媚又干尽一杯。

双晴叹服，成功的生意人什么都可以缺，唯独不能缺奸商思维。

她摁住好友还要倒酒的手：

“你到底怎么了？”

汪锦媚瞥她一眼，从她手底脱开，继续倒酒：

“其实我才想问你，怎么脸色这么差？”

“我来之前见过后妈。”

“她又怎么你了？”

“还是老样子，始终看不惯我亲妈。”双晴迟疑了一下，抬首迎上汪锦媚的视线，“我的车子到了，想把它变现，所以卖给了寇中绎，前不久我和他见过面。”

“听我哥说了。”

“今天他给我转账，但是钱转多了，我想还回去，可一直联系不上他。”

“是吗？”汪锦媚弯起唇笑笑。

这样平淡的反应，不吵不闹不骂，让非常小心留意她表情的双晴对其他事再说不下去，且不管合不合适，最主要的是她根本不知道该怎么描述自己与寇中绎的交往，不知道怎么样才能解释清楚两人之间那种似是而非的关系。

而汪锦媚正如她原本的预料，确然十分介怀。

“这酒我不想喝了，没意思，走吧。”汪锦媚砰的一声放下酒杯，率先起身。

双晴看着她的侧面不作声，沉默几秒后，也下了榻。

两人出了夜庭，一直走到汪锦媚的跑车旁，始终都没再说话。

汪锦媚准备拉开车门时，手机响了起来，她取出一看，双眼即时睁大，明显觉得意外，原本有点发沉的面色起了微妙变化，瞟了双晴一眼后接通电话，对那头欢畅地笑出来：

“中绎？”

这两个字像一枚足以摧毁世界的核弹，直接轰入双晴毫无防备的意识，将她瞬间冻结的心脏炸成齑粉，她心深处付出了全部信任的那根支柱，顷刻间天崩地裂，坍塌如灰。

他开了手机，但没有回复她，反而在夜里联系她的知交好友。

“我刚从夜庭出来，和双晴在一起呢。”汪锦媚笑得异样灿烂。

双晴下意识驱动僵硬的四肢，向后轻退两步，心口破碎出一个虚空黑洞。

“当然没问题，我和她刚好要散了，你在哪里……知道了，我现在就过去。”汪锦媚挂了电话，笑容不减地看着双晴，“中绎找我有点事，我们约了地方见面，你去吗？”

言下之意，她对寇中绎提及顾双晴时，他没有任何反应。

连两人约好见面，也没说要叫双晴一起。

“不了。”她用尽全身力气展现笑容，“你去吧，我自己打车回去。”

“那行，我不送你了。”汪锦媚说完自顾上车。

她启动引擎，绝尘而去，连改天再见也不多说一句。

双晴像风干的石像一样立在原地，全身无法动弹，这是有生以来，汪锦媚第一次半途抛下她，以前有什么聚会，就算不叫她一起，也必定会先送她回去。

原以为坚贞一世的友谊，为一个男人无声裂了缝。

不知道是因寇中绎而心口作痛，还是为友情的濒临破裂而伤心不止，她定定站着，对周遭一切失去反应，完全没意识自己接下来要做什么，不知从哪里传来缥缈的歌声，一遍遍忽隐忽现，坚持不懈地钻入她的耳朵，却就是拉不回已经离窍的魂魄，最后她是被猛烈尖锐的喇叭声和司机的斥骂声惊醒。

茫然地迟钝退开，为车子让路，这才慢慢恢复知觉。

她看向手中不知响了多久的手机，屏幕上不断跳跃着“寇中绎”三个字，眼泪终于无声滑下，不假思索摁了拒绝键，然后关机，身边车流如箭如河，恍惚已再世为人。

那天在父亲的房门外，听到父亲哄钟怡的种种好话，就是在那一刻，她彻底醒悟，父亲与母亲此生已注定不能再在一起，为此她才不希望母亲再像从前那样心怀希冀，与其三个人都不幸福，不如只留一个痛苦，让另外两个获得释放。

不幸福的那一个，以后就让身为女儿的她来负起责任。

是的，她就是这样想，放那两个去幸福吧。

一夜之间，温度直线下降，寒风呼啸，残叶遍地。

有苍黄得将近枯萎的零星叶片，抵挡住了凛夜寒风的扫荡，仍顽强地挂在枝干上，然而其实，叶脉里的生命力早被摧毁，当最难熬的寒夜过去，清晨的曙光来临，在薄薄的初阳下欲坠未坠，垂头丧气地悬在寂寞枝头，比掉在地上姿态宁静决绝的落叶还要颓唐，仿佛已被抽空了最后一丝存活下去的力气，只能默默等待。

等待不知何时被风吹落，也委地沾尘，归于飘零宿命。

湛开的表白一直悬而未决，经历过寇中绎和汪锦媚的事，反而令双晴不再逃避，她顺随本心做出决定，以快刀斩乱麻的方式向湛开坦陈心迹，包括母亲和寇中绎，对她而言，湛开亦是世上最重要的人，只是两人之间没有相爱的缘分。

或许是早有预料，湛开对这样的结果并不意外，在大洋彼端默然接受。

至于寇中绎，在双晴数度拒接他的来电后，他不再试图和她联系。

她原想把他多给的那部分钱，叫家里司机送还给他，然而再想想又觉得，何必这么刻意，显得自己小里小气，对他放不开似的，索性不声不响收下。

从此与他不拖不欠。

她全身心投入到学习里去，早上六时起床，晚上快熄灯才回宿舍。每天除了教室就是自习室，在课本看无可看之后，开始背诵英文辞典，完全不给自己及汪锦媚任何可能碰面的机会，与其不知道如何面对，不如就不面对。

然而不管她如何强迫自己不闻窗外事，平静的书本世界始终还是无法带来安慰，无法平息她内心伤痛，那种巨大的空虚，就像黑夜里无形而汹涌的旋涡，无时无刻不在把她吞噬，无奈她在世仅能依赖的至亲好友——湛开远在异国他乡，而母亲本身还缺一个可以抚慰她的人，孤立无援的她只能继续沉坠书海，以忙碌自困，将某些东西深深埋藏。

时光，那些逝去的时光，有着令人爱恨交加的魔力，既无情地让幸福消逝，也怜惜地让悲伤被遗忘，终有一天，爱恨情仇会如花萎谢，被岁月消亡。

在平安夜前夕，朱翡真终于有空。

双晴把寇中绎打给她的车款，转到一张新开的银行卡里去见母亲。

朱翡真进厨房给她做奶茶，偌大房子里只流荡着电视的声音，入眼所见与往常无异，充满艺术气息的摆设仍旧那么整洁，美丽得那么表面。

井井有条的秩序，纤尘不染的细节，呈现的其实是背后的遗憾和缺失。

长期依赖家政服务打理出来的洁净环境，显然将独居信息泄露殆尽，没有寻常家庭常见的凌乱角落，没有堆叠的报纸书籍，没有随手摆放的各种零食，一切都在宣示着，没有寻常家庭的鲜活气息，长此以往，空屋孤寂，会将人淹没。

双晴再次觉得，母亲确实需要一位伴侣，她的下半生还长路漫漫。

当朱翡真把奶茶端过来时，她递上银行卡，说：

“妈妈，这个你拿着，密码是你生日。”

世上最能给到女人安全感的，除了伴侣就是充足的金钱。

在社会巨大而无止境的压力下，人到中年容易产生危机感，伴随年岁增长，这种危机感会像滚雪球一样越来越强大，在退休或再无力获取收入的界点来临时到达顶峰。

这就是为什么有相当一部分长辈，愈老愈计较、看重钱财。

对危机人群来说，没什么比手握足够钱财更能宽心。

双晴只愿母亲千岁无忧。

朱翡真意外惊讶，夹杂着酸慰和欢喜，这个一向与父母保持距离、极少亲近她的女儿，如此乖巧体贴的时刻实属罕见，她疼爱地摸了摸双晴头顶的黑发。

“我不缺钱，你那点零花钱自己留着，不够用时和妈妈说。”

双晴本能地想避开母亲的手掌，那瞬间犹豫了一下，最后僵着身子默默忍受，在过去二十年间，朱翡真像这样真情流露对她爱护有加的次数屈指可数，她非常陌生，极不适应。

“我把爸爸送我的跑车卖了，这笔钱你拿好。”她顿了顿，轻声道，“妈妈，你以后别再向爸爸开口，想要什么和我说，我明年开始工作，可以照顾你了。”

“真是傻孩子。”朱翡真大为感动，双目湿润。

为了不让女儿察觉自己失态，她转头望向阳台的移门外，旧时记忆如同依附在遥远视线中的天边云鸿，影影绰绰，模糊难辨，转眼飞得又高又远，遥不可及。

“我不是故意给你爸添麻烦，当初我和他离婚时，两个人都不肯放弃你的抚养权，后来他说服了我，让你留在他身边对你的成长更有利，为此我和他签了协议，他必须保证以后就算再婚也不能生儿育女，这样我才愿意把你的抚养权给他，如果他不信守承诺，就得给我五十万。女儿，这笔钱妈妈是为你讨的，我想为你要一点保障，虽然数目不大，但将来你结婚的时候，这就是你的嫁妆。”

没想到背后另有真相，双晴的眼泪一下子涌了出来，心口刺痛大恸。

“你怎么不跟他多要一些？”话到嘴边全成了哭声。

“那时他的事业才刚有起色，资金全压在项目上，手头没多少现金。”

早知道顾天成今时今日这么成功，将一盘生意发展到集团化经营，当初她怎么也得要个一两亿；又或者，早知如此，当年也许她就不会离婚。

这晚朱翡真为女儿做了顿家常菜，双晴吃过晚饭后才回学校。

一觉醒来，已是平安夜。

她仍旧前往自习室，待在僻静一角，直到天黑。

每年到了这个万众齐欢的节日，就连城市里最不起眼的角落都能看到圣诞树，人潮没顶的校园中心更不用说，女孩子个个打扮得艳压群芳，全身上下散发出青春活力，与七彩夜阑相得益彰，男孩子手里不是拿着精致的圣诞礼物，就是抱着大束嫣红的玫瑰，这是一个比情人节更属于情人的美丽浪漫夜晚。

校道和草坪上不时传来欢笑声，外面的世界越热闹，越显得自习室里寥落冷清，然而这些都与双晴无关，她戴上耳机闭上眼，专心练习英语听力。

空气中仿佛有轻微的波动，她还没来得及睁眼，耳塞已被人一把扯下。

抬头看见出现在面前的汪锦媚，受惊吓的她一时无语。

汪锦媚恼容满面，抄起桌上她的书甩到一边，出声讥讽：

“这样你就不忙了吧？”

分辨不清汪大小姐的来意，她小心开口：

“什么事？”

“干吗不接我电话？我得罪你了，还是我对不起你了？”

她怔了怔，低头翻出背包里的手机，屏幕上好几个未接来电。

“这是自习室，手机调了静音，我不知道有电话进来。”她诚心诚意道歉。

汪锦媚怒气稍平，面色仍然生硬，似乎这样跑来找人，连她自己都别扭。

“收拾东西，他们已经在夜庭了。”她冷声说完，转身就走。

双晴乍一听，有点反应不过来，然后便觉得心口像是被人猛揪了一下，欢喜得痛楚，有种想流泪的冲动，她慢慢起身，把书本放进背包，迟疑着跟了过去。

下楼上了车，汪锦媚发泄似的一路风驰电掣，两个人都不说话。

她不知自己可以说什么，汪锦媚则明显什么都不想说。

夜庭彩灯闪烁，布置得欢乐洋溢。

平时惯坐的榻座上，比往常多了不少人，见双晴出现，一个个笑打招呼。

她笑着一一回应，只下意识避开某道存在感强烈的视线，从她走进夜庭的瞬间，就全身上下都被笼罩在他专注的目光中，让她觉得异常局促。

寇中绎看着她移步到榻座的另一边，似乎她的每一次选择，都是远离他，她竭力表现得若无其事，在他眼内却是躲避得太过明显，眸光垂落在她正打算脱鞋的纤指上，平静面容淡淡展开一笑。

“吃过东西了吗？”他当众开口，神态自然。

“啊？”她无意识轻应，脑子慢了半拍。

这不是她曾设想过的和他再次相遇的情景，她原以为自己会幽怨，而他或许会尴尬，不应是现在这样，他言谈举止从容坦荡，仿佛与她之间什么都没发生，没有改变。

“随便……吃了一点。”她垂首应声。

本想抬眼直面他，做到如他般镇定自如，可是那些压在黑暗心底的情绪，如浪潮涌起胀满她整个胸腔，使得说话和呼吸一样滞闷不畅，眸光依然固执避离。

“这么说就是还没吃？”他关怀备至，已然起身，“我陪你去餐厅。”

“不用了。”她想也不想就拒绝，下意识看向汪锦媚。

汪锦媚坐在最里面，身前有人半挡着，处于阴影中，有点面无表情。

反倒是汪锦程轻晃着手中的红酒杯，善意地对她笑道：

“没吃的话去吃点，不然晚了胃不舒服。”

“走吧。”寇中绎敦促，幽深双瞳擒住她被唤回的视线。

躲不掉四目相接，她心口如被钟槌撞了撞，微微发麻刺痛，再拒绝未免矫情，一旁汪锦媚爱理不理的样子，留下来又有点难堪，她无计可施，沉默地跟他走。

离开了喧闹的人群，他整个人似乎迅速沉静下来，挺拔的身影直视前方，只留给她一个棱角分明的侧面，打着暗影的下颌线条坚硬凝练，心念深沉如海。

两人一前一后，走向通往餐厅的廊桥。

那是座造型奇特的悬空铁索吊桥，她心神恍惚不定，一不注意就踢到了桥板，趔趄的瞬间被他疾速揽住细腰，手臂一用力，她被扯入他怀内，他掌心的温度隔衣传来，捂得她肤骨发热，喃喃细语和低缓呼吸尽在她的耳垂边沿。

“你得学会照顾自己，掉下去没人救你。”都说爱情是深渊。

那夜在鼎庐的后楼梯口，微醺的她素手扶墙，长裙晃荡，也是这样踢到楼梯跌跌撞撞，细致孤单的身影就像降落凡间的迷路精灵，从此进入他的视程。

在她意识到要挣开时，他已松了手，那意韵低回的耳语，恍如只是错觉。

询问过她不介意，他要了吸烟区，两人在铺着红格子布的餐桌前落座，因为是圣诞节，灯盏全灭烛光幽幽，别样朦胧温馨，触发人们最易感的心情，仿佛回到旧日时光。

眼底再度抹过回忆的潜流，他合上手中餐牌，慢声交代：

“再来一盘芥蓝，不去皮的。”

低头坐着的她不禁抬首，他明知她不吃带皮的芥蓝。

“试试看，说不定也吃得惯。”他漫不经心。

只要下定决心，肯去尝试，不但生活习惯可以改，饮食方式可以改，人生走错的路可以回到正途，爱得不对的那个人……一样可以换掉。

她微细而绵长地呼了口气，以图定住混乱的心绪，问道：

“你把我叫出来，是有话要说？”

他没有回答，从外套口袋掏出烟，抽取一支，把烟盒扔在桌面，手中打火机发出清脆的叮一声响，就着蓝色跳跃的火苗，点燃叼在唇沿的烟支，轻轻一吸一呼，薄雾似的缭绕烟气在面前飘散开来，横亘在两人之间的距离就这么淡淡呈现。

她愈发看不清他的面容。

众里寻他千百度，原来是过眼云烟。

“你先吃点东西。”他柔声如哄，带着难能一现的宠怜。

她并不觉得饿，然而面对再度陷入静默的他，还是顺从地拿起了筷子。

他静静地抽烟，暗漾微澜的目光凝定在她的脸庞，看着她檀口启张，露出一点贝齿，皱眉把嫩绿带皮的芥蓝轻轻咬住，微嘟的嘴儿像小小初开的海棠潋滟诱人。

他喉舌发干，腹下燥意欲动，倾身掐灭烟蒂，端起冰柠檬水灌入喉咙。

放下饮去一半的水杯，心头依旧缠绕着排遣不去的烦闷，任如何进退，都是无解，他又从烟盒里抽出一支点燃，不再看向对面，垂视在薄烟蔓延的指间。

她暗暗皱眉，抽得太凶了。

他抬首看来，目光无法控制，仍掠过她胭色小嘴，缓声道：

“我买你的车子，是为了给姑姑在维州的这段时间代步，她以前在国外用惯了司机，开起来比较生疏，不小心把车子的中控系统锁住了，你那辆跑车是最新款，有些仪表功能连我也不熟悉，所以那晚我找锦媚，是请她过来帮忙把车子解锁，没有别的。”

他从来没有给过汪锦媚任何错觉，如果这是她心中介意。

她夹菜的动作定了定，轻咬着唇瓣：

“能不能问你几个问题？”

“当然。”

“为什么你没钱买一套房子，却有钱买这样一辆车？”

他看着她轻轻笑了，好看的长指滑过白色烟支，娴熟地弹下细碎灰烬：

“我从来没说过我买不起房子，事实上我父母略有薄产，只是我不想用他们的钱而已，其次是我姑姑支付的车款，只有感谢你的那一小部分，才是我自己出的。”

“我原以为寇丹阿姨虽然上了年纪，但也许在国外就是开惯了这种类型的车子，既然你说她平时是用司机，那为什么你会向我买下这种跑车给她？”

他大可置一辆国内现成的顶级房车，再为寇丹雇个司机。

“你觉得呢？”他不答反问。

“我唯一能想到的就是，你买星宇豪庭的房子，我爸给的优惠价出乎你的意料，你不想承这份人情，但又没机会回馈，你如果直接说把优惠的钱还我，我肯定不收，不会给你银行卡号，所以你买下我的车，趁机把那部分钱退给我。”

“这确实是其中一个原因。”

“另一个原因是什么？”

“我想接近你。”

她耳根一热，桌子底下紧张绞握着的双手颤了颤。

“最后一个问题，你来取车我们去吃饭时，甚至那天你开会之前，都还好好的，为什么开完会之后……”整个人就变了，她神色僵硬而勉强，“你……刻意不联系我，是吗？”

寇中绎眸光幽动，为她的聪颖和敏感。

“那天开完会，领导把我叫进办公室，关起门训了一顿。”

“你工作出了纰漏？”

“和工作无关，是其他事情，我发觉我也许是错了。”

寇中绎如实回答她的所有问题，就只对那天的事不多做解释。

不知为何，她觉得心脏开始紧缩，一种极度恐惧的预感慢慢渗入直觉，使她无端害怕他即将出口的下一句，迅即从椅子里站起。

“我吃得差不多了，回去吧。”

他完全不动，微仰首看她：

“你还好吗？”在两人分开的多少个漫长三秋。

不着边际的问话缓和了她的紧张，却令敏感的心弦更加颤动。

挺好、不好、就那样，她不知道哪个答案更合适，索性沉默不应。

他没再说话，垂首掐灭烟蒂，召来侍应结账，与她原路返回。

这一次他跟在她的身后，走到吊桥前，他慢慢停下脚步，深眸暗如幽冥的奈何桥水，凝聚倒映着她的清晰身影，似乎要趁她不觉将她的魂魄遽然摄走，又似他的情思意绪在这一刻反常地竟被感性完全占据。

“双晴。”他轻然昵唤。

她全身颤抖，以手扶着桥柱，死也不敢回头。

他一直不提为什么不回她短信。

“你离开维州，好不好？”他缓慢低哑道。

时光的飞逝从来不可留，圣诞过完，元旦转眼亦已溜走。

维州迎来入冬之后的第一场雪，雪花在茫茫半空飞舞许久，渐渐积聚枝头。

双晴像往常一样，依时想到要探望母亲，却预先约了两次，朱翡真都不在本市，电话里说新结识了兴趣相近的驴友，大家一起出国游，一会儿去了斐济，一会儿去了斯里兰卡。

得知母亲对生活又积极起来，她心里倍感安慰，接连几回找不到人，也就放手不管了，专心复习期末考试，在休息的间隙，散步到隔壁阅览室，从报纸上看到一则消息：

“省人大组织发改委和交通厅等相关部门，进行了认真负责的研究之后，提出了修建联通维、景、相三州高速交通枢纽的预案。”

还没摊开仔细看，便接到顾天成的来电：

“考完试了吗？”

“还剩最后一门。”就快获得解脱。

“假期有什么安排？不出去玩就回家住，让惠娟给你调理调理身体。”

“我还没想好，妈最近喜欢旅行，看她下次去哪儿，我说不定跟她去逛逛。”

顾天成听了一怔，在社会上摸爬滚打半辈子，他第一反应就是问：

“她自己一个人走，还是和什么人一起？”

“和几个驴友吧，具体什么人不清楚，总是找不着她。”

那边顾天成用内线唤来王准，扯过便笺写下朱翡真三个字，食指敲了敲，示意马上去查查，前妻如今身在何方，另一边他与女儿的谈话切入正题：

“你那位叫寇中绎的朋友，寒假是不是带回来和爸爸见一面？”

双晴呼吸一窒，声音全然寂灭。

…………

“你离开维州，好不好？”

…………

这是那晚他对她说的最后一句话，她仍然记得自己当时的反应，下意识地当作没听见，一直一直拼命往前走，不敢回头去看他，直到走出夜庭，而他没跟出来。

从平安夜至今，两人再没有任何联系。

忘掉一生中最记挂的那个人，需要多少时光？不过是一念之间。

那夜之后，她再也没见过的人不只是他，还有汪锦媚。

“怎么？还不想这么快见家长？”顾天成打趣，那天和他们在饭店偶遇，两个年轻人可能不自觉，但寇中绎和她说话时，神态间自然流露的柔情，他应该没看错。

“爸爸你误会了，我和他确实只是普通朋友。”

顾天成听出了她话声里的勉强，似极不愿提起，只好笑着作罢。

“其实我是有些行业里的事情想和他聊一聊。”幸而当时为了谨慎起见，最终没对北新区富华路的那块地出手，“你不愿意，爸爸不提就是了。”

小情侣之间闹别扭是家常便饭，只是现时的年轻人，很多事情都看不开，个性好强，总要坚持自我，轻易不肯妥协，若双方均退让一步，予人予己海阔天空。

女儿这种就算心里不愉快，也不愿和旁人说的性子，倒是像极了她的母亲。

想到前妻，多少往事勾回，顾天成有些恍惚。

曾经刻入三魂六魄的伤痛烙印，虽然随着肉身老去而日渐淡化，却始终在记忆之中隐性留存，不知什么时候就会被无意触及，一丝丝如微澜浪潮，涌回心田。

王准敲门进来说，朱翡真于日前飞往南美。

顾天成沉吟了一下，重新问女儿：

“你妈一直往外跑吗？”

“嗯，约了两次都没约到她，也不知道她人在哪里。”

“她去了南美，跟旅行社走的。”

“旅行社？”双晴惊诧，不是说和驴友出去玩吗？既然是驴友，怎么会走旅行社路线？可别又遇到了什么骗子，“知不知道她和谁在一起？”

“就她自己。”顾天成皱眉，暗自叹了口气。

双晴闻言，悬着的心松了松：

“难得她肯出门，就让她多走走好了，爸你担心什么呢？”

顾天成的眉头结成川字样，女儿的纯真让他无法直述自己的险恶猜测，在没确认之前，他不愿意破坏她心目中的母亲形象。

“你留意一下她的支出，我只是担心她会受骗。”他委婉交代。

钱其实不是问题，而是已经这把年纪，再在感情上伤筋动骨就不好了。

“我知道了，你还很关心妈妈是吗？”她存心试探。

顾天成想了一下，这样回答女儿：

“我愿意照顾她的生活，晴晴，我和你母亲已经离开原来的地方。”人生从来不会只停留在相见之初，以前那个曾经美好的家，已经从这个世界上消失，如何还能重拾往事。

“爸爸……”纵然她心中早知道结果，听了还是觉得难过。

自从父母的婚姻分崩离析，一家三口分道扬镳，这些年来已经渐行渐远，父亲最早踏上新大陆，重建他的新家园，母亲在孤独的路途上一直徘徘徊徊，寻寻觅觅，也许将来某天，她也会到达并筹建她的新领地，放下及遗忘过去。

只不知午夜梦回，这两人会不会惆怅旧欢如梦。

似水年华，幸福易逝，让人刻骨铭心的，都是痛苦经历。

时光会抹掉人生中出现过的人、发生过的事，抹掉曾经的人生轨迹，但却抹不去岁月伤痕，长长的一道细疤，不只刻画在日渐消损的记忆，更穿心过肺，一生难以痊愈。

她私下犹豫了许久，要不要给李证先打个电话。

母亲在做什么她不知道，但有一点她很清楚，父亲绝不会空穴来风，思忖再三，最后还是决定等母亲回来，了解清楚情况再做打算。

幸而没几天，朱翡真就已回埠，约女儿聚餐。

是日，双晴依时赴约。

她来得早，餐厅里只有几桌客人，有的在钢琴边上；有的依窗而坐；有习惯安静的选了翠植掩映的角落，私密得让人看不真切，透过叶脉只依稀可见一点点侧影。

放眼望去不见朱翡真的身影。

刚想打电话，不意坐在窗边的女子朝她招手：

“这边。”

那女子的声音不高，但因为环境太静，背景音乐太轻柔，还是引起了其他人的注意，角落处被大叶葵遮掩着的男人闻声侧首，看见双晴时眸光一凝，良久没有移开。

“要过去打招呼吗？”坐在他对面的寇丹轻问，笑容和蔼可亲。

寇中绎摇了摇头，收回视线。

“投资的事怎么样了？”

“经过几轮谈判，商业计划基本定了，就等我过去，提交给董事局表决。”

“通过的可能性大不大？”

“应该没问题，我回来前经过香港，当时向集团递交提案，主席就是认为可行，项目才会进展到现在，同富银行在盈利压力下，本身有拓展业务的需求，就目前世界各地的经济形势而言，移资内地肯定是英明抉择，所以这次合作对银行来说也契机难得，不过我也只能做到这一步，至于后续具体的项目操作，银行有整套标准程序。”

“嗯，这样就可以了。”

“你真的不跟我去美国吗？”寇丹尝试劝说。

“我抽不出身。”他婉言谢绝。

“关键是你想不想出去，只要你想，所有事交给我，我去和你爸爸谈。”

“我爸爸？”寇中绎弯唇一笑，神色瞬转冷淡，“他老人家好不容易退下来，在家里颐养天年，还是别拿这种琐事去打搅他。”

寇丹的面容变得窒滞：

“中绎——”

“姑姑，”他轻缓叫她，继而笑笑，“你明天就离开了，我们不谈这些。”

寇丹听了呆住，神色略似悲怆，不再说话。

寇中绎垂眸半转身，手肘侧搭在椅背上，透过叶片缝隙看去。

坐在窗边叫唤双晴的人是朱翡真。

她走过去才看清，母亲烫了个时尚的卷曲短发，染成含蓄的棕红色，大冷寒冬只穿一条紧身及膝束腰的紫金裙，整个人容光焕发，风情艳丽，仿佛年轻十载。

难怪她会认不出。

“看看喜不喜欢。”朱翡真笑容满面，把座位旁的大小礼物推给女儿。

她很艰难才缓过神来，将纸纸袋袋全放到一边，问：

“你去哪儿了？”

“哦，我去南美玩了一圈。”

“和驴友一起吗？”她定睛看着母亲。

“是啊，人多热闹。”朱翡真笑容不改，拿出一个黑条纹真皮盒子，“寇丹送了你戒指，我总惦记着要还她这份人情，一直没看到合适的，这次总算买到了。”

双晴接过盒子打开，里面是一款男表，黑皮表带，超薄表盘，简约奢华的低调设计，还真挺适合寇中绎的风格，她没作声，只心里隐隐迷惑，母亲为什么要刻意隐瞒行踪？是不想自己为她担心，还是真有着父亲没说出口的隐情？

她盖起表盒，放进背包，淡声道：

“不给他，等湛开回来，我送给湛开。”

“你和他怎么——咦？真是巧了！你看看那是不是他？”

双晴心口骤惊，下意识抓紧背包带子，脸色发白，慢慢扭过头去。

寇中绎正朝她们走过来，他穿着琥珀色的猎装皮夹克，皮料薄软而质感上乘，肩章和袖口处的金属扣饰赠添刚劲，前襟闲散敞开，底下黑色碎花衬衫，显得倜傥不羁，潇洒自如，行走间软软的毛领拂过他修长匀称的颈项，更带出一种俊逸柔和的慑人感。

双晴以这辈子能够做到的最快速度，从他的凝视中飞快抽离目光。

然而不过几秒，她身后便感应到了近在咫尺的热源。

“朱阿姨。”

寇中绎朝朱翡真含笑问候，立定在双晴身后，一只手搭在她的椅背上，随意垂下的指尖与她纤秀的颈项不过毫厘，只要她不小心动一动，肌肤就会与他相触。

“你姑姑呢？”朱翡真笑问。

“她去洗手间了，我好像听到你们的声音，所以过来看看，没想到这么巧，我今天为姑姑饯行，她明天经香港回美国，朱阿姨要不要过来和我们一桌？”

“不要！”双晴抢在母亲之前急拒，“妈妈我有事和你说。”

她说话时身体下意识绷直，似乎触到什么，下一瞬便感觉到颈脊被微而有力的两道指腹捏住，继而是整个温热掌心，惩罚地熨贴在她的后颈上，把她烫得失魂。

“那好，随你。”仿佛只是玩闹，他揉捏着她的颈项，笑道，“怎么硬邦邦的，期末考试劳累过度了？”他以适中力度按摩着指下的那片肌肤，使得她的肩颈泛起酸麻的舒服感，不自觉舒软下来，迷糊地想享受更多，他却在此时恶劣地松了手，“朱阿姨，你慢用。”拍了拍受制在掌下再度僵硬的小肩膀，“你要不要过来和我姑姑说声再会？”

直到这时，她短路的脑袋才意识回流，一挪肩把他恼人的手甩开。

“这是当然。”在女儿发脾气之前，朱翡真已然笑应，“双晴你去打声招呼，祝寇阿姨一路平安。”说完以眼神示意女儿，公众场合务必庄重一点。

她微恼地掷下餐巾，起身冷盯着他。

这样的无声谴责，让他脸上笑意柔了柔：

“走吧。”

他掌控大局般对她呼来喝去的气定神闲，令她心头抵触的情绪直线飙升。

她直视他深潜的黑瞳，语气要多冷有多冷：

“你放心，我会走的。”

他眸色一沉，面容上因意外见到她而延展的笑意，缓缓褪尽。

第六章

引狐之暗阱局

门外寇中绎把双晴架向后楼梯，半拖半抱着，直奔夜阑人静的天台。

“寇中绎！你放开我——”她挫败地大叫。

他将她压在玻璃栏杆上，轻柔喝令：

“乖，安静下来。”

历时已久的两地奔波，顾达集团和香港城锦基金的合作终于尘埃落定，双方在公开的记者招待会上签署了合同。所谓人逢喜事精神爽，加上之前顾令勉百日时，顾天成抽不出时间为儿子庆祝，这下忙完了，周末便在鼎庐大摆家宴。

包厢里人头攒动，活蹦乱跳的孩子们到处穿梭，钟怡娘家不仅是父母和兄嫂弟妹，就连什么大姨、舅爹、表哥、表妹夫等等也阖府到贺，近亲远戚齐聚一堂。

正所谓，穷在闹市一世无人问，富在深山恒久有远亲。

这种场合双晴根本不想来，却不得不来。

食君之禄，忠君之事，想她张嘴要车，顾天成二话不说就成全她的心愿，越是这样，她越要懂得适当回报，不仅人到场，还特地定做了全套的童款金饰。

礼物俗是俗到极点，却中规中矩，绝不出错。

不仅如此，还得给足钟怡面子，带笑问候继母家的全体长辈，尽管没多久之前，她才从他们手里“阴险地抢了”那套房子，需要双晴出场的戏份，她都全全然然演足，之后自动自觉，从主角身边闪开，躲到一边看电视里的新闻。

“由于近期出现房地产开发商不按期开盘等违规行为，维州市政府决定对房地产市场进行整顿，有近十家房地产企业被住建委约谈，责令其对捂盘惜售的行为做出合理解释，且务必在规定的时间内完成整改。”对捂售楼盘的专项整治，终于明令出台。

双晴担心顾达会不会牵涉进去，但在这种场合，没法去问父亲。

她远远看过去，钟怡怀抱娇儿站在丈夫身侧，两名保姆随侍左右，更有一群满脸堆笑的姑姨、面露艳羡的嫂妹，将全世界的挚爱顾令勉团团围在中间，不住口地恭维。

普天同庆，夫贵妻荣，如此风光阵势。

她心里不免为朱翡真遗憾，可怜的母亲，没有这个福分。

趁大家的注意力全集中在被宠得发红发紫的小太子身上，她这个不受待见的下堂妻女儿，窥隙溜出了包房，悄悄拉上房门时，看到斜对面的包厢也有人走出来。

寇中绎面带笑容，站在门口半侧身朝里，嘴里应酬着：

“今天我真有点事，等改天童念从景州来了，再一起喝个痛快。”说完一转头，幽瞳深处含着笑意的眼波撞上她的视线，两个人明显都怔了怔。

他眉端轻轻一挑，讶色尤甚，她以为背着无人知而让心事流露于面，落寞神色与记忆中他在这儿见到她时的一幕重叠，那夜的天台上，她独自抱膝，啜泣哀细如诉，他心底不自觉柔软，又有什么事让她伤心了吗？敏锐的目光掠向她的手边。

没来得及关上的门缝里传出阵阵嘈切，夹杂着“小令勉真可爱”“瞧这亮堂的脑门儿，长大了得多聪明啊”“以后准得像他爸那么有本事”……谄媚似的赞誉连绵不绝。

同是顾天成的血脉，此时此刻，一儿一女的地位有着云泥之别。

儿子众星捧月，女儿离开了也无人知晓，或许也不是没人注意到她溜出来，只不过就算看到了，也会故作不知，没有哪个亲戚会傻到特地去向热情高涨的钟怡提及。

她比里面继母家的任何一位亲戚朋友，都更像顾家外人。

寇中绎的眼底浮上了同情。

双晴只觉极度难堪，最秘而不宣的心事在无意间被他撞破，不是别人，偏偏是他，让她连最后的一丝尊严都已扫地，羞愤交加，合上房门就往电梯急步快走。

包厢里，顾天成被关门声惊动，注意到女儿不在房中，以眼色示意王准。

王准点点头，轻手轻脚走到门边，刚拉开细缝，两道背影映入眼帘。

有个男人跟在双晴背后，箭步上前长臂倏伸，在她跑进电梯前将她拦腰箍住，被强抱着的她在他怀内愤然挣扎，却怎么也挣不开他技巧的擒拿，两只胡乱挥舞的小拳头不忿地捶在他的胸膛上，形同情人之间的撒娇，甚至于惹出他唇沿一抹受用似的笑意。

就在那瞬间，王准竟觉得那昂藏的男人似乎朝他掠来一眼，他甩了下脑袋定睛再看，那男人分明只专注于对付怀中娇女，低头在她耳边不知哄说什么，神色不像发现有人旁窥。

王准没有贸然冲出去救人，双晴受制于他却一声不发，既不尖叫也没喊救命。

显然两人关系匪浅，这个与她纠缠的男人她非常熟稔。

王准轻掩上门，回到顾天成身边，密语了几句。

门外寇中绎把双晴架向后楼梯，半拖半抱着，直奔夜阑人静的天台。

“寇中绎！你放开我——”她挫败地大叫。

他将她压在玻璃栏杆上，轻柔喝令：

“乖，安静下来。”

她使尽全身力气想挣脱他，却无论如何也摆脱不了他的掣肘，这男人如同毒蛊，已深附她的宿命，鬓发凌乱的她不住喘息，委屈的泪水几乎夺眶而出，最后无力而认命地遵从他的规则，停止一切挣扎的动作。

他这才放手松开她，任由她滑坐在地，这一次他没有扶她，而是退到旁边，与她隔着一步之遥，手撑栏杆眺望万家灯火，变幻莫测的面容全然融入夜色之中。

她慢慢屈臂把自己抱住，他不肯放时，她死命挣扎，当他终于放手，离开了他温暖的怀抱，内心却感到一阵没来由的空虚，仿佛就算给她世上所有也无法填补。

“为什么我总会遇见你？”她压抑中喃声问。

他喉结一动，俄顷，笑了笑：

“也许是天意。”

“是吗？没有一丝人为？”她仰首看他，带着疑问和无能为力的悲伤。

他侧首俯睇，视线与她的相缠，把她上下审视一番，不无嘲弄：

“就你现在这模样，你认为我有兴趣劫财，还是劫色？”

她即刻抿唇闭嘴。

风吹过处，天台的门轻轻响了响。

他目光瞥掠一转，投在了旷阔遥远的夜幕深处，神色中有着无法解读的奇特，像是被什么东西就地逼迫着，不容他丝毫迟疑或反抗，必须在这瞬间做出重大抉择。

“今晚——汪锦程请我吃饭，他们家的楼盘出了点问题。”他缓慢开口，无底的暗瞳被栏杆下方的霓虹映入一抹赤红，似不堪内心剧烈斗争而凝结出一点变幻不定的血珠。

她没意识到他在转移焦点，事关好友，不禁关心起来：

“你说长乐庄？那个楼盘怎么了？”

“建筑业有一条安全管理规定，面积大于一点五平方米的门窗，必须使用3C认证的安全玻璃，低于一点五平方米的则不需要。”

“这条款我知道。”

“汪家在开售前为了吸引业主，投入市场的广告是‘就算只有零点五平方米，长乐庄也会用上3C玻璃’，但实际上，由于前段时间建材涨价，为了节省建筑成本，那些面积不到一点五平方米的玻璃真假混杂，很多用的都是普通双层玻璃，上面的3C标志是假的。”

“啊，问题很严重吗？”

“说不上严重，房屋质量结构没问题，玻璃本身也符合建筑规定，所以验收是通过的，但是就有虚假广告的嫌疑，万一传出去，对汪家的品牌信誉会造成相当大的影响。”

“他们掺假应该是秘密进行的吧？会传出去吗？”

“本来这事确实很隐秘，后来做小区绿化时，栽种大树的起重机吊钩不慎撞破了一户玻璃窗，底下的负责人不知内情，以为装的全是3C玻璃，担心报告上去自己会被责罚，就私下联系了3C玻璃的原厂供应商，让他们过来重装，结果被厂商的安装人员发现了。”

双晴听到这里明白了。

汪家可能暂时堵住了安装人员的嘴，但纸总包不住火，没准哪天就会被捅出去，长乐庄当初是以高昂的地王价格拿下的建筑用地，营销对象又以高端客户为主要群体，一旦作假的事被媒体曝光，在市场上诚信缺失，别人会发散性怀疑他们的楼盘会不会其他方面也存在质量问题，那必然再卖不起价钱，损失会很惨重。

“汪锦程打算怎么办？”她问。

“现在政府刚刚颁布整改令，勒令开发商必须在期限内开盘销售，不允许捂盘待沽，就算他不惜成本把全部假的3C玻璃换成真的，在时间上也已来不及。”

况且贸然改换，还容易引起行业里各种猜测和不利流言。

“没有解决办法吗？”

“也不是没有，现在汪锦程能想到的对策，就是联系一家新的3C玻璃厂商，把原来的3C认证去掉，重新打上新厂商的3C标志，再把必要的文件准备齐全，这么一替换，假的也就变成真的了，只要那个标记是真的，不会有人想到把玻璃拆下来拿去做专业检测。”

“那得新厂商和汪家有过硬交情，才肯为他们家作假和保密吧？”

“你说对了，计划可行，但信得过且愿意担风险的厂商难找。”

“汪锦程请你吃饭，就是找你出谋划策？”

“如果是为了出谋划策，他怎么可能找我？根本不会让我知道这件事。”

“我才在想，再怎么说你也是外人，他怎么会信任你到这种程度。”

寇中绎对着夜空笑了笑：

“他之所以对我和盘托出，是因为他属意的新厂商姓童，童家是景州头号建材生产商，新一代负责人叫童念，汪锦程和他只是脸熟，童念和我却是生死之交。”

“汪锦程想让你帮忙牵桥搭线？”

“嗯。”

双晴犹豫了下，他身为公务人员，在这种事上涉入过深，不担心受影响吗？

寇中绎侧过身来，视线从半掩门边随意掠过，垂下密睫，眸波泛起微澜，投在她猫眼似的瞳仁中，有若噬人深海的凝视带给她微妙的感觉，仿佛胜过千言万语。

他的神情愈加柔和，把拉远的话题转回最初：

“心情好点了？”

她低下头，将下巴搁在膝上，没有回答他的问题。

他放任她沉默，不催促半句，只耐心等待。

良久，她终于慢慢开口：

“我还小的时候……那时我爸爸的工程已经做得不错，不少做水泥、钢筋的建材商都巴结他，我们家在市中心，挨着全市最好的小学，父母为了方便我读书，一直住在那套老房子里没搬，家里的电话是老式的，没有走分流器，如果其他房间有人打电话，只要拿起话筒就能听到说话声……

“有一天中午，我爸爸难得回家吃饭，妈妈在厨房炒菜，我在自己的房间，有道数学题解不出来，想打电话问湛开，结果一拿起话筒就被我听到……一个小老板和我爸爸说：‘碧云宫来了几个雏儿，新鲜干净，顾总你晚上也出来玩玩嘛，好男人不用天天做，偶尔也要享受生活’，我没想到会听到大人之间的秘密，第一反应就是非常害怕，吓得立刻就把听筒放了，都没有听到我爸是怎么回答他的。

“我爸吃过饭就回公司了，我根本不敢把这个秘密告诉妈妈，自己一个人很恐慌，觉得天都要塌了，重重地压在心脏上，简直没法呼吸。我妈也出门后，我就逃课没去上学，跑到大院门口的马路边坐了一下午，等我爸爸回来。我那天坚定不移地认为，只要他准时回家吃晚饭，就是没去做那种坏事；要是他有应酬很晚不回家，那就一定是去做坏事了……

“我在路边坐了整整五个小时，两条腿麻了一次又一次。”

说到这里，她唇边弯出一抹朦胧的笑意，仿佛被记忆中稚气的自己所感染。

“后来湛开放学回来，看见我傻乎乎地坐在路边，就想把我拽走，我急死了，对他又踢又踹。我记得特别清楚，那是夏天的傍晚，天色还很明亮，天上有大朵被夕阳染红的彩霞，就在那个时候，我看到爸爸的车子从路口开过来，我大叫着扑到马路上，差点儿被车撞到，把我爸和湛开都吓坏了……我没法形容那一刻心里的感受，就好像……那片天一点也没塌下来，一切都还是很美好，很完整。”

她在回忆中微微笑着，泪水从眼角滴滴滑下。

“所以，后来我很不明白……为什么……他和妈妈会分开。”

曾经那么爱。

若父母没有分门裂户，风流云散，她仍能拥有那些美好和完整，而不只是一份逝去的，连当时感动都已变得斑驳的记忆，也不会像今天这样，父亲已然不再是她的父亲。

曾经，父亲是她的天，是她最敬爱的神。

寇中绎眸波柔如水，朝她伸出双臂：

“站起来。”

她在泪眼婆娑中摇头，宁愿深陷过去，也不愿出来：

“你那天叫我离开，其实我也有话想和你说。”

“什么？”

“我吃不惯带皮的芥蓝，只吃得下去皮的。”

“然后呢？”

“你喜欢我……好不好？”她紧紧咬唇，这个世界上她谁都不在乎，唯一只在乎他，无人可以替代，她整个人都在微微地颤抖，“你别和我分开……可以吗……”

寇中绎的面色霎时微白，既没拒绝也没应允，只是忽然弯身，一把抓住她的手臂将她扯了起来，用力抱进怀内，手掌扣在她脑后把她压入胸膛，不允许她看见他脸上哪怕最细微的一丝表情。

她紧闭双眼，生涩地把脸伏在离他心脏最近的地方，听着它蓬勃有力的脉动，呼吸之间全是他纯男性的味道，吹拂在她耳垂下方薄肤上的气息不但炽热，还微为急促紊乱，他烫人的唇瓣不能自已地在她娇嫩的颈脉上轻轻一烙，而后飞快撤离，像是防止自己过分沉迷。

她不禁迷恋，始终不肯睁眼，怕会不会是一场美梦，手臂紧紧环抱着他的窄腰，感受到了一种前所未有的巨大安全感，仿佛有神灵给她的身心注入鲜活力量，让她充满勇气，不想去分辨他对她是不是爱，就算只是出于他丰富的同情心，也已让她心醉神迷。

从来，没有人给过她这样的呵护和疼爱。

这一刻她终于知道，无论余生遇见谁，都比不上身边这个人好。

哐当一声撞门的巨大声响，将紧拥的两人惊醒分开。

一道人影僵立在天台门口，脸容阴郁至极。

双晴只觉全身血液直冲头顶，从寇中绎怀里飞快退出，紧张得咋舌：“锦……锦媚？”

汪锦媚不接双晴的电话，不回她任何信息，两天后考完期末试，学校放寒假，双晴连去教室堵人负荆请罪的机会都没有，一直惴惴不安，更兼懊悔无奈。

她心绪混乱得很，在爱上的男人和最好的挚友之间，难以做出选择，只知道，如果世事重来，她不一定还有那份破釜沉舟对寇中绎表白的勇气。

在父母离婚之后，有很长一段时间，她极为病态地黏着湛开，上学放学几乎寸步不离，湛开的存在投映了她从前曾经拥有过的美好经历，和他在一起会自然而然勾起那些让人悠长回味的珍贵记忆，只要看到湛开，过往就历历在目，仿佛永远不会消失。

直到汪锦媚出现，打破了她和湛开二人行的局面，她才回到现实中来。

依赖湛开的那些年，她只是一具机械地活动行走的躯壳，肉身里旧的灵魂已经破碎，新的灵魂还混混沌沌未长成形，那时的她根本无法和谁去谈可怕的感情。

湛开也许是合适的人，无奈他的心意付出太早，而她的情感长成太迟缓。

然后，她遇上了寇中绎。

就仿佛她从前所经历的一切，都是为了这一刻，他在最恰当的时刻出现在她面前，在她被父母的行为再度刺伤，内心最脆弱的时候，他的温柔触动了她初悸的心。

她也曾深深恐惧、克制和抗拒，矛盾过多少日夜。

然而爱情确实如罂粟，当被他紧抱在怀内，那种仿佛全世界都不存在，只余下他和她相依相偎到天荒地老的美好感受，在亲身体验过之后，对她有着无限致命的吸引。

她已然控制不住，想像飞蛾那般试一试。

有时人们不顾一切，疯狂追求某些明知虚幻的东西，全因心中渴爱。

所以当双晴发现母亲的打扮越来越年轻化，甚至可以说是有些花枝招展时，她一点也不介意，显而易见，母亲身边有男伴，而她想长久吸引那男人的目光。

朱翡真曾经与相爱的丈夫结合而后分离，对浓情蜜意的感受，比没经历过的人更为深刻得多，渴望再爱一回、再享受一次爱人的温暖怀抱，完全可以体谅。

双晴介意的是，那个人到底是谁，母亲缘何为了他而撒谎？

临近年底，顾天成的公司里置办年货，王准按惯例给朱翡真也准备了一份。双晴过去取了，连拨朱翡真的手机两遍都是通的，但就是没人接听。

她拎着大包小包，直奔朱翡真的住处。

在楼下按铃，没人回应，她搭乘电梯上去，用钥匙打开大门。

房门紧闭的卧室里传出窸窣声，步入玄关的双晴有些讶异，扬声道：

“妈妈你在家呢？”

“啊——双晴吗？”朱翡真的声音隔门传来，听上去有些喘急，“你等等！”

双晴把年货拿进厨房，在橱柜和冰箱里一样样放好。

过了一会儿，朱翡真穿着睡袍从卧室里出来，顺手把房门拉上。

“妈妈你在家怎么不接电话？”双晴疑惑。

朱翡真抬手撩了撩鬓发，面上笑容有点不自然。

“午觉睡沉了没听到，怎么了？有什么事吗？怎么突然这个时候来找妈妈？”她招呼女儿到沙发上坐下，瞥了眼墙上的时钟，“我下午还有事，一会儿得出去一趟。”

“没什么，就是给你拿些年货过来——”双晴突然住嘴，视线在茶几下定了定，那里散置着几本杂志，底下好像露出一点什么东西，她快速改口，“我有本小说找不着，不知道是不是落在这儿了，我去书房找找。”说完从沙发上站起，向书房走去。

果然，朱翡真紧跟在她的身后。

“怎么样，找到了吗？”

双晴随便掠了眼："没有，可能我记错了，我还约了朋友，妈妈你忙吧。"

"好的，妈妈改天和你联系。"朱翡真笑着把她送出门口。

双晴在被关上的门外足足站了两分钟。

母亲从不抽烟，刚才她在杂志底下却看到烟盒的一角，八九不离十是因为卧室里有人，而朱翡真不欲女儿与之相见，才以出门为托词，盼她速速离去。

她沉思了一会儿，下了楼，拨通王准的手机。

"我妈最近有没有动过她名下的资产？"

"她的投资挺平稳的，最近没什么大的动作。"

"好的，我知道了。"

双晴大致了解母亲的财务状况。

单身女子坐拥富足的财产，容易引起居心不良的男人觊觎，为此顾天成让王准安排了专业的经纪人对朱翡真的资产进行管理，部分资金投入到基金、理财和外汇市场，更多的是直接置换成稳妥的物业，朱翡真名下有三套房子，还都集中在市中心或高档住宅区，租赁给外国人，收取丰厚的租金。

即是说，朱翡真手中不会有多少现金，她只要一取现，顾天成就会知道，而三套房子里除了自住的这套，另外两套都上了双晴的名字，她也无从私下出手。

双晴问过王准后，再打母亲的电话：

"妈，我刚才有件事忘了。"

"什么事？你说。"

"寇丹阿姨已经回美国，那辆跑车寇中绎用不着了，本来卖给他我就有点不好意思，不是他需要的，现在对他更没用，反而我过来找你常常打车不方便，我想来想去，决定退钱给他，把车子拿回来，所以我上次给你的银行卡，一会儿你外出时能顺便带出来给我吗？"

"你要把车子再买回来？"朱翡真似是相当意外，没想到女儿会突然开口要钱，略为迟疑后说道，"……那个，妈妈今天没时间……过两天好吗？"

"不着急，等你方便的时候好了，妈妈再见。"

双晴挂了电话，再拨给王准：

"王叔叔，这几天你留意一下，我妈要是动了账户里的钱，你通知我。"

“行，如果有动静，我实时告诉你。”

“还有请你保密，别让我爸知道。”双晴刻意强调，“尤其是钟姨。”

那头王准尴尬地打了个哈哈，连声说“明白明白”。

双晴想得很清楚，朱翡真没动过名下资产，最近要是没花什么钱，那是她多心。但如果朱翡真有花掉可观款项的话，就只能是从她给的那张银行卡里支出。

她只需等待，看朱翡真会不会把投资套现，筹钱还给女儿。

随后，她再次去到李证先那间冷冷清清的电子产品店，站在不起眼的店门前。

她原以为自己已经与此地彻底告别，没想到有一天还会重来，有种任命运如何变迁也摆脱不了的宿命感，人生的波折循环往复，似永不停歇，令她觉得疲倦。

在政府捂盘整改令的限期末，那些被约谈告诫的房地产企业，不得不打开售楼处大门，刚性需求被积压了一段时间，购房者热情为之高涨，各个楼盘都卖得异常火爆。

恰在此期间，发生了一起令整个房地产行业震动的事件。

有媒体突然刊登报道，图文并茂地指出：

“XX庄所谓的全3C玻璃窗，相当一部分是假的。”

报社为免官司缠身，没有对汪家指名道姓，还把楼盘的名字做了匿名处理，但这样反而更引起网络人群的猎奇心理，有人把维州市的新楼盘全部罗列出来，有人把报道里的文字信息和楼盘实况逐条对照，无名英雄各显神通，很快锁定“长乐庄”，最后彻底曝光。

在信息瞬时交换和高速传播的时代，真正应了那句老话：

若要人不知，除非己莫为。

这一爆炸性新闻，不但传统媒体争相转载，许多房地产论坛、综合性的大型门户网站和社区都挂了头条专题，对汪氏欺诈性广告的猛烈抨击铺天盖地。

虽然汪氏马上展开危机公关，及时采取紧急应对措施，既召开新闻发布会，承诺必将严厉处治相关责任人，又保证会妥善处理各种后续问题，务必令前期已经购房的业主满意，令后来的购房者放心，极尽所能想把影响降到最低，然而信誉大为受损已经无可避免。

双晴看过那篇报道，内容极为详尽，把玻璃上的真假3C标志都拍了照，一一列举不同之处，对比各种技术数据。显而易见，有人曾经冒充顾客，潜入楼盘实地勘测，网络上的消息迅速火爆地传开，想必也是有人在幕后推波助澜。

不管背后放这支暗箭的人是谁，箭本身的力度并不强，强的是对方瞄准的时机，恰当得一箭致命，所谓众口铄金，汪家原本是捂盘不售，现在变成了就算降价也难以抛售，只能眼睁睁看着自家倒在舆论的风口浪尖上，而别家的楼盘卖得热火朝天，风生水起。

和长乐庄相隔不远的星宇豪庭，在这片区域没了竞争者，最近开盘的下半批楼房，短时间内脱销一空，很多人提前一晚就到了售楼处，通宵排队拿号。

世事变化之快，令双晴目不暇接。

她首先联络汪锦媚，无奈过了这么久，汪锦媚虽然肯接她电话了，但是就非常冷淡，三言两语把她打发掉，她思前想后，最终还是打给了寇中绎。

这件事，会不会和他有关？

即使隔着时空距离，寇中绎仿佛也能感知她的想法，开口就说：

“爆料的人不是我。”

“可是知道这件事的人应该不多，汪锦程会不会怀疑你？”

“不会，像我这样知道内情的，才最不可能，因为人数有限，目标太明显，很容易排查，况且我和他私交虽然不深，但从来没有私怨，不存在曝光他们的动机和理由。”

“这事真奇怪，会是谁呢？”

寇中绎静了静，在电话那头笑笑没说话，以汪秀年的为人，吃了这种暗亏，定不会善罢甘休，真相迟早会浮出水面。

双晴握着手机，聊到这里，话已经讲完，可是她还不想挂掉。

“你姑姑已经回美国了，要不你把车子退给我？”她诚心建议，那辆车太招摇，他不可能开着它去上班，放在家里也不过是堆灰积尘。

她始终有点不明白，当初寇丹怎么会听侄子的，花那么大一笔冤枉钱。

“买你车子的人是我姑姑，不是我，她以后还会不定期回国，留着给她用吧。”他话声中的笑意加深，她只是找不到别的机会，名正言顺地把他多给的那部分钱退还给他，“等星宇豪庭交房，我们就是邻居，你什么时候想把车子开出去玩，来找我拿钥匙好了。”

“我不是那个意思！”她急辩。

“逗你玩呢。”他的语调轻柔无比，“小傻瓜。”

她心口微微一荡，有些失措，仓促找话：

“星宇豪庭虽然是精装修，家具还得自己买，到时候一起吗？”

寇中绎没有随口回应她，而是思考了一下，才说：

“那就一起，我有个叔叔是设计师，等交房之后，让他出出主意。”

“我也要。”她马上提出。

雀跃的语调让他失笑：

“当然，那就先这样？”

“等一下……”她欲言又止，“你最近有没有见过锦媚？”

顿了顿，他才答：“从那晚之后没有。”

仿佛忆起两人“那晚”曾做过什么，低沉的嗓音在他胸腔内微微震荡之后才绕唇而出，带起一种奇特的魅惑感，令她霎时脸色微绯，他看不见的尴尬绯红蔓延到了腮边。

“我想约她见面，她说没时间，不肯见我。”

他低笑：“那怎么办呢？我也帮不了你。”

她被他的话噎到，她只是随口倾诉，没想过要他帮忙，继而有点怨怼他的置身事外，好像只是她一头热似的，一下子就没了情绪，萎蔫道：

“不说了，我有事出门，你忙吧。”

任由她挂了电话，寇中绎没有回拨过去。

几分钟后，她收到他发来的消息：

“我和汪锦媚联系过了，她说趁寒假去了公司实习，最近汪家出事，她也忙得很，你过段时间再约她。那是玩笑话，别在意。我也要出门，说好了一起，保持联系。”

她的心情就像坐了趟过山车，刚才还跌落阴天谷底，这会飙了个急转弯，又晴天大放，为一个男人的一言一行过分敏感和情绪化，在苦与乐之间如悬丝游荡，让她自恼还自嫌。

事实上，在他的立场而言，现在去接触汪锦媚并不合适。

相比之下太明显，她远不如他成熟理智，冷静自持。

一直到李证先的店里，她心中都还有点烦闷。

看见她推门而入，李证先的眼角瞟了一下墙上的挂钟。

“不是说要到晚上八点吗？怎么现在来了？”

“本来打算约朋友吃好晚饭再过来，谁知道她没有空见我。”

不知是不是她的错觉，总觉得最近两次过来，李证先对她的态度有点不同于以往，但是具体哪里不同，她又说不上来。

李证先取出档案袋，看她伸手来接，他却缩了一缩：

“你先做好心理准备。”

她听了心口一沉，接过袋子当即拆开，抽出内页，越看脸色越是发白，难怪母亲要拼命遮遮掩掩，不想被她知晓，原来，那个男人就是沈承贤。

一张张全是他们出双入对的照片。

对于寂寞的芳心，男人只要有足够的耐性，不管人品如何，目的如何，总是能够攻破伊人防线，她细看母亲的签单复印件，那些数字加起来，几乎与这事实一样触目惊心。

在朱翡真伤心失意时，她为之难过，那时只觉得宁愿母亲花钱把沈承贤留在身边取乐，也不愿见她萎靡不振，然而，当朱翡真这么做了，她心里又浮起深深的无力感。

非关钱的问题，属于母亲的资产，不管她怎么花，身为女儿她无权干涉。而是此时此刻，她不知道自己怎么做才是正确的，是阻止母亲投奔这显而易见会非常短暂，但目前分秒在手的幸福？还是就这样见死不救，眼睁睁看着她受骗，一步步滑向被背叛的无底深渊？

把文件一页一页放回档案袋，她内心挣扎异常，无法决断。

想来想去，突然她想到，或许可以趁寒假，带母亲出国旅行。

双晴和李证先道别，转身就拨打越洋电话，没注意到玻璃门外悄然拉下一道斜影，她坚持等到大洋彼岸被半夜吵醒的湛开接起手机，他恼怒而含糊地飙出一句极不文雅的英文脏话，她觉得好笑，又十分内疚，自己总是在有需要的时候才想到他，说话声便怯怯地低了下去，带着一丝孩童般的依赖和无助。

“开开，我放寒假了，去找你玩好不好？”她说着拉开玻璃门。

站在门外的寇中绎上一秒还在迟疑，到底是避而不见，隐瞒他和李证先的关系，还是难得和她见上一面，哪怕会留下后患；下一秒听闻她对湛开说的话，他的面容瞬间微变，迅疾果断地杵立在她的必经之路上，不声不响，任由她直直撞上自己。

她捂着撞痛的鼻子，错愕地看着面前的铁塔般身影，她在门内，他在门外，一槛之隔，他神色仿佛惊讶，举动却毫不客气，就那样把她的去路堵个严实。

他提步往里，她被迫松开门把手，退身让路。

他如影随形，往里逼近，直到她完全退回玻璃门内，不得不匆匆挂掉电话：

“开开，我回头再打给你。”

寇中绎背着光线，黑瞳暗沉悍然，精劲的体魄如嵩生岳降，矗立在她面前，守着她的唯一出路，他以单手缓缓把玻璃门朝后掩上，留下她与他同为困兽。

李证先一脸玩味地置身事外，旁观寇中绎与双晴的对峙。

也不知道可怜的小白兔怎么就招惹了凶猛的鹰隼，竟然让他露出奇想把她蹂躏至死的万恶表情，找个机会得问一问，猛禽兄阻止她出国，是担心前功尽弃，还是担心她这一去，会爱上那位青梅竹马？

凭李证先过去对这位铁血老大的了解，被他盯上的猎物，从来没有能逃出他手掌心的，看来小白兔只能自求多福，可不能怪他李某人不英雄救美，实在是英雄的命也只有一条，为了珍惜宝贵生命，只能远离披着衣冠的禽兽。

李证先丢给寇中绎一个嘲弄的笑容，避入了里间。

寇中绎双手抱胸，朝双晴微笑：

“你要去哪儿？”

他亲和的表情似与平常无异，唯独两道吞噬人的幽邃眼波杀气腾腾，让她强烈感觉到没顶压来的危险，好像只要她一不小心，就会被鸷狠的凶兽撕成碎片。

她本能地不敢隐瞒：

“我想陪妈妈出国过春节，让她暂时离开维州。”

把朱翡真和沈承贤隔开一段时间，也许能让她冷静下来，最好她能在异国来一场艳遇。女人一旦变心，全世界的火车串到一起也拉不回头，到时她和沈承贤自然会不了了之。

是为了她母亲，不是她自己想去见湛开？

寇中绎解开手臂，捕猎姿势松懈下来，望向里间似掩非掩的门扇：

“大仙，一秒之内给我滚出来。”

话声未落，李证先已从门缝后面急窜而出，赔着笑脸：

“我看你一副要把人拆骨入腹的样子，这不给你创造良好‘用餐’环境吗？”

大野兽吃不到小白兔是童话，吃得连渣都不剩，才是历史发展必然规律。

双晴心里正惊异寇中绎为何出现，听到两人的对话，才知道世界真的非常小，原来他也认识店主，只是李证先说什么用餐环境她不明白，好奇地问寇中绎：

“你是来这里吃晚饭吗？”

李证先眼角一抽，继而捧腹大笑。

寇中绎也是忍俊不禁，掌心按捺不住，轻抚了一下她的头顶：

“别听他瞎扯。”

她见到两人的反应，终于意识到那不是什么好话，耳根尴尬悄红。

寇中绎转头对李证先道：

“你把嫂子叫上，一起去吃顿饭。”

“现在吗？”李证先强忍住笑，眼角眉梢仿佛都在说，你丫是担心现在把小红帽放走，她一出门又会给小青梅打电话吧？

寇中绎对他的取笑视而不见，只投过去一个深不可测的眼神：

“难得今天人齐，不用费劲约来约去，这边是你的地盘，去哪儿？”

两人曾共事多年，默契不言而喻，李证先马上反应过来：

“就去东街口的尚膳宫，那边人不多，环境清静，味道一流，你们先过去，我去接我老婆，你到了之后问问梅坊或兰坊有没有被预定，随便要一间就行。”

寇中绎对闭嘴不敢再乱说话的双睛道：

“走吧。”

李证先脸上仍堆满邪恶笑意，她被笑得不好意思，急步闯出门外，等到走远了停下来，回头才发觉，慢慢跟她后面出来的寇中绎，已被她落下一段距离。

她站在原地等他，他的脚步依然徐缓，走到她身边时微微一笑。

“你们刚才说的话是什么意思？”她忍不住追根究底。

他脸上原本微浅的笑容深了深：

“没什么。”

“你快说啊！到底怎么回事？”她有点不依了。

他的视线从她脸上一点点往下，落在她的鞋子上：

“你走那么急干什么？我又不会吃了你。”带笑变幻的眸光从下往上，重回她的面庞，仿佛与他的话一样，隐含浓浓的暧昧。

双晴先是愣了愣，一刹那明白过来，羞恼得满脸通红，甩手就走。

他跟上前，看她恼得可爱，忍不住又逗弄：“怎么越走越急？我们去饭店只是为了吃顿饭，不是为了别的什么事。”譬如开间房把她吃了，“你真的不用那么急。”

面对他的机变，她百口莫辩，既急又气，还忍不住发笑。

“寇中绎！”嗔怒呵斥，带着不自觉的撒娇。

他唇畔微翘看着她，终于适可而止。

那抹永恒的微笑挂在他薄美唇沿，越发让她觉得深沉难懂，明明他就在她触手可及的面前，她却隐隐觉得两人之间似乎隔着三千里远，最无风的海面，最静止的天空，都不及他万分之一的冷静稳然，而他愈不可捉摸，就愈是散发出一种谜样的魅力，对她致命吸引。

她胸中酸楚膨胀，为情难自已，垂首上了他的车。

到了尚膳宫，迎宾说兰坊被客人预订了，领他们去相邻的梅坊。

“就让门开着，我们还有朋友过来。”寇中绎交代。

双晴半伏在餐桌上，假装研究菜单，因了先前他暧昧的玩笑，她不敢抬头看他眼睛，他唇边笑意再现，她坐立不安的样子，估计一道菜名都没看进去。

“有想吃的吗？”他笑着问。

“正在看呢。”

他不再言语，懒散地靠向椅背，取出烟点燃，轻轻呼出，眸光蒙上薄薄的一层迷雾，滋生出隐秘复杂的情绪，穿过缭绕烟气，落在她左躲右闪的微颤垂睫上。

视线往下微移，凝定在她嘴角弯弯的诱人樱唇。

这时门口传来脚步声，两人不约而同抬首。

出现在门外的身影不是李证先，竟是汪锦程和汪锦媚兄妹。

汪锦程带同一班下属，似乎是陪着重要客人过来，当中领头的那位红光满面，路过时无意间看见房内的寇中绎，他马上停下脚步，满面堆笑转身走了进来：

“寇局，人生何处不相逢啊！”

寇中绎笑着起身，熄了烟，伸出右手：

“刘局好久不见。”

“这么巧刘局也认识中绎？”跟进来的汪锦程笑容微讶，眼光晶亮，中国自古以来就是人情社会，不管哪一行，人脉都是重中之重，中间有熟人，有时候事情会好办得多。

没想到两路人马竟然相识，众人围到一起寒暄。

寇中绎起身时，双晴也礼貌地从座位里站了起来，只不过除了汪锦程兄妹，其余人都不怎么留意她。汪锦程曾见过她和寇中绎约会，这时候再见到，也不觉得意外，只是看了看不苟言笑的妹子，目光闪处，他笑着主动和双晴聊了两句。

双晴轻笑回应，和汪锦媚对视一眼，轻微笑容便被好友发沉的面色刺伤，她不自觉地往寇中绎身后挪了挪，下意识地以他为屏障想避离伤害。这动作看在汪锦媚眼内，却如同她在宣示对这个男人的所有权，汪锦媚冷漠的眼神起了变化。

寇中绎的眼角余光往侧后方掠了一下，然后转朝汪锦媚笑笑，紧接着身体自然地往后方让了让，使得半躲在他身后的双晴落入众人视线，他大方地牵起她的手：

“来，这是刘振鸿局长，跟人打声招呼。”

双晴涨红了脸，朝刘振鸿微为弯身：

“刘局好。”

“你好，你好。”刘振鸿笑容可掬。

寇中绎笑着为刘振鸿介绍：“她父亲你也认识，顾达集团的老总。”

这是顾天成的女儿？刘振鸿不由得多看了双晴一眼。

汪锦媚忽然上前，插话道：“中绎。”

他含笑应声：“好久不见。”

“难得遇上，你过来兰坊和我们一起嘛，和刘局还能叙叙旧。”

双晴被完全无视，原本只是隐藏在她身体里的那点不自在，此刻由内而外蔓延出来，她微微退后，与围着寇中绎和刘振鸿的人群离远一点，扭头看向窗外。

汪锦媚的主动出击，是故意让她难堪。

“这次就不了，我还有朋友要过来。”寇中绎笑道，再度婉拒众人热情高涨的邀请，“下次吧，找个机会我请客，到时刘局和锦程兄可千万赏脸。”

“这什么话，你肯请客，我求之不得。”刘振鸿哈哈大笑。

底下人为着做事周到，临离去前仍然热切殷请，让寇中绎带双晴一起移步隔壁把酒言欢，在他的再三推辞下，汪锦程最后适时圆场，陪着刘振鸿告辞离开。

汪锦媚临走前瞥了双晴一眼，说不出是什么含意。

一群人走在廊道里，刘振鸿问随行在旁的汪锦程：

“你和寇局关系很好？”

“还不错。”

“他可不简单，我曾经在市委——咳咳，在市委领导那儿见过他。”

李证先领着太太余敏迎面走来，和一行人擦肩而过，他回头看了眼说话的刘振鸿，等到走进包房，他第一时间望向寇中绎，两人的眼神迅速交汇了一下。

四人重新落座，李证先给两位女士做了介绍。

双晴想起汪家的事，问寇中绎：

“上次汪锦程找你帮忙，后来怎么样了？”

“他还没来得及和童念谈妥条件，长乐庄已经被曝光，到后来就是明面上的正规生意，童念在维州的分公司接下了长乐庄更换3C玻璃的工程。”

忽然一声短信铃响，打断了两人的谈话。

双晴拿起手机，汪锦媚发来两个字：

“竹坊。”

她静默几秒，抬首对他道：

“我去一下洗手间。”

寇中绎一直留意她的表情，闻言笑了笑，绅士风度地起身为她拉开椅子，当她从他面前走过，他随意捏了捏她的后颈，似分外喜爱这个挑惹她的小动作。

亲昵举动惹来她的回眸，他眼底蕴藏一抹无言鼓励的温柔。

她心口微微悸动，低头离开。

李证先照拂好有孕在身的余敏，对寇中绎打个眼色：

“走，外头抽根烟。”

两人出了房，走到廊道角落。

“你要是想继续，今晚是个难得的机会。”李证先直切主题。

寇中绎顿了顿，一时没应声，只交代：

“汪锦程肯定会找人调查玻璃窗被爆料的事，你打听一下他找谁去查。”

“这小事一桩，关键还是你——”李证先没说下去。

寇中绎望向窗外，不知今夕何夕，天上月明星稀，人间灯火映不到的暗沉地面银光如泄，他深深抽了几口烟，烟头明明灭灭，面上神色数度幻变。

片刻之后，他将烟蒂缓缓掐灭。

“就按你说的办吧。”

李证先听了，看了他一会儿，最后选择不发一语。

在两人交谈的同时，双晴找到与兰坊相邻的竹坊，推门进去，大概是没有人预订，空房一间，汪锦媚已经等在里头，双晴立定在门边，开始两人都不说话。

相持半晌，到底还是双晴先开了口：

“你最近还好吗？”

汪锦媚拧过脸不去看她，双手撑在圆桌台面，垂着头，不停地踢着脚，好一会儿才抬起头，看向门中央她的立影，淡淡应声，听不出什么情绪：

“还行吧，你呢？”

“我在等国考的成绩出来，如果分数能通过，面试在二月份，我打算过完年开始整理东西，一毕业就从家里搬走，现在是我自己想尽快搬出去住了。”她言无不尽，说着近况。

换在以前，她从不会对谁这样交代自己。

汪锦媚一时无话。

灯影如隔，透过光线折射互相看向对方颜面，都觉得面前的这个人变得遥远，说不出的忽然陌生，才多久没见，一切已经改变，横亘在空气中的沉默压抑那样明显，只要谁言辞不慎，稍有一丝尖锐的成分，都会把那层薄纱似的客气刺破，造成最终破碎的局面。

抿抿干涩的双唇，她继续道：

“听说你进公司实习了？”

“是。”汪锦媚耸耸肩，“跟在我哥身边，学着和三教九流的人打交道。”

话题不痛不痒，十分安全。

可见两人都清楚，有些东西裂痕一旦出现，便难以复原。

为着内心仍然珍惜，都有些小心翼翼。

“前几天我看报纸，说长乐庄有大批业主要退房，那是怎么回事？”双晴问。

“就是一群前期买房的业主联合起来闹事，他们有目的有组织地制造舆论，还聚集到长乐庄的售楼处拉横幅抗议，害得我们没法做生意，最后只能报警处理。”

“他们买得早，价格相对现在是合算的，那个玻璃又没实质性影响，为什么要闹？”

“我哥猜是背后有人在煽动，那群人才不是真的想退房，就是瞄着这个难得的机会，使尽手段和我们讨价还价。”趁火打劫，浑水摸鱼，“虽然在公关部的调解下，暂时把他们都安抚住了，不过也已经对我们造成了很坏的影响。”

“后面开盘的那几幢楼销售情况怎么样？”

“根本卖不动，要是卖得好，我们肯定二话不说接受那些人退房。”

“不能适当调整价格吗？”

“没办法调整，之前二十八家房地产商组成的不降价联盟，说是房地产协会出面组织的，实际上都知道举旗的是我爸和你爸两个人，如果我们家第一个毁约降价，那是扇自己耳光，我爸丢不起这个人，也失不起这份威信，重要的是以后他再想牵头做什么事就难了。”

“可是这样拖下去，资金都压死了。”

“再看看吧，目前也没有好的解决办法。”

“实在不行就把长乐庄放一放，先做其他的好了。”

“是啊，我哥就是想尽快开发新项目，所以今晚请客吃饭。”汪锦媚越想越气，狠狠地一拍洗手台，“被我知道是哪个王八蛋在背后整我们，我弄死他！”

“上次整我家没成，这次轮到你家，怎么就不能好好做生意了？”说到这里，双晴忽然顿止，脑袋里的某根弦轻轻动了下，有些什么一闪而过。

没容她多想，汪锦媚直勾勾看着她。

“你在和寇中绎约会？”

这是双晴最害怕听到的问话，她一直提心吊胆。

可是不管汪锦媚表面如何平心静气，最后还是无可避免，在她最不备的时候，把话彻底挑明，这原本就是汪锦媚找她的真正目的，她忐忑不安的同时又感到一丝轻松。

汪锦媚终于问了出来，而压得她心慌的那块大石，也终于落地。

“你要听实话吗？”她真心实意地问。

“不听实话，难道我想听废话？”汪锦媚扯扯嘴角。

对她语气中涌现的讥讽，双晴选择充耳不闻，如实相告：

“我也不知道我们算不算在约会。”

那晚在天台，她以毕生最大的勇敢对寇中绎表白，可是他至今仍模棱两可，没有给过她任何表示，她真的不知道，两个人这样算是在一起，还是不算在一起。她已经没有勇气再来一次，向他要一个明确答案，因为心中极度害怕，怕他明确出口的答复会是拒绝。

他的心那么飘忽，总让人捉摸不透。

汪锦媚盯着她："为什么？"

双晴沉默。

"你明知道我喜欢他，我还清楚明白地警告过你！"汪锦媚恨恨道。

她别开眼眸，神思有些恍惚，忆起当年。

认识汪锦媚是在初一，开学的第一天，全班同学分成男女两列，站在走廊里等老师编位，排在她前面的女同学身材高挑，穿低腰牛仔裤，腰间一小截肤色若隐若现，非常野性。

"开始我只是看他长得俊，气质好，超符合我心目中的男人形象，所以喜欢接近他。"汪锦媚继续道，这些话积压在她心里太久，忍不住怨诉。

双晴安静无言，那天当老师按顺序排到她们，吩咐两人坐同一桌时，这个叫汪锦媚的女同学回过头来看她，眉色飞扬的面容上，满是跋扈的傲气。

"后来接触多了，发现他为人处事很有个人魅力，不管和什么层次的人打交道都游刃有余，必要时手腕尤其高超，还特别有风度教养，会尊重和照顾异性。"

当时两人一起走进教室，汪锦媚走在前面，她跟在后面，按理汪锦媚就该一直走进去，坐到里面靠墙的位置，但是汪锦媚不，手中书包"啪"地往靠过道的书桌上一甩，回头命令她："我坐这儿，你进去。"

她当时就笑了，靠过道的位置出入便利，谁不想坐？

换成别人，可能就会对这枝带刺的玫瑰好感尽失，她却恰恰相反，汪锦媚身上那种叛逆不羁的张扬性格，正好是她这种乖乖牌一生中最缺乏的，是她内心深深向往、却无法摆脱现实和自我束缚去实现人生的另一面价值，她被强烈吸引，对这位同桌充满好奇，静默献出其实她也想要的座位，依言坐了进去。

"我追他追得很辛苦，就算明知他对我没意思，也放不了手。"

初中三年，她对汪锦媚无限包容和顺从，但凡她要，但凡她有，以至于平日与她交好的几个女孩子颇有微词，私下曾直接问她，为什么她会和汪锦媚那种目中无人刁蛮骄横的人成为好朋友……她们不明白，她眼中看到的汪锦媚，不是其他同学眼中那样的，除了刁蛮任性，汪锦媚还敢说敢做，率性洒脱，坚持自我，而这些无不让她欣赏和折服。

三年又三年，直到高中毕业，考进同一所大学。

“你干吗像个受气的小媳妇一样不说话？”汪锦媚见她神情放空，带点倦怠，似在专心听讲，却又没有反应，不由得烦躁起来，“我又没有怎么着你！”

双晴缓缓地眨了眨发潮的双眼，深呼吸口气，抬起眼眸，那一次，她二话没说就把座位让了出来，只是没想到，多年以后，当抉择重来，会是这种难堪的境况。

她自问没有横刀夺爱，汪锦媚并非比她先来，她也不是比汪锦媚后到，又或许刚才出来时，寇中绎真的给了她几分勇气，她直视曾经的挚友，不迟疑不畏惧。

有些心里话，终须开口。

“我第一次遇见他，是十一月六号，在星宇豪庭，他救了我。

“第二次，是和你去鼎庐吃饭的晚上，他说见到我了，只是我没见到他。

“第三次在银行，我因为误会而教训了他，随后在售楼处被他反教训回来。

“你、我、他三个人在夜庭首度碰面时，是我遇见他的第四次，他告诉我女朋友和他分手了。过后没多久，我在一家法国餐厅里第五次遇上他，他教我怎么揭穿骗子的真面目。

“在我和他之间经历了这么多后，你跑来图书馆对我说，不许我喜欢他。”

不是她存心背叛，而是好友的警告来得太迟。

那时的她，已然不自觉陷了进去。

“你什么意思？”

汪锦媚瞪着杏眼问，偏尖的声调明显是被激怒，懊恼内心分辨不清，这么不忿不甘，到底是因为好友选择了与自己做情敌，还是因为她选择的不是自己而是那个男人？

“你对他只是喜欢，我对他，不只这样。”她神色沉静，带一点坚决，“他是我这一生的梦想，我想和他永远在一起，哪怕过程会受伤，结局不可能，我也要试一试。”

想不到一向含蓄的她会说出这些话来，直白得如剔肉见骨，脸上那份铿然决绝，更似不到黄河不死心，就连对她自己也不留半点余地，可想而知，已下定多大决心。

汪锦媚乍然听到看到，不由得呆住，面上表情已是震惊高于愤怒。

良久，两人各据一方，相对无言。

最后汪锦媚鼓起腮帮，长呼一口气，说不出是受伤还是嘲讽：

“顾双晴，不是我说你，一你未必了解他，二你根本玩不起，你以后可千万别让我看笑话。”说完毫不迟疑地走向门口，与她错身而过，背道而行，头也不回地离开。

曾经的知己，贫富不曾移，时光不曾损，为一个男人，顷刻间夭折。

十年的总角之交，就这样烟消云散。

双晴慢慢地在椅子上坐下，双肘支在膝上，把脸深深埋入掌心，嵌在墙上的镜条照出她忧郁侧影和指缝间流下的眼泪，对寇中绎，她不是没试过努力抽身，可是始终无法放弃，对于汪锦媚，她不是没试过挽回，可始终敌不过同性友谊的脆弱。

她伤心得不能自已。

鱼与熊掌不能兼得，是世间最让人绝望的恨事。

平静下来之后，双晴回到包厢。

寇中绎和李证先夫妇有说有笑，她走回座位，在他身边坐下，他侧首看见她仍微微发红的双眼，深幽目光停了停，抬手给她斟了杯热茶。

被眼泪带离身体水分，她有点唇舌发干，端起茶杯抿了一小口，汪锦媚说得非常准确，风度和教养使然，他对异性非常体贴；还有汪锦媚说的另一点也是事实，她确实既不了解他，也玩不起男女游戏，之前萌生的那点坚定和决心忽然消失，变得莫名悲哀。

不只是她，也许，他是世间所有女人的梦想。

她低落到极点，情绪毫无保留地挂在面上。

李证先看了看寇中绎，再看向她，问道：

“丫头怎么不吃东西？不合口味吗？”

她笑了笑，强自打起精神，大家高高兴兴来吃饭，没义务看她脸色：

“不是的，李先生——”

努力想拉出的活泼声调，被寇中绎和李证先同时打断：

“叫他大仙就行。”

“叫哥哥。”

“都自己人了还客气什么！”李证先咧嘴嘿笑。

“带红包没？”寇中绎眸光倨傲藐视，“没红包叫什么哥哥，占便宜哪？”

“没红包我这不是有人吗？”李证先把酒杯往桌上一放，“丫头，红包真没有，不过人倒是现成的，今晚老大就是你的了，这些菜你吃不下，晚点回去吃他。”

话题已超出界限，双晴两腮骤红，尴尬得不知所措。

寇中绎也不知是想提起她的兴致，还是别有一点其他含义，难得配合李证先的玩笑，倾身把手臂搭过她肩膀，勾上她的脖子，手背挨到她唇边亲密揉蹭。

“要不要吃？”他魅然一笑。

李证先嘴里的酒“噗”一声全喷了出来：“……你的猪蹄是生的。”

余敏是高中语文老师，长得清秀文雅，性情随和安静，一直笑看丈夫胡闹，见他喷酒，她抽过纸巾为他擦拭，忍不住嗔斥：

“你活该。”

双晴被寇中绎逗得羞意通红的脸上，终于露出一丝笑容。

心潮微微起伏，他这样公开亲热，算是以行动对她做出表示吗？

这时寇中绎放在桌面上的手机震动起来，他看了眼屏幕，号码显示是加号带一串数字，似乎是越洋电话，但平时寇丹打给他不是这样的号码，他神色微惑：

“你好，哪位？”

不知对方说了什么，他笑容微敛，从座位里站起，示意众人先用餐。双晴看着他往外走的背影，敏感的心思微微飘忽，为什么他要避开大家接这个电话？

过了将近一刻钟，寇中绎才回来，他再度落座，拿起筷子，给她夹了块刚上桌的木瓜蟹饼，含笑面容与离开时没有不同，声调也四平八稳，听不出异样：

“你尝尝这个。”

她稍微安心，也许是他单位里临时有事，不方便让外人听到。

寇中绎靠向椅背，从侧后方看着她低头吃木瓜蟹饼，神色若有所思，她异常敏感，情绪容易起伏，不知是父母感情失败带给她的后遗症，还是和他在一起太没有安全感。

吃吃聊聊之间，不知不觉杯盘狼藉。

李证先的电话响起，他嗯啊几声，挂掉后看着寇中绎：

“老大，时间差不多了，要不散了吧？”

话底下的意思，独两人心照不宣。

寇中绎神色平静，看了看表，唤来侍者结账，对双晴道：

“我送你回去。”

“放假我回家住了，你送我的话，往返路程有点远。”

“那你记得付我汽油钱。”他笑噱，捏了捏她粉嫩的脸蛋。

她捂着面颊发笑，出了饭店，四人作别。

寇中绎取了车，将她说的地址设好导航，载着她驶上环线。

怀旧的英文歌在车厢里萦绕低回，她心中忐忑跳动，既想说点什么，又不想打破这份难得的宁静，高立的路灯一盏盏划过，不时映入车窗，照出他静谧硬朗的侧面。

感受到她的凝视，他转过头来，隔着那样短和暗的距离，深瞳最底处精光凝聚，也不言语，只朝她轻微地弯一弯唇角，带点难以名状的柔软。

就这么一眼一笑，他别过头去，继续专心开车。

世间果真有无声胜有声。

她心如旌旗摇荡，一时甜蜜，一时回味，起伏如潮难以自已，不自然地握着手中的安全带，不敢再偷窥他，狭窄空间内视线又无处安放，索性闭上双眼假寐。

一天下来也累了，慢慢地，不知不觉睡过去。

邻座不安的轻响渐渐消失，车厢中归于悄静，风驰电掣中只闻低低的引擎声，寇中绎侧首看去，她的身子软绵绵地窝在皮椅里，路灯光弧不时掠入，映得她倚窗熟睡的面容如白玉浸水，不知是睡沉了还是因为在他身边，眉目全然放松下来，恬和舒展，纯稚浮现。

他眼神不自觉放柔，把音乐换成舒眠的曲子，调到最低音量。

忍不住转头，再看一眼她的洁额玉颊，脸上笑痕自然浮现，转而慢慢消失，融入夜间冷冽逼人的空气，他定睛看着她，数秒之久，眼底眸色随光线明暗变幻，似瞬念千年。

手中方向盘一打，驶向环线出口，前方不远就是她家所在的别墅区。

夜空似抹上透明的寒霜，林间道月沉星暗，任是车子如箭疾驰，前灯的两抹光束也只能打到一段距离，路途深处仍是浓得化不开的墨漆，巨大的黑幕如覆天吞地，没有尽头。

别墅群终于在望，隐约见星点灯火，由远及近。

他放慢速度，开到有守卫的栏杆前停下，安静地取过她的背包，找到业主卡出示，放行后直驶进去，一路到底，两边蜡梅初绽，最后泊停在夜雾如烟的她家门前，熄了火，连人带车陷入无垠黑暗，他静静降下车窗，一只手仍搁在方向盘上，暗眸再度朝她看来。

她仍熟睡未醒，歪靠在车门上的脑袋无意识地动了动，胸脯微微起伏，呼吸轻匀，他幽深的两抹瞳光流连过精致的五官，最后仍然落在她微张的檀唇上。

车后镜有朦光晃过，远处传来轮胎碾轧沙砾的轻微车声。

他下颌一紧，眼帘一垂，轻唤道：

“双晴。”

“……嗯。”

继续柔声低唤：“醒一醒。”

她悠然醒转，微撑开眼帘，迷茫地看着眼前人，过了一会儿神魂回归肉体，忆起今夕何夕，忙不迭挺直身子端正坐姿，一看车窗外已然是自己家，慌忙去推车门。

“对不起，我睡着了。”动作太急切，脑袋磕在了车门上，痛得她失声，“哎哟——”

他看了失笑，关心地跟着下车，绕过车子走到她跟前：

“你没事吧？”

“已经撞傻了。”

她捂着脑门呼痛，眼前金星乱冒，方才做梦都没这么精彩。

“我看看。”他忍俊不禁，拿开她的手，俯首察看。

他贴得那样近，仍执着她手腕未放，长指似带上了电流，让她整条手臂发麻发烫，又如武侠书中的天蚕丝，把她缠得动弹不得，他右手拇指反复揉抚着她疼痛的额角，气息沉稳安定，悬在她眉睫上方，健硕胸膛与她的鼻尖一线之隔，衬衣底下散发出雄性的热度和若有若无的迷迭香气味，她如被强大有力的磁场深深吸引，意识模糊丧失，只余目眩神迷。

“还好，没起包，下次小心点。”他垂眸看她。

她的瞳心闪着奇特亮光，像两簇异世的勾魂火点，某种意绪似明非明。

他移不开凝视的双眼。

不知是她先靠向他的胸膛，还是他先松开她的手腕搂上她柔细的腰，唇与唇自然而然地贴近，最后无声贴在了一起，他温柔地轻吮，如扶风拂柳，春暖江潮，她那样新奇、愉悦和舒畅，心田的感觉无以言述，他积聚过久的渴望得偿所愿，渐渐地那份迁就她的温柔已不能满足他，需索的双臂不自觉锁紧，将她更紧地裹束在怀内，勾回逗引，缠绵激烈，愈吻愈忘情，似忘了天地还忘了自己。

终于放她喘息时，他喑哑低吟，如嗔似爱：

“小傻瓜。”

充盈全身的快乐化成一抹极浅的微笑，溢出她满足至极的轻喘唇边，长睫迷离合拢，由于没有看见，那声情难自禁的脱口昵唤，已然将他自己惊醒。

吮贴着她的柔唇像刹车般静止，极短暂的失神后，他缓缓松了手劲。

他温暖的怀抱在迅速抽离，当这游丝般的意识钻入她的脑海，她马上反应过来，自己即将被他放开，沉甸甸的失落霎时蹿上心头，闪电间不知哪来的勇气，她攀在他腰后的双手不肯放弃地收了收，这意料之外的举动让他即将松开的臂弯一顿，神色难明，最后不知是安抚，还是眷恋，他没再继续原来放手的意图，仍然环拥着她，任她依偎在怀内。

唇瓣擦拂在她的耳畔，他低声告之：

“我要去一趟美国。”

敏感如她，隐约听出了他语气中的沉吟和不确定。

她站直身子，从他怀内微微退开，迟疑了下：

“回来过春节吗？”

她面上的疑惑已那样明显，却还是克制着不追问。

他的目光柔了柔：“如无意外，应该会回来。”无法再解释更多，不着痕迹换了话题，“你和汪锦媚怎么样了？”

“不怎么样。”

“那是没事了，还是糟透了？”

“不能更糟。”她叹气，提及好友，情绪明显变差，连语气也涩了几分，“没想到今晚那么巧，会遇上他们，那个刘振鸿是什么人？”

“他是维东区国土分局的局长，你爸爸也认识他，维东区计划在达陵西路一带打造新的商住中心，那边的地会在年前挂牌，看样子锦程是预先收到风声，提前着手谋划。”

“锦媚家最近挺不顺的，希望这个项目他们能顺利拿下。”

她真心实意道，面上满是祈祷之色。

他柔情牵动，唇瓣覆下，印落在她的眉心。

她以为那温暖的触感会移至自己唇上，等了一会儿却没有，不禁仰首看他，夜色下他朝她笑笑，下颌顺势蹭蹭她的鬓边，笑容把眸子牵细，让人看不进眼底：

“没那么容易，那是块肥肉，既然有风声泄露，别人也会知道。”

“说得也是。”区政府原来那些源远流长的合作商，没道理一点不知情。

“不只是维州本地的开发商，还有港资和国外热钱都会蜂拥进来。”

“还真抢手，难怪汪锦程那么重视。”

“你看着吧，一到政府公开招标，一些平时不引人注意的借壳公司就会浮出水面，说真的，这些公司资质完备，资本雄厚非凡，竞争力还真难以匹敌。”

“你的意思是，会有港资和外资注资国内公司，争夺这个项目吗？”

“必定有，不过看锦程今晚事必躬亲、志在必得的样子，显然是长乐庄的事对他们影响太大，想通过新开发案来重整旗鼓。”

“也不知道是谁在背后暗整他们，总归是太缺德了。”

寇中绎垂睇她，满面天真，纯白如纸，他轻哂后笑笑：

“尔虞我诈，哪行都一样，而且在商言商，有利益冲突时，针锋相对在所难免，老实说如果是我，必定趁这个机会再踩汪家一脚，让他们翻不了身。”

社会资源总共就那么多，为了争夺这些有限资源，以保证自身企业的生存发展，同业相残从来无法避免，就连崇尚对事不对人理念的西方发达国家，具有全球影响力的大型企业之间，也有的不共戴天，常常恶意攻讦对方，全球排名第一、第二的软件商，不也闹出过令全世界哗然的“垃圾门”事件？

公平竞争就像美丽的乌托邦，在下个世纪来临前仍然纯属虚幻理想。

不仅业界，就算人与人之间，又还剩多少真诚？

他的目光落在她脸上，夜色微明，将娇嫩容颜映如洁月，瞳仁透澈，五官清明，微翘唇畔透出对他完全没底线的信任，他向后退开一点距离。

“时候不早了，你进去吧。”

她心里虽然依依不舍，但也不好意思再磨蹭下去，抬手看了看表，突然想起背包里还放着的一直没有合适机会送出的礼物，连忙打开拉链，一阵乱找。

“我有东西送你。”

他惊讶挑眉，而后笑了：“需要我闭上眼吗？”

“好啊，你闭上。”她雀跃附和。

他还真的乖乖把眼帘合了起来，唇沿纵容含笑。

她打开真皮条纹盒子，执起他的左手，捋高衣袖，把表给他仔细戴好。

“是什么？手铐还成，手镯就算了。”腕间微凉，他笑着以手覆去，盖在了她的手上，“可以让我重见光明了？”问完不闻她应声，他自动自觉地睁开眼睛。

她低着头，目光怔怔地落在两人相执的手，似想到了那两句脍炙人口，祈愿白头偕老的悠久古诗，由此牵引出内心深处对天荒地老的憧憬，径自失神起来。

他看向腕间，是一款超薄型男表，铍青铜三臂光摆，全历月相。

“你以后别解下它。”她反握他的手，与他十指交缠。

看她一脸认真，他忍不住想逗逗她：

“洗澡也不能解？”

“我确信它是防水的。”

“一会儿回去的路上遇到坏人抢劫也不能解？”

“你可以对坏人说，要表没有，要命你给我一条。”

“真聪明。”他笑赞。

“从今往后，你的每分每秒都是我给的，所以不能解下它。”

他的笑声歇止，转成一线低喟，喑哑微沙：

“我知道了，进去吧。”

她心满意足，退后几步，朝他挥了挥手，打开庭园门进去，走到一半忍不住回头，看见他仍保持着她离开时的姿势，一动不动站在原地，她心花如锦绽放。

又朝他挥了几下手，她才撒腿小跑进屋，活泼的身影从他视线里消失，很快，二楼就有房间亮了灯，在橘光映着的窗纱被拉开之前，他不再逗留，转身上了车。

启动引擎，掉头缓慢驶出，车灯射去，照出前方绿树密荫下停着的宾利轿车，夜深时分，里头竟依稀有人，两车擦驶而过，宾利车的玻璃窗降下寸许。

寇中绎侧首望去，与车窗后只露出鼻梁以上的人对视了一眼。

双晴拉开窗帘，看到寇中绎已去远，然后见顾天成的车子正驶回来，她不由得慌了慌，抚着心口觉得庆幸，要不是她早一步进屋，可能就全被父亲看见了。

寇中绎出了社区，疾驰上路，打开电话戴上蓝牙耳机。

“大仙，我过两天要去趟美国。”

“这么急？”

“有点事要处理。”

“我问过了，玻璃窗被爆料的事，汪家雇了城南的大周在查。”

寇中绎思索了一下：

“你去把来龙去脉了解清楚，至于大周，暂时别让他查到什么。”

“好的。你这么急出国，签证来得及吗？要不要我帮你？”

“不用了，我的职位出国要审批，单位可以办理加急签。”

“行，有问题找我，你那边怎么样？”

寇中绎沉默，眉端浮现疲色：

“不错，时间刚刚好。”

挂掉电话后，他没来由地忽然心生厌弃，摘下蓝牙耳机一弹指，小耳机砰的一声撞上挡风玻璃被弹回，一闪而没，不知掉落何处。

夜海如潮，孤车在路，仿佛那艘已不能回头的方舟。

第七章

捕蝉之雀后局

忘情间，玻璃水杯不知被谁碰倒，砰的一声落地，令他如梦初醒，勒着她襟颈的手劲在一顿后松开，他直起身立定，全身发软的她浑无力气地跌回座位，眼波如梦迷蒙，看不清他的面容，只听见从他胸膛深处荡出的暗哑话声：

“我没法放手，你要是可以，我感激不尽。”

那晚之后，双晴就没了寇中绎的消息，连一个电话都没有。

他只说要出国，没说具体去多久以及何时回来，就算他已经回来，年末机关单位工作忙，她也不想去打搅，只是他这样没声没息的，多少让她怅然若失，原本平静的生活，因为心里多了个人，念念不忘，百转千回，说不出的酸楚。

盼来盼去之间，盼到的是王准来电：

“你妈妈抛了一些基金和股票。”

“总共套现多少？”

小王说了一个数字，双晴心里一算，差不多占去车款的三分之一，只觉又惊又怒，沈承贤也算狗胆包天，不过短短时日，已坑得朱翡真花销如此之大。

还真欺负她母亲单身离异，无依无靠，无人撑腰了？

“我爸知不知道这件事？”

“董事长和太太昨天一早去了香港，我还没有机会告诉他。”

双晴一怔：“他们去香港干什么？”

虽然生活在同一幢楼里，但她平时要么外出，要么关在房间，不问世事更不问家事。而顾天成常常不是应酬夜归，就是出差在外，父女俩一周也碰不上一面的情形司空见惯，很多时候她都是像现在这样，从别人口中得知父亲的去向。

“公司计划启动一个大项目，董事长过去和城锦基金谈合作细则，双方还要就项目加签一份协议，然后快过年了，董事长谈好生意顺便陪太太购物，他们今天下午回来。”王准说着说着，语气有点犹豫。

双晴心窍玲珑，马上明白他有些话不好出口，直接就问：

“是不是钟姨不许我爸再管我妈的事？”所以贴身追随，紧逼盯人。

王准暗舒一口气，既不承认，也不否认，只说道：

“这我不大清楚，董事长不会和我说这些。”

顾天成是不可能和下属谈论家事，但王准作为他的随身助理，不代表不会听到老板和老板娘的谈话或电话。

“我明白了，谢谢王叔叔。”她不再往下追问。

其实早有预料，这一天迟早会来。

以后照顾朱翡真的，只剩下她这个女儿。

窗外天色晴而冷，就连阳光也似染上深冬的寒气，绵软孱弱，薄薄地照在院子里瑟缩的草叶上，她心里有点空荡荡的，看了眼墙上日历，已是二十几号，才想起国考的成绩应该已经出来，打开电脑登录网址，输入准考证号，系统把她的各科成绩列出。

总分比预期的还好，让她觉得意外，又去论坛查了查，不少人把成绩贴出，相互比较，议论纷纷，都在猜今年的分数线会是多少。

一页页仔细翻看，竟然是她分数最高，无人超越。

她心里油然而生一丝喜悦，拿起手机就写短信，写到一半，想起寇中绎音讯全无，也不知有否把她放在心上，一下子泄了气，一个个字删掉，扔开手机躺在床上，望着空无一物的天花板，这么大的喜讯也没个人分享，有些心灰意冷。

稍后刘惠娟来敲门叫她吃午饭。

她起身用水泼把脸，拭干了走出卧室。

楼下餐厅空寂无人，只桌上摆着三菜一汤，她坐下扒了半碗饭，终究食之无味，搁下筷子拿起一旁的报纸，这版在热论是否该开征物业税，那版刊出照片，达陵东路的地铁工程挖到了宋朝文物，把版面翻来覆去，不是老生常谈，就是旧瓶新酒，天底下没有新鲜事。

忽然育婴室传来哭声，她放下报纸，起身走过去。

保姆略显焦虑，抱着抽泣的顾令勉在轻轻摇晃。

“怎么了？”她关心地问。

“他可能饿了。”保姆见到她愣了愣，低头轻哄，“宝宝不哭。”

谁知顾令勉不但没止住眼泪，反而握紧两只小拳头，哭得更厉害。

她听得心疼：“来，给我抱抱。”

保姆踌躇着，迟迟不递给她，嘴里说：

“你没抱过小孩，姿势不对会损害他的脊椎。”

另一个较年轻的保姆冲好奶瓶进来，一看双晴在内，明显有点惊慌。

她起了疑心，沉声道：

“把弟弟给我。”

两名保姆对望一眼，终究不敢违抗，把孩子交到她手上。

双晴接过，看顾令勉哭得小脸涨红，她下意识把脸贴向他的脸颊，想安抚住他，这一触不得了，热度明显异常，她以为是错觉，改用手一摸，当场发火：

“你们怎么带孩子的？明明在发烧也不说！太过分了！”

两人一脸羞愧惶恐，年轻的保姆嗫嚅道：

“我们喂他吃过退烧药了。”

双晴几乎连肺都气炸。

“还敢给他乱吃药？你知道是什么原因引起的吗？”她又气又急，抱着还在不停哭泣的顾令勉就往外走，“娟婶！快点叫司机把车开出来！”

两个保姆大气也不敢出，慌乱抓了一堆婴儿用品，寸步不离地跟在她后头。

她不住轻吻怀中小儿发烫的额头：

“弟弟乖，姐姐带你去看医生，不哭了啊？”

顾令勉也不知道是哭累了，还是感受到她的安抚，渐渐止住哭声，晶莹泪珠犹挂在昏沉欲睡的睫毛上，煞是可怜，惹人心疼。

一行人匆匆赶到儿科医院，挂了急诊。

医生检查后说：“孩子感冒了，烧得有点高，打个点滴吧。”

急诊人多，已经没有位置，护士让她们到门诊去，有个专门输液的房间，全是一排排的座位，家长们一个个抱着孩子坐在椅子里等点滴打完。

顾令勉年纪太小，手背血管过细，又怕他挣扎，只能打脑针。

尖细软针扎进他薄薄的头皮，双晴几不忍看，受痛的他又开始嘶声大哭，终究是骨肉相连，血浓于水，那一刻她真有种心疼得要碎掉的感觉。

“小姐，打点滴要很久，你抱不惯孩子，还是我们来吧。”保姆低声下气。

双晴恨恨瞪着她：“你还是想想怎么跟太太解释吧！”

保姆面色一白，年轻的那个眼眶都红了，两人垂着脑袋，不敢再多话，一旁刘惠娟看她们可怜巴巴的样子，想想都是在同一个屋檐下打工，终究忍不住帮腔。

“行了，你们去车上重新冲一瓶热的牛奶，把毯子也拿过来。”待两人离开，刘惠娟对双晴道，“小孩容易踢被子，昨天太太去了香港，估计大冬天的，她们夜里就没起来看，让孩子受了凉。”

“既然知道小孩容易踢被子，偷懒已经不对，弟弟都生病了还想隐瞒，更不应该！她们没点常识吗？小孩子发烧可大可小的！”双晴犹自气愤。

“太太很疼爱宝贝儿子，平时对她们很严厉，她们是签了合同的，稍微做得不到位就会被责罚，估计就是担心太太回来知道，才瞒着不敢说。”

双晴没想到这一层，听刘惠娟说完，想到钟怡的性格，一时无语。

两名保姆冲好奶瓶过来，她接过不再说什么，在她们的指导下喂顾令勉喝奶，原本还抽抽噎噎的小令勉渐渐止住哭声，吮着吮着，不一会儿便熟睡过去。

为免惊醒他，她没有起身换人。

坐久了也有点犯困，迷迷糊糊地靠着椅背。

半梦半醒间听到一阵歌声，不知是谁的手机在响，而后是纷乱的高跟鞋声，伴随着恐慌的斥叫：“惠娟！刘惠娟！”

“太太，我们在这里。”

双晴惊醒，睁眼便见钟怡一脸惶急地冲过来：

“宝宝怎么了？！”

相比之下，跟在她后面的顾天成镇定许多：

“你别急，他们不是好好的嘛。”

双晴刚想动一动，才发觉被小令勉枕着的手臂已失去知觉。

钟怡一把将儿子抱过去：“医生怎么说？”

她看了眼满脸惶恐祈求之色的两名保姆，到底不忍心砸了她们的饭碗，轻描淡写道：“医生说现在是小儿感冒多发季节，吊完点滴，退烧就没事了。”说完站起来，手臂麻得她倒抽一口气，不住地挥着胳膊，以驱逐那份难受的酸痛膨胀感。

“爸，我先走了。”她弯身抓起背包。

“等等。”

背后传来钟怡迟疑的叫唤。

她回头望向继母。

两人隔着几米的距离，相互对视，钟怡嘴皮动了动，似乎想说什么，临到嘴边又觉有些勉强，最后只是说了声：

“谢谢你。”

双晴轻扯唇角，算是回应，她与这位后母没有更进一步的可能。

记得父亲再婚那夜，暴风骤雨，电闪雷鸣。

从前那种时候，她早就抱着枕头逃到父母的身边安全入睡，但是那一夜，她只能独自缩躲在冰冷的床上，紧紧以被子蒙头，怕得整个人瑟瑟发抖，连牙关都哆嗦打架，隔壁温暖的卧室和她的父亲，已经被外来的陌生女人全部占据。

没几年，她就被逼学会了早熟。

那种明明有父有母，却全然无依无靠，无人庇护的恐惧与绝望，即使已经长大，也是永生难忘。

每当手机铃响，或是窗外有车子驶过，双晴都希望是寇中绎突然出现，带给她意外惊喜，无奈幻想和现实之间，总存在着跨越不了的距离，直到丝丝缕缕的爱念盼成了灰，她殷殷祈盼的梦中王子，还是没有捧着洁白的花束含笑到来。

原以为已见一线曙光的爱情，困在惶惑不解的失望里，寸寸折损。

“双晴？”

她茫然抬首，努力收回涣散的思绪。

“妈妈，你打完电话了？”

“你怎么了？失魂落魄的，有什么事吗？”朱翡真关切地问。

双晴看着母亲，心中生出感慨，都说感情挫折让人成长，她只不过患上别人眼里微不足道的相思，已觉得此生情意耗尽大半，有点心如止水，沧桑的朱女士却像是拥有不死之身，为着一个毫无真心的骗子如此沉迷，不惜百般折腾。

“妈妈，我们到美国去找湛开玩好不好？”她建议道。

“我最近工作忙走不开，一会儿还要去景州出差，过几天才能回来。”朱翡真一脸歉然，拿出银行卡递给女儿，“这是那笔车款，你拿好别丢了，是不是想湛开了？你去找他散散心也好，来回机票妈给你出。”说完看了看手机。

双晴垂首，倾泻的发丝遮去表情，母亲没有时间，每个人都没有时间。

她从沙发上站起，神色平静：

“你没空就算了。”

“要不过一阵子？等我忙完了陪你去。”朱翡真随口安抚。

双晴笑笑，这样的对话有什么意义？她和母亲道别，换上鞋子出了门口，走进电梯，从包里翻出装在牛皮纸袋里的资料，拨打上面记录着的号码。

“我是顾双晴，想和你单独谈谈。”手机叮的一声响，提醒她有消息进来，“哪里……东方广场四楼吗……明白，半小时后见。”

挂了电话看信息，汪锦媚问她在哪儿。

她站在骑楼下，看向几步外寂静的小区车道，两边不知名的树木凋零荒秃，想起那天，汪锦媚的跑车嚣张地停在路边，她出来就望见，挚友跟随音乐节拍在方向盘上悠然击指，那姿态仿佛会陪在她身边直到永远，无奈永远终究没多远，到如今只剩下回忆片段。

独立在寒风中，只觉恍如隔世。

她直接回拨汪锦媚的电话：

“你找我？”

“是啊，有空吗？”汪锦媚的话中带着难明的嘲弄。

“得晚一点，我约了人在东方广场见面。”

“东方广场？”汪锦媚在那头似难以置信，哈哈大笑，“太好了！我人就在这里，三楼扶梯东面的私语咖啡，你赶紧过来，我等你啊！”

那种近似幸灾乐祸的语气，让双晴有点理解不了。

她叫了计程车，一路高速飙飞到目的地。

走进东方广场冷清无人的中堂，从高空垂下一串串放大成器械似的金属钟表零件，薄如蝉翼，银光冷凛，格调独树一帜，不知是哪家奢侈品公司的大手笔广告，此间汇聚世界名牌，一向以昂贵著称，鲜有中下阶层出入，加上不是周末，闲逛客寥寥无几。

双晴上到三楼，原本掠寻私语咖啡的视线，被前方玻幕内的身影摄住。

寇中绎双手插在裤子口袋里，意态闲适地站在店中一角，一名身材高挑的女子从试衣间出来，拈起裙摆在他面前转了一圈，向他尽情展示新装，她笑盈盈开口，不知说了什么，然后他笑着回话，就见她一脸兴高采烈。

双晴见过她，在售楼处和法国餐厅，以及湛开回来那天的机场贵宾室。

她静静地看着那女子走到寇中绎身边，亲昵地挽起他的手臂，他被牵拉得手掌从裤袋里滑了出来，一抹黑色表带半露在雪白的袖口边沿，他既没有回避地抽开手，也没有做出回应的动作，就让她那么挽着，唇边挂一道若有若无的浅笑。

双晴侧首，汪锦媚伏靠在私语咖啡的栏杆前，朝她投来看戏的冷眼。

她轻扯唇角，匀出一抹笑痕，转身踏上通往四楼的自动扶梯。

汪锦媚胸中一阵烦躁，如愿以偿看到曾经的好友煞白受伤的脸，她以为自己会解恨得畅快大笑，但是没有，她心里没有半点原以为的快意，双晴不再多看她一眼地平静转身，让她莫名恐慌，仿佛有些什么东西，一夕不慎，已然被她推得更远。

她懊恼地转头望向橱窗，不意迎上寇中绎不知何时投来的眸光。

他的视线从汪锦媚这方淡淡移开，望向通往四楼的扶梯，前后无人上落，独一抹纤细的身影伫立其中，在高旷冷沉的银色空间下，显得孑然孤绝，他的目光继而被从二楼扶梯上来的人影吸引，那人也是脚步不停，径直往四楼上去。

寇中绎的眉峰几不可察地蹙了蹙。

杨竞彤停下左右照镜的动作。

“怎么了？”

“你慢慢试，我去和熟人打个招呼。”

杨竞彤不语，看着镜子里他走向门口的背影，与她越来越远。

私语咖啡座里，一把藤制交椅倒在地上，圆桌上杯子歪斜着，褐色液体从桌沿倾流而下，一派狼藉，汪锦媚的人影已消失不见，只剩服务员在收拾残局。

寇中绎踏上扶梯，尾随那人上楼。

四楼文治西餐厅，以金丝垂帘为屏，巧妙地间隔出座席，双晴选了个靠玻璃幕墙视线开阔的位置，刚刚坐下，就看到沈承贤从门口进来，笑着走到她面前。

沈承贤对她为何约见不提不问，一味表现长辈的风范：

“双晴你想吃什么？这家的波士顿龙虾不错，要不要尝一尝？”

“谢谢，我没胃口。”她客气冷淡。

沈承贤不置可否地呵呵一笑。

寇中绎双手环胸，斜倚在大理石柱后方，侧首看向从前方走过的年轻女人，她穿着短裙高靴，长发卷曲，浓妆艳抹，戴着耳塞在听音乐，也进了西餐厅。

他看着那女人进去，挑了双晴背后的桌子坐下。

隔着玻璃听不见双晴与沈承贤的对话，只能看见她垂在桌下的左手握着手机，右手在桌面上，好像把一张银行卡推到沈承贤面前，寇中绎无声地笑了出来。

蹩脚到家的小伎俩。

沈承贤似十分吃惊，神色肃穆地将卡片推回双晴面前，坐在她背后的年轻女人一边拿起菜单，一边摆弄着手中播放音乐的小设备。

双晴本就情绪不高，懒得敷衍，见沈承贤还在装模作样，她的面色更加冷冷不屑，不知又说了什么，把沈承贤气得霍然变色，当场起立，拂袖而去。

那女人放下菜单，对服务生扯了个借口，也起身离开。

寇中绎立定在柱子后，看着两人前后脚走出来。

冷清的餐厅里，只剩孤影，呆呆地坐着动也不动，直过了好一会儿，她才蔫软地拿起手机，删除无用的文件，然后垂首靠向椅背，一脸挫败颓然。

寇中绎的目光柔和如夏夜星点，透过玻幕落在她的侧面。

每一次她失意的时刻，都被他无意中遇上，她所有的难过伤心，全部呈现在他面前，犹如世间真有天注定，这样的她，落寞无助，怜弱不堪，让他怎么放心离去？

对面座位传来声响。

闭目瘫坐在长椅里的双晴张开眼帘，看清来人是谁，眸光定格在对方脸上，她既无力起身走人，也没有情绪大发娇嗔，只是淡淡一笑：

“好久不见。”

没有任何责备与质问，就这么一句朋友之间的寻常问候，寇中绎俯睇她清冷的面容，不是她心里没有疑问，而是她在试着挥动慧剑，不允许自己再去在乎。

明知就让她这么误会了最好，然而话到嘴边，却成了解释：

“和大仙吃饭的那晚，竞彤打我电话，她遇上车祸，情绪很激动，哭着求我去看她，还说要自杀，我担心她会出事，所以飞过去看望一下，她会回来过年，其实我很意外。”

真是情深义重，双晴微笑，面上一团和气：

“是吗？她没事就好。”

记得她考试的那天，两人一起午饭，他提到杨竞彤要他等，当时他曾含糊其词，说将来怎么样谁都不知道，此刻她才明白，那时他说的话，原来是为今日埋伏笔。

男人最好用的抽身借口，永远是与前女友旧情复炽。

寇中绎微微眯眸，盯着她的脸：

“你不信我？”

其实不，他说的她都信，她只是受够了他的忽冷忽热，若即若离，任他如何解释，回来后一直不和她联系，除了是意图疏远，她想不出别的原因。

这样追着他的背影和步伐，每一脚都似踏空，及身不得，永无尽头。

该刹那她对父母之间破裂多年的婚姻，有了更深层次的理解，年轻的时候，容易一眼爱上一个人，也容易在一夜间对对方失望透顶，爱情来之不易，两个人相爱更是难上加难，经历漫长岁月考验的同时，也会被岁月无声侵蚀，而让一个人死心却只需一件事，一句话，一个眼神，甚至一根轻得没有重量的稻草，不费吹灰之力。

“到此为止，好吗？”她累了。

他的瞳孔瞬间收缩，眼神变得阴郁浓烈，绷紧的喉结动了动，唇角一牵，目光落在桌面她仍未收起的银行卡上。

“你用多少钱打发那男人？”

她一点也不想谈这些——倏然抬首，他都看到了？

他慨叹出声：“一会儿下楼记得买把电子秤。”

“什么？”

“方便你回家称称自己的斤两。”

他无端的不留余地的嗤笑令人火大，她咬唇隐忍：

“你什么意思？”

“坐你后面的那女的是他同伙。”

她一怔，回身望了眼空荡荡的座位，疑惑不解的眸光再转回对面。

他的表情似无限宽容怜悯，仿佛她根本白痴得该被人道灭绝，却毫无自知之明妄想和谁较量，她不堪这么明显的嘲讽，羞愤难当地低下脑袋，视线自然落在了掌心的手机上，屏幕还没退出，仍是录音软件的界面，她目的没达到，和沈承贤的对话无用，刚刚顺手删了。

免得哪天不小心被朱翡真发现——

灵思闪处，顿如醍醐灌顶，她霍然抬首：

“那女的看到我在悄悄录音，给他打了暗号？”难怪她抛出那笔数额可观的车款作为诱饵，沈承贤也不上钩。

寇中绎的俊颜浮起死而无憾的笑容：

“终于知道自己蠢了？”

“寇中绎！”她愤而斥叫。

倏地眼前臂影一晃，她的后颈被他的大掌扣住，不容挣扎的悍横力量瞬间将她上身拖出桌面，俯瞰惊惶失色的她，他覆霜浸雪的眼底分明带着汹涌情绪，却转瞬潜入黑暗深渊，让她无论如何看不穿，他的拇指粗暴地抹过她的嫣软下唇。

“叫那么大声，你想要我的命，还是我的魂？”

她恐惧抽息，这样气势迫人的他太过陌生，冷狠得如旷野中撕碎羚羊的虎豹，平时的谦逊、温柔、沉着、镇定，通通消失无踪，他暗戾得令人惧怕，就像是体内潜伏着无人知的魔性，不可预料地面对她突然爆发，她的身体被曲得难受，涩声细碎：

“我什么都不要，只要你放手——”

“到此为止？你试试。”他轻柔冷哂，凶狠封缄。

她遭到无情的噬咬，他碾轧她触感柔嫩的唇瓣，撬开贝齿，重重地摧毁与掠夺，钳握她后颈的手掌却慢慢放柔，像呵护娇贵的情人一般来回爱抚，把那片细腻雪肤揉得火烫酥麻，唇舌趁机深入，诱她交吮纠缠，里外嬉戏，反复追逐，勾逗她虚弱软绵的喘息，一遍遍细尝她情难自禁的战栗，诱惑她的灵魂为他深深溺死。

忘情间，玻璃水杯不知被谁碰倒，砰的一声落地，令他如梦初醒，勒着她襟颈的手劲在一顿后松开，他直起身立定，全身发软的她浑无力气地跌回座位，眼波如梦迷蒙，看不清他的面容，只听见从他胸膛深处荡出的喑哑话声：

“我没法放手，你要是可以，我感激不尽。”

寇中绎甩下话后离开，走出餐厅门口，两步绕到柱子后方，在他之前站立的位置，对上表情变化不定的杨竞彤，他深沉莫测的面容展出一抹温熙笑意：

“我们聊一聊。”

杨竞彤紧抿着唇不作声，跟随他下楼，两人在私语咖啡坐定。

服务生把咖啡端上来时，双晴正好从四楼下来，寇中绎与她一眼看见对方，她头一低，踏上通往二楼的扶梯，他的目光不加掩饰地追随她的背影，同时拿起手机拨打。

杨竞彤就见扶梯上的双晴似乎迟疑了一下，最终接起电话。

“到楼下等我，一会儿我送你回去。”

寇中绎挂掉，回首见杨竞彤面色愠怒，他歉然笑笑：

“她很没有安全感，这会儿和我使性子呢，真让我头疼。”

杨竞彤握着杯子的指节，听了这话当场绷得发白。

“你……和她是什么时候开始的？”

寇中绎当真回想了一下，何时萌生的异样感觉？好像说不出具体的时间，当慢慢意识到压制不住时，心中情愫已积聚到相当的程度，有点无力回头。

“我说不上来。”等他发现的时候，早已经开始。

“那天在机场我就觉得不对劲，你从头到尾没挽留过我，是不是当时你心里就希望我快点离开？她也够贱的！怎么这么不要脸！明知你有女朋友还贴上来！”

杨竞彤越说越尖锐，因着极度不甘心，指责口吻异常激烈。

相比之下，寇中绎神色深静，语气平淡：

“竞彤，公平一点。”

曾经一切抉择，是她自主自愿。

杨竞彤被说得面色滞了滞，当初确然是她瞒着他，向公司递了出国申请，是她雀屏中选后，被从天而降的机遇冲昏头脑，在结婚与出国之间毫不犹豫地选了后者，甚至最后在机场，他拉着她说可以立刻就去民政局注册时，她仍可把握那绝好的机会。

只不过，这些当时都被她视如敝屣。

寇中绎端起咖啡慢慢啜了一口：

“你呢？是什么事情让你想到再联系我？”

她出国初期，还保持和他互通消息，后来没多久，就杳无音信了。

杨竞彤的坐姿挪了挪，眨眨涂了浓密睫毛膏的翘睫，眼珠委屈得湿润：

“我一直很想你，只是中途找地方搬家，收拾起来又忙又乱，加上工作任务重，和同事之间相处也出了点问题，自己很烦躁，不想你担心才联系少了。”

寇中绎不加反驳，话锋却忽地一转：

“我身上到底有哪一点，值得你冒这么大的风险？”

“你说什么？”

“你没有绿卡，这次回来再想出去，还得去领事馆签证吧？”为什么冒着可能被拒签、再也出不去、从而可能丢掉她那夙愿得成的工作的风险，追回来见他一面？

“我……我就是想见你了。”杨竞彤脸上滑过细微的慌乱，在他的气势压迫下不停地绞着手指，随后意识到自己过于紧张，匆忙松开，端起咖啡连饮了几口。

寇中绎的目光犀利如射线，毫厘不差地透视与辨析她每一丝表情变化。

“你的车子和别人发生轻微碰撞的那天，是不是进过我姑姑的办公室……是被临时指派去给我姑姑送文件吗……然后……你看到了她办公桌上和我合影的照片？”

杨竞彤所在公司的曼哈顿总部，寇丹是董事兼首席财务官。

历史悠久的寇家一族，在曼哈顿的影响力众所周知，杨竞彤不消片刻，就能打探到寇家资深雄厚的背景，终于悔悟过来，她当初放弃寇中绎，意味着错过了什么。

寇中绎飞抵美国，在医院里看到她时，她其实只是擦伤额角，需要留院观察两天，其他并无大碍，那时面对她透出计谋得逞的得意笑容，他什么都没说，只表示年底工作忙，各种事务压身，确实没法多逗留，隔天就飞回了维州。

被他三言两语戳破心事，杨竞彤的面色变得有点难堪。

“你……已经不爱我了吗？”她心中后悔不已。

“我对你一直是欣赏高于别的。”他委婉回答。

“我出国前让你等我，你明明没有拒绝。”她控制不住，双唇颤抖。

“也没应承，当时你情绪太激动，我不希望你抱着不愉快的心情离开。”

还有就是，为他自己留条后路，有朝一日功成身退，他可以安排一场像今天这样会引发顾双晴误会的相遇——在今天意外撞见她之前，他确然是这么打算的。

“我不信！如果你不爱我了，那为什么我一个电话你就飞到美国来看我？你明明还很关心我！”杨竞彤不肯面对事实，仍试图挽回，几近苦苦哀求，“中绎，我知道是我错了，我以后不出去了，就留在维州陪你，你不要生气了好吗？”

寇中绎看着她，有些话始终不愿出口，他召来服务生结账。

“我去看你，是因为就算分手了，我们也还是朋友，你过得好，我才放心。”然而她太过现实的转变，使得他对她连最初的欣赏和仅存的负疚，都已荡然无存。

“中绎，你别这样……”

他推椅起身，和她道别：

“多保重。”

朝她微为颔首，他转身离去。

站在下行的扶梯上，他拨打双晴手机，连续几遍始终无人接听，下到一楼他转了一圈，哪儿都没有她的身影，可能还在生气中撇下他走了，无奈之下只好去取车。

电梯刚到地下停车场，就接到寇丹的来电：

“银行那边已经追加了协议。”

“条款加进去了？”

“加进去了，你提的那个条款本身对银行有利，所以我建议时律师也赞成，主席更没有意见，我只是有点意外，对方接受得相当爽快，几乎没质疑。”

寇中绎笑了笑：

“他们急需资金扩张，而且觉得项目没谈成你们双方都没损失，要是能谈成，必然在他们的控制之中，不会出什么问题。”所以也就不在乎协议里多一条无谓的限制。

只不过智者虽有千虑，难保不会马前失蹄。

“助理告诉我，杨小姐请假回国了，她回去找你了？”

“嗯。”

“我一直不想过问你的私生活，但现在不得不问了，到底为什么，当初你会让我多安排一个名额，把杨小姐调来美国？”

“我有特殊的事情要处理，她留在维州会给我带来很大不便。”

“可你有没有想过，际遇变化太大，人心也会跟着变？”

“事实上，她在出国之前，已经和我分了手。”他最初的打算是，顺承杨竞彤的心愿，让她出去几年，等他在维州的事情了结了，她回来还想结婚那就结吧。

只是计划永远超越不了世情，他没想到杨竞彤会变化如此之大，彻底瞒蒙他，明修结婚的栈道，暗度出国的陈仓，等尘埃落定了再和他最后摊牌，继而又在时过境迁之后，得知他身份时意图复合，心性浮薄，反复不定，他不会评判她的对错，只能说齐大非偶。

那边的寇丹似乎长长地松了口气：

“那我就不担心了。”

寇中绎不禁发笑，用遥控器打开车锁。

“你如果是担心上次我到曼哈顿时，你的助理有没有委婉地向我透露，竞彤搬去和墨西哥裔男友同居，并且该名男士已经公开向她求婚，她是趁男友出差之际，把我骗去曼哈顿见她——那么现在你知道了，你的助理非常尽责。”

寇丹想让他知道的，他早已经一清二楚。

被他坦言揭穿，寇丹不无尴尬地笑：

“我不是想干涉你，只不希望你被蒙在鼓里。”

“撇开私人感情不谈，其实竞彤的个人能力还是不错的。”

“公司可以保留她的职位，但还得看她能不能把签证再签出来。”

“签证的事我会让大仙帮她安排。”

“最多一周时间，她再不回来，我也保不住她。”对于他如此照拂前任的做法，寇丹其实有些不以为然，但还是顺从了他，叹气道，“我会关照她，让她在这里安居乐业，直到跳槽离开公司，这样可以了？”

“劳你大驾，谢谢。”

“我顺嘴问一句，你和顾家的小女孩怎么样了？”

“她——”寇中绎停步，望向差点儿踢到的那团物体，“……和我在一起。”

他收起手机，双晴靠着他车子的后轮胎，抱膝坐在地上，不知待了多久，冻得瑟瑟发抖，像极了冬天无家可归的小流浪猫，仰望他的眸光楚楚可怜。

寇中绎觉得心脏被电流鞭挞了一下。

“为什么不接电话？”

“……不想接。”她蜷缩着，低落无绪。

他再也受不了，蹲下将她抱入怀内，送杨竞彤出国后，曾经他后悔过，为什么当初不是选择把杨竞彤留下，直接结婚完事，杨竞彤渴望的东西他能轻松提供，和不由人控制的爱情相比，一段可以全盘掌控的婚姻，更适合他的人生。

至少不必像现在这样，在折磨中难以自决，一次次试图抽身。

“以后我和竞彤不会再见面了。”他低声承诺。

她埋首在他胸膛，眼泪无声流了下来，滴落在他的衬衣上。

这年的春节特别早，在一月份的最后一天。

达陵西路的土地挂牌交易就定在春节前，因为寇中绎提过汪家对那块地感兴趣，双晴便格外留意，然而临到土地拍卖那天，她却在半夜里生病了，翻来覆去睡不安稳，后来彻底醒转，觉得全身发冷，起来开灯一量体温，烧到38.5摄氏度。

她没惊醒别人，自己找到退烧药，灌下大半杯水，钻回被窝。

迷迷糊糊睡到第二天早上，醒来发现扁桃体肿得几乎说不出话，昨天半夜空腹吃药，胃还有点不舒服，她勉强从床上起来，想下楼吃点东西。

一出房门就看见走廊里的顾天成，他一边打着领带，一边急步走向楼梯，她本想开口叫住父亲，告诉他自己病了，看他神色匆匆，话到嘴边又咽了回去。

反而是顾天成见她形容萎靡，脚下停了停：

“晴晴你怎么了？身体不舒服吗？”

她轻轻嗯了声：“有一点。”

“很严重吗？”他随口问，马上看看手表。

双晴见状，当即改口：

“还好，爸爸你着急出门不用管我。”

“我今天要去区政府，再晚十分钟高架上就要堵了。”他边说边快步下楼，“要是觉得不舒服，叫司机送你去看医生。爸爸先走了，你好好休息。”

双晴静默，看着他急切离去的背影。

刘惠娟从厨房里出来，见她一个人站在楼梯口，便问：

“晴女，你早餐想吃什么？”

“娟婶早，有白粥吗？”

“你怎么声音都变了，感冒了吗？身体要不要紧？”

“有点发烧。”

“白粥没营养，我给你做碗芥菜烧骨粥，你赶紧躺回床上去。”

“谢谢娟婶。”她眼眶发热，由衷感激。

顾天成不是没听出她嗓音沙哑，他只是无暇以顾，大概还觉得家里用人司机齐备，会有人照顾好她，心口发闷的她转身回房，待刘惠娟端来早餐，她也没胃口，吞咽时喉咙如灼如烧，勉强吃点垫垫肚子，服过药片，继续蒙头大睡。

也不知睡了多久，迷迷糊糊地听到床边有女人的声音，好像是在交代谁，等她醒来要给她量体温，如果还不退烧得去看医生，那女人的说话声很低，昏沉中有一瞬间她以为是母亲回来了，轻轻叫了声妈妈，四周随之寂静下来，她再度陷入无知无觉的黑暗睡乡。

这一病就病了两天，其间寇中绎来电，她闭口不提。

待顾天成记起女儿不舒服时，她已然初愈。

隔日是除夕，刘惠娟回了自己儿子家。

每年这天的年夜饭，惯例是顾天成阖府统请钟怡娘家人。

宴席照旧订在五星级酒店，这种一家团圆的场面，双晴以前都是勉为其难出席，今年身体不适，原本很不想参加，只是下午时分，顾天成敲开她的房门，手里拿着一个包装完好的顶级名牌手提包，那个款式她在Fashion频道里看到过推介，这个月初才刚上市。

父亲哪懂潮流时尚？这番示好，显然来自继母授意。

上次顾令勉送医，她没揭穿两名保姆的过失，也不知是否她们怀着感恩心理，在和女主人复述经过时为她说了什么好话，又或者是钟怡感激她当天对顾令勉的照顾，总而言之，从那天之后，钟怡对她的态度发生了明显的变化。

她的性子向来好商量，人退一步，她让三丈。

何况两人原本就没有深仇大恨，那些心结矛盾全为着维护朱翡真，然则就为了这点，她虽不至于和钟怡营造一家融洽局面，却也不好再闹得那么僵，毕竟在许多事情上，朱女士或多或少仍须仰赖前夫，最后她稍作打扮，下楼等候出行。

不一会儿，顾天成和钟怡也从二楼下来，保姆抱着顾令勉跟在身后。

双晴坐在沙发上翻杂志，看到和房地产有关的消息，自然而然想起了达陵西路的地皮，不知花落谁家，汪锦程有没有如愿得手。她起身，随同顾天成往外走。

想想父亲做这一行，很可能了解情况，便问道：

“爸爸，前几天达陵西路有块地挂牌，你知不知道被哪家拿走了？”

旁边钟怡听闻，惊奇地看看她，又看看顾天成：

“那块地不是你买了吗？”

双晴整个人愣住。

顾天成朝女儿笑笑：

“维州的房地产开发了这么多年，市区里的地所剩无几，每一块都很有价值，大家都想抢，爸爸也不例外，说起来拍卖会那天见到刘振鸿，他还提起你了。”

“谁？……啊，刘局，我是见过他一面。”

她的脑袋非常混乱，按说顾达集团参与竞标很正常，可她的潜意识里总觉得哪里不对，无奈刚刚病好，脑子运转有点迟钝，模模糊糊地抓不到头绪。

顾天成和妻儿保姆一辆车，双晴独自坐另外一辆，由司机驾驶出去。

她迟疑许久，直至到了半路，终于尝试拨打汪锦媚的电话。

没想到很快就被接通，但还没等她开口，汪锦媚率先一声冷笑：

“你爸还真是跟你一模一样啊，都爱抢别人看中的东西！我应该说有其女必有其父，还是该说你们不是一家人不进一家门？顾双晴，我真他妈后悔认识你！”

她张了张嘴，胸腔堵得说不出话，哑口无声：

“锦——”

嘟嘟嘟嘟嘟嘟嘟……

她慢慢放下被挂断的电话，命运不留余地，友情真正走到了尽头。

沮丧地靠向椅背时，手机突然响起。

“顾双晴你在哪儿？！”朱翡真劈头盖脸，指名道姓，斥骂口吻极不客气。

她惊讶得很，往年这个时候，母亲通常都是趁年假难得，早早出国旅游去了，她前段时间情绪低落，这几天又生病，最近疏于联系，没想到朱翡真竟然人在维州。

“我在车上。”虽不明白母亲怒气何来，她觉得还是有必要说明，“跟爸爸去酒店吃饭，妈你晚上有安排吗？要不要我过来——”

“吃什么饭？啊！我怎么忘了，每年的大年三十，顾天成都要孝敬岳父岳母的是吧？可是顾双晴我拜托你！你能不能醒一醒？你外公外婆早八百年前就死了！你跟别人一家三口去凑什么热闹？！还是你现在和他老婆好得很，也叫她妈了？！”

双晴无力地深呼吸，极为忍耐：

“妈，你怎么了，发生什么事了？”无端端发什么脾气？

“去哪个酒店？你说！”

她报上酒店的名字，朱翡真啪的一声就挂了电话，快得让她无奈，本想拨回去，然而知母莫若女，她太了解母亲的性格，正在气头上的朱翡真绝不会好好听旁人说话。

一路上思前想后，直到下了车，她还是没想明白，朱翡真对她发火所为何来。

钟家众人聚集在酒店外的花圃旁边，碰头后照旧是一轮热切寒暄，她夹杂在浩浩荡荡的队伍中间，为着母亲莫名其妙的发飙，仍然心神不宁。

被姑姨婶嫂包围着的钟怡刻意带上几分关怀，对她说道：

“双晴，你公务员面试的录取通知寄来了没有？”

“双晴考公务员吗？”马上有人追问。

不意成为众人关注的焦点，她只好笑笑，嗯了一声。

“也没见她怎么复习，笔试就考了第一。”钟怡含蓄地炫耀。

“那可真是了不起！我早看出来了，这孩子特别聪明！”

在七嘴八舌的奉承下，她不得不虚怀若谷，打着哈哈。

小令勉攀附在钟怡的肩膀上方，仿佛感染到大众的欢欣，不停地挥动小手，一边笑眯了小眼，一边口水延绵。双晴见状，从包里拿出纸巾为他拭嘴，小朋友以为她逗自己玩，兴奋地朝她探出两只胖乎乎的小手，在钟怡怀内咿咿呀呀挣扎。

钟怡一看就笑了，索性把他半推出去：“宝宝是要姐姐抱吗？”

双晴微为失措，只能接过小人儿，有样学样地抱在怀中。

“姐弟俩的感情好着呢。”旁边又有人夸赞。

走到酒店门口，遇上一行人从里面出来，双方互相避让，对面李证先离得较远，看见被孩子脑袋遮去半边脸的双晴，他咧嘴一笑，正要上前招呼时，就看见她侧后方的车子飞驶而近，当场刹停，一声尖锐的喇叭惊得众人齐齐回望。

双晴回头，见是朱翡真的车子，没来由地慌了慌，把顾令勉还给钟怡，向推门下车的朱翡真走去：

“妈——”

啪！

血气急剧往上震涌，脑袋瞬间晕了晕，原本发烧刚好，她身体还虚弱着，朱翡真这一巴掌又下了大力气，把她打得眼前金星乱舞，脸上火辣辣地痛，心口一片茫然。

“朱翡真！你疯了是不是？！”顾天成惊喝，快步走到被扇呆掉的女儿身边。

朱翡真满面怒容，瞪着双晴的眼内似欲喷火：

“疯的人是她！我今天就是来教教她，以后少管闲事，学会尊重一下长辈！尤其是她妈！”

“女儿怎么你了？平常你不给她找麻烦就不错了！她都多大了，你有什么话不能好好说！动手打人算怎么回事？还说教她，你有资格吗？”

“顾天成你别忘了，这个不肖女我也有份！我是她妈，是我十月怀胎辛辛苦苦把她生出来！我想打就打，想教就教，轮不到你来指责！你要是对教儿育女有兴趣，不如去管管你的宝贝儿子，别拿我女儿当低声下气的保姆！”

钟怡听了脸一沉，冷声轻哼：

“你还记得是她妈？她发高烧在床上躺了两天，你这个做妈的知道吗？”

朱翡真被问得一哑，可能觉得丢脸，瞬间恼羞成怒：

“她就算死了！也是我女儿！关你什么事？要你在这儿装好人！”

钟怡看了眼脸色苍白的继女，忍了忍没再回嘴，抱着顾令勉往里走。

双晴耳中持久的嗡鸣逐渐消退，被抽得粉碎的涣散知觉慢慢聚集回来，她抬起手，按在就要当场发作的顾天成肩上，示意他别和母亲一般见识，这里是公共场合，朱翡真的车子还横亘在不能停靠的酒店门口，闻声围观的人已经越来越多，绝不能让父亲在人前失态。

她勉强扯开如烙铁灼烧的嘴角，内里尝到了浅浅的血腥味。

“爸，你陪大家进去，我和妈聊聊。”

“还和她聊什么？小心她发起疯来又打你。”

“你说谁发疯？是啊！我不疯当年怎么会嫁给你？我简直是瞎了眼！”

双晴用力将顾天成扳转身，往前推出几步：

“爸你先进去！我一会儿就来。”

顾天成回头一看全是围观人群，终于冷静下来。

“你别跟她多废话，快点进来吃饭。”

看着父亲带同一干人走进酒店，双晴才开口：

“妈，你现在可以说说，我到底哪里、怎么不尊重你了吗？”

“你还有脸问我！”

朱翡真黑沉着脸，从包里翻出一个小东西，摔到她手上，转身甩上车门绝尘而去，双晴看着倏忽去远的车尾，呆愣半天，低头看了看手中的MP4。

她打开电源，里面只有一个文件，是段录音。

“沈先生——”流泻出来的赫然是她自己的声音。

她彻底傻住，越往下听越觉怪异，有些话她记得自己不是那么说的，还有些话，那天明明针对的是沈承贤，怎么变成了她说“我妈——”怎样怎样。

重听一遍，终于了悟。

她想螳螂捕蝉，没想到反被跟随在后的黄雀啄了眼，那天她和沈承贤的对话，不但被坐在身后的女子录了音，还被剪辑合成，原意已经大变，然后不知怎么就被朱翡真“无意中”听到了，至于为什么会有谈话录音，以沈承贤的狡黠，自然能编造出一个合理的解释。

难怪朱翡真会发那么大火，只是空有一身脾气，没有一点脑子，就算她这个女儿再怎么鲁钝，也绝不可能对外人那样损自己的生母吧？尤其那男人还和生母关系密切。

但朱翡真就是信了，不是尽信沈承贤，而是相信她自己亲耳所听。

双晴偏是把当天的录音删掉了，然而就算她没删，沈承贤先下手为强，一样可以狡辩，反诬她的录音才是事发后不甘心伪造的，只为了洗脱她自己。

现在就算她飞到天上银河，也已经洗不清。

她笑也笑不得，哭也哭不出，握着MP4抱头坐在花圃边上，心里只有一个念头，她不要天大地大，只求有一个与世隔绝的小角落，能让她远离世上一切。

酒店三楼的中式包房内，顾天成不放心地站在窗前。

钟怡抱着儿子走到丈夫身边，远眺一眼绿丛簇拥中久坐不动的蜷影，低声道：

“要不要叫小王下去带她上来？”

顾天成摇头：“先让她静一静。”

说完目光陡地一深，望定驶到花圃旁停下的车子。

哈气成寒的深冬，晴日难得，西下的斜阳挂在高楼矗立的顶角，把灰蒙蒙的半空晕染出一抹昏黄，迎着夕照走在冷冽刮面的凛风中，有种幽微温暖的错觉。

寇中绎瞟向酒店门口，远候在那儿的李证先朝他挥手离去。

他半蹲在俯首于膝的双晴面前，柔声道：

“乖，给我看看。”

手掌从纤细的颈下切入，抬起她沉晕的脑袋，脸上五指红印犹在，眸光空洞暗淡，仿佛在他到来之前，她身体里的某部分生机连同灵魂已经陨灭。寇中绎心口一痛，她万念俱灰的样子，猝不及防地刺痛了他的神经末梢。

他抓过她手心的MP4，打开听了听，精准地一把扔进了垃圾筒。

“为什么？”她迷茫低问。

为什么沈承贤要大费周折，陷她于不仁不义？

“你管得太多，过度保护你的母亲。”无疑是对方实施掘金计划的最大阻碍。

“你……怎么会来？”似乎不管她在城市的哪个角落，只要一抬头，就能看见他，她忍不住倾首，脸颊贴紧他的手掌，借一点温暖如春，安定疲倦的凡心。

“大仙告诉我你在这里。”他轻抚她肿痛的脸孔。

“过年你不用陪家里人吃饭吗？”

“本来要的。”

在一刻钟之前，接到李证先的电话时，他正准备驶上快速干线。

“小白兔她妈在酒店门口当众给了她一耳光，她现在孤零零地坐在外面，不知道是不是在哭，我看着都觉得可怜，你说她会不会想不开啊——”

没等李证先把饱含忧患的长篇大论说完，他已经直接切道掉头。

顾不上违规拍照，一路超车以最快的速度赶了过来。

她咧咧红肿的嘴角，笑容惨淡：

“小时候的书本和电视节目，常常看到在宣扬父母对孩子的爱多么光辉伟大，为了孩子如何牺牲奉献，把人感动得一塌糊涂，可是长大之后……才发现那是生活中最大的谎言，‘虎毒不食子’‘天下无不是之父母’‘世上哪有不疼孩子的爹妈’，这些话通通都是假的。”

世上不知有多少成年人，根本枉为人父，错为人母。

揭去以爱为名的面纱，真相有时残酷得可怕。

看看全国各地热播的调解节目，多少做父母的当着孩子的面互相指责，大动干戈，都只顾一逞私己快意，有几个真正为孩子着想过？还有小时候，她家楼下住着一户人家，儿子才七岁，爸爸是货车司机，一不顺心就对儿子拳打脚踢。

最深的伤害，有时不是来自外人而是至亲，且终生无法摆脱。

“痛一下就过去了。”他摩挲她的脸，轻声安慰，“你没见过最绝情的父母。”

“哪种？”

“孩子一出生就抛弃他。”

说得也是，比上不足，比下绰绰有余，还想怎样？

她看着他。

目光与她的相接，他不动。

她朝他一点点倾身，轻轻偎入他怀内。

“中绎。”轻吐出他的名字，她苦恼而认命。

“嗯？”他缓慢抬手，将她一寸寸环腰拥住，最后用力搂紧。

“我发现……我也没办法。”

没头没脑的一句话，他却听懂了，笑痕荡开，喃音如深谷微风。

“那怎么办呢？”

半边脸颊仍旧烫痛入骨，她闭目微笑，异想天开：

“要不我们私奔吧。”

寻一处净土，朝做神仙，夕死可也。

拜父母所赐，她从不相信天长地久，却愿此刻能和他缔造曾经拥有。

“看着我。”他抬高她下巴，审视她眼中的渴望，“你说真的？”

他询问时下颌绷紧，深眸秘光跳跃，有些什么蠢蠢欲动，仿佛只要她敢点头，他就会断然抛下一切，从此携她浪迹天涯，她心口一跳，下意识地转头望了眼酒店，父亲还在等着她进去才开席吧？自古以来，养育之恩都是人生最大束缚，为人儿女哪有真正自由。

“……假的。”她垂头丧气，不切实际的新年愿望罢了。

“手机给我。”

面对她满目的惨淡苍凉，他无法再考虑太多，成全她卑微的愿望易如反掌，接过她疑惑递来的手机，他调出顾天成的号码，在对方接通后朗声道：

“顾董你好，我叫寇中绎，是双晴的朋友，她现在情绪非常糟糕，看样子不大适合进去面对家里人和亲戚，我想带她到郊外散散心，不知能否征得你的同意？”他以臂肘隔开她反应过来后急夺电话的双手，另一只手将她扯立起身，扣着纤腰擒紧在怀。

那边沉默少许：“郊外什么地方？”

“东方森林天苑。”

顾天成一怔，不确定自己有没有听错，有钱也买不到的东方森林天苑？

“最多三天，把我女儿完好无缺地送回来。”他略加思索后开口，扬手召来王准，指指绿圃处那双纠缠的人影，看样子得好好查一查，这年轻人到底是什么来头。

寇中绎含笑把手机塞回跳高来抢的双晴手中。

“别那么小气，花不了你几毛钱。”

“你疯了！我爸怎么说？”她惴惴不安，他这也太乱来了！

“他说为了感谢我，等新楼盘上市时给我打一折。”

“你瞎扯！”

“真聪明！”他赞赏有加，拖着她离开。

"寇——"

他勾手掩上她的嘴，盖住她的所有喧哗，把她塞进副驾驶座。

"自己绑好安全带。"

"你真是疯了……"

她喃声重复，犹自反应不过来，惶惶然坐好时臀部传来不适感，探手往下抽出一份报纸，标题有点眼熟，定睛一看，原来是关于达陵东路的出土文物，这则新闻她在顾令勉生病那天曾经读过，他拿份过时的旧报纸做什么？她打开置物箱放进去，拉过安全带系好。

解脱地靠向椅背，没想到心愿成真，可以远离一切，她低声道：

"谢谢你。"

他怜惜地笑笑，没说什么，只给李证先发了条短信：

"朱翡真和那男人的全部材料，找时间送来给我。"

"我们去哪儿？"她问。

"九州四海，天地尽头。"他玩笑道，放下手机启动车子。

"你不回去陪家里人了吗？"她有点不安地看向他。

"我们现在就是回我父母家，他们喜欢清静，退休回维州之后，一直住在郊外。"

她大惊失色，以至于连说话都结巴。

"你……这时候……带我去见你爸妈？！"

"希望你不介意。"他回眸睇望，深不见底。

她本能地用力摇了摇头，原本愁苦不堪的心口，骤涌起一股不可言说的欣悦，唇沿如春花绽放，牵扯到嘴角一痛，下意识皱了皱眉，痛楚复被笑容淹没，笑意由眉梢延展至鬓角，溢出手肘倚撑着的车窗外，连带漫天暮色都悄悄地明媚起来，时光再没有比此刻更好。

他手机的指示灯闪了闪，李证先回过来消息：

"你这是打算出手了？我会大发善心，给那老滑头点三炷香。"

第八章

怜春之花明局

他扣住她的后颈，勾紧细腰，强势吻没她所有未竟话语，粗暴地撬开她的唇齿，拒绝被她一再惹出的矛盾滋扰胸膛深处，然而就算阻止了她，却还是敌不过内心的自我挣扎。

他终究在她唇间无力低喟，轻柔的叹息如静夜微风。

远离尘世喧嚣，享受称心宁静。

这是坐落在维州东郊十里，以天价著称的森林天苑，曾经名动一时的广告语，非得亲历其境，才知名不虚传，沿途参天大树掠过，密荫如织，烟岚似海，古典式样的灯盏在夜幕降临时亮起，氲光碎点，归雀投林的清脆鸟啼声洗心涤虑，一身尘埃如被净化。

双晴有种分不清时空的错觉，仿佛离开滚滚红尘，到了世外桃源。

驶过森林大道，眼前顿时变得开阔。

前庭后院的别墅疏密有致，矗立在平整石路与盎然树丛的交错中。

车道两边精心选植的景观树木，伞状树冠既可遮阴，又无碍视野，无须抬头，也能看见寥廓天空，带着夜色初临的透明，一两颗还未亮起的星子高远难及，无垠天幕向广袤的大地延伸，遥远的地平线处被暮霭浓浓笼罩，仿如时空尽头。

车子驶进缠枝铁门开着的庭院，在古铜栅栏内，秀木苍郁，错落掩映，园中一幢三层高的别墅，东侧蓝池碧底，西侧花锦盈枝，一楼云纹镶边的红木大门外石阶下，露天摆放着金丝楠木根雕茶台，台面上放置着整套暗泽浸润的古雅紫砂茶具。

双晴不禁浮想，在秋日和煦的午后，取出壁橱里珍藏的青瓷碟子，盛上一两件中式名厨制作的点心，就着一盏温香好茶，慢悠悠地回味齿颊芬芳。

一生中最舒心的时刻，大概莫过于此。

寇中绎有着这样的家世，有件事她却不解了。

“你有兄弟姐妹吗？”

“没有。”

“那为什么你买房要坚持贷款？”

星宇豪庭的复式套房，大抵只是这座独立庭院的售价零头，既然父母只得他一个儿子，且显然能够轻松支付，别说区区一套复式，就算再多几套，应该也会乐于购在他名下。

“你不说我忘了。”寇中绎避重就轻，“见到我爸妈，别提起这事。”

她跟在他身后踏上台阶。

“为什么？你是瞒着父母自己在外面置业？”

“我想用我能挣到的钱，买一套属于我的房子，有什么问题吗？”他强调每一个“我”字，意有所指地瞥了她一眼。

“别这么嫌弃地看我，我不是没毕业吗？等我工作了，也会自力更生的。”

他“啧”的一声：“是吗？我拭目以待。”

“你买房原本是为了结婚，那是不是连这一点你爸妈也不知道？”

“小姐，我没印象我和你说过，我买房是为了结婚。”

他绕过玄关，大步往里。

“锦媚和我说的，结婚是人生大事，你为什么不告诉父母？”她锲而不舍。

他一时语塞，顿了顿，轻描淡写：

“结婚是两个人的事。”

既然不一定结得成，又何必大张旗鼓，传到路人皆知。

后来的结局恰恰证明，按下不提是对的，世事如棋，一日举棋未定，一日情势可能急转直下，这道理已被杨竞彤和他在内的无数人印证。

她却瞬间抓到要点，深入紧逼：

“你是说——你以前的女朋友没见过你父母？她不知道你真正的家在这里？”如果双方曾经碰面，商谈过结婚细节，他买房子的事定然瞒不过双亲。

不知该怎么回答她尖锐的问题，他索性避而不答，加大步伐想甩掉她。

她紧跟上去，压低声音：

“为什么你一直不带她回来？你不信任她吗？还是那时你不是真心想结婚？”

“双晴。”他倏停轻喝。

她收势不住，撞上他的脊背，磕到了鼻子，痛得呼气。

他回身冷睇她：

“闭嘴。”

她不服气想争辩，嘴巴张了张，最后还是听话合上，眼内流光抹闪，如果两个人真心想结婚，一定结得成，之所以结不成，定然是因为有人爱得不够。

至于是谁不愿为谁牺牲，已经不必追究。

此时此刻，他带回来的人是她。

她乖乖闭嘴，跟着他穿过格局大气的客厅。

垂壁画卷以描金的古木轴心挑起，磅礴山水扑面而来，廊道品设疏朗，字画间垂，当中一幅三米高的行书“但愿苍生俱饱暖，不辞辛苦出山林”，笔势恣纵，意境阔达。

其余是被岁月熏染得陈旧的水墨画，或孤禽，或竹石，或莲鱼，运墨简淡苍劲，清逸妙横，她觉得似曾相识，不禁多看几眼，当跨过横屏间隔，光耀明亮的餐厅赫然入目。

座中一对上了年纪的夫妇看见两人进来，拉开椅子起身。

两鬓花白的寇戎飞体魄高健，着一身黑色宋锦裁出的对襟云纹唐衫，目光练达深邃，妻子胡秋悦身形小巧，穿着合体的墨绿暗花天鹅绒旗袍，以一支质朴的古银簪子别着发髻。

两人俱是正装相迎，显然对唯一的儿子带回来的女伴相当重视。

双晴连忙半鞠躬，庄重恭敬道：

“伯父伯母好，不好意思打搅你们。”

她半边脸上的赫然红印，令寇戎飞一怔，胡秋悦却似没看见，温声笑道：

“你一定是双晴了，快快请坐。”

“坐吧。”寇戎飞也爽快招呼，“小姑娘不用客气。”

双晴的外套上有个不起眼的小标志，胡秋悦的目光停了停，那是某个还没有在国内开设分店的欧洲牌子，显然这女孩子出身不错，至于她脸上的巴掌印子，以及这时候竟然不是和家人在一起，临时被寇中绎带回来，想必是家里出了什么事情。

“我们这儿比较偏僻，离市区有点远，路上辛苦了吧？芳姐，拿热毛巾给他们擦把脸，可以上菜了，双晴你就当是在自己家里，千万不要客气。”胡秋悦笑道。

她举止温柔雅致，说话和颜悦色，不该问的事绝口不提。

双晴深深觉得，自己一辈子也学不来这份贤德。

“伯父伯母真是一对世外碧人。”她由衷称赞。

一只大掌钳住她后颈，将她压坐在椅子里，寇中绎在她身旁诚恳建议：“我才是他们的儿子，新年红包没你的份，你与其卖口乖，不如多吃点更实在。”

她登时面上一红，尴尬又懊恼，简直下不来台。

“中绎，”胡秋悦轻斥儿子，“你怎么和女孩子说话的？”

“逗她玩呢。”他的手掌在她颈后摩挲未去，顺势搁在她肩上的前臂更是无声镇压她暗力的反抗，右手抄起热气腾腾的白棉方巾拍在她脸上，盖去她所有委屈不满，他罩着她的脸一顿乱抹，另一边欣然做着孝子：“爸，妈，你们吃啊，还等什么？”

胡秋悦对他反常的恶劣行径啼笑皆非。

“寇中绎！你是不是——”有病啊！小嘴被他轻捏得嘟了起来，最后三字无法出口，他的大拇指隔着软厚方巾重重地揉过她的嫩唇，盛意垂询：

“是不是要我再擦干净一点？”

“别欺负小姑娘了，好好吃饭。”大家长寇戎飞适时发话。

寇中绎手中方巾这才撤下，往巾碟里随意一丢。

双晴咬牙切齿地瞪向他，却是对上一双嚣眸，他笑吟吟似意犹未尽。

她面上霜红尽染，浓艳樱色从耳垂一路蔓延到了颈末，不知是被捂的还是被气的，或是因他过度的亲昵而羞窘，火眸激焰跳动，意思只有一种，想将他碎尸万段。

笑意深延至他挑起的眉端。

“我爸说了，好好吃饭，你还不起筷？”一句话湮灭了她内心翻滚的无数复仇计划，徒剩手足不知往哪儿摆的无措。

“双晴，来，尝尝我的手艺。”胡秋悦善意地为她解围。

她连忙应“是”，接过胡秋悦用公筷夹来的菜，小尝后赞不绝口。

一道道菜品陆续传了上来，最后竟然是她最爱吃的冰镇芥蓝。

可能对他仍心存忌惮，她有点不敢再多言语，只乖乖地低头扒饭，他唇沿微弯，浮起几不可察的笑痕，取过新的方巾净了手，夹来芥蓝，细心撕去表皮，放进她碗里。

“吃吧。”

她面容再次透红，不敢抬头望向余人，声如蚊蚋：

“我自己来……”

他听而不闻，又给她连剥了几根，才起身净手。

胡秋悦面露异色，下意识地看向丈夫，发现寇戎飞也正朝她看过来，夫妇两人交换了一个奇特的眼神，仿佛有什么在年月里沉抑久远，如今终于如释重负，老怀得慰。

寇戎飞兴致大高，叫人取来藏酒，与寇中绎开怀酌饮。

胡秋悦对双晴更为殷勤，她品格高贵，席间侃侃而谈，绝口不问儿子女伴的家庭条件，体贴备至得让双晴受宠若惊，同时还暗暗钦敬。

世上有另一种父母，自家的家境至多小康，却急不可耐地要和全天下条件不如他们的人划清界限，对儿子带回来的女伴总是高度防备，盘根究底，诸多挑剔，生怕一不小心就被人高攀，和他们家的儿子谈一场恋爱，像是占了他们多大的便宜。

纵观寇氏夫妇，真正是超凡脱俗，他们本身生活在上层，除了少数亲戚朋友，日常与绝大部分人都存在距离，当高人一等成了习以为常，也就不再觉得高人一等，由此对方与自家的差距是五十步、百步还是一千步，对他们而言没有区别，待人都是一般谦逊。

双晴终于明白，寇丹炉火纯青的涵养，寇中绎举手投足的气度，原来自有出处。

转念又想到，虽然说是家风使然，但就连和寇中绎接触频繁的汪锦程，竟然也不知道他的背景，出面为他张罗买房，这似乎又有点低调得太过深藏不露。

尽管她心里充满好奇，却不想在这种场合表现失礼，也就只找安全的话题：

“走廊里那幅字，‘但愿苍生俱饱暖，不辞辛苦出山林’，是谁写的？”

寇戎飞和胡秋悦相视一笑，寇中绎的表情也是微讶：

“走廊里那么多字画，为什么偏偏问那一幅？”

“只有那幅字我看不出来，另外几幅画要是我没看错，应该是出自明末清初，一位装疯卖傻的画僧之手。”

“小姑娘眼光不错啊。”寇戎飞赞赏道。

“没有了，其实我不懂这些，是前几年我爸爸接到拍卖行寄来的画册，当中有一幅画的照片就印在上面，我无意中看过，所以有印象。”她记得当时曾有报道，那幅真迹拍出三千万港币的天价，落入神秘收藏家之手，没想到今天竟然在寇家看到。

“你爸爸做什么的？”寇戎飞随口一问。

“他做建筑的，叫顾天成。”她一言蔽之，顿了顿，微笑道，“我爸妈在我还小的时候就离婚了，我跟着爸爸长大。后来他再婚，前不久刚添了个弟弟。”

寇中绎微微皱眉，侧首看了她一眼，她低了低头，别人不问，不代表她想趁机隐瞒，自己家庭破裂，无论如何应该有所交代，对方作为他的父母，有了解乃至介意的权利。

“顾天成？好像在哪儿听过。”寇戎飞拧起浓眉思索，对她的后半段话不以为意。

“是做房地产的那位顾总吧？”胡秋悦轻声提示，“前几年，顾达有块地在打基础时发现了青铜器，文管所的人曾经拿到我们学校来请教过王老。”

“伯母做什么工作的？”双晴备感兴趣。

有一瞬间，寇中绎的睫底暗流隐没，随即代母亲笑应：

“我妈退休之前是博导，专门研究出土文献和古汉字。”

寇戎飞思忆了下，面现悟色，说道：

“怪不得我听着耳熟，原来是顾达，他们公司从老张手下走贷款。”

他话声中的闲淡口气令双晴吃惊，要知道房地产商和银行的资金往来，数亿以上论计，此刻从寇戎飞嘴里说来，却像是谈论天气不错似的寻常，她忍不住问：

“寇伯伯的工作和银行有关？”

胡秋悦笑了，“中绎没和你说吗？”

“他？怎么可能！伯母你不知道，他在外面喜欢扮成贫穷贵公子，什么都瞒得紧紧的。”她装作受伤地叹息一声，那嫌弃不满的淘气模样，惹得寇氏夫妇失笑出来。

只有寇中绎不为所动，定定地看着她，目光无声深沉。

“走廊里那幅字，是我爷爷亲笔写的。”他徐声道。

“啊！你爷爷的字写得真好！”

“我曾祖父写得更好，书房有他临摹的《兰亭序》，你喜欢可以去看看。”

双晴惊叹：“你曾祖父——他岂不是清朝人？”

“清末民初，我祖上家境算得上殷实，曾祖父是留洋归国，家里当时不但有纺织厂和贸易商行，还是民国初年银行同业公会的魁首。”

她一点就明，简而言之，寇家早在百年前就已非常富有。

“我以前看书里说，当年民间金融兴盛，维州有很多私人银行。”

“最高峰时有十多家，不过到了20世纪30年代中期，国民政府用非常低劣的手段把私人银行都吞并了，我曾祖父不愿意和他们同流合污，就托病在家，拒绝了国民政府收编后委任给他的职位，后来我的几位叔公祖为了躲避战祸，先后去了美国生活。”

她听得津津有味，睁大好奇双眼。

“就是传说中把一箱箱金条埋在茶叶里带走那样吗？”

寇氏夫妇失笑，这孩子诚心逗趣，甚会哄人欢喜，连寇中绎也是忍俊不禁，捏了捏她的脸蛋，眼底有若轻怜，这样刻意承欢，在她的潜意识里，到底有多渴望家庭温暖？

“对，他们把金条藏在随船的贸办货物里运出去。”在异乡重操寇家最擅长的祖业，华人一贯以勤劳和脑筋活络闻名于世，没多久便东山再起。

“最后国内只剩下我曾祖父和祖父这一脉，不管其他兄弟姐妹怎么劝，曾祖父始终坚持不肯走，以他的话说，寇家祖祖辈辈生于斯，死于斯，作为长子，他必须留下来，绝不能连根拔起都离了故土，曾祖父不肯走，我祖父当然也不走。”

再后来，他们开始利用在商界的影响力，暗中支助地下党人。

烽火连年，寇家始终鼎力支援，其间曾祖父不幸病逝。

“那时候通货膨胀非常厉害，银行金融的地位特殊，成为百废待兴最重要的基础。”可是那年头，在炮火里出生入死立下汗马功劳的将帅不少，能担当经管统筹重任的寥寥无几，“新政府解放维州之后，几次三番登门，礼贤下士，力邀我祖父出面主持大局，老人家思前想后，最终应允了，在接受任命的前一晚，他亲笔写下明代于谦的那两句诗。”

但愿苍生俱饱暖，不辞辛苦出山林。

受命上台后立即对银行进行规整，及时推出新的决策措施，在极短时间内稳定了全国金融局面，使连绵战祸下民不聊生的贫苦百姓，得以休养生息。

双晴心中生出敬意，原来背后藏着这样曲折的故事。

在那个年代，不知多少无名英雄为国殒身，或壮志激烈，或默默无闻。

没有上一辈人的牺牲祭献，就不会有至今几代人的和平安稳。

“所以寇伯伯是子承父业吗？”双晴好奇地往下问。

“不完全是，到了我爸这一代，过去那种保守的传承，已经不能适应国民经济的发展，更重要的是要变革，我爸纵横金融界半辈子，可以说亲眼见证了中国经济奇迹般的腾飞。”

寇中绎端起酒杯，含笑向父亲隔空而敬。

“可是——”凭着年轻率真，她大胆追问，“伯父的薪水有那么高吗？”

如果收入来源仅仅只是一份月薪，就算再怎么优渥，无论如何也供不起一家人住这种顶级社区，更别提满屋随处可见的藏品，寇家财富分明深不见底。

寇戎飞朗声大笑，对她近似无礼的提问丝毫不以为忤。

“小姑娘够犀利的啊。”

胡秋悦笑着为她解惑：

“中绎的曾祖父过世后，时局愈来愈不稳定，祖父为了不被战乱波及，陆续将老祖宗传下来的家业转移出去，交给堂兄弟们帮忙打理，临到建国前他老人家把中绎的伯父们也送出国了，戎飞因为年纪小才留下来，伯父们在国外筹建了自家的公司，到现在发展得还不错，一直也挺惦记手足之情，每年不忘打点你寇伯伯，让他得闲养养老、种种花。”

养老种花？双晴哑然失笑：

“伯母真幽默。”

如她所料，寇家果然另有实业，且很早就高瞻远瞩，移资到了海外，寇中绎的祖父似乎还安排好了子女对家产的继承事宜，留下来的寇戎飞远隔重洋，应该并不参与海外家族企业的经营管理，况且牵涉到他在国内的职务身份，可能连董事会都不挂名，每年只不声不响地收受股本分红，尽管如此，投资一向像滚雪球，几十年下来，想必积累也已庞大得惊人。

难怪寇家一个个格外低调，不但绝迹于权贵交游和名流酒会，而且寇氏中人也鲜少见之于海内外新闻媒体，想必是寇戎飞职位敏感，连带他坐拥的财富也变得敏感，寇氏严谨的门风，加上长久形成的默契，使得每个寇家人都不欲成为圈里圈外的焦点。

以免间接连累到寇戎飞，令他授人以柄。

单从寇中绎身上就可窥一斑，维州富家子弟多如过江之鲫，但任谁也不会像他这样，做一份朝九晚五的政府工，开辆三十万出头的欧洲车，买套巴掌大的公寓还正经贷款，除了举止和涵养透出不凡气度，他全身上下没有一丝外露的奢华气息。

贵气的是长期身在国外的寇丹。

“那寇丹阿姨呢？她是什么时候出国的？”她殷切地问。

寇戎飞一听显得意外，胡秋悦更是立即倾身。

“你认识阿丹？”她问的是双晴，目光却疑惑地望向寇中绎。

“我——”

“我陪姑姑去梅家珠宝展时，遇到双晴和她妈妈。”寇中绎代为应答。

双晴微愕而飞快地看了他一眼，他打断她说话是什么意思？不想她多谈这件事吗？还是……眼内映入寇氏夫妇面面相觑的情形，两人的反应有点离奇，她心里涌起莫名的怪异感……还是她无意之间说错了什么？

“原来是这样。”胡秋悦掩饰地笑笑，对她说道，“阿丹是后来才出生的，在家中排行最小，和中绎爸爸相差十多岁呢，她出国晚多了，上个世纪80年代才走。”

双晴应了句，不敢再出声，与寇中绎一样，安静地用餐。

场面一下子变得有点冷。

这时保姆撤下空盘，端来最后一道甜汤，原本有点反应不过来的胡秋悦已恢复如常，低声对保姆交代什么，而后笑容不改，亲自动手给双晴盛了碗甜汤：

“你尝尝这道桂花蜜酿珍珠丸子。”

双晴忙不迭接过，悄窥一眼表情无改的寇中绎，依然噤声进食。

保姆很快就走了回来，交给胡秋悦一个腊蓝缎面盒子，她笑盈盈地递给双晴：

“你第一次来，中绎这孩子临时临急才告诉我们，我来不及准备，想来想去只有这个比较合适，虽然不是什么好东西，但难得的是从中绎的曾祖母手里传下来，算算也有一百多年历史了，希望你别嫌弃。”

双晴连忙起身道谢，打开一看是个精巧的金戒指，顶端镶嵌着一颗约莫两克拉大的鸽血红宝石，她仔细辨认，才看出戒面两边阔身的细腻回纹是古篆的“富贵”二字，戒面内侧一边刻着“天足赤金”，另一边刻着“巳方九雷”，老色沉静，意蕴古远。

这枚戒指的价值，已远远超越材质本身，更多的寓意是在几代的传承，她下意识看向寇中绎，只见他端着汤碗，垂首抿饮，对她投来的眸光恍若不觉。

她踌躇了一下，合上盒盖，轻轻摆回桌上。

“伯母，这太贵重了，我不能收。”

“这戒指是老式了些，我也知道时下年轻人不兴戴这个，你先收好，就当首饰盒里多添一件小玩意儿，放着也不碍事，下回我再给你选一款时尚点的。”胡秋悦温婉笑道。

“伯母你误会了，我不是这个意思。”她连忙摆手，慌得脱口而出，“而且寇丹阿姨已经送过我钻戒了——”

“阿丹送你钻戒？”胡秋悦失声。

她悔不能咬掉舌头，求救地在桌面下暗扯寇中绎的衣角，他放下汤碗，抬首迎上父母一同投来的惊疑目光，仿佛极无奈，最终只是笑了笑。

双晴有种触了暗礁却不知道船破在哪里的忐忑感。

为着挽回，她撇清般急切解释：

“就是在梅家的珠宝展上，我妈和寇丹阿姨原来是高中同学，两人很多年没见了，那天难得重逢，大家都很开心，正好当时边上就是永恒印记的展位，寇丹阿姨特别大方，买了枚戒指送给我当见面礼，就只是这样，没有别的意思。”

胡秋悦轻“啊”一声：

“阿丹是提过那天见到了老同学，不过她没说——”

“芳姐，”寇中绎忽地扬声，打断两人的对话，对快步上前的保姆交代道，“你去姑姑房间，找两套没穿过的便服，洗净烘干送到顾小姐住的客房。”

在同席三人的齐齐注视下，他拿起方巾，慢条斯理地净了唇手。

然后推椅起身，居高临下地看着双晴。

“吃好了没有？好了就上楼洗澡去。”

她应声起立，动作太快撞到了膝盖，痛得呲着气说：

“伯父、伯母，你们慢用。”

胡秋悦的笑容陡然深了许多，带笑望定回避她视线的儿子。

“去吧，去吧。”

她还想再礼貌两句，不意被寇中绎一把抓住手臂，他转身时顺手抄走桌上的戒指盒子，她一脸僵笑，被他向后强行拖着走，出了餐厅，踏上楼梯，她压低声音辩解：

“你只交代不能提房子的事，没说不许提寇丹阿姨，可不能怪我。”

他睨她一眼，面容忍隐，仿佛看的不是人，而是白痴。

她有点郁闷了。

“你别不高兴好不好？我又不是故意的！”

他一声不响，打开房门，长臂搂住她腰推入房内，把戒盒拍入她的手心。

“拿好别弄丢了，我没有不高兴。”

“明明就有，一整晚好像谁欠了你钱似的，别以为我没看出来。”

“厉害啊，只不过吃顿饭的时间，你就从聪明绝顶晋级到火眼金睛了？”他嗤笑出声，忽然扣住她双腕，将她压在关上的门板后，“今晚你很高兴？”

“是啊——”

微烫的掌心覆上她曾挨打的左颊，他温柔得残酷。

“真的？一点都不痛了？你全忘了？”

她整个人当场呆住，就像是微笑的面具被骤然揭开，原本遮得紧密的真实面孔暴露于人前，原来仍在惊惶流泪，她眼前雾气一片，灰蒙蒙中看着他说不成句。

“我……我只是想……”

“你只是想努力让自己高兴，也让我爸妈高兴？”

她拼命点头，被压制已久的积郁和委屈爆涌开来，眼泪如滚珠般掉落。

“知不知道我为什么带你回来？”

“看我可怜吧。”她低下头，泪水流得更凶。

他心头一跳，直觉想否认，然而却自知她的细腻敏感部分是对的，虽不尽然如此，如实承认吗？更万万不能，那些无法摊在阳光下的阴暗，他不确定她是否承受得了。

他有种一脚卡在悬崖峭壁，一脚陷在泥潭深渊的艰涩感，无论拔出哪条腿都是万难，除非海枯或山崩，他才有微弱一线完退的机会，除此之外，都必定会给两人留下累累伤痕。

这就是宿命吗？只不知这宿命是源于彼此立场，还是源于不应遇见。

“双晴，”他贴身上前，怜爱地轻唤她的名字，手掌沿颊抚入鬓底发间，附唇至她唇上寸许，慰藉她染泪轻颤的唇瓣，“我不想再见到你这样，你还年轻，将来的人生还很长，不是每件事每个人，都需要你小心谨慎成熟面对，我希望你做那个真实自然的你。”

她极力抑制自己的泣声，心事如泄洪溃堤：“我很不开心。”

“我知道。”他轻吻再轻吻，“我全部都知道。”

“撒谎，你就不知道我为什么不吃带皮的芥蓝。”

他轻笑附和：“为什么？”

“我小时候嫌芥蓝苦，不肯吃，我妈就帮我把皮子一点点撕掉。”

他听了再笑不出来，心脏部位隐隐作痛，为着报答这点曾经的寸草心，她对朱翡真百般忍耐至今，可叹她的习惯还是从前的习惯，母亲却已不是当年的母亲。

“你喜欢，我明天还撕给你吃。”

“我爸妈分开的那天，就是临到过年前，他们大吵一架，妈妈尖叫着砸了碗碟，爸爸摔门出走，从下楼到上车他没回过头，我躲在房间的窗帘后面，看着他上车一踩油门走了，开出好远好远，我还能看见车尾巴，那天之后他再没回来，等过完年，两人就离婚了。”

“所以你一直到现在也不开车？”

“我以前满心以为，我会是爸妈在这个世界上独一无二的女儿……根本没想到，原来有一天，他们也可以不要我。”

“他们不要，我要。”

“今天见到你父母，不自觉就想起了我爸妈，想起以前一家人，也是这样围坐着说说笑笑过年的情景，我心里难过得想死。”原本合家团圆的节日，她却只能在别人的家里，从别人的父母身上借取微薄温暖，“……我不知道活着有什么意思，我觉得很绝望。”

寇中绎心中涌起一股难以言表的愤怒，有种想对她父母狂飙脏话的冲动，他紧紧地抱着流泪不止的她，不住温柔地来回抚摸她的脊背。

“在我家这几天，我会让你知道活着特别有意思，我保证。”

“我从来没试过这么想要一个完整的家。”

“相信我，我非常明白你的感受，嘘——不哭了，乖。”

“……你呢？你到底为什么带我回来？”

“为了成全你的心愿不是？”

“我什么时候和你说过我有什么心愿了？”

他低首一笑，何须开口，她的情绪尽在脸上，只有瞎子才看不出来。

“我没法给你一对和好如初的父母，或是让你穿越时空回到小时候，但让你在节日里再体会一次家庭美满，重温一家人其乐融融的气氛，还不至于太难。”

“你真的知道……”她难以置信，像被人偷看了藏得密不透风的日记，怔怔然透过泪眼看着他，力图平复过度震荡的情绪，许久才再作声，“你说他们当初为什么要结婚？为什么要生儿育女？短短几年就成了怨偶，害人害己，有什么意思，我这辈子都不想结婚。”

他以下颌怜惜地来回摩挲她的额头，并不提醒此刻抽泣着誓言不想结婚的她，片刻之前曾哭着说想要一个完整的家，思绪这样矛盾深陷，对家庭和婚姻的渴望与恐惧随时交织，痛苦解不开抹不去，他感同身受，拥紧她柔然慨叹：

“告诉你一个秘密，我也害怕结婚。”

她呆住，抬起通红的双眼：“为什么？你父母那么恩爱。”

不像她和汪锦媚，打小背负一颗家庭破碎的心。

“你很想知道？”他附耳沉吟。

“当然！”

“可是我只说告诉你一个秘密，没说要告诉你两个。”他含笑戏谑。

她破涕为笑，向后仰首，与他拉开一点距离，红瞳染水带雾。

“中绎。”

“嗯？”

“我总是有种奇怪的感觉，觉得抓不住你。”

“为什么这么说？”

“我也不知道，比方说今晚，我明明见到了你的家人，了解了你的家庭，可是当我看着你时，仍然觉得……你就像一轮藏在水底的月亮似的。”

水色清澈见底，美丽分明，就近在咫尺身边，她以为水面很浅，可是当伸手去碰触他呈现给她的美丽幻影，才发现水深难测，不管她怎么努力，都触不到深藏在水底的他。

他静了一静，旋即笑道：

“我人就在这儿，你想怎么了解？我保证悉听尊便。”

她焦躁懊恼：“我是认真的——”

话声未落被他骤然吻住。

他扣住她的后颈，勾紧细腰，强势吻没她所有未竟话语，粗暴地撬开她的唇齿，拒绝被她一再惹出的矛盾滋扰胸膛深处，然而就算阻止了她，却还是敌不过内心的自我挣扎。

他终究在她唇间无力低喟，轻柔的叹息如静夜微风。

“你以为我不认真？”

双晴梦见自己站在旧时的青砖小巷中。

即使是在梦中，心里也有模模糊糊的感觉，站在这里似乎是为了等谁，然而四周不见人迹，宛若空城，窄巷蜿蜒深远看不到尽头，旁边一堵泥坯垒起的高墙后探出半截郁绿树冠，叫不出名字的果子缀满枝头，全都又生又青，她孤立原地，等了很久很久。

那个人始终没有出现，她觉得非常寂寞和失落。

一会儿之后，她发现自己变得身轻如燕，在天空中飞翔起来，似乎摆脱了世间的所有束缚，尽情地飞向未知远方，不知道目的地在哪里，也不想在什么地方停下来。

意识在沉沦中极不安稳，她做着各种稀奇古怪的梦。

醒来的时候，房内是薄雾似的透明晨曦。

埋在枕间的脑袋像被车轮碾过一样，沉晕坠重，左边牙龈厚涩发涨，像在提醒她昨日被刮过耳光，终于想起今夕何夕，她自顾自苦笑了一下，终于睁开双眼。

拿起枕边的手机给朱翡真发贺年短信，数度输入又删除，最后只是简单一句：

“妈妈，是我不好，你别生气了，新年开开心心。”

换作几年前，她因着一颗渴爱和祈求认同的心，可能会在意而详细解释，如今她已能泰然处之，想了想，给汪锦媚也发了短信，附加一句简短的对不起，然后是湛开，发完过了好一会儿，也不知他们有没有看到，或是看到了不想回复，她发去的问候如泥牛入海。

没人回她只言片语。

她也不在乎，不再像从前那么在乎。

朱翡真那一巴掌打醒了她，年少和纯真在昨日已宣告结束。

幸运的是，当全世界都不要她时，她身边还有一个人。

隔壁寇中绎在房间里，满脸错愕地看着手上那沓李证先一早派人送来的材料，他似不能置信，再确认了一遍沈承贤的名字和身份，继而笑出声来，他拨通李证先的电话。

“你去查一查，那老骗子是通过什么手段，拿到沈承贤的设计公司。”

“我没懂你的意思。”

“这个沈承贤是冒牌货，那家设计公司的拥有人确实叫沈承贤，不过，真的沈承贤在五年前就把公司交给了他的堂侄子沈绪经营，他本人完全不过问公司事务。”

李证先无比惊奇，“你怎么会了解得这么清楚？”

“我刚好认识真的沈承贤。”

“我操！”

难怪古人说，踏破铁鞋无觅处，得来全不费工夫。

一墙之隔，双晴赖床片刻，起身洗漱。

未几，敲门声响起。

寇中绎神清气爽地站在她的房门口，身上有刚沐浴过的木樨味，下巴刮得光洁性感，右手端着青花白瓷托盘，上面有杯有碟，一股甜香飘满廊道，他未语先笑。

“芳姐最拿手的菠萝包，新鲜出炉，得趁热吃，凉了口感不好。”

双晴看着他，眼眶忽然有点发热。

此时此刻，这世上对她最悉心呵护、照顾得无微不至的人，就在眼前。

“怎么了？”他关切问。

她咬唇摇首，压下满溢心房的信任和依赖，什么也不肯说。

寇中绎看了她一眼，笑着径直入房，把托盘摆在床头柜上，将黄油娴熟地切入面包缝，大如碗口的菠萝包烤得金黄酥软，甜香阵阵，她被诱得食指大动，当下伸手去取，没想到温度颇高，烫得她“哎哟”缩手，小巧鼻梁微微皱起，郁闷地嘟嘴。

“热得拿不了，怎么吃啊？”一副垂涎欲滴却不得而食的急切样子。

惹来他低低一笑：

“我喂你。”

她心中怦然一动，从前看过的浪漫爱情小说，这三个字总是别有含义，还在忸怩与遐想间，寇中绎已拿起面包送至她唇沿，眼内带着一抹似笑非笑，仿佛读透了她旖旎的思绪，从而变得颇具深意，她不禁腮边微红，为自己不怎么纯洁的心思。

垂眼不敢再看他，就着他的手轻轻咬下面包，不吃不知道，这一入嘴，馥郁美味淹没了几亿味蕾，她即时眉开眼笑：“哇啊啊！我从来没吃过这么好吃的菠萝包！芳姐是不是学过怎么做港式点心？”说完抓住他的手腕，急不可耐地又咬了一大口。

“慢点吃，没人和你抢，小心噎着了。”他温柔宠溺。

美食当前，她哪听得进劝告，三两口就把他手上的菠萝包消灭掉。

“还有没有？”咀嚼中语焉含糊，她面上的馋色仍然欲滴。

“先喝口奶茶消消滞。”他端起杯子，笑容顿深，“也有点热，还是我喂你？”

“很热吗？我喝不了烫的东西。”

转身抽面纸拭手的她没有多想，随口应了句，说完刚一回头，双唇就被准确无误地堵上，香甜的液体被灌入细小口腔，来不及反应已顺喉而下，有几许溢出唇沿。

“你在想这个？”他不住浅尝，魅惑低语。

“没有！”她矢口否认，手中纸巾急急抹过嘴角。

“真的？”他深表怀疑。

“绝对没有！”她拼死捍卫女性尊严，在他第二次说喂她的时候，她绝对没有像第一次那样绮念纷生，是可认，孰不可认也！

“原来你不想——那可惜了，我还以为你想再吃一个，早知道你不想，我就叫芳姐不用留了。”

讨厌！哪有这么坏的家伙！她急忙挽回：

“不可惜！不可惜！我刚才说错了，我想的！我还要吃！”

“你确定？”

“绝对！你快去拿上来！”

“你也真是，急成这样。”他满意笑吟，迅然再吻住她的唇，仿佛耐不过她的苦苦央求，只好勉为其难，如她所愿，“既然那么想吃，我喂你。”喂进他的灵舌，得逞昵语。

她整颗心都酥了，一阵麻似一阵，软倒在他胸膛内。

怀中的她清纯而妩媚，涩稚而蜜甜，吮吻她的滋味别样美妙，令他丹田隐隐躁动，他渐渐地不再介意碰触她，还有种越来越控制不住的冲动，明知不应该，却一点点陷进去，已经起了不舍得放手的念头，这想法一掠过，强健有力的臂弯下意识将她箍紧。

她被他勒抱得轻喘昵吟，迎承他的愈渐深切，紧闭双眼忘乎所以，唇边一抹迷梦沉醉，飘浮的魂魄快乐得几欲离身。

他由着胸腹烈焰的驱使把她压倒在床，两人翻滚纠缠衣衫凌乱，他的菱唇滑下，刻意加深与她雪肌嫩肌的亲密接触，在她的玉峰梅蕊上肆意含吮，花样流连，灌输给她陌生而惊人愉悦的感受和记忆……在失控之前，他用强大的意志力令自己放开了她，低喘着艰难起身。

与有情人倾心相恋，原来真是世间最快乐事。

体内燃烧的曼妙感像潮水退去，她睁开迷蒙双眼，迷茫不解地看着他。

他几乎被她初生小鹿般纯真的眼神击败，从未试过面对如此强烈的诱惑，半裎敞开的她那样美，如长空眉月，如深海水滴，差一两分才满的柔润纤美恰到好处，令他屏气窒息，只想擒住她双腕不顾一切，最终还是理智占了上风，为她把上衣缓慢端庄地扣好。

他不想在尘埃落定之后，这一生都无法原谅自己。

“来我家前你爸爸交代过，要我把你‘完好无缺’地送回去。”他颇为遗憾地加重了完好无缺这四个字的读音，“我想他的意思应该是，他同意我把你带过来，但前提必须是，我得保证——嗯，让你外表完好、内里无缺地回家去。”

一番着意描黑的合理解释，将他临阵退缩所带给她的羞辱感完全抹去。

“你瞎说，我爸才不是那种意思！”

他咧嘴一笑，也不辩驳，只一心想离开暧昧危险的大床。

“书房有我妈收藏的不少孤本古籍，想不想看看？”

“想。”她压低声音，神秘兮兮，“有没有明刻本原汁原味的《金瓶梅》？”

他笑出声，教训坏小孩似的给了她臀部一巴掌。

随后两人携手下楼，寇戎飞和胡秋悦在大厅招待登门拜年的亲戚，寇中绎去打过招呼后和双晴避入书房，里面三面墙都是齐顶高的书橱，层层格格，分门别类，几乎包罗万象。

“国学历史在这一排，文艺小说在那儿，你随便看。”

介绍完毕，他往角落走去，按字母索骥从书格上划过，最后抽出一本唐宋时期的维州地志，走回明亮窗边，半坐在桌沿，浏览过地志的目录，直接翻到要看的页面。

双晴四处摸摸看看，无意间发现摆放古玩的橱格里有相集，她惊喜不已，全取了出来，坐到寇中绎身旁的明式交椅里，与他一高一低面对面待着，独自翻看相册，自得其乐。

入目第一张就是婴儿照，弯月眉，杏子眼，胖乎乎的小脸蛋，圆滚滚的小身子，一身棉衣棉裤和绒毛背心，头戴吊球毛线帽，抿着小嘴，似不耐拍照，眼角眉心都挤在一起。

相片背面以蓝黑墨水钢笔写着：

绎儿出生三个月又七天。

笔迹飘逸清秀，只是年月久远，已经褪色陈旧。

“这行字谁写的？寇伯母吗？”她问道。

寇中绎瞥眼一瞄，反应不过来地微怔了下，继续垂眸看书，嘴里回道：

“是我妈。”

下一张相片里的婴儿高了一些，月眉星目也已长得半开，五官格外灵秀，被寇戎飞抱在怀里，黑漆漆的瞳仁清澈无瑕，安静地看向镜头，相片背面的字迹刚劲大气：

中绎六个月留念。

“这张肯定是寇伯伯写的了？”

“嗯。”

她一张张翻看，婴儿时期的他，或坐在地板上，或抓着玩具，或穿着小海军装，稍大点孩童时的照片十分齐全，相中人越来越高，他骑在石狮上，他蹲在公园的水池边，他和年轻的寇氏夫妇在一起，他的长臂懒散地搭在寇丹的肩头。

“你和寇丹阿姨的合影真不少。”难怪姑侄俩感情那么好。

“是吗？我没怎么注意。”

他头也没抬，漫不经心应了句，再度看书不语。

双晴看一眼他少小时的相片，再抬头看看面前体魄高大的他本人，只觉光阴在眼前霍霍掠过，飞逝如电，原来每个人的过去，不管十年，还是二十年，无论曾经多么漫长，到最后都不过剩下零星剪影，就这么浓缩在一两本薄薄的相册中。

一个人的一生，不过是三五十张时光静止的照片。

相册的最后一帧是高中毕业照，他穿着蓝白校服，英姿飒爽，和几个男同学揽肩搭背，背后是绿草如茵的球场，一个个青春意气，笑得阳光灿烂，当中以他最为耀眼夺目。

她重新翻了翻，确认自己没看漏，好奇地问：

“怎么高中以后的照片都没有了，你读大学时拍的呢？在其他相册里吗？”

他长睫轻抬，隔了一秒，才笑了笑，合上书起身。

“我大学念的是军校，文化课和枪械训练都很紧张，那几年没怎么拍照。”

“寇伯伯和伯母怎么会同意你读军校？”她有点难以理解。

正常而言应该送他出国才对，不说投奔其他亲戚，一个亲姑姑寇丹已能把他照顾得很好；就算是他自己不想出国，再不济也应该进名校读经济、金融或管理等相关专业。

寇家人脉与军方系统明显无涉，他怎么会去读军校呢？

背对她站在书架前，他沉默了下，低头把书放回原处。

“我高考那年，家里发生了一些事，导致我那段时间非常颓废，既不肯出国，拿到大学的录取通知也不去报到，天天和狐朋狗友在外面打架闹事。

“家里谁都拿我没办法，那样浑浑噩噩地过了一两个月，我自己先觉得腻味，后来……我妈和我爸商量……我爸就找我谈话，既然我有精力没处发泄，不如去军校里磨一磨，我那时候没别的想法，只想以最快速度远远地离开这个地方，就点头答应了。”

他叙述的声音很平淡，关键处隐晦带过，似极不愿提起尘封已久的往事。

她善解人意地没再往下问，意含安慰地别开话题：

“你那么喜欢打架，有没有打遍全校无敌手的丰功伟绩？”

“我进学校晚，开始挨打比较多，苦练了一段时间搏击之后，换成别人挨我的拳头更多，打遍全校的丰功伟绩没有，但有一个全校没人打得过我的纪录。”

“……好厉害，读军校不是要服役满多少年的吗？你怎么回来工作了？”

“说起来话长，当时因为各项技能突出，我和几个同学被挑出来送去一个基地，和从别处抽来的人一起接受特种训练，其中有个人你也认识，就是大仙。”

她轻“啊”一声，难怪李证先体格那么魁梧，原来是特训出来。

“我们全是生脸孔，便于伪装身份，在毕业前被派去西南边境执行一些特殊任务，由于整组人是从训练和模拟实战中相处下来，配合相当默契，从来没失过手。”

“那些被你们执行任务的人，岂不是会对你们恨之入骨？”

“这是当然，后来上头指派的任务级别越来越高，难度也越来越大，终于有一次，一名组员在行动的最后环节身份暴露，不慎中了对方的埋伏，虽然最后整组人大难不死，逃出来之前也成功完成了任务，不过上头为了我们的人身安全，还是决定销毁档案，把小组解散，给我们重建身份。”

“所以你和李证先就提前退役，转业回了地方？”

“当时他和我都受了伤，除了我们俩，小童也回了景州，其他几个分散去了各军区。”

“我喜欢听你说这些。”她托着腮帮，晶瞳里闪着亮光，这是他对她信任的开始吧？是不是意味着……他对她也更进一步了呢？

他眸光深沉，含笑以对。

“我也喜欢说给你听。”

不知是否环境陌生，是夜双晴依然迷梦重重。

她梦见自己变成了孩童，孤单地站在门口，绿漆铁门半开着，朱翡真从她身边经过走向楼梯，步伐飞快姿态决绝，片刻不愿停留，仿佛只要离开铁门内的旧世界，就能获得新天。

她心里觉得无比哀伤悲切，想开口叫住母亲，想让她回头，希望母亲会在发现自己后有所留恋，然而嘴巴却像被粘住了似的无法出口，只能眼睁睁看着朱翡真离去，往下延伸的楼梯一级级吞没母亲的背影，她急得直流泪，拼尽全力，悲痛欲绝的叫声冲出喉咙：

“不要走……晴晴在这里……”

“妈妈……”

细碎迷蒙的语声潜入听觉，唤醒了意识，她睁开眼帘，脑海里残余的梦境清晰如真，不自觉合上眼去凝神捕捉，想让种种情形呈现得更真切一点，然而越是深入回忆，梦境越是被清醒的意识覆盖模糊，犹如电光幻影闪过，最后只剩下零星碎片。

翻身将脸深埋软枕间，营造出无边黑暗，脑子里却是大团的空白，除了依稀记得自己最后哭着叫妈妈，原来就连梦，也已回不到过去。

她闭目不动，任流年离身，灵魂荏苒。

直过了半晌，才伸手摸索枕边手机，睁眼一看已经八点半，拿过遥控器打开遮得密实的电动窗帘，外头天色早已明亮，冬日初阳带着浅金色再临窗台，又是新的一天。

洗漱好开门出去，走廊空荡荡没有人影。

房门大都紧闭，只靠近楼梯口的那间虚掩着。

“你看这幅宋代时期的州街地图。”从门缝处传出胡秋悦的说话声，“这里是达陵东路，挖到文物的地点在这里。”

“旁边这条黑线——”寇中绎低沉的嗓音响起，“是维江的支流？”

然后是折叠纸张被展开的轻响。

“对，你再看这幅宋人绘的《上元市行图》，河流延伸到现在的达陵西路南侧，沿河两岸，民居分布，这里相对稀散，但这一块就比较集中，有客栈和食肆。”

“那会不会和达陵东路一样，出土古器皿的可能性也比较大？”

“理论上有这种可能，虽然政府在出售土地之前会先进行文物勘测，但是由于文物分布的偶然性太大，常常有勘测时没勘出来，开发时却不小心挖到了的情形出现。”

“开发商挖到了会怎么办？”

“文物是属于国家的，一旦在开发过程中挖到了，必须停工，上报政府，由政府来组织文物的开挖和珍藏工作，等挖掘工作做完了，开发商才能继续动工，至于挖掘工作什么时候能做完，那就不好说了。”

“这对开发商的进度影响大吗？”

“影响的大小要看出土文物的规模，如果只是一些明清的瓷器碎片，开发商和主管部门关系也不错的话，影响通常不大；但如果发现大面积的遗址，或者开发商和主管部门的关系不怎么样，就很难说会被拖多久了。”

双晴听得一头雾水，不知道房间里的母子俩在讨论什么，正准备离开，忽然有轻微的脚步声疾倏闪近，门被瞬间拉开，寇中绎的挺拔身形立在中央。

她被这样的行动吓了一跳，多少有点尴尬，低声解释：

“我刚想下楼找你。”

寇中绎的暗瞳背光凝缩，在毫秒之间，确定清眸洌澈的她一无所知，他眉峰挑了挑，顺手把身后的门拉上，温然展唇，语气关怀备至：

“睡得还好吗？”

她的视线停在他握物的右手上，某种奇怪的感觉如电光一闪，模糊地稍纵即逝，他将手中的旧报纸一折，随意丢在廊道里承放高颈梅瓶的矮榻上，说道：

“我陪你下去吃早餐。”

“你早就起来了？”她扶着原木雕花栏杆，和他一起步下楼梯。

“我的生物钟很准时，早上六点会自然醒。”

“连放假也那么早？起来又没什么事。”

他略微倾身，附近她耳，低低笑答：

“可以想你。”

向来成熟冷静的他，光天化日下这样赤裸裸地调戏，对她的冲击不是一般巨大，心口霎时漏跳三千拍，毫无防备的脚下差点儿踩空，耳根红晕尽染。

她不敢看他，飞快往前跨下几级台阶，拉开一点距离，却又忍不住停下，无措的指尖胡乱地轻敲雕栏，等待被甩在身后的他，这一停步，不意发觉栏杆下方，烫金云纹，描花细线，意阑古韵纤毫毕现。

行走间鼻端隐约还能闻到，原木薄如绡缕的缥缈异香。

他黑魅的深瞳渊波光转，神秘意蕴乍隐乍现，凝望着她的背影，年轻就是这样好，只要一觉睡醒，便能浑忘昨日伤害，假如现实允许，他愿她能笑颜常现，朝朝盈满初阳晖光。

怕只怕，最后事与愿违。

他拾级而下，与她并肩，他和她之间，过一秒便少一秒。

“你们家的装饰，古色古香，好特别，谁设计的？”

“我叔叔。”手掌搭上细致肩头，把她揽入臂弯，“整幢房子都是他的手笔。”

“能不能介绍给我爸认识？他公司里有时候做精装修楼盘。”

“不能。”大掌捏住不满嘟起的小嘴，禁制她无谓的争辩，“他人不在国内。”

“哎，我忘了。”胡秋悦说过寇戎飞的兄弟都出了国，“你有几个叔叔？”

“几个叔叔？”他下意识重复她的话。

这么简单的问题，不是张口就能回答吗？为什么他的样子像要想一想才能确定……她双眼骤然亮睁：“不会是你祖父在外头还有私生子吧？”

“你想什么呢。”他笑着捏捏她满怀希冀的脸蛋，将她压坐在餐椅里，以手势示意走到门口的保姆不必过来，“中式还是西式？”

“中式。”

他端来切丁碧笋、腌青橄榄、豉汁苏眉和芒果酥。

“还想吃什么？”

她咯咯轻笑，张开双臂搁在椅子的扶手上，颐指气使：

“是不是什么都可以？”

他配合地背起左手，右手贴在胸前，略一躬身：

“微臣任您驱使，女皇陛下。”

“那爱卿就去给朕煎个荷包蛋吧！”她翘首望天，趾高气扬。

“就这么简单？”他皱眉，像是这要求与他的设想相距太远，令他大失所望。

“不然你以为？”他不会是被虐狂，内心狂热渴望为她做牛做马吧？

他笑着从她椅后走向厨房，不无遗憾地顺手拍拍她的肩膀，轻飘飘地抛来一句：“反正起得早也没什么事，我还以为你会把握机会，命令我餐后侍寝，小陛下。”

一口芒果酥“噗”地全喷出来，她手忙脚乱地急促咳嗽。

他扬笑叫唤：“芳姐，来收拾一下。”

守在门外的保姆应声而入，身后跟着从二楼下来的胡秋悦。

双晴刚把手中剩下的半块芒果酥塞进嘴，一见胡秋悦，如见救星靠山，顾不得仪态，左手直指就要走开的寇中绎告起状来：

“伯母，中绎欺负我！”

“他这么坏？”胡秋悦笑看二人，“告诉伯母，他怎么欺负你了？”

“什么东西一大早坏了？”寇戎飞笑呵呵地也走了进来。

“寇先生，不是东西——”保姆搭嘴。

话未说完，胡秋悦和寇中绎已经笑了出声。

笑不出的只有双晴，她被胡秋悦一句话问得语塞，右手犹捏着咬在齿间的芒果酥，鼓着两边腮帮，脸上一波红一波热，不知该把酥卷推进嘴里还是取出来说话，像极了搬起石头砸到自己脚背的小可怜。

寇中绎唇角一咧，笑容愈拉愈大，罕见地大笑开来，俊眉飞展，意气张扬，笑意在他眼中形成旋涡，震荡出星光波澜，仿佛这一生未曾如此快乐，而她超级困窘的模样，更是触发了他心底沉寂到已然遗忘的年少邪恶，他弯唇谲魅，俯首倾身，好心为她解围。

“妈想知道我怎么欺负你了，要不要我帮帮你，重演给她看？”

他执开她的右手，当着父母的面，肆无忌惮地咬掉她剩在嘴巴外的小半截芒果酥，末了舌尖还意犹未尽地卷舔去她唇畔的碎屑。

若不是场合不对，大致连她唇内那一小口也要不保。

她呆若木鸡，这……这不是结婚闹洞房才该有的动作吗？

紧接着，餐厅里表情镇静、情绪稳定的各位观众，就眼睁睁看着被欺负狠了的受害人在刹那间满面飞彤，夺路急逃的途中撞倒了椅子，疼得她一边弯腰捂住膝盖"哎哟"大叫，一边没命似的逃离惨绝人寰的案发现场。

寇戎飞直乐："小兔崽子行啊！看样子你妈明年就能抱孙子了。"

胡秋悦哭笑不得，嗔责儿子："你还不去看看她撞到了哪里。"

"芳姐，你去煎个荷包蛋，连同白粥、小菜一起端到我房间。"心情愉悦地交代完保姆，寇中绎转身去寻人，不知这回要花多少心思，才能把她哄顺气了。

上了二楼，沿廊走到客卧，意料之中看见房门紧闭，他立定叩指敲门，里间长时间没有回应，也不知她是不在里面，还是故意充耳不闻。

梆，梆梆，等待几秒，仍然无声无息，他重复伊始，耐心无比。

节奏平稳的敲门声响到第十下，才传来闷闷的单音节：

"谁？"

"我。"他忍不住笑。

"滚！"

他笑容更深："荷包蛋煎好了。"

"叫你滚！没听见吗？！"

"听得很清楚，我马上滚。"嘴里这样说着，手下却是推门而入。

她盘腿坐在床上，耳根后的细肤淡粉犹存，十足恶狠地瞪着他：

"还说马上滚，骗子！"

他无辜挑眉："我以为你是要我滚进来。"

一只飞枕带着满腔幽怨凌空劈来。

他闲闲地探手一接："反正起得早也没什么事——"这次是两只绒毛拖鞋带着羞怒连发突袭，他轻松闪开，笑容加深，"有没有兴趣参观我的房间？"

被耍得身心俱残的她眼含戒备，他还想玩什么花样？

下一瞬骤觉身体一轻，她整个人已被他打横抱起，失重晕眩下，她条件反射地勾紧他的脖子，愤懑低叫：“你疯了！快放我下来！”

他如抱宠物，对她小猫小爪的挣扎视若无睹，往自己房间走去。

“有句话我不知道该不该说？”他凝眉俯看她。

被他严肃的表情慑住，她停下反抗，静倚在他怀里。

“什么话？你说吧。”

“你确定要听？”他踌躇再三，最后摇头，“算了，我怕你会不高兴。”

她急了：“有什么就直接说！我不会不高兴的。”

“那好吧。”他一脸勉为其难，蓦地把她腾空一抛，在她惊得花容失色的尖叫声中，他稳稳接住回手的娇躯，无限感慨，“小时候，我家后院养过一头小猪，我放学回来经常抱它，感觉还没你圆润……你要不要考虑减肥？我知道有一种方法不错的。”含笑倾情力荐。

她被他的抛接吓得三魂掉了两魄，双臂紧紧勾住他颈后，欲哭无泪：

“你才是猪！我才九十斤出头！哪里圆润了？”

“这个问题——”不好这么挑衅地问他吧，“要我帮你看看吗？”

他外星人一样跳跃的思维让她跟不上，傻问：“看什么？”

“看你身上哪儿比较圆润。”他含蓄道。

“你去死！”她狠掐他铁骨铮铮的肩胛。

“你先松手。”笑意向眉梢延展。

“就不！”

他无奈又无力地对上她几欲喷火的双眼，用脚踢上房门。

“你不松手，我怎么去死？”

“你——哼！我再也不信你了！”

“这样啊，那只好请你将就一下，和我同年同月同日……同床死。”

矫岸的身躯覆下，把她重重地压入绵软的床铺深处，温热的唇瓣如影随形，再续餐厅里情深未竟的一吻，将她无法出口的满腹抗议碾吮成细碎呻吟。

柔肠百腑内，如发酵般膨胀的眷恋，来得让他隐隐恐惧。

寇戎飞和胡秋悦年初一接待客人，初二出门探亲访友，双晴既不需要和长辈多相处，更被寇中绎纵容到想做什么就做什么，比在自己家里还轻松自如。

其间湛开来过电话，得知她在寇中绎家，沉默片刻，没多说什么就挂了。

寇中绎则是说到做到，总在不经意间，让她开心到忘怀所有。

在他的怜惜下，她像啄壳新生，抛开一切，全心享受和他相处的时光。

临别这晚，入夜时突然变天，乌云密布，山雨欲来。

原本两人吃过晚饭，在书房里消磨睡前时光，无声的闪电从天际划过，惨白的光弧稍纵即逝，把临窗而立的她吓了一跳，寇中绎起初以为她只是意外受惊，但当闪电再打下来时，她脸上仍是微微惊色，他心里不免好笑，合起书送她回房。

女人是天生柔弱的小动物，不是怕蟑螂老鼠，就是怕行雷闪电。

她站在客房门口，握着门把手，迟疑了一下。

“怎么了？”他关心地问。

她看向他，迅速笑笑，摇了摇头。

明显有点不对劲，他打算追问时手机响起，屏幕上显示是李证先。

他没多想随手接通，另一只手为她打开房门，示意她进去，然后指指自己的房间，有什么事他就在隔壁，保证随传随到，她面上笑容扩大，用力点头，让他不要担心。

她看着他转过身，对着电话“嗯”了声，走进卧室，回头朝她挥挥手。

房门被他合上。

“都查清楚了？”关好门后寇中绎问。

“你说得一点儿没错，沈承贤的堂侄子叫沈绪，他接手沈承贤的设计公司后，原本经营得还可以，可惜赚了钱不学好，结识一帮狐朋狗友，被混子们带去景州的地下赌场，他可能怕惹上麻烦，每次去都用假身份，不过出入多了，最后还是遇上了假的沈承贤。”

寇中绎笑了，水鱼游来游去，不招老千盯上没天理。

“然后他就一脚踩进了别人设下的圈套？”

“对，那些人开始只打算坑沈绪一笔钱，可巧那时候，假沈承贤在酒会上认识了小白兔她妈。”把主意打到了朱翡真身上。

“我明白了。”寇中绎领会后应声，老骗子要捏造一个合适可靠的身份去接近朱翡真，沈绪手上有现成的设计公司，幕后老板人不在本地，简直是天赐良机，“他们是不是设局使沈绪赌上头输了大钱，再让狐朋狗友唆使他，用设计公司做抵押借下高利贷？”

“老大就是老大！假沈承贤特别老辣，和沈绪说不需要他把公司过户，生意可以照做，他们只是借用一阵子，会白纸黑字保证不做违法的事，只要沈绪答应，马上把尾债勾销，沈绪被他们榨得连渣都不剩，走投无路，又觉得没什么实际损失，就签字同意了，事后他不敢告诉真沈承贤，只好任由那些人拿捏。”

“他当然不敢说。”公司被骗是小事，背后的牵涉才是大事。

总算沈绪还残留一点智商，当时想到用假身份，否则极有可能闹出维州最大的丑闻。

“最后沈绪把公司里见过真沈承贤的老员工都辞退了，假沈承贤伪造证件，以多年没露面的大老板身份登场，往公司里安插了自己人，沈绪挂个虚职，暂时不在公司出现。”

之后假沈承贤下足功夫追求朱翡真。

“我给你一个手机号码，对方姓徐，你把查到的材料都交给他。”

“行。”

李证先记下寇中绎报出的号码，忽然“咦”了一声：

“这不是市委办公厅徐主任的手机吗？”

“你认识老徐？”

李证先嘿嘿笑：“我是认识他，不过他不认识我。”

寇中绎转念一想明白过来，维州黑白两道排得上号的人物，大概都记录在李证先的资料库里，不然做他那一行，分分钟可能踩到地雷。

“你把材料给徐叔，大致说下情况，他会处理。”

“老大你路子挺野啊！”李证先说完，记忆深处闪过当年在部队时的醉酒夜话，沈承贤事件和寇中绎从前及现在说过的话，在他脑海里飞速过了一遍，他愕然张大了嘴：

“……我靠！我刚想起来你老子是谁！”

寇中绎扯扯嘴角，一边解开衬衫纽扣，一边走向浴室。

“老骗子在维州和景州混到现在没出事，想必是猫有猫道，鼠有鼠路，说不定会在刑侦调查时收到风声出逃，你盯着那些人，一有动静就告诉徐叔。”

“你这是一个都不放过？也对，小白兔不能白挨一巴掌。”

打开淋浴器，调试好水温，寇中绎淡淡一笑。

“等都进去了，再好好招呼他们。”

“……老大，你千万记住，我是小白兔的挂名哥哥，这辈子永不变心！”

“滚远点。”

“是！首长！”李证先笑着挂掉电话。

寇中绎把手机放到一边，除尽衣物开始淋浴。

水流飞泻的莲蓬下，他静然立定，任水柱兜头冲荡，心底那一缕踌躇始终若隐若现，连日来挥之不去，这样一次次越过界线，在她人生中涉入过深，将来该何去何从？

在扰人的思绪中洗好澡，他穿上浴袍，边擦头发边走出浴室。

窗帘没拉上，闪电的惨光劈入卧室，带着沉闷的雷声。

不由得想起回房前，她握着门把手欲言又止的模样，那种不明不白的神色，总让他觉得有点放心不下，他把毛巾扔进藤编的洗衣篮，朝门口走去，背后风入窗缝，帘声微沙。

连敲两遍她的房门，听不到应声，他心中一紧，推门而入。

房内顶灯亮着，一室空寂无人。

他叫唤着她的名字，走过去打开浴室的门，又去看被夜雨打湿的露台，都没发现她的身影，床上被子抖开一角，软枕竖起，靠着床屏，有被背压过的松垮痕迹，显然她曾经上过床，但此际不知去向，只留下一双绒毛拖鞋参差地落在床前，以及搁在枕边的手机。

寇中绎转身出去，走廊里亮着小盏壁灯，沿廊房门紧闭，他不想惊动父母，没再扬声叫唤，走到楼下客厅、餐厅，搜索过每一处，始终不见她的人影。

小孩子戒奶还有一个渐进的过程，她戒心理依赖，是一夜之间连根拔起。

被母亲无端冤枉掌扇，不可能没有后遗症，只不过白天晴空日丽，身边还有他做伴，在这样风雨交加的夜晚，泼窗雨水就像连绵的眼泪，最容易惹伤心人情绪。

寄予最后希望的书房，放眼也是没人。

他的心口往下沉了沉。

外头电闪雷鸣，如有巨魅作祟，欲将天地捆缚，倾盆大雨哗啦啦地响，似在苍茫中咆哮嘶鸣，不知藏匿着怎样的诡变，理智告诉他，她必定还在屋子里的某处地方，心底却没来由地焦虑，控制不住恐慌的情绪，万一有什么原因让她出了门，这种天气下非常危险。

他冷静下来，开始抽丝剥茧地往回追溯记忆，在走廊和她分别，他回房，和李证先通电话，冲澡，从浴室出来看见窗外闪电，想起她的不安，出房……

他倏然睁眼，迅疾奔向楼梯，冲上二楼，砰的一声打开自己卧室的门。

从房间出来时，背后那丝细声，并非风动帘栊。

大床的另一边床沿，紧挨着雪白的床单，露出半边脑袋，她像靠着他车子轮胎而坐的那天，背靠着床头矮柜，赤足坐在地板上，尖巧的下巴搁在膝头。

听见门响，她转过头来看他，廊灯的光线从门外打来，地上拉出一抹阴郁的影子，他立在门中央，湿发凌乱，浴袍的袍领因急跑而大开，精硕的胸肌裸露在外，怒气耸动的喉结下是性感锁骨，一条结实的胸线惹眼直下，穿过幽深的肚脐，没入缚结松垂的袍带下方。

她看得痴迷，微微张圆了嘴，唇角朝上翘起。

他磨牙冷呲一声，甩上门，大踏步跨上床，凌空将她提起，拦腰朝下摁在腿上，巴掌举高落下，毫不留情，她撅起的臀部被打得啪啪作响，不住呼痛。

“把我耍得团团转，你很开心？”他边打边叱骂，心头好气又好笑，她趁他洗澡时躲到这里来，他开门出去她肯定看到了，明知是去找她，偏不出声，让他满屋子扑空。

她的脸埋在皱乱堆叠的毛毯里，说话声低低闷闷：

“我怕打雷……我喜欢你这样关心我。”

手掌再落下时便卸了力道，熨帖在她翘俏的圆臀上，柔软而弹手。

他有点心猿意马，她无伤大雅的小玩笑，带起一丝失而复得的滋味，浅浅地横亘在他的心口，将多日来的自制隐忍扫荡开去，欲焰蓬勃抬头，变得异样渴切。

“痛不痛？”满带戏弄怜惜，他挑情揉抚。

她侧过头来望他，他的睡袍全然散乱，两条长腿绞着她的腿，一只手还钳压在她半裸的细肩上，姿势缠绵暧昧；而她也没好到哪里，被他教训时，她蹬腿挣扎，原本挺长的睡袍卷起堆到了腰间，臀沿隐隐可见，他的腿根愈加硬了几分。

心跳声怦怦狂作，血气全往面庞上涌，她又怯又大胆：

“好痛，那里肯定被你打红了……不信你看看。”

他简直受不了这种撩拨，一俯身从背后压上她，伏唇在她耳畔轻呵：

“你再不乖，信不信我让你死在这张床上？”

“……不怎么信。”她不要命地挑衅。

他啧声一笑，猛地抓住她的浴袍往后一抽，扯开丢弃在地，把她翻过来继续压在身下，两人肌肤相亲，只余腹下寸缕，他的双掌滑下，从蕾丝边沿切入，盈握两瓣俏臀，把薄薄的蕾丝挤成臀缝间的细线，他得偿所愿，大肆搓揉摩挲，每一寸都不舍得放过。

这一刻这一秒，从带她回来，他就开始幻想。

“你不信我——是对的，你知道我是谁？你了解我什么？竟然就敢把自己交给我。”唇舌被雪峰上的软玉堵住，他忘情地两边唆弄，百般含舔，不忘抽空责问惊喘的她，“你不怕我像你妈那样伤害你吗？甚至可能会比她伤得你更重，你就这么信任我？嗯？”

他存心挑弄撩拨，她不能自已地轻呻，羞得横手遮眼，吐露心声：

“这个世界上只有你关心我，怜惜我，不舍得我流泪……只有你会想方设法让我露出笑容，你给我的欢喜和安定感，我父母从来没给过我……”

一番话将他的胸腔肺腑烫得疼痛，心火熔融，最后一丝理智也被淹没，下身灌满岩浆，急欲喷薄，长指带着无名恨意侵上嫩蕊，剥开她来回蹂躏，似不满她秘藏过久，初经人事的她快意又惊乱，整个身子弓了起来，下意识想并拢双腿，他却不允，一手掳掠。

“你会后悔，将来会恨我。”指下愈发急剧。

“你要说服的人似乎不是我。”她在哆嗦中坚持，直指他的回避。

如此冥顽不灵，真是深邃人意，他轻哂。

“不知死活。”倏然揪弹。

她尖叫一声，乌首乱摇，全身最敏感的那处被他横抟竖捋，连意识带惊喘全部破碎，攀紧他肌理绷直的臂膀，失魂地弓起细腰任他亵玩，没几秒就逸出登顶的颤吟。

他缓慢而又轻柔地继续拈捻，余潮在她体内延绵起伏。

他俯首，轻吻她诱人采撷的樱唇，哺之以舌，温柔相呷，执住她的双腕，把遮脸的手臂拉下来压在两边枕侧，支肘将上身撑起数寸，在她上方悬视。

她眼神迷蒙，被春潮冲刷过的面庞像涂了胭脂，有种奇异艳丽。

“只要你说不。”他轻声诱哄，尽管胯下爆硬难耐。

她几乎不假思索，摇了摇头，否定他的提议。

几天形影不离，感情有如洪流泄堤，对他的眷恋和依赖已牢不可破。

喜欢一个人到了极点，下意识会想索求更多，想从他身上见到证明，想要他连绵不绝的爱，来填满她心深处过去积聚的空虚和今夜的恐惧，明日临别在即，她十分不安，这次分开后，他会不会又变回从前，对她刻意忘怀疏远，她没有任何筹码把他留在身边。

只除了把她的真心，变成他人生的牵连。

“我要你。”她终于说出口。

他听了露出微笑，如果纵容她此刻的大胆妄为，最后为之背负代价的人只会是他，但她亲口说要他，如此坚定和急切，他笑痕嘉许，抓过她的左手，从手背交扣她的五指，让她微暖掌心贴上他的胸口，那处有个长年黑洞，已经孤单太久。

他牵她的另一只手往下，勾起他被庞然大物撑绷的内裤。

“脱掉它。”

第九章

立刃之破军局

青春期的草木都开花，十七岁青年的感情像野马。

翌日，两人毫无意外地缺席了早餐，直到临近中午，寇中绎才放她起床，她前脚刚去洗漱，他后脚就尾随而至，立在门口观赏春光，继而毫无意外地又押她洗了个鸳鸯浴。

她回到家赶上吃晚饭，顾天成如常叫她多喝汤，其余只字不提。

时光在白天与黑夜的交替下无声逝去，从前每到放假，她总感觉日子过得太慢，不知要熬多久才能返回学校，现在却觉过得太快，一天天转瞬即逝。

自从那一夜，她的三魂六魄被他夺走之后，再也没有回来。

每每不自觉回味甜蜜细节，下腹都微微悸麻发软。

春节假期的最后一天，两人相约去了妇幼医院，探望住进去待产的余敏，她的肚子大得吓人，预产期就在这两天。李证先在老婆跟前小心翼翼，鞍前马后，看见寇中绎拎着果品与双晴携手进来，他如见万年救星，马上苦着脸起立：

“丫头快过来，你陪我媳妇聊聊。老大，咱俩出去抽根烟，憋死我了。”

双晴失笑，在余敏床前坐下，看着她圆滚滚的肚子。

“怀孩子是什么感觉？”

余敏面色柔和，摸了摸隆起的腹部，孩子用小足轻蹬她的手掌。

“我觉得——”她用心想了想，回答道，“怀孕是一种颠覆。”

双晴第一次听到这种说法，不免有点新奇。

“颠覆了什么？”

“怎么说呢——当我第一次透过四维影像，清晰地看到他蜷缩在我肚子里的小手小脚时，我觉得整颗心都化了，就在那一刹那，我彻底抛掉了从前只会做梦的少女情怀。”

双晴轻“啊”一声，过了会儿，忍不住又问：

“可是，不会觉得任重道远吗？小孩子那么脆弱，做父母的只要稍有疏忽，就会让他受到伤害；或者他长大以后不听话，让父母伤心，这些你都不担心吗？”

“胡适有一首写给儿子的诗，其中几句是这么说的：‘譬如树上开花，花落天然结果。那果便是你，那树便是我。树本无心结子，我也无恩于你。但是你既来了，我不能不养你教你，那是我对人道的义务，并不是我待你的恩谊。’归根到底，做父母的但求对儿女尽心尽力，不必求将来他们会有多大回报。”

双晴细细琢磨她念的诗句，良久道：

“一般人做不到吧？”

“别人做不到是别人的事，将来你做了孩子的妈妈，不妨试试看。”

双晴笑着摇了摇头，这话题对她而言还太遥远，心里却不期然想起那一夜，寇中绎没采取任何防护措施，彻夜纵情尽兴，第二天送她回家途中，也不允许她买事后药，说对身体不好，她也觉得不至于那么巧一次中招，也就不甚在意。

看到即将临盆的余敏，倒是警醒了她，以后非注意不可。

产房外，走廊尽头，靠窗一角。

“汪家玻璃窗那事儿，都照你的吩咐做了。”李证先说。

“大周没起疑心？”

“我兜了个弯，故意漏点口风给一个共同的朋友。大周查来查去，一直没掌握到突破性证据，本身就有点急，一听说我可能了解内情，马上就来找我了。”

李证先当然不可能把查到的资料直接给大周，但指点大周该去哪里，寻哪个关键人物聊一聊，就不成问题。而只要抓到线索的源头，顺藤摸瓜就容易多了。

“我估摸着这时候，汪锦程应该知道了。”

寇中绎点点头：“现在就缺个人给他敲敲边鼓。”

“你和丫头在一起，他肯定不会再信任你。”

“合适人选我已经安排好。”

“谁？”

李证先话声方落，寇中绎就看见双晴惶惶不安地走了出来，他低声匆匆交代：

“你想办法帮我找到星宇豪庭六号楼顶楼十六层，西头三室户的买主。”说完他马上朝双晴走过去，关心问：“怎么了？”

“我妈打我电话，可是说话吞吞吐吐的，不清不楚，我多问两句她就挂了，不知道出了什么事，我有点担心，想去看看她。”

“我送你过去。”

当下两人辞别李证先夫妇，前往朱翡真的住处。

她一路上放心不下，有点坐立不安，他则平静如常，只间或看她一眼，终究没说什么。

车子到了楼下，双晴急忙下车，却看到寇中绎也推门下来。

“我陪你上去。”他温然道。

她有点意外，他这一上去见她母亲，意味着在双方家长面前都已确认关系，未来可能就是谈婚论嫁，她虽然交出了自己，实际上仍天真得很，还完全没考虑过那些长远的问题。

再想起曾在朱翡真的屋子里差点儿撞见男人，她一时有些迟疑：

“我不知道妈妈家里合不合适……”

“你一个人上去我不放心。”

他不容她反驳，手掌贴在她的脊背上推着她往前走。

她原本还想说什么，转念忽然明白过来，他是在担心她，怕她可能还会挨打，她一下子感动穿心，回身投入他怀内，拦腰抱着他，紧得他几乎不能动弹。

他爱怜地摸摸她浓密的发丝。

“小傻瓜。”

她满足地松开他，主动牵起他的手，把他拖进电梯。

这一点小欢喜在她开门进去，见到朱翡真时消失无踪。

朱翡真形容颓败，眼眶深陷，似是一夜未睡，头发乱如蓬草，身上的家居服皱皱歪歪，躺在贵妃榻上，一杯接一杯不停地喝着轩尼诗，旁边的酒瓶已经空了一半。

她走过去，一手一个把酒瓶和酒杯拿走。

“妈妈你怎么了？”

“朱阿姨，新年好。”寇中绎跟着问候。

朱翡真喝得半蒙半晕，听到女儿说话的声音，迟滞神色没一丝变化，然当看到寇中绎就站在双晴身后的瞬间，她整个人清醒不少，尴尬地应了声，用手指胡乱地捋捋头发：

“你们坐，我去洗把脸。”

双晴看着母亲走回卧室整理仪容，面色不无担忧，寇中绎安抚地拍拍她的肩。

“双晴，你来一下。”朱翡真在房里叫唤。

她应声进去。

朱翡真换了一身衣服，正对着镜子在梳头，当从镜子里看到双晴进来，她慢下动作，明显犹豫了下，最后放下梳子，脸上浮起惭色：

“对不起，那天妈妈是气急了，才打了你。”

“都过去了。”她望着镜中朱翡真憔悴的面容，换成一个月以前，她可能会忍不住上前抱抱母亲，安慰她一下，然而时至今日，她已经深深明白，凭她一己之力，无法重建亲情，“你可能不相信，但我确实没说过那些话，那是剪辑合成的。”

朱翡真点了点头，她早该想到，女儿是她生的，为人她最了解。

“你和沈先生之间发生了什么事吗？”双晴问。

“昨天傍晚，有警察来找我。”

“啊？！”

“沈……他被抓了……警察说他们是一个诈骗集团，涉案金额超过几千万。”

虽然双晴对沈承贤的身份早有预料，听到朱翡真这么说还是吃了一惊：

“警察是来找你了解情况？”

“问了我很多事情。”

双晴心中约略估算，母亲虽然损失不少钱，幸而没到伤筋动骨的地步，不算太惨重，就当买个教训好了，只是那份掏空了她躯壳的感情，竹篮打水一场空，余生无处弥补。

朱翡真收拾好，出去招呼客人。

见母亲情绪不佳，双晴没多逗留，坐了一会儿便和寇中绎离去。

下得楼来，及至上车，她忍不住倾诉：

“我妈交过不少男朋友，每次她热情过去，不喜欢了，腻味了，想摆脱了，为了不留后患，都是由我出面处理，这么多年下来，她不厌倦，我也厌倦了。”

寇中绎执她的手到唇边一吻。

“以后交给我。”

“听到她说那骗子被抓，我就想，啊，老天真开眼！”她脸上笑意浮现。

“你解气就好。”他朝她微微一笑，启动车子，“现在想去哪儿？”

“我没什么想法，你呢？”

“……我有很多想法。”

她过了两秒才反应过来，红了脸飞拳捶他，被他笑着捉住。

没想法的娇娇女，被有想法的男人带回了他的住所，距离最繁华市中心两条马路之隔的幽静地段，一套三十层高的高级公寓，他打开门朝她做了一个往里请的手势。

入门所见，象牙白的大气方砖如水泄千里，浑然一体光鉴照人，贴砌在地暖系统上，工艺高超细腻到几乎看不出拼接痕迹，她欢喜得脱了袜子，光脚走过客厅。

她打开他卧室的门。

私家定制的大床安置在阔落的房中央，两面墙壁的交界处是半球形落地飘窗，形同于一个室内小露台，挑高的地坪上满铺一条纯黑手织毛毯，毯上有一张藤桌和一把藤椅，旁边是塞满饮品的迷你冰箱，藤桌上摆着精致的杯碟，让那方角落显得舒适而清寂。

和东方森林天苑的住所相比，这里才是他真正的私人空间。

是他心理的最后防线，而此刻，他邀她入驻。

她回首看向静立在床角的他，无声地用嘴形说了几个字，他失笑行近，不管能力再怎么强悍，唇语从来不是他的专长，交臂围拢她的纤腰搂入怀内，俯唇低语：

“再说一遍。”

她踮起脚，双手攀到他肩后，在他耳垂下方吐气如兰：

“我爱惨了你。”

他搂着她的手臂紧了紧，低下头，她的细嫩喉管就在唇边，他轻轻噬舔。

“你会为这句话付出代价。”

说完猛地把她往后一推压倒在床，抬高她双腿勾到腰后，他发狂般吻她，一手探入胸衣内用力揉玩，一手往下解了皮带，嘶声拉开拉链，把自己释放出来。

她被撩拨得轻喘细吟，迷魂中脑海里闪过余敏的样子。

她下意识推了推他："我有点怕。"

"我会慢慢来。"

她气闷咬他肩膀："我是怕有孩子。"

"那就结婚。"他人不退，手不停，把她衣衫解尽。

她张口结舌，别说她还没毕业，就算毕业了，现在谈婚论嫁也为时过早："这……太快了吧？"

"我已经够慢了。"他以唇舌和樱果急切纠缠，胯下刻意顶弄，"我早就等不及。"

她最敏感的两处酸软难禁，不觉逸出低吟，极力想抓住残余的意识。

"太突然了，为什么这么急？"

"我也怕。"怕迟了她会恨他。

不容她分说，他擒紧柔软腰肢，封住她的小嘴，把诸多绮念化为稀奇手段，尽情加诸她身，就像一头困斗已久而得以从牢笼里释放出来的猛兽，反复猎食不能餍足。

青春期的草木都开花，十七岁青年的感情像野马。

在一个水墨画家的自传里看到这句话，双晴的内心深处犹如被火石击中。

和寇中绎情定之后，不过短短时日，两人之间感情攀升的速度，超乎热烈疯狂，几乎不受理智控制，令她飘飘然如飞在雾里云端，有种身在天堂幻境的错觉。

她合上书本，想想仍旧放心不下母亲，还是得去看看。

而当春节假期刚刚过去，李证先就喜添麟儿，发短信广传亲友，在景州的童念收到他的信息，周末亲自驾车来到维州，送上一年份额的进口奶粉作为贺礼。

黄昏时分，李证先和童念去了鼎庐饭店。

这时的双晴，已在朱翡真住处。

朱翡真仍在休假，没回去上班，表面看似恢复如常，难得重操厨艺，为女儿做了顿晚饭。然而双晴细心，一眼就看到上次轩尼诗的瓶子全空了。

显然朱女士在夜深人静、辗转难眠时，仍旧酗酒。

假如世上还有一个人知道朱翡真需要什么，这个人定是双晴无疑，她既不开口揭穿，也不浪费时间去劝解，而是吃完晚饭后，用手机上网查询旅行路线。

有的人，错爱一次会元气大伤，三年五载难以复原。

而有的人，错爱过一次，就像打开了人生中最奇葩的一扇门，从此马不停蹄，一发不可收拾。他们通常拥有一项高超技能，每次都爱得认真、爱得投入，爱得像没有来世。然而，当上一段恋情过去，下一段恋情开始，他们又会比谁都更快地丢掉过去，像从来没恋爱过似的，再次轰轰烈烈，让人叹为观止。

对于这类人，转移情伤的最好办法，就是让他去寻找新伴侣。

“妈妈，你还有多少年假？”

“我打算过两天回去辞职，休息一段时间。”朱翡真在厨房里应声。

辞职？这怎么行！单身女人什么都可以没有，连爱情和婚姻都不是必需品，只万万不能没工作，长时间独自活在世上，已够孤单彷徨，一旦精神失去职业寄托，更易沉沦。

朱女士需要的不是辞职，而是一场足以遗忘一切的长途旅行。

双晴在网上直接刷掉三十天以下的行程，决意让母亲在未来的几个月内，无时无刻不待在热闹人群中，天天有娱乐，夜夜有节目，有无尽美食和无限美景，随时都有可能在某个转角就遇见下一任梦中情人，而再无暇在夜半伤心饮泣，自哀自怜。

最后她选定在维州登船，环游世界九十天的邮轮，航程跨越三大洋五大洲，途径十八个国家，停靠将近三十个目的地，船上还有许许多多能够满足殿堂级购物狂的免税店。

她先斩后奏，勾选了高级全景阳台套房，填好朱翡真的个人资料，一声不发，付掉全款。当朱翡真收拾好从厨房出来，虽为之惊讶无奈，也已成定局。

安置好母亲，离开时她心中轻松不少。

下来走出骑楼，看见路边停着一辆跑车，她怔然止步，定睛看去，坐在驾驶座里的人，并非当日曾来此间接她，手搭在车窗上戴耳机听歌的汪锦媚。

那些旧日时光，每每被无意触及，总让人抑郁怅惘。

她无比想念从前好友，奈何人生来去无法挽留。

当她把某些事情串联到一起，终于想通透之后，就没考虑过两人要和好，没有去尝试修复那段也许本可以修复的友情，因为无论她今日付出多少，当某天汪锦媚知道真相后，一切都会沦为徒劳无功，她和汪锦媚之间注定没有以后，只有各自人生的独木桥。

从跑车旁边走过，她打开手机，拨给寇中绎。

响了一下就被接通，他在那头问：

“去看过你妈了？”

“嗯。”她情绪不高。

“怎么了？”敏锐的他瞬间捕捉到了，“什么事不开心？”

“没什么……你在哪里？”

“我刚到鼎庐，准备停车。”他顿了顿，解释一句，“有朋友从景州过来。”

“……我想见你。”她依赖般低语。

他沉吟了一下，然后说：

“那我来接你？”似乎隔着无形的脉冲信号，他也能察觉她无处可去。

“不用了。”她连忙阻止，怕他行动力迅速，“别让朋友等你，我自己过去就可以。”说完又自犹豫，“……你真的方便吗？”他貌似是和朋友私下聚会，她到场未必合适。

“小傻瓜。”他轻声笑道，“我也想见你，别担心，大仙也在，只有他、童念和我，你过来我介绍童念给你认识。”

听闻李证先也在场，她稍微安心，扬手召计程车。

那边寇中绎推门下车，朝站在前方等候他的俩人走去，和李证先相近，童念的身形也是高大英伟，长着一张人畜无害的桃花面，眼神却偶尔凌厉一闪。

寇中绎行前站定，三个男人像时尚杂志封面模特。

李证先交给寇中绎一枚迷你无线耳塞，同时递给童念一个打火机，寇中绎把耳塞戴上，童念对着打火机试了试音，看见寇中绎点点头，他嘿嘿笑道：

“我都有点怀念当年出任务的日子了。”

“你丫是怀念当年老大替你挡枪子儿吧？”李证先损他。

“可不，老大的救命之恩，我是没齿难忘。”童念用肩膀撞撞李证先，一脸的缅怀，“大仙你猜猜，这些年我梦见了多少次老大扑过来把我推倒的英姿。”

李证先二话不说，抓住他手臂就是过肩摔，童念反应神速，凌空翻腾一周，稳然落地，两人默契得无须眼神交流，突然攻其不备，齐向寇中绎出手。

寇中绎闪电般立臂格开李证先疾挥而至的直拳，同时快速后仰弯腰，恰恰避过童念扫来的腿风，右肘瞬间一横，击向李证先肋下，将他逼退两步，说时迟那时快，凌空踢出连环腿与童念硬碰硬交锋，狭路相逢猛者胜，劲力略逊的童念趔趄落地。

“老大你就不能脚下留情？”童念哭丧着脸连连揉腿。

寇中绎连气也不喘，笑着看了看表。

“小童，你能弱到我看不上眼，也是种能耐。”

李证先见童念吃瘪，忍不住哈哈大笑，童念不甘心，笑眯眯地走近李证先，朝他腹部就是一拳，李证先没防备挨个正着，惊骂了声娘，痛得五官好一阵扭曲。

“时间差不多了，我先进去。”寇中绎说着走向饭店。

李证先和童念跟随其后，却在饭店门前停下，靠边点了支烟闲聊。

寇中绎独自走进包厢，把房门关上，大约过了十来分钟，耳塞里传来童念陡然拔高的笑声：“真巧了！没想到来维州吃顿饭，也能碰见你。”

紧接着就是汪锦程笑语相迎的声音：

“童念？你怎么来了？”

“这是我兄弟大仙，他老婆刚生了娃，我过来给他庆祝庆祝。”

汪锦程和李证先寒暄两句，对童念道：

“我约了银行的人，吃完饭你到柏林房找我，晚点咱们喝酒去？”

“行啊，到时好好聊一聊。”

两个人说完，汪锦程的声音便渐行渐远。

寇中绎摘下耳塞放进口袋，动手沏茶，片刻后童念推门进来，李证先跟在他身后，往左右回廊看了看，迅速把一粒纽扣似的小东西贴在不起眼的门角处，然后进来把门朝外关上。

李证先打开手机，不一会儿门外有侍应走过，手机屏上生成红外影像。

双晴到来是在一刻钟后，见到陌生人有点腼腆。

寇中绎起身候她行近，为她拉开椅子，向童念介绍道：

“这是双晴，顾达集团董事长的掌上明珠。”

“童先生你好。”她率先问候。

童念当即站了起来，童家与顾达也有生意来往，听闻她是顾天成的女儿，他脸上讶色闪了闪，彬彬有礼地与她握手，惯常笑眯眯的眼神却是伺机瞥向李证先。

老大这是来真的？

李证先一咧嘴。

“童念你们那地儿，前几天出了点事吧？”

“咦？你消息还挺灵通，有个地下赌场被捣毁了，趁着春节人齐，抓了一伙人，说是省刑侦总队的突击行动，市局事前没收到一点风声，年也不让过，估计是得罪人了。”

李证先听了笑而不应，转头热切招呼双晴：

“丫头想吃什么随便点，这小子请客。”

童念看看他，再看看双晴，最后视线停在为她斟茶的寇中绎脸上。

寇中绎神色自若，抬首朝他看来，轩眉一扬：

“你也想喝茶？”

童念瞬即领悟，差点儿脱口而出，老大你这头杀人六畜的射天狼！他哈哈哈起身，抢过寇中绎手中的茶壶，笑容满面，热情有加，往双晴的茶杯里意思意思添了点：

“来来来，小丫头，第一次见面，哥哥给你倒茶。”

“谢谢。”双晴受宠若惊。

李证先看了看手机屏幕，辨别了下从门外经过的人影是谁，向童念投去一眼。

童念心领神会，放下茶壶，拿起手机，对同桌三人笑道：

“你们先吃，我出去打个电话。”

寇中绎侧首向左，温柔地望着双晴：

“闭上眼睛。”

不明白他想做什么，她带点好奇，依言闭上双眼。

他不慌不忙地从口袋里拿出迷你耳塞，塞入右耳耳道，然后从另一边口袋掏出钥匙包，拆下一把门匙放在她的手心，她感觉到手掌有异物，睁眼一看，见到钥匙颇为意外。

旁边李证先连咳数声，忍住笑看向寇中绎，似在揶揄“你这个禽兽啊禽兽”，双晴原本想说话，抬头见李证先一脸坏笑，她有点不好意思，最终什么也没说。

包厢外，童念对着手机嗯啊连声，信步走向左边走廊。

尽头处有个露台，摆着可供临时休憩的法式躺椅，两侧紫纱垂幔，汪锦程就站在纱幔边上打着电话，听到脚步声一转头，看见是童念，他扬了扬手。

童念放下手机走上前去，自顾拿出烟，用打火机点燃。

汪锦程简单再聊几句，也挂了电话。

“来一支。”童念递上香烟。

说话声经由打火机的传导，无声无息地实时传入包房，在寇中绎的耳道内清晰回旋，他边笑着为双晴取汤，边凝神聆听，童念只有一支烟的时间。

“和银行的人谈得怎么样了？”童念为汪锦程点烟时随口问。

汪锦程吸了口烟，在一息间思索了下，商量着道：

“不太理想，你公司的那笔货款，能不能过段时间再结？”

“我这儿好商量，账期再延一延就是了，别的供应商可能不大好说话。”谁家生意不需要资金周转？拖得了一时，拖不过一季，“你还是得想办法尽快解决。”

“我明天就和私募基金碰头，放心吧，该你们的钱跑不了。”

“我还真没担心，烂船三斤钉，你家的底子摆在那儿，除非是你撒手不想干了，别人想把你们家搞垮，估计没那么容易。”童念说着笑起来，徐徐吐出口烟气，“说起来，都是玻璃窗惹出来的破事，那躲在背后使阴招的人，你挖出来了没有？”

汪锦程听他提起，不由得冷笑一声。

“有点眉目了。”约略一句就住了嘴，他谨慎地不多言。

“不会是同业相仇吧？”童念点到即止，口风飞转，“我就随口一问，你可千万别告诉我，你们那些破事我不知道比知道的好，万一对方和我也认识，或是以前有生意往来，搞不好双方都是我朋友，我知道了反而难做人——说句正经的，你们的资金链要是真出了问题，就别把长乐庄压在手里了，考虑考虑降价出售。”

汪锦程吸了口烟。

“其实这点我们不是没考虑过，问题是不降价联盟刚成立没多久，当初是我爸牵头的，动静闹得那么大，要是现在我家率先降价，整个就成行业笑话了。”

“咳，那还不好办？让别家带头先降呗！”

汪锦程目光一动，似被他无意中点醒，首度联想到这种可能性，连身体都站直了，略略思考了下，站姿不自觉又放松下来，歪靠着纱幔后的柱子，脸色有点颓然：

“就目前而言，其他家的资金压力没那么大，现阶段降价的可能性不高，哪怕就有人心里想降价，也会担心枪打出头鸟，估摸着都不愿意在业界犯众怒。”

童念嘴角含一抹笑，弹掉一截烟灰：

“没有可能性，你不会挑一家看不顺眼的，给他们制造一个？景州有两位房地产老板，过去有私怨，一直以来明争暗斗，恨不得你死我活，我听朋友私下说，其中一家曾经使了个阴险的损招，把对家整得有苦难言。”

汪锦程一听来了兴致：

“什么损招？”

“说穿了简单，就是花点钱，买个古董花瓶，亲手给砸了。”

“砸了之后呢？”汪锦程惊问。

童念不再吊他胃口，笑着把来龙去脉交代清楚。

这时在包房内，寇中绎举箸为双晴布菜，谁知一个没拿稳，筷子掉在了地上，他弯下腰，借着长垂的桌布遮挡，一秒之间取出耳塞放回口袋，捡了筷子直起身。

房门被推开，童念笑嘻嘻地走进来。

一顿饭吃得四人尽欢，随后寇中绎送双晴回家。

两人上了车，她犹豫了下，把攥在手心已久的钥匙递过去，想还给他。

“你不用给我这个。”

与她分享他的私人天地，相比于只是带她回去看看，意义完全不同。

他伸手握住她的手，袖口下露出她送的超薄男表，记得那天她说，从今往后，他的每分每秒都是她给的，他无以为报，为聊表寸心，唯有奉献半边床铺。

“我的求婚是认真的。”

从今往后，她的人生将有他作为落脚点，不会再无处可去。

“为什么对我这么好？”她嗓音嗡嗡地问。

“想让你离不开我。”无论将来发生什么。

难得坦述一次心声，他忽然之间自我意识到，原来这样费尽心机，总在制造更多一些的甜蜜，是为了把相处时的点点滴滴，不断塞满她的记忆，想让她忘不掉，永远也忘不了。

顾达集团在获得达陵西路的土地使用权后，为了集中人力、物力重点投入这个大型项目，春节期间以双薪留下部分工人，抓紧完成了星宇豪庭最后的园景绿植工作，过了年就给业主发出通知，宣布提前把房子交付使用，之后不到半个月，达陵西路剪彩动工。

双晴在周末把朱翡真送上邮轮，前往星宇豪庭办理收房手续。

对于寇中绎结婚的提议，她心中犹豫不决，始终没有明确答复。

父母的前车之鉴，留下的阴影太深，和寇中绎之间的甜蜜快乐，却又到手得太顺利，反而让她有种如在梦中的不真实感，心底有时隐隐恐慌，这份仿如镜花水月的幸福，也许哪天就会忽然消失，到时遗留给她的，只会是父母当初离婚时的伤痛难耐。

她痴迷于他的柔情怀抱，却始终无法信任婚姻。

寇中绎把她的矛盾和逃避看在眼内，再也不提结婚的事，这是她一生最难解开的心结，正面逼得太急，只会适得其反，其他可以迂回达成的方式多得是。

譬如他让李证先出面，贴点钱把房子换到了她的对面。

两人在同楼同层，东西两端，各据一方。

双晴在收房文件上签好字，领了门控卡和入户的套门钥匙，搭乘快速无声的簇新电梯上楼，在满铺着明净富丽的香雪梅大理石走廊里，听到西头房子半开的实木门内，传出熟悉的低缓的说话声，不期然想起相见之初，她有种前世今生已走过一回的错觉。

那个她等待多年的同时，也一直在等待她的人，原来早已出现。

初相遇时，这里一片荒芜，此时此刻，却似繁花盛开。

她轻轻敲门后推开，看到寇中绎和一名年近五十的中年人站在客厅中央，那男人穿着驼色的开司米薄长大衣，颈上搭着同款围巾，面相斯文儒雅，极有书卷味道。

寇中绎见她局促地站在门口，笑着示意她行近。

“过来，这是我叔叔，刚从国外回来。”

她立刻反应过来，脱口而出：

“就是给你家设计别墅的叔叔吗？”

“嗯，我请他来看看新房子怎么装饰。”

她连忙问候，寇中绎的叔叔面上露出笑容，目光温清：

“中绎常常提起你，今天总算见到本人。”

“叔叔！你给森林天苑设计的风格，太适合寇伯伯和伯母了！我的房型和中绎这套是一样的，只是朝向不同，你也给我装饰下可不可以？”

“当然可以。”

“太好了！我去开门！叔叔你来看一下。”

兴奋当头的她转身就跑，寇中绎无奈地和自家叔叔相视失笑。

“小姑娘很率真。”他叔叔笑道。

寇中绎将视线转投门外，穿过长长的明亮走廊，停在她低头开门的背影上：

“刚认识的时候，她不是现在这样的，没这么开朗。”

“过去的你也不是今天这样。”从前的冷硬气质，自我封闭，已悄然改变，这就是爱情的神奇之处，让人变得比自己能够想象的还更美好，“倒是你爸爸，似乎有点顾虑？”

“他有他的立场，我有我的人生。”寇中绎不以为意。

他叔叔笑了，望着双晴的背影，轻声道：

“我的奖杯就在她家？”

“最近不好拿回来，得过段时间。”

“不急。”

双晴开了门，回头朝叔侄俩大力挥手，寇中绎笑着招呼叔叔一起过去，他叔叔把楼上楼下看过一遍，已然心中有数，寇中绎便把两套房子的钥匙，都拆了一把出来交给他。

她想到软装除了费心思还很费钱，寇中绎是亲人，她可是外人，当下说道：

“叔叔你给我银行账号，我先把钱付给你。”

他听闻，看着寇中绎笑出来，再看向她，温声道：

“花不了多少，就给我做长辈的一个机会，当是送你们一点小礼物。”

她一听吓一跳，家具家居用品，各种装饰摆设，全部买齐少说也要几十万，远远超出“小礼物”的范围，她正要推辞，寇中绎已经勾手捂住她的嘴。

“就这样，我们不管了，叔叔你装好了告诉我。”

“那怎么行——嗯——”她的抗议胎死腹中。

寇中绎搂着她往外走，施恩一般摸摸她的脑袋，独裁地颁下圣旨：

“你大方一点，请叔叔吃顿中饭就可以了。”

他叔叔听了好笑：“你们去吧，我还要回公司。”

“还没整顿好？”

“快了，缺个总经理，下午来面试。”

她无从置喙，被拖入电梯。

寇中绎的叔叔一直看着他们笑，到了一楼，两位小辈自觉让叔长先行，跟随其后，走出玻璃房骑楼外，下台阶时一片树叶从探枝梢头掉下，落在寇中绎的衣领上。

她拉他站定，为他取下枯叶。

“沈先生。”有人轻声道。

她闻声转头望去，寇中绎的叔叔钻进黑色轿车，司机为他把门关上，她看看周遭，花圃转角处走出来几个人，有说有笑，又有人从他们身后经过，走下台阶离去。

周末来收房的人明显比较多，不停出出入入。

她想自己可能是听错了。

“发什么呆？”寇中绎给她一记弹额，“想吃什么？”

“你亲手煮的饭菜。”她心怀不满，刻意刁难，为他自作主张代她收礼。

他笑着捏捏她的腮帮。

“有眼光，我做饭还真不错，上车吧。”

她在副驾驶座坐好，扣上安全带，随手从包里拿出手机，一眼看到屏幕上有三个未接来电和三条未读消息，在学校上课形成的习惯，她的手机多数时候调成振动，刚才在房子里，包扔在桌上没听到，所以漏接了，三个未接来电都是汪锦媚的，消息也是，分别写着：

“顾双晴，我就问你一句，你爸做的那些龌龊事，你知道不知道？！”

“你他妈的给、我、接、电、话！”

“一家贱种！”

寇中绎见她看着手机不出声，脸色明显不对，便握了握她的手。

她把手机递过去，让他看那几条消息。

“你送我回家。”

“你想回去找你爸爸求证？”见她点头，他沉吟了下，将车子驶出，过了会儿问道，“要是锦媚说的是真的，你爸爸确实做过什么，你打算怎么办？”

“……我不知道。”

她看着路旁的行道树飞快向后退。

人与人之间的关系很微妙，甚至有一点荒谬，如果素不相识，任谁做人做事如何过分，也无人会说只言片语，事不关己，明哲者均属意旁观，越是不认识的人，反而越会在谁跌倒时，因一时同情和悯怜而伸出援手，让人们感动的往往就是没有交集的善良的陌生人。

而当成为朋友，却往往意味着令人难过的开端。

成为朋友的两个人，相当于无形中给了对方可以随意指责、伤害自己的意识和权利，无所谓顾不顾忌，考不考虑，既然是朋友，对方不管说什么似乎都成了天经地义，只需要祭出“我是为你好”这面理直气壮的旗帜，就算被冷嘲热讽的言辞践踏到了泥尘里，被教训的那一个也不应有抵触情绪，识相的还该在口头上回谢一声感激不尽。

假如友情不幸破裂，结局更加难堪。

多么难听伤人的话语，都能轻易出口，挨骂的那方只能生受。

寇中绎把她送到家门口，临走前叮嘱她有事打他电话。

她进屋问了保姆，知道父亲在书房，径自去敲门。

顾天成看见她略显惊讶：

“怎么回来了，吃过饭了吗？”

她站在父亲对面，定定地看着他，单刀直入：

“爸爸，锦媚家长乐庄那个楼盘的玻璃窗被曝光出事，包括后来闹得满城风雨，是不是你指使人在背后做的？”

顾天成眉峰一挑，直起腰，靠向椅背，看向隔着一张书桌的女儿。

谈个恋爱，其他影响不提，人倒是长大不少。

“是我做的。”他不加隐瞒，坦然认下。

虽然答案早在预料之中，可这样面对面听到顾天成亲口承认，还是有点让她接受不了，觉得痛心失望，在她的心目中，一直以为父亲是那种君子爱财取之有道、品格相对高尚的商人，和那些不择手段、聚敛暴利的生意人截然不一样。

“长乐庄和星宇豪庭针对的客户群根本不同，就算长乐庄卖得火，对星宇豪庭的销售也不会造成多大影响，你为什么要那么做？”

“汪秀年要能像你这么想，天下就太平了。”

“我不明白。”

“还记得当初你去看房，碰巧发现的那具尸体吗？”

“嗯……”

“整件事就是汪秀年最倚重的一名副总暗中策划的，他们当时连记者都安排好了，要不是被你及时发现，长乐庄今天这种卖不出去的沦落局面，就会是发生在星宇豪庭上，到今天陷入困境的，就会是你爸爸我以及整个顾达集团。”

她错愕无语，好半晌，才揉着太阳穴：

“你和汪伯伯一度也是朋友，怎么会走到这种地步？”

“当年顾达成立之初，很快就冒出头角，有一年我决策失误，导致出现严重的资金危机，银行死活不肯再追加贷款，走投无路之下，我只好向汪秀年开口。”

“汪伯伯不是很爽快地把钱借给你了吗？”

“是，他借了，也从我手中抽走了五成利润，我还对他感恩戴德，直到几年后，我才在偶然的机缘下得知，当初银行不肯贷款给我们，就是他背后捣的鬼。”

她失去语言机能，在椅子上颓然坐下，这仇是结大了。

难怪这些年来，两家一直暗中角力，互扯后腿。

“所以除了以牙还牙，爸爸你还跟他们抢达陵西路的地皮是吗？”

“不管有没有汪家，那块地我都是要拿的，顾达之所以和香港城锦基金成立合资公司，进行这么大规模的融资，为的就是进军高档商务写字楼领域，说起来，我们能够那么顺利拿到地，还多亏了你那位叫寇中绎的朋友。”

“爸爸你在说什么，你们拿地关他什么事？”

“竞标那天我去到区政府，刘振鸿一见我，就说我找了个乘龙快婿，我才知道原来那姓寇的小伙子，在市领导跟前是个红人，那块地给哪家公司都是给，顾达的竞标条件又是数一数二，估摸着刘振鸿就有点给我送个顺水人情的意思。”

说到这里，顾天成笑看女儿：

“你什么时候把人带回来和爸爸吃顿饭？”

也不知道是怎么了，这一瞬间，她突然想对父亲吐露，那在心头已积压太久、无人可诉的苦恼心事：

“中绎想结婚。”

顾天成惊讶，直觉告诉他早了点，然而还没等他开口，她又说：

“可是我不想，最近我一直在思考这个问题。”她顿了顿，鼓足勇气，说出心底最大的秘密，“爸爸，我要是决定一辈子都不结婚，你会不会介意？”

顾天成面上惊色尤甚，见女儿脸容隐隐透出坚决，不似玩笑。

这个问题严重了，他思索了下，斟酌着措辞：

“你要是真不想结婚，爸爸当然不会勉强你。不过爸爸的想法是，你现在还年轻得很，不用着急做决定，等你毕业出来工作几年，之后再考虑也不迟。”

顾天成看看墙上的挂钟，已经指向午后一点。

“你先去吃东西，饿着了伤胃。”

她点点头，起身出去。

厅里不见钟怡，刘惠娟去厨房给她盛汤，她坐下来，边吃边拿手机打给汪锦媚，刚拨通就被挂断，拨第二次又被挂，第三次倒是没挂，响到断线没人接，她改为发消息：

“你在哪里？我来找你。”

“要打要骂，你也得见着我的面吧？”

“我不是故意不接你电话，手机调成振动没听到。”

直到她吃完回卧室，都没有收到汪锦媚的回复。

她拿出迷你电脑躺靠在床，上网搜索面试的相关资讯，再过一星期，到二月底，寒假过完，就该面试了，有热心人在论坛分享了不同经验，包括面试前的各项准备，面试时的应答技巧，甚至有真题汇总和培训视频，这是个只有人想不到、没有网络找不到的时代。

过往每次考试，她都是这样认真对待，以付出获取可以预期的回报，如果人生也能如此，每一步路都能提前做好准备，每一个结果都能如预期，那该多好。

可惜不管规划得多充分，人的一生总是充满意外，让人跌跌撞撞。

她在床上睡着了，一觉醒转，已然天黑。

冲了个澡下楼，吩咐司机送她出门，路上给汪锦媚发消息：

“我去夜庭等你。”

到了夜庭为时还早，那群入夜才出洞的穴居人类，还不见影踪。

室内霓虹叠加的光影，营造出暗浓夜色，现场演奏的轻爵士乐在空气中萦绕，弥漫于呼吸之间，无止境的低回叫人神迷，而壁间灯影只能以颓废和华靡来形容。

环球形玻幕墙下，空荡荡的敞式卧榻，唯独一张的榻沿坐了个人，低头看着手中的平板，酒几上杂放着只剩残渣的食碟和两只空了的气泡酒瓶。

双晴走过去之前，给寇中绎发去消息：“你来夜庭接我好不好？”

临行近榻沿，听见平板里传出熟悉的声音：

“还有一周才开学，你要不来我这儿散散心？”

“湛开？”她轻咦。

万里之外的大洋彼岸，隔着屏幕听见她的问候，湛开舒了口气：

“晴晴你来了？你们好好聊一聊，有误会就解释清楚。”

汪锦媚关了视频，毫无预兆地忽然手一甩，将平板朝她砸来。

距离太近让她躲闪不及，只险险偏过脑袋，被平板打中肩胛骨一阵剧痛，还愣着没回过神又一沓文件劈头甩来，纸张在她身上弹开散落四方，如果酒瓶不是空的，估计也会悉数泼在她身上，她被袭击得狼狈万分，发丝一片凌乱，面颊被纸张锋利的边缘划拉出红痕。

她立在原地不躲不动，看汪锦媚停了手，才默然弯下腰，捡起散落在地的文件看了看，顾天成做过的阴鸷事被查了个底朝天，她无力地长叹口气，索性死猪不怕开水烫：

"打也打过了，还有什么要骂的吗？"

"枉我一直把你当朋友！"

"罗密欧和茱丽叶的父母也是仇人。"

汪锦媚一噎，被驳到作声不得，愤恨地绷着脸不再说话。

双晴从桌子上抽过纸巾，擦了擦脸，纸上印出血丝。

这场打挨得真冤，不想受这份委屈当然可以，那就撕破脸皮，互揭老底，她倒不怕样子不堪，让立在远处的酒保、乐师等围观群众看笑话，而是就算把汪秀年的真面目揭露出来，也于事无补，自己心中的那个父亲已然损毁，没必要也让汪锦媚去尝那份苦涩滋味。

牵涉到双方家庭，父辈长年积怨，她和汪锦媚从前不知也就罢了，既然知悉，两人之间重归于好的可能性约等于零，然而无论汪秀年对外人如何下黑手，对唯一的女儿从来既宠又怕，打破他在汪锦媚心目中的父亲形象，除了徒然加深她的羞耻感，没有任何一丝意义。

这个秘密她会藏在心底，一直埋到老死。

"你爸和我爸之间，一言难尽，可是锦媚，我今天来只是想告诉你，我从来没有做过对不起你的事，你就算继续怨我怪我，也不会让你心里好过。"她边说边把平板捡起，放在酒几上，对昔日好友笑了笑。

"每次马路上有跑车开过，我都忍不住多看一眼，想看看是不是你，这种地方太消磨人生，以后别多来了，你就听湛开的，去找他散散心，保重。"

汪锦媚始终不作声，咬唇瞪着她转身离开的背影，眼泪涌了出来。

她走出夜庭，在路边等了约莫两分钟，有车驶停在面前。

甫上车她就攀身过去，将脸深深地埋在寇中绎的颈窝，他伸手勾过她的腿弯，将她整个人抱入怀内，见着她面颊上的红痕，眉头皱了下，爱怜地轻轻吻了吻。

二月下旬，梅花遍上梢头，春意踏足人间。

新学期伊始，双晴回校注册后又住进了宿舍，同学里有的准备出国，有的考上了研，有的在找工作，还有的去年底就已经和公司签约，提前去上班了。

长长四年相聚，眨眼就要各奔东西。

面试这天，她备齐证件准时出发，报考单位定下的面试地点就在达陵西路附近，当计程车从顾达的工地现场路过，她降下车窗，看见场地内大型塔吊高悬，地面已挖开纵横地槽，笼罩在清晨薄雾里，安然沉睡似的静悄悄。

车子在路口拐个弯，将她送到目的地，下来去候考区签到，抽签确定分组和进场顺序，一组人进入候考小教室，凑作堆东聊西聊，也不觉得紧张。

经过漫长等待，两小时终于后轮到她。

进门齐刷刷一排考官，规定考生要在二十五分钟内答完四道问题，她坐好定定心神，稍为组织思路，以平稳语速流畅表达，条理清晰，层次井然，结果只用了十五分钟。

最后听完分数出来，旁人问是多少，她报上数字，所有人都瞪大了眼睛。

离去时原路返回，再次经过达陵西路，工地和来时一样没有动静，没听闻推土机和其他建筑机械的轰鸣声，甚至都没人走动，看上去似乎没在施工。

仔细一看，才发现里面拉了警戒线，她觉得奇怪，拨通顾天成的手机。

“爸爸，达陵西路的工地怎么停工了？”

“出了点事。”顾天成匆匆应声，语气急速凝重，“爸爸在忙，再联系。”

她愕然看着闪断的屏幕，父亲从来没有这样挂过她的电话，不管再忙再没有时间，哪怕是在开很重要的董事会议，只要是她的来电，他都会陪她聊上几句。

心底隐隐觉得不安，究竟出了什么事？

返回学校之后，整个下午她都心神不宁，思前想后决定还是回家一趟，却遇上下班高峰期，在路边等了半小时打不到车，她首度觉得自己应该有所改变。

年少时父亲离去的情景，已被时光洗淡，而她身边，再没有了汪锦媚。

到家已经七点半，顾天成还没有回来，钟怡抱着顾令勉坐在沙发上，想是在等丈夫归家，见到继女在这个时候出现，她不无惊讶地站了起来：

“怎么这么晚回来，没什么事吧？”

“没事，回来看看爸爸。”

听她提到顾天成，钟怡嘴唇动了动，最终没有作声，她怀里的顾令勉已好几个月大，懂得认人，笑嘿嘿挣着身子，朝双晴伸出小手索抱。

她上前几步接过他，在钟怡身边坐下，小人儿踩着她双腿扑腾。

“我今天经过达陵西路，工地怎么停工了？”

钟怡一听嘘口气，放下了半颗心。

“我就在想要不要和你说，工地的事不太顺利，你爸这几天操心得很，你要是有什么事好好和他提，别发小性子让他难受，多少顺着他点。”

“不会的，工地到底怎么了？”

“施工现场发现了文物，收到了停工通知。”

双晴心口一沉，家里做房地产经年，这些常识她多少知道一些，工地里挖到文物可大可小，顺利的话很快能解决，稍弄得不好，就会是长期停工。

顾令勉欢蹦乱跳过后，要求回归母亲怀抱，她把弟弟还给继母。

“你先上楼哄令勉睡觉，我等爸爸回来。”

钟怡点点头，吩咐刘惠娟给她炖点甜品，抱着孩子上去了。

双晴打开卫星电视，探索频道在播放环保专题。

人类在自然界没有天敌，从远古直立行走以来，开天辟地所向披靡，终极制约唯是自然环境本身，生于斯、死于斯，永无穷，不能摆脱，她看了会儿后关掉，取过财经杂志。

顾天成在十时许回来，一脸疲色，手机响个不停。

她起身亲自去给父亲泡来一杯参茶，耐心等他讲完连番电话。

“今天面试吧？成绩怎么样？”顾天成在沙发上落座，揉了揉结成川字的眉心。

“应该不太低。”否则旁人不会是那种表情。

柔和灯光下，她看见父亲两鬓添了白发。

“工地现在是什么情况？”

“工人挖到了瓷碗、碗盖、茶杯和瓷器碎片，去年底新闻曾经报道过，达陵东路有出土文物，工地上的人一看挖出瓷器，当场就打了晚报的爆料热线。”

市民爆料一经采用，可以拿到五十元爆料费。

如此一来，压都压不住，只能上报走正规流程，工地收到停工通知，场地被保护起来不允许施工人员进出，只等考古专家进场，实施大面积勘探，而这个流程一走，耗时长短就不受开发商控制了，关键要看文物等级和规模。

“那些瓷器鉴定出来了吗？”

“出来了，南宋的。”

“那还好啊，应该没有北宋的那么珍贵吧？如果只是需要收藏，数量又不多的小文物，手续应该不用多久就能办下来吧？”

“就因为珍贵程度不高，文管部门不怎么重视，连勘察方案都还没批下来。”

停工一周多了，考古人员还没进场。

“也许再过几天就可以了。”她安慰道，很能理解父亲的紧张和重视。

曾听说过一个实例，有开发商也是买地后挖到文物，上报政府走流程，文管部门组织专家鉴定，去现场勘查，前前后后停工半年多，斥巨资买的地，每天利息损失不可计数，这还没算施工队的费用和机械租金，最关键的是受各种不可预料的因素影响，楼市的起伏很快，开发商本来预计第二年上半年卖楼，拖延了大半年，均价能差很多。

资金压进去，工程却不能如期进行，损失之大难以估量。

临睡前和寇中绎通电话，她闷声倾诉。

“我爸爸的项目遇到了点问题。”

他的呼吸似微微一顿，而后展声笑道：

“怎么了？”

她想了一下，又自摇摇头，和他说再多也是无用，况且父亲未必希望工地的真实内情为外人所知，便只闲话日常，寇中绎也不追问，两人卿卿我我了半宿，似有说不完的话。

她打到手机没电，迷迷糊糊睡着。

第二天早上，离开家返回学校，父亲公司里的事她帮不上忙，也不懂怎么劝解，何况顾天成忙得昏天黑地，就算她留住家中，也未必能多见两面，解语花还是钟怡去做最合适。

这天天色灰霾，间杂如丝小雨。

十时不到，王准从文物局的大楼里出来。

他上了车，随手把装着相关文件的档案袋搁在副驾驶座，踩油门离开，过了两条马路，拐弯时从观后镜看到后头突然冲上来一辆车，他急打方向盘，可已经闪避不及被砰声撞上，幸好对方急刹得快，只是将他震得脑袋晕了晕。

王准惊魂未定，骂了声娘，下去一看，车身被撞凹了一块。

肇事车里下来两个人，其中一个见到王准，即刻满脸堆笑，赔礼道歉：

“王哥是你啊，真对不起，我打弯时有电话进来，一个没留神。”

王准原本满腔恼火，看到是童念，顿时没了脾气。

“童总你就不能好好开车？我差点儿连命都没了。”

去年十一月，顾达定下进军商务办公楼的目标规划，其时考虑到玻璃价格的涨势，而公司未来需要用到大规模质量过硬的幕墙玻璃，于是决定和景州童家长期合作，最初接洽就是从顾天成和童念开始，虽然中间过程和细节交由集团物资采购部负责，但最后来顾达签订最惠价协议的人，依然是童念，所以王准和他早就认识。

童念拍了拍身边李证先的肩膀，对王准嘻嘻笑道：

“王哥，你看这样行不，我这朋友的亲戚家就是开4S店的，我让他把你车子开过去，保证给你修得完好无缺，顺便做次全检保养，一切费用算我的，车上有没有贵重的东西？你收拾收拾拿下来，去哪里我送你。”

王准急着回公司，确实没时间处理，听他这么说，自是觉得最好不过。

“谢谢童总，那麻烦你朋友了。”

“别客气，这事就该我全责。”

王准回车上取了电脑包、手机和文件。

李证先坐进他的车子，左拐开过十字路口一小段路，掉头停在路边，远远看着王准上了童念的车，寇中绎从路边咖啡馆的玻璃门里出来，坐进副驾驶座。

那边车厢里，童念瞥了眼王准手中印着文物局抬头的档案袋。

“王哥去文物局了？”

“去办点事。”办完出来就被撞，今天的皇历是不是不宜出行？

“报纸上说，你们的工地出土了文物？”

“别提了，我就是去忙这事。”王准唉的一声苦下脸。

“不是让考古的人进场打几口眼，办个手续就完了吗，还要怎么忙？”

“这中间要走的流程多了。”

童念见他一脸如丧考妣，愁眉不展，笑问：

“怎么，不太顺利？”

“是有点小棘手。”

王准没再多说，情况不明朗，公司里的事不宜多谈。

“咳！你们老顾怎么那么死脑筋，官大一级压死人，跟底下的小兵小卒打什么交道，直接走上层路线啊，这么点破事，还不是上头一个电话就解决了。”

“找区局领导反映过的，可光是一份进场方案，涉及经费和人员安排，从文管所往上层层报批，赶巧有的部门领导还不在，真不是一般耗时。”

“那是没找对人，要是市里的领导说句话，你看底下会不会以最快速度给你们搞定。”

“谁不知道？那也得认识人。”光认识还不够，关系还要到位。

顾天成和市委市政府的领导不是没来往，可平常熟悉的都是建交委、国土局，基本都是和房地产开发相关的分管领导，文管这条线平时接触得不多。

童念把车刹停在顾达公司楼前，俊目圆睁，看向王准，似是讶异极了。

“你们老顾不是吧！都半只脚跨进他家大门了，还说不认识？！”

王准疑窦顿生：“童总你说的是——”

“寇中绎啊！我上回和他吃饭，他就差没给老顾的女儿做牛做马。”

“啊！哈哈，是啊是啊，他是和我们大小姐在谈恋爱，我也听人说过，市领导挺青睐他的，不过顾达的事不在他的职务范围，让他贸贸然去跟不相关的部门开口——”

“我操！沈迟山是他爸好不好！”童念受不了，脱口而出。

下一瞬反应过来，他懊恼得抽了自己一耳光，对王准千叮万嘱：

“既然这事中绎自己不提，王哥你就当没听见，我什么也没说！你可别去跟老顾多嘴，行了，我不耽搁你做事了，等车子修好我让人给你送过来。”

王准受惊过度，下车后茫茫然走进公司，进了电梯还没回神，沈迟山这个名字，在维州人人如雷贯耳，他脚步虚浮，敲开顾天成办公室的门，还没来得及说话，手机就响了。

他接起听了几句，对顾天成道：

“财务部那边出了点问题，有人可能挪用公款。”

“谁？”

“田琳。”

“先别贸然公开，影响不好，查清楚再说。”

“是，顾总，我去过市文化局了，苏局长不在维州，他受香港文化事务署和香港历史博物馆的邀请，去了香港洽谈文物交流合作，计划把维州的文物运到香港办展览。”

顾天成把手上文件往桌面一摔，王准即时不敢再作声。

顾天成沉思了片刻，把前前后后发生的事串联起来，在脑海梳理一遍，以前顾达也遇到过，在工地上挖出古文物残骸，那次也是按部就班走流程，很顺利就解决复工了，这次不知道怎么回事，多得离谱的意外接踵而至，凭借多年从业界厮杀出一条血路的经验，他开始觉得，极可能背后有人在操控。

就如同当初，他把长乐庄打得溃不成军一样。

“这事很可能和汪秀年有关。”他自言自语。

“会不会是——他们搞定了文管部门？”王准小心问，否则怎么不是这个不在，就是那个出差，总有关键人物缺席，各种流程被卡得断断续续。

“不会。”顾天成肯定道。

要论关系，顾达和区局、市局也不差，别人要是能搞定，顾达早就搞定了，这两年反腐雷厉风行，震慑力量相当大，觉悟高点的各级领导干部，大都变得循规蹈矩，洁身自爱，没人想为点蝇头小利葬送大好前程。

“不过——从外围入手的可能性倒是很高。”顾天成边思索，边代入推断。

换成是他，如果不希望局里领导这个时候留在维州，他肯定也会想方设法，促成一项分量足够重到局领导不能假手于人、只会亲自出差的工作。

所有合作展览的背后，都是展览承办商在推动。

这种会晤，是可以人为操作。

顾天成突然想到一种可能性，脸色都变了，飞快吩咐王准。

“你赶紧打电话给文管所，问问那边，相关人员最近是不是也会出差？”

王准立刻调出号码，打给一个熟人，聊了几句后挂掉。

“有几个人随同专门研究宋瓷方向的专家，去了外地做学术交流，今天刚走。”那种包吃包住包旅游还给补贴的交流会议，其实就是度假，至少也要过七到十天才会回来。

顾天成紧皱眉头倒向身后，靠进大皮椅里，用力揉了揉两边太阳穴。

只需要找家公司借壳，低调赞助外地某个城市的文物研究，出资举办专题学术会议，再指令会务组邀请维州市某某考古队、某几位权威专家出席……

现在连考古队何时进场都没法预计了。

将来整个挖掘过程会耗时多久，更是未知数，除非接下来依旧没有发现高价值的文物，那工程应该不久就能恢复，万一挖着挖着地底下发现了大型墓葬，复工则是遥遥无期，那种大面积宝藏，勘挖期旷日持久，一两年都不算什么。

顾天成神情郁燥，难掩心焦如焚，一时却也想不出好对策。

“你给香港发函说明情况，看能不能把合同相应延期。”

王准窥视了下他的脸色，嘴唇无声动了动。

“有话就说。”

“我回来时碰到童念，聊了几句，他奇怪我们怎么不往上面找人，他说……”王准嗫嚅着，小心道，“他说寇中绎是……是市委书记沈迟山的儿子。”

顾天成的两道眉毛猛地抖了抖。

4S店旁的茶馆里，垂藤流水，琴声淙淙，茶艺女为客人续好茶后退下。

“汪锦程的瓷器碎片哪儿来的？”童念问李证先。

“他通过中间人，分别从几个省的私人收藏家手里买回来的。”

然后派手下装成工人混进施工队，暗中买通工地上守夜的人，在深更半夜时分，把那几样价值不高不低的小件瓷器和碎片偷偷埋进地槽，第二天假装无意中挖到文物，趁施工监管和工人们围观讨论时，悄悄打电话给事先笼络好的记者。

前后没花多少钱，就给顾天成制造了一个大麻烦。

李证先告诉寇中绎：

“星宇豪庭的二期楼盘，不出意外会在这个月中上市。”

“要不我们也去买一套？”童念为示哥俩好，把手勾上李证先的脖子。

李证先甩开他的狼手，问寇中绎：

“接下来你打算怎么做？”

寇中绎端起茶杯，啜饮了一口，施然放下。

“什么也不做，只准备结婚。”他看了看表后起身，无视两人愕然大张的嘴，经过童念身边时，顺手拍拍童念的肩膀，“红包记得封大点，我不介意里面是张房产证。”

童念反手抽向他腰背，笑骂道：

“想得美！回家搂你的小老婆做梦去！”

寇中绎闪过背后突袭，笑着朝两人挥挥手，出了茶馆上车离去。

入春小雨飘了一天，临晚时分，仍旧在空中如丝飞乱，不停染湿弱梅枝头，星宇豪庭的庭院里，移植过来没多久的梅树，竟然也在雨中开了三两枝。

寇中绎立在骑楼一角等候，安静看着玻幕外的濡滞树木，树叶被湿意坠沉，无力抬身，觉着无事想抽支烟，摸摸口袋没有，才想起来，早一个月就戒了。

双晴从园池小桥走过来，远远看到他，禁不住欢笑挥手。

他唇角也弯出笑意，行到门外台阶上，看着她朝他的人生跑来。

她持伞来到阶下，在距离四五米远的地方，忽然学他一样停下脚步，细喘吁吁而笑容满面，俏皮地仰首看着他，只不肯再向前多走一步。

寇中绎眉泉一挑，双手环胸，恃势傲然，同样寸步不移。

两人各立一方，相对而视，都在等待。

有过路的人，投来好奇眼神。

“过来。”他缓声吩咐。

“为什么不是你过来？”她勉力镇定和坚持。

寇中绎举目，望了眼她身后来路，远处园径曲折多舛，穿过池泉树丛，接向湿尘乱叶的青石路，茫迷世途化往烟雨深处，向更遥远暗朦的尽头延伸。

他倏忽展唇，带着玩笑意味，漫不经心：

“我为了来到你面前，所走过的路你甚至不知道。”

现在，是不是应该轮到你了？

他肩衣染着湿意，她看见了，听他这么说，似乎也有些道理，又觉自己举动傻气，一时笑出来，三两步奔上台阶，晶瞳闪亮，迎上他带笑的凝视。

他在她唇上轻啄了下，把跑车的车匙放进她背包外层。

“附近打车还不方便，车子我开过来了，给你停在地下车库。”

她为着他的贴心，不由得笑弯了眼，两人携手上楼。

房门虚掩着，双晴伸手推开。

呈现在她眼前的，是仿日暮时分天空吊顶，橙云紫天，霞色夕影，辽阔静谧，让人叹为观止，进门玄关处毫无多余摆设，只垂着一帘细如金丝的瀑布般水晶流苏。

在隐秘的射灯下，璀璨辉映，华绮绝艳。

走廊的画作无不经过精心挑选，从工笔的古代仕女图，跨越三千年历史洪流，一幅幅挂到廊道尽头，最后是眉飞入鬓、烈艳红唇，浅笑眼梢飘出万种风情的黑衣仕女。

走到大厅中央，几名工人正在忙碌，摆放好一套清淡雅致的玛瑙藤手工编织沙发，再铺上特别定制的水墨山水刺绣坐垫和靠背，放上数十个大大小小的同款抱枕。

寇中绎的叔叔打开钱包，掏出一张大钞，赏给领头的工人。

“辛苦大家了，请去买点水喝。”众人忙不迭道谢，收拾好杂物鱼贯离开，他笑着让双晴先自己看看，随口对寇中绎道，“你爸爸最近很忙吗？打个电话两秒就挂了。”

“应该是吧。”寇中绎语气很淡，过了会儿才补充，“中纪委督导组全国巡查，上星期到了维州，过三个月才走，省部级司局级等领导干部，最近个个如履薄冰。”

无不谨言慎行，和利益企业能离多远就离多远，辖下工作也从严监管，免得出什么乱子，给有心人抓到小辫子，在风头最敏感的时刻被谁举报一把。

双晴在房子里蹿上跑下，如四处新奇寻宝，对每样小东西都爱不释手，最后她跑到寇中绎的叔叔面前，用力拽住他双臂，笑容喜悦盈张，难以自持。

“叔叔太厉害了！这就是我梦想中的房子！我喜欢得不得了！”

“我还担心不合你意，喜欢就好。”他温言慈语。

她退后两步，深深一鞠躬。

“谢谢寇叔叔！”

他笑面为之一怔，狐疑地望向寇中绎。

寇中绎抬手掩唇，轻咳了咳。

双晴看看他叔叔，再看看他，觉得叔侄俩怪怪的，有点莫名其妙，她心里没有多想，抛下一句“我去看看你那边怎么样”，转身又跑了开去。

西头寇中绎的房子里，装饰风格和她的完全迥异，一气呵成把闲房全部打通，两百多平方米的空间，以冷亮银灰色为主调，配以古典烟青色灯影做平衡。

主卧布局巧妙，以折叠落地屏隐秘间隔出书房、健身房和衣帽间，衬着原有的双露台，整个设计简约流畅，色泽协调柔和，即使足不出户，也能自成一方天地。

她跳上大床打滚的时候，寇中绎走了进去。

看到她孩子气的动作，他不禁莞尔。

“你怎么过来了，你叔叔呢？”她欢快地问。

“他回公司了。”

他在床沿坐下，把匍匐的她拉起来也坐好。

“上次见面太仓促，我没和你说，我叔叔姓沈。”

哦，是表叔，不是亲叔，她心想。

“叫沈承贤。”

…………

“沈承贤明明在过年时被抓了。”这么快就放出来，还整容换心了？她皱眉看着他，面上满是迷惑，不知道是没反应过来，还是以为耳朵听错。

“你妈妈之前遇见的那个，真名叫方唐，他是冒充我叔叔。”

她原本惊呆晕浪的脑意识，被这句话清醒唤回。

“这么说你早就知道？！”一股怒气直冲她头顶百会穴。

“没有你以为的那么早，最开始我是听大仙提起，说你在调查你妈妈的男朋友，他怀疑那男的有问题，但一直以来我并不知道，他在冒充我叔叔。”

她想了想，相信了他的话，否则以他性格早就介入，心头怒火降下一半。

“那你是什么时候知道的？”

“直到因为他，你被你妈妈打了。”他才向李证先调取资料。

她记得那是除夕，过年当天挨了母亲一记耳光，真是毕生难忘，这么回想起来，难怪春节刚过，那人就被抓了，最后一丝对他隐瞒不提的余怒，也消失无踪。

他对她用心，这一点千金难换，其余都是枝枝末末。

“可是为什么你叔叔姓沈？”她好奇极了。

“……因为我爸爸姓沈。”

双晴此时只觉得，就算接下来他说他其实是女的，她都不会再意外。

实在是已被惊吓得麻木。

原来寇戎飞和胡秋悦是养父母，她之前一直想不通，既然有那样的父母，为什么他还要坚持自己供房，现在一切都有了合理解释，她直觉就道：

“你的亲生爸爸，不会也是我认识的人吧？”

“……你确实认识他。”

“是谁？！”她愕然失声。

“沈迟山。”

她听后的第一反应，报纸电视上经常有沈书记身影，不认识才怪了，然后就觉得智商不够用，她执起寇中绎的手，把他的手掌盖在自己头顶，傻里傻气道：

“你多摸两下，给我的智商充充值。”

他瞬间失笑，猛地将她抱入怀内，为她对他的怜惜而震撼感动。

她从未刻意逗他欢喜，直到此时此刻。

双晴被他勒抱得几乎喘不过气，恬默地承受着没有作声，任他紧紧埋首在自己颈窝，她环抱在他背后的细致双手，轻柔地不停地抚摸着他矫健的脊背。

别说市委书记，就算金龙宝座上的皇帝，她也不感兴趣。

她没有一般人的惊奇艳羡，更没有因为他多出一个光环加身的父亲，就替他觉得骄傲自豪，她只深深、深深为怀里的人难过，一段他从来不愿提及的过去，一个他从来不愿意提及的父亲，可想而知，前尘往事只有痛苦，没有幸福。

同为天涯沦落人，不独伤心是小青。

手机响起时，她正被寇中绎压在床上，做着疯狂极致的事。

他俯身在她上方，瞥见屏幕上闪动的名字，扣住她想伸过去的手腕，低首封住樱唇，疾进疾出持续撞击，她刹时被抛上浪潮的顶峰，在愉悦云端久久浮荡，跌不下来。

等到她看清未接来电是谁，已经过了两个小时，她把电话拨回去，顾天成得知她和寇中绎在新房子里，没多说什么，只吩咐她翌日抽时间去一趟公司。

“你什么时候搬过来？”他啜吻她耳垂。

“马上要交毕业论文，再过一阵子。”

“不能再早点？”

她翻过身来，与他面对面侧躺着，手指抚过他柔软唇峰。

“我很爱很爱你。”她轻声道。

他张口咬住她指尖，依样低声轻语：

“给我遮一片天，我会为你筑成天堂。”

她凝视他浓暗眸心：“可是中绎，我短期内不考虑结婚。”

也许这一生都不会考虑。

“只要你喜欢。”一切唯女王陛下马首是瞻。

他笑翘了唇，竭诚尽节，毫无异议。

早上在学校，双晴抓紧时间和老师沟通好论文方向，吃过中饭后前往顾达公司，一进顾天成的办公室，就看到桌上放着一个盒子。

顾天成见女儿进来，笑着道：

“昨天阿怡说，你妈妈给你寄了包裹回来。”

让司机送到学校给她就好，哪需要特地把她叫过来？还是说父亲也想看看母亲寄回来的是什么？她拿过拆信刀，直接把盒子的封条三两下拆开。

朱翡真在希腊给她买了些手工制的原石镶嵌首饰，还有几张旅途中的拍立得照片，衣裙飘舞，笑容欢欣，看得出已浑忘前事，曾经那样投入，亦如过眼云烟。

母亲当真爱过假沈先生吗？其实不，她只是有一颗寂寞芳心，渴望异性温存。

“其实是爸爸有点事想问你。”

“嗯？什么事？”她拿起手链试戴。

“你和寇中绎现在怎么样了？”

“在一起，不结婚。”她干脆利落。

“他的家人你都见过了？”

她想了想：“算是吧。”

不问不觉得，原来他的父母、姑姑、叔叔、至交好友，她都陆续见过，至于亲生父亲，电视上见着也是见，他所有住处，都留下了她流连的足迹，他不是不重视她的。

顾天成沉吟了下：“我听到一个消息。”

她抬头，把腕间手链解下。

“爸爸你想问什么就直接问好了。”

“关于他的身世——”

双晴笑了，原来为了这个，她早该想到。

“是，他是私生子。”直到高中毕业才知道自己从小被抛弃。

“他什么都没有瞒你？”顾天成讶色满面，虽然只见过寥寥几面，但以他阅人几十年之丰富经验，他不认为寇中绎那样的男人，会是心无城府，容易对谁交心。

“……我不敢这么说。”她侧首思索了下，“他未必什么都告诉我。”

比如他就没有提亲生母亲是谁，也没有说是怎么被遗弃的，不过可以肯定的是，他在慢慢对她打开心防，这种感觉强烈到她难以忽视，所以她并不着急，就让一切顺其自然。

她把首饰盒子放进背包，拉好拉链准备起身。

“爸爸，如果你是为了工地的事，希望沈迟山让秘书给下面说句话，我建议你算了，中央督导组来了维州，市里面的那些大领导，就算不被约谈，也忙得焦头烂额。”

顾天成有点下垂的双眼一眯。

“寇中绎和你说的？”

“不是和我，和他叔叔说的，我听到了。”

“什么时候？”

“就昨天。”

顾天成眼缝眯得更细，嘴角旁深刻的法令纹动了动，往两边拉出笑弧，寇中绎似乎是在给他带话，此路不通，请勿开尊口，届时面拒不雅，徒令双方难堪。

“你别想多了，爸爸只是关心你的情况。”

“没有就好，否则就算他愿意帮忙，我也不会同意。”她正色对父亲道，寇中绎明显与生父隔膜得很，感情不能成为勒索的筹码，为一己之私，而去勉强对方做他不愿意的事。

顾天成眉头一挑，笑道：

“吃我的，穿我的，胳膊肘却往外拐，果然是女生外向。”

“爸爸还记得三表姑家的小表姐吗？”

“她怎么了？”

“以前她看中我一支笔，我给她了，过了几年，理直气壮跟我讨要首饰。”

让寇中绎去找沈书记说句话，其实是微不足道的小事，既不涉及做人原则，也不会违反法纪，但是双晴亲身经历，清楚知道，在双方关系中，任何一方最后提出大的要求，都是从不值一提的小要求得到满足开始，只要开了头，将来就会变本加厉，没完没了。

欲望膨胀是人类天性，除了修道中人，没人对抗得了。

“爸爸你的钱已经赚得够多，就算再多一些，也不会有本质改变，不如申请把地退给政府，前期投入损失一点就算了。”男友再亲密，和丈夫也是两码事，未婚不宜把关系复杂化，她走到办公椅后，弯身抱了抱父亲，然后挥手离开。

出了办公室，与刚好过来的王准打个照面，她问候了一声。

王准合上门，走到顾天成面前。

“香港那边发来了回函。”

“怎么说。”

“对方的律师意见是，在工程施工中发现文物，不属于不可抗力事件，达陵西路的地块是用合资公司名义，和对方投入的资金共同启动的，如果我方不能按时完成项目，那就是违约，对方认为如果在这个问题上延期，将来我方在建设过程中遭遇其他问题时，难免还会要求延期，所以他们不接受，一切按合同条款走。”

王准说完，眼见顾天成的脸色沉了下去。

这样问题会非常严重。

当初顾达为了尽快从城锦基金拿到投资，双方是追加了一份协议，如果由顾天成主导的合资公司，所启动的项目不能按期完工，造成公司重大损失，则证明经营管理和执行能力不足，合资公司将启动问责机制，由香港方接手运营。

同时顾达还要对损失负上全责，对城锦基金作出巨额补偿。

那相当于是，连公司带钱带项目，双手奉上给对方。

“能不能让双晴找找寇中绎？”王准建议。

“我只不过提了一下，她就强烈反对，让我把地退回去。”

“顾总你没跟她说清楚吧？”如果大小姐始终被蒙在鼓里，以为退地就能解决问题，以她一贯的性格，会让自己父亲出师未捷，王准不觉得意外。

但王准看着双晴长大，知道若她了解实情，断然不会袖手旁观。

“告诉她也没用。”顾天成摇摇头。

他生的女儿他了解，双晴其实嘴硬心软，只要他这个当爹的低声下气，她分分钟会为了生养之恩抛头颅洒热血，他之所以不提，是因为关键在于寇中绎。

就算搞定女儿，搞不定他，一样是徒劳无功。

而寇中绎的态度，已经表达得很明确，他拒绝介入，顾天成绝对相信，就算他说服了双晴，寇中绎也有的是办法，会让他心性纯真的女儿羞于开口。

所有去路和退路都被堵死，这一刻连圣人也束手无策。

顾天成深思良久，右手食指叩了叩桌面。

“田琳挪用公款的事怎么样了？”

“掌握了一部分证据，还在秘密往下查。”

“不用查了，让她走人。”

第十章

回天之钟情局

“我是寇中绎。”

“你对她都做了什么？！”湛开在万里之外愤怒咆哮。

“我和她今天结婚了。”

那头砰声作响，湛开一拳捶桌，咬牙切齿。

“你这个无耻之徒！”

三八妇女节这天，学校放半天假。

双晴回到星宇豪庭，新房子要多放几个月，好好通通风，所以她让寇中绎也晚点搬，两人只偶尔过来，她放好母亲寄来的首饰，便想约他一起吃晚饭。

持续打了一个多小时电话，寇中绎的手机始终处于关机状态，令她非常困惑，以他的职位级别，除非是参加一些特殊的有保密要求的会议，否则一天二十四小时必须待机。

不该在正常的办公时间内，出现这么长时间的关机状态。

她心里有点慌，不会出了什么事吧？

越等越焦虑难安，记忆中的那丝敏感神经被隐隐拨动，曾经唯一一次联系不上，是他在市政府开会，而等到后来终于见面，他对她说，你离开维州好不好？

那一刻，她觉得整个世界支离破碎。

会不会这一次，又发生同样状况？

她不知道自己等了多久，只在不停歇的胡思乱想中，恐惧造出绝望的牢笼，控制不住自己深陷其中，当手机突然响起的时候，她的手竟然惊得微微发抖。

接通电话，慢慢放至耳边，她害怕得不敢开口。

“你在哪里？怎么了，没事吧？”寇中绎连珠追问。

曾经身为铁血先锋，走过枪林弹雨，他连出生入死都无惧，然而当开机接到十多条短信，全部是她的漏接来电提醒，他的心脏前所未有地收紧。

那个不知何时已放在心尖的人，真怕她有一丁点损失。

她哇的一声哭了出来，委屈得不行。

平生以来，寇中绎首度觉得，一个人如何会像自己这样手足无措。

“乖，先别哭，告诉我你在哪儿，我马上过来。”

“你以后不许关机！再关机我不要你了！”她哭着大发小姐脾气。

他长舒口气，一颗心在冰火两重天里轮回死了两次，终于安然落地。

半个小时后，当他到达新家，见着盘腿坐在床上泪痕未干的她，他好气又好笑，一个多小时没联系上而已，至于发这么大脾气，伸过手想为她拭泪。

她恨恨一把打开他的手，他再伸过去，又被打开。

硬的不行，他来软的，在她身边坐下。

“我被纪委叫去谈话了。”

她的焦点果然被转移，收敛起对抗的情绪，不解地问：

“为什么？”

“有人向纪委、检察院和中央督导组同时递交材料，实名举报我受贿。”

“那人有病吧？！”谁受贿也不可能是家里富可敌国的他啊！

“举报的人你认识。”

“……真受不了。”为什么只要跟他相关，就连阿猫阿狗她也认识。

“就是当初去售楼处时，给你和我办手续的财务总监田琳。”

她倒在床上不起，过了两秒，挺尸自动坐直。

“她举报你受什么贿——”意识飞转比语言表达更快，她脑海内灵光一闪，“不会是举报你买房时，我爸爸给你打的那点折扣吧？”虽然是比市场价低，但也不过几十万而已。

“那是次要的，主要是我跟你买的跑车。”涉案五六百万就不一样了。

“你把钱给我了啊。”

“那辆跑车是你爸爸私人买的，不过当时交给顾达的财务部办理，是以顾达公司的名义下的订单，你转让给我时，那段时间我也是刚好没空，全权交给大仙处理。”

买车的钱是寇丹从国外打来美金，李证先跟他说黑市兑换更合算。

“我让姑姑直接打款给大仙，谁知道他是个老婆奴，自己懒得办网银，都是用余敏网购的账户，所以那笔钱是转到了余敏账上，后来再从她账户转给你。”

这么九曲十八弯的一笔款到了双晴账上，谁能证明是寇中绎付的？

况且当时这笔打款，比车款高出许多，两笔账也不是完全对上号，说他连带着把房子折扣的钱一起还给人家，虽然是阴差阳错的事实，却难以取信于人。

不想要折扣？当初买的时候为什么不以市场价成交？别人会这样质问。

“行贿受贿至少要有暗箱交易的可能，你和我爸的生意又没关联。”

“记不记得你考试那天，我们中午吃饭遇到你爸爸和锦程？你去洗手间的时候，我和他们聊了几句，你爸当时有意想拿北新区的地，我多嘴说了句那一带要建高速公路，所以现在纪委怀疑，我和你爸之间有利益输送关系。”

“这也能扯到一起？！巧合罢了！”

“没人举报，其实连巧合都不是，一旦被举报，就成了蛛丝马迹。”

“现在情况很糟糕吗？”

“吩咐我不要离开维州，可能后续还会约谈。”

她侧头看着他，和缓语气像在说别人的故事，未免淡定得过分。

“你好像一点也不着急。”

“清者自清。”他笑着捏捏她的脸，“起来吧，我们去吃好吃的。”

她彻底无语，居然还有心情去吃好吃的。

他始终不当回事，她却很担心，一整晚没胃口，完全食不知味，剩下半桌菜，她是光盘主义，不能容忍浪费，吩咐服务员通通打包，带回宿舍做宵夜。

室友们从大一就合伙买了微波炉，平时大家都有打包的习惯，回来争匙抢箸，分而食之，再过几个月，等毕业之后，这种美好经历，就只能存留记忆了。

寇中绎把她送到校门口，两人在车里缠绵吻别。

吻着吻着，他欲望抬头，差点儿擦出火花，她好不容易把他的手从裙下抽了出来，狼狈地夺门下车，再慢几秒，他就会把打包的东西扔进垃圾箱，押她回去欢乐今宵。

把食盒拎回寝室，躲过室友们热情的十八摸谢礼，她转身离开。

出了宿舍楼，意外碰见汪锦媚，正从校道往外走。

她朝汪锦媚笑笑，汪锦媚瞥了眼她背着的挎包，冷冷翻了个白眼，直接从她面前经过，她从讪笑变成苦笑，慢下脚步，落后一些距离，也往外走。

快到学校东门时，汪锦媚左拐去了停车场。

她松口气，快步走出校门，平时路边会有空计程车在等生意，这时候一辆不见，她走过丁字路口，立在拐角的灯柱阴影下等候，静静回望校门口。

不一会儿，汪锦媚的超跑就开了出来，警卫把闸栏升起，她上了马路，缓缓地沿路开了一小段距离，似乎在寻觅什么，等了一个红灯，之后像发怒似的，轰一声呼啸而去。

双晴在原地立了片刻，当第二辆计程车停到面前，终于拉开门上车。

回到家中，顾天成难得在家，和钟怡陪着孩子在客厅玩耍。

她抱起弟弟转了圈，顾令勉开心得拍起小手，嘴里咿呀不停。

“达陵西路的工地怎么样了？”她边逗着弟弟，边问父亲。

“文管所的人回来了，明天安排进场勘探。”

最终会挖成怎样，还要耗费多少时间，仍然是未知数。

“爸爸……田琳阿姨举报的事你知道吗？”

顾天成脸上略显讶色。

“你听说了？她向市一级工商税务举报了顾达。”

双晴意外，没想到还有这出，愣了愣才说：

“怎么会这样？”

“她挪用公款，我炒了她，大概是怀恨在心。”

“挪用公款是刑事犯罪吧？”

“她在顾达干了很多年，我当时一念之仁，没让王准向公安机关报案。”

结果最后被反咬一口？双晴仔细想了想，现在报案也迟了，就算被受理，和寇中绎被纪委约谈的也是两件独立的案子。

“她的举报对公司有影响吗？”

“基本没影响，顾达一向按足规矩办事，历年手续材料齐全。”顾天成喝了口参茶，看向女儿，“我听王准说，田琳似乎还向纪检部门举报了寇中绎？”

“嗯，中绎今天被纪委问话了。”还好对顾达没影响。

“他没事吧？”

“现在不知道，交代他不要离开维州。”

“如果有需要公司里配合的地方，你和王准说。”

“知道了，谢谢爸爸。”双晴把顾令勉交给旁边的保姆，“对了，我想把户口迁到新房子去，建一个独立的户口本，这样以后办什么事都方便。”

顾天成皱皱眉，倒没开口反对。

“行，我让人给你办。”

“不用了，我这两天刚好有空，阿姨把户口簿给我就可以了。”

钟怡定睛看了看她，转头望向顾天成。

顾天成点点头：“阿怡你去拿给她。”

钟怡迟疑了下，面上似有一丝不赞成，最后还是起身回房去取，双晴拿到户口簿，和父亲继母又聊了会儿，然后上楼休息，待她的身影完全消失在楼梯上方，钟怡对顾天成道：

“这样好吗？现在情况不明朗，万一有什么事，可是耽误了她。”

顾天成慢慢喝着参茶，目光微微眯细。

“女大不中留，随她去吧。”

双晴上楼进了卧室，把背包搁在桌上，临窗站了半晌，望着窗外无声无息的黑暗世界，只觉毫无信心，在黑暗尽头的明日，真的会有一番新的天地吗？

她把自己扔到莲蓬底下淋了半小时，勇气和踌躇同被洗去，偏偏逐渐澄明的内心，勇气更多一些，有几分残余，冲好澡出来，头发仍湿漉漉滴水，她打开迷你电脑上网查询。

趁着余勇，一鼓作气，拨通寇中绎手机，刻意欢快道：

“你的求婚朕准了，明天上午八点半，你到维东区民政局等我。”

顾天成在早上十时许回到公司，一进办公室就吩咐跟在身后的王准：

“你问一下老王，今早是不是把双晴送回学校了？”

王准拨通顾家司机的电话，得了答案后向老板回话：

“没回学校，送她去了民政局。”

顾天成看看表，十点多应该已经完事。

“你有寇中绎的手机号？”

“问一下童念就知道。”

“约他来见个面。”

王准找到童念，很容易就要到了号码，拨过去，响了半天没人接听。

那边寇中绎和部门同事开完会出来，回到办公室，看到落在办公桌的手机屏幕上，有未读消息和陌生的未接来电，消息是童念发的，从消息可知未接来电是谁。

他心中盘算过几秒，率先打给李证先。

“你帮我走一趟维东区民政局。”

“干什么？”

“准老婆下圣旨要我今天结婚，偏偏我早上有个会议脱不开身，向她打报告申请推迟两个小时，她现在还在民政局旁边的咖啡馆等我，你过去和她偶遇一下。”

“然后呢？”

“不管你用什么方法，在我到之前，别让任何人联系上她。”

李证先笑了，那还不简单。

“行，你放心吧。”

寇中绎转而拨通王准电话，专心听对方说完，应了声是。

大概一刻钟后，他驱车去到顾达集团附近的五星酒店，就把车停在路边，进了大堂，咖啡座里有零星客人，顾天成独坐一角，在看手机新闻。

寇中绎走过去，微笑有加，彬彬有礼：

“顾总你好。”

顾天成示意他坐下，把手机放在桌上，深深看他一眼。

“我闺女被你拐到手了吧？她是不是还要瞒着我？”

寇中绎目光一闪，从善如流。

“爸爸好。”

顾天成露出满意笑容，现在大家是一家人，说话方便多了。

服务员端来咖啡，弯身摆给两人，可能是生手入职，把咖啡放在顾天成面前时，不小心手滑了一下，咖啡泼出杯口些许，溅到了桌面顾天成的手机上。

她在慌乱中道歉，下意识拿起手机想给客人抹净，手指不小心触到屏幕一阵涟漪，瞬即惊觉自己鲁莽，连忙放回原处，只抽取纸巾轻拭，再快手收拾好桌子，在她手臂下方，手机绿色的小指示灯闪了闪，屏幕一暗，再次进入锁屏状态。

顾天成挥了挥手，让鞠躬着再三道歉的服务员退下。

“听双晴说，你被我们公司的财务举报了？”

“她瞎担心，我和她说过没事的。”寇中绎笑着回话。

“哦？你这么笃定？”顾天成轻眯眼缝。

沙发与茶几的距离过宽，寇中绎交握双手，支肘于膝，微向前倾身，他还急着要去结婚，赶在民政局中午下班之前，实在没多少时间和准丈人打机锋。

“恕我直言，田琳举报我，是你安排的吧？”

没想到他一上来就单刀直入，顾天成尴尬地清了清喉咙。

要搞定工地的事，从此一劳永逸，那就必须搞定寇中绎。

而搞定寇中绎的唯一办法，就是把他变成女婿。

准岳父和亲岳父一字之差，身份地位和说话分量完全不同，准岳父在关系上隔着一层，说白了始终还是外人，而亲岳父开口叫女婿帮点小忙，是名正言顺，尽可以大摇大摆。

双晴想不婚，而寇中绎想结婚，不如就顺水推舟一把，玉成其事，身为父亲顾天成对女儿非常了解，当她所爱的人真正有难，她必全力以赴，舍身忘我。

而她只要和寇中绎成为夫妻，寇中绎就不再存在受贿的嫌疑，别说只是辆跑车，就算她把名下所有财产，通通无条件送给他，也是夫妻间的正当行为。

既然女婿已经开门见山，顾天成也不再遮遮掩掩。

“我也是为了晴晴，她要是打定主意一辈子不结婚，我会很头痛。”

“那样的话我也会很头痛，真是谢谢爸爸了。”为了报答大恩大德，寇中绎自动自觉，“达陵西路工地停工的事，我也听说了，不知道爸爸有什么具体的想法？”

“其实没什么想法，就是工期耽搁得久了点，对公司的影响非常大，所以希望文管部门的勘测动作能够加快一点。”否则不知道还要拖到何年何月。

“需要我父亲给下面说一声吗？”寇中绎好人做到底，送佛送到西。

“沈书记肯开金口，那当然最好。”顾天成笑眯眯。

“小事一桩，包在我身上。”寇中绎爽快应承。

这一下大为出乎顾天成意料，他整个人怔了怔，本以为要费一番口舌，说不好还得把女儿拿出来压一压他，没想到会这么顺利，一时有点不太相信。

“你这话当真？”

“多了不敢说，这次我保证办到。”寇中绎笑应，用小匙搅了搅咖啡，话锋忽地一转，“就是有个问题，对于机关流程，我父亲或许能帮点小忙，但是将来你们的工地还会不会停工，却不是他可以控制的，万一再意外停工，你打算怎么办？”

沈书记贵人事忙，总不能以后顾达工地一有麻烦，都找他出面。

顾天成被问得一哑，确实将来可能还会遇到其他意外停工的可能性。

“其实我想问，你们是不是得罪什么人了？据我所知，正常情况下，勘探进程不该这么受阻滞。”寇中绎加快谈话速度，直切主旨。

已经是一家人，顾天成也就不隐瞒，点了点头。

“是有这个可能。”

“不知道双晴有没有提过，当初星宇豪庭发现尸体时，其实我也在场，这件事后来没见报，我想肯定是被处理好了，万一达陵西路这次复工之后，过几天却发生真的命案，比如工人斗殴，或者半夜盗贼行凶，死伤个把人是很正常的。”

汪秀年为达目的，很难说会不会不择手段，没准汪家下一步就这么做了，届时工地必然会再次停工，作为凶杀现场被封锁，进行取证和轮流问话。

顾天成瞬间面如凝铁，如果真是那样，麻烦就大了，这次建的是商务用楼，生意人最忌讳兆头不好，将来就算顺利造好，能不能卖出去都会成问题。

“所以就算这次，我去找沈书记给下面打招呼，意义也不大，要想从根本上解决这件事，还是得找出给工地制造麻烦的人，搞清楚他们背后的意图。”

“我想到一个人。”顾天成含糊其词，“也是做这一行的。”

“我猜猜——汪秀年？”寇中绎坦然面对顾天成投来的惊异目光，“我爸爸，我是说我养父，以前是主管银行的，对你们两家当年的结怨曾有耳闻。”

“我确实怀疑汪秀年，不过暂时没有证据。”

“如果是汪家，那就好理解了。”

“哦？怎么好理解？”

“汪家最近几年扩张太快，战线铺得太开，在长乐庄出事后，他们在景州参与投资的项目也出了问题，只不过捂得严实，在维州没几个人知道，当初达陵西路挂牌，汪锦程请刘振鸿吃饭表示想竞标，其实只是个幌子，希望外界以为汪家的资金链没问题，还有充足实力参与竞争，然而事实上，他们的现金流根本不足以支持拿地。”

“你怎么会知道得这么清楚？”顾天成疑窦顿生。

“童念和我情同手足，景州没什么事能瞒过他。”

“照你这么说，我们把地拿到手，还帮了汪秀年的忙？”

“现在的问题是，玻璃窗的事闹了个把月，长乐庄的资金迟迟不能回笼，对汪家的影响越来越严重，他们迫切需要卖掉楼盘，把资金解套出来。”

“他们长乐庄卖不卖得动，和在我们工地背后捣鬼，有什么关联？”

寇中绎笑了，悠悠喝了口咖啡。

“如果顾达也像汪家一样，重大投资压死在项目上，公司陷入严重的资金困境，可就关联起来了，假使遇到那种情况，你会怎么做？”

顾天成思索，只能是把星宇豪庭二期赶紧出手，回笼资金以解燃眉之急，但房子也不是说卖就卖，要想卖得快，最有效的方式就是——

他倏然了悟，抬起眉头，心中困惑终于得到解释。

“汪秀年想降价出售长乐庄？”

寇中绎看看手表日期。

“汪秀年倡导的不降价联盟，成立到今天，刚好四个月。”在这么短的时间内马上反口说降价，会成为行业笑柄，但如果拉上顾天成一起，就不一样了。

同一件事，一个人做，是逆众而行，几个人一起做，是众望所归。

顾天成伸直腰背靠向沙发，两缝鹰眼变得深冷，望着寇中绎。

“从头到尾，你一步步接近我女儿，就为了不降价联盟是吗？”

寇中绎神色一紧，心念电转，醒觉自己被套了话，一直以来他稳打稳扎，唯独刚刚急于求成，只顾凌厉进攻而疏于防范，过早摊了底牌，结果被老狐狸洞悉了他的意图。

他坦然一笑，大方承认。

“是。”

顾天成从沙发上抬起手，掸了掸衣袖。

“沈书记到任以来，做事雷厉风行，触动过不少人的利益，中纪委督导组眼下就在维州，万一田琳被有心人利用，爆出你是沈书记的儿子，再乱咬一通，诬赖是我指使她，透过你向沈书记递好处，我担心到时会对沈书记造成非常恶劣的影响。”

好不容易让他逮到机会，能够逼死汪秀年，傻子才降价。

寇中绎几乎为泰山大人喝彩。

好一招釜底抽薪、置之死地而后生的威胁，沈迟山作为市领导，大概最怕无风捉影，谣言满天，而顾天成言下之意，如果寇中绎不听话，不肯出手帮忙解决工地困境，他会不惜把自己牵涉进去作为行贿者，将沈迟山拖下浑水。

“要是两家都出事，双晴一定会很伤心。”顾天成老谋深算地叹口气，“你利用了她这么长时间，她到现在还被蒙在鼓里吧？”

寇中绎再看了看表，决定一不做二不休，快刀斩乱麻，不答反道：

“既然这样，那我也开诚布公，坦白说，沈书记做官六亲不认，至今为止我没还见过谁敢跟他开口讨人情，好在除了沈书记，我的亲生母亲你也认识。”

顾天成眉头一耸，高高挑了起来。

寇中绎在十一点十分，飞车赶到民政局旁边的咖啡馆。

李证先和双晴坐在窗边，两人有说有笑，看见他推门进来，李证先笑着起身：

“妈的让我等了这么久，可算是把东西给我带过来了。”他迎着寇中绎走去，临近身边，压低声音，“走，出门口。”

寇中绎望向双晴，远远地笑了笑，转身随李证先出去。

“我和丫头说来跟你拿单反镜头，你没空送去我店里，叫我来这里碰头，我趁她去洗手间时，把她手机的电池板翻了过来，她开不了机，以为没电了。”

“有你的。”寇中绎失笑，“谢了。”

李证先离开后，寇中绎一秒也不耽误，牵着双晴进了民政局。

“你怎么这么急？”她被他拖得脚步踉跄，好气又好笑。

“我怕你反悔。”他不假思索。

“先说好，我们暂时瞒着所有人，等我毕业以后再公开。”

“是，陛下说什么就什么。”他一向赤胆忠心，唯命是从。

两人到窗口交齐证件，办理人员递给他们各一张表格。

双晴在声明书上签字时，脑袋里空空如也，没有任何想法，然而当看到寇中绎低着头，毫不迟疑签下他的名字，笔迹流畅刚劲，端庄隽秀，她心底不期而然地冒出一股奇异感。

再过几分钟，这个男人就会成为她今生的丈夫。

接下来拍照，宣誓，领证。

手里拿着红彤彤的本子，她犹有一丝如在梦中的不真实感。

直到出了注册处，初春的阳光洒落在身边人的脸上，他紧张的表情如释重负地退去，让她心里想发笑，还没笑出声已被他推到角落，捧起她的脸深深一吻。

“我爱你。”他在唇齿间誓言。

“有多爱？”她问。

他想起年少时读过的英文诗，喃声轻念出来。

“我永远不会爱任何人比爱你更多。”

这一秒是全世界最动人的时光，她觉得心满意足。

新婚夫妻携手走出民政局大门。

她拉开车门，爬上座位，不意看见马路对面有间便利店，便松开安全带，把包搁在椅子上，拿了点零钱下车：

“你等我一下，我去买点东西。”

他笑看她走远，从她包里取出手机，拆开后盖，把电池翻了过来，安上后盖开机，几乎是在手机连上信号的一瞬间，机身就猛烈震动起来。

屏幕上显示来电是湛开。

他想了一秒，划屏接听，将手机放到耳边。

“晴晴你搞什么？！为什么电话一直打不通？我发给你的录音听到了吗？你不会是真的和寇中绎结婚了吧？！他不是好人！你千万别和他在一起！”

寇中绎眉峰一挑，直接挂掉，把手机连上网，在即时聊天软件里看到湛开发来的连串消息和录音文件，他点击播放，安静听完，然后把消息、录音和通话记录全部删除，再拆开后盖，把电池板又翻过去，盖好盖子，原样放回双晴包里。

他拨了个电话回单位，交代下午不回办公室。

双晴手里拿着两小瓶酸奶走回来，买的是草莓味，瓶身包装鲜红艳丽，衬着这个特别的日子，显得十分喜庆，她上车拧开瓶口，把一瓶递给寇中绎。

“来，我们干杯。”

他忍俊不禁，举起酸奶和她碰杯，庆祝新婚快乐。

她开心饮了两口，过一会儿，皱了皱眉头。

“怎么胃里有点难受。”

“酸奶是冷的，你放一放再喝。”寇中绎从她手中取过瓶子，拧好瓶盖放到一边，玩笑道，“我下午不回单位了，明天刚好周末，想去哪里度蜜月你说。”

“你以前周末都做什么？”

“通常回去看爸妈。”

她欢呼出声：“我要去你家，吃芳姐做的菠萝包！”

“馋猫。”他笑着捏捏她的脸。

当车子驶上快速干线，她不由得有些唏嘘，没多久之前，同样是乘坐他的车经过这里，那时的她像无家可归的流浪儿，被他日行一善捡回去。

而此时此刻，她心中的安定感，没有任何东西能够替代。

茫茫人海，终于找到归宿。

回到东方森林天苑，寇戎飞在楼上睡午觉，胡秋悦在书房里看书，寇中绎推开房门，戴着眼镜的胡秋悦从书本里抬头，看见是儿子和双晴站在门口，高兴得合不拢嘴。

她忙叫芳姐端上来茶点果盘，拉着双晴的手问长问短。

“你和我妈聊聊，我帮你把东西拿上去。”寇中绎对她道。

“顺便给我手机充上电。”她把包递给他。

寇中绎笑笑：“好。”

他上楼进了卧室，从她包里取出手机，拆了盖板把电池正确装好，保持关闭状态接上电源，这样在手机充满电之前，她都不会知道，原来并非没电。

他坐到床边，拨打越洋电话，很快那头就接通了。

“我是寇中绎。”

“你对她都做了什么？！”湛开在万里之外愤怒咆哮。

“我和她今天结婚了。”

那头砰声作响，湛开一拳捶桌，咬牙切齿。

“你这个无耻之徒！”

“你发给她的信息和录音，我全部删了。”

“你怎么不去死！”

“事情很复杂，并不是你表面看到的那样，等你有机会回来，我会当面和你解释清楚，在那之前，我希望你能保持沉默，目前她很快乐。”

“她傻而已！你把我也当傻子？！我绝对不会放过你！”

“我爱她。”寇中绎平静道。

“你配吗？”湛开冷笑。

“不管如何，我不会伤害她，希望你也别轻易这么做，她肯下决心结婚非常不容易，至少你应该等到回来，亲眼目睹过她的状态之后，再决定是否要毁掉她现在的生活。”

“不用你这个渣滓教我！你给我等着！”

又是砰的一声，通话霎时中断，湛开似乎砸了电话。

寇中绎略微思索，打开双晴的手机，等了十来分钟，始终没有来电，湛开没再试图和她联系，把她手机再关掉，让它继续充着电，他起身下楼。

胡秋悦出门去了超市，亲力亲为给两个小的加菜。

双晴在书房的躺椅里看《简·爱》。

“我第一次看这本书是在初中，那时年纪小，觉得简·爱离开罗切斯特，简直莫名其妙，他那么爱她，不过是瞒着她有个疯子前妻，这也值得大动干戈？”

“年纪大了以后呢？”

“年纪大了以后，重看这本书时终于明白，简·爱的离开正确无比，罗切斯特对她的爱是非常自私的，他一直在恐惧自己可能会失去她，却从来没有在她的立场去为她考虑和着想，反而简·爱最后回到他身边，有点让我不能接受。”

这番无意心声，听得寇中绎手足发冷，掌心渗出细汗。

他小心让语气显得随意自然，似如常玩笑。

“如果有一天，我犯了和罗切斯特一样的错误，你会怎么做？”

她侧头想了想。

“旁观者永远清醒，当局者永远执迷不悟，看别人的爱情，是非对错似乎一目了然，临到自己头上，却未必能够脱俗，说实话，我想象不出自己会怎么做。”

寇中绎心中警铃大作，看来务必要瞒她一生一世。

这时芳姐来敲门，告诉他们寇戎飞起床了。

她合上书，和他出了书房。

胡秋悦也已回来，四人围坐厅中，品茶闲话，面对寇家二老，他们的大度、宽容和慈爱，令双晴格外放松，心口些微发酸，这是她成人之后，最为放松舒心的时刻。

聊了半晌，她渐渐有些乏，胡秋悦看出来了，催两人去小睡。

上到二楼楼梯口，寇中绎把她拦腰一抱，进了他的卧室。

两人在床上痴缠片刻，她费力把他从身上扒拉开来，爬过去拿包，从中翻出一个锦盒，他打开她递来的小盒子，里头是他在珠宝展上送她的钻石戒指。

这滴情人的眼泪，刻着永恒印记，见证两人相遇的奇迹。

他拿起戒指，单膝跪在床前，虔诚地为她戴上。

顾天成周六照样回到公司，处理完琐事后，独自坐在办公室里，反复思考了整整一个上午，再过二十四小时，明天，就是星宇豪庭二期开盘的日子。

他心里反复斟酌，那天寇中绎离开前的最后一席话。

原本打算用女儿牵制寇中绎，使其为己所用，怎么也没想到，他和汪秀年纵横半生，斗得你死我活，临老竟然马失前蹄，双双跌落那小子苦心积虑的陷阱。

从寇中绎言语暗含的意思，沈迟山铁面无私，期盼他插手过问，基本是没有可能，只能指望香港那边的城锦基金，可否还有转圜余地。

工地拖延和工程期限，这两者把顾达逼到了绝境。

如果坚持不降价，选择抗衡策略，以女儿的婚姻为代价勒索寇中绎，万一寇中绎抱令守律，铁了心不屈服，极可能最后不但会赔进女儿的幸福，还折掉合资公司，损失惨重之下，没准也会陷入汪家眼下的险境，走到存亡边缘。

也即是说，就算能把汪秀年彻底打垮，难保顾达不会步其后尘。

而如果选择降价，顺随寇中绎所愿，则顾达不但没有损失，反而香港合作方那边的阻力能够解除，挟其背后财团，未来将转变为顾达最大的助力。

事实上，顾天成心中非常清楚，若不是有个女儿，以寇中绎的强硬作风，绝不会对他手下留情，煞费心思也仅只是把顾达赶入牢笼，到底给他留了条后路。

假使没有双晴，汪家今时今日的困局，顾达定不能幸免。

寇中绎轻松笑着对他说：

"随你选。"

那样从容自信，无惧和盘托出，完全不介意被威胁，多少也是有点看准了，他顾天成这辈子都是生意人，骨子里就不会愚蠢到去做亏本的生意。

顾天成思前想后，详细分析各种可能的后果，最终作出选择。

他和汪秀年通了个电话。

两人哈哈哈一番寒暄，你一口老哥，我一声老弟，嘴里互相试探，心里不停暗骂，反正是怎么回事，双方都心知肚明，最后达成不明言的默契，顾天成暗示应承联合降价，而汪秀年负责和不降价联盟里的其他几个核心人物通气。

顾达和汪家，暂时挂上免战牌，偃旗息鼓。

翌日，星期天一早。

星宇豪庭二期开盘，有对房价敏感的人惊奇发现，二期与一期比起来，同样的楼层和房型，价格不但没有大涨，反而是小幅度下跌了，当售楼人员临时支起大幅的喷涂海报，重点打出降价销售的宣传口号，现场一下子炸开了锅。

一小时后，马路对面的长乐庄，在高楼外拉起了巨型横幅：

"降价最高可达1000元/每平方米。"

寇中绎是在当天的晚报上看到这则消息。

无论汪家还是顾达，按照不降价联盟成立期间和购房者签订的合约，降价必须赔付差价，汪家虽然降价幅度大，然而前期售出的房子少，顾达的星宇豪庭一期虽然卖得多，但降价的幅度小，所以两家赔付的金额，都不会太多。

由二十八家开发商组成的不降价联盟，至此名存实亡，瓦解于无形。

房地产商群龙无首，未来将各自执生，回归到市场行为。

寇中绎折好报纸，给沈承贤发去消息：

“我和双晴已结婚。”

“大少爷！过来吃饭了。”餐厅里传来他老婆的高声叫唤。

他唇边逸出浅笑，把手机放入口袋，朝餐厅走去。

吃过晚饭，两人出门散步，庭苑韶光淑气，春暖花开，走没几步路，她就叫嚷着说累，跳起来用手去勾他的脖子，他好脾气地弯下腰，让她欢喜地爬上脊背。

他负着她在晚风落花中前行，她把头枕在他强壮背部。

“老公……我爱你。”她偷声道，不希望他听见。

偏偏他耳聪目敏，不但听见了，还学她曾经的反问，睥睨道：

“有多爱？”

这么挑衅？她瞬间热血沸腾，深情俯唇至他耳边。

“你无处不在，我无时不想起你的一颦一笑，就连你脱下西服外套的窸窣声，都让我觉得无与伦比的性感。”她柔声曼语说完，把手捂上他的胸膛。

他一生没听过这种情话，果然有点被震到神魂，心跳微微加快。

她满意地缩回手，把脑袋再埋在他后背。

“那是小说里的台词，我下午看来的，别当真。”

有那么一瞬，他想把她扔进水池里喂鱼。

她笑着拍拍他的肩，示意他放她落地，下来后她勾着他的手臂往回走。

“你没什么要和我说的吗？”

他心口一凛，面上轻笑。

“你指什么？”

“我今天又看了你小时候的相册，相片后面的男性字体，确实是寇伯伯的，不过那笔女性手迹，却不是寇伯母的，你不想告诉我是谁吗？”

他心怀鬼胎，余悸未消，笑容却是无瑕自如。

“你想知道？”

“有点想。”

“我也想知道。”

“什么？”难道连他也不知写的人是谁？

“你有多爱我。”

她现在不想知道了，只想动手掐死他，要不要这么执着？

她严肃认真地思考了一下，看来铁汉也需要柔情抚慰。

“好吧，你有多帅，我就有多爱。”

“将来我年老色衰了呢？”

“这还用问？”

“答案。”他紧追不舍。

“色衰爱弛，我肯定是去养小白脸了啊。”

寇中绎刚在想，怎么也得把她扔水里喂一次鱼，手机就响了，双晴率先推开他家庭院的大门走进去，他落后两步取出电话，看到沈承贤发来的消息。

“你父亲想请你们吃顿饭，其实他一直觉得对不起你。”

寇中绎没回复，把手机收起，进了家门。

一楼不见父母和她的身影，想是都上楼回了卧室，他一路走到书房，在书橱里找到儿时的老旧相册，独自坐在躺椅里，开了盏小灯，慢慢地一页一页翻了起来。

她的意兴来得快，去得也快，相片字迹的事，转眼就忘了。

他看完上楼，进房把在看电视的她一推，压倒在床。

埋首在她浓密发丝里，他嗓音沙哑，期待又戒备。

“你有多爱我？”

她立刻意识到他情绪不对，低头轻吻他的发鬓。

“多到……不会有人比我爱你更多。”

“这一生都不会抛弃我？”

“这一生都不会。”

“你保证？”

“嗯。”

他把她推成侧躺，从背后抱入怀中，两具躯体紧贴到毫无缝隙，整整一宿他与她相拥而眠，任手臂彻夜被她枕得发麻，直到晨曦穿过窗户，依然不放开。

双晴是被睡衣内曼妙游走的手闹醒，翻了个身，惺忪睁眼，他含笑面庞就在眼前，迎着朝气初露的晨光，尺眸寸泓，天地加春，使人如沐身在海风碧云。

昨夜万年难遇，他撤下心防的脆弱和不安全感，仿如昙花一梦。

她仍有些睡不醒，困顿的脑袋自动自觉搁上他颈窝。

他吻她的眉眼，由得她撒娇赖床。

等她再次醒过来，意识真正接收到时间概念，然后就是鸡飞狗跳，她一边不停地担心追问：“怎么不叫醒我？你上班不会迟到吧？”一边闪电般穿衣洗漱。

下楼草草用过早点，他载着她返回市区。

车子下了内环，途经一家医院，她忽然叫他停车。

“你靠边让我下去，这几天肠胃不好，我去看看医生。”

他泊停在路边：“找个专家看。”

她下来把车门关上，隔着玻璃朝他无声笑笑。

他笑着挥了挥手，把车子再度驶入车河，后头有人超车抢道，他专心打方向盘避让，错过了右边的后视镜中，她缩小的身影立在原地，在接听电话。

“湛开？！你什么时候回来的？”她无比惊讶。

“我刚下飞机，你在哪里？”湛开冷静异常。

“在医院，胃不舒服，想看一看。”

“把地址发给我，我来找你。”

他严肃冷峻的语调让她觉得莫名其妙，却没有多问。

反正不管什么事，晚点见上面也就知道了，她低着头边走边发地址，便没看见路过的书报亭里，早报上关于星宇豪庭和长乐庄两个楼盘，毫无预兆地降价出售的硕大标题。

她径自走进医院，没挂内科，挂了妇产科。

轮到她时，对医生说的第一句话是：

“我想验孕。”

大约半小时之后，她攥着验孕单站在医院门口，看见停在路边的计程车里，湛开拎着行李袋出来，她下意识把手里的化验单团了团，揣进外套口袋，不想被他看见。

路口拐角的地方有间奶茶蛋糕店，两人进去坐下。

坐了十五个小时飞机，湛开神色疲惫。

“你真和寇中绎结婚了？”

她面容一怯："你怎么知道的？"

当然是她的好老公四处炫耀啊！不然谁知道，湛开烦躁地抓了抓头发。

"那你觉得现在幸福吗？"

她被问得心神惝恍，本来是很幸福的，可突然间天降大麻烦，她根本就没有任何心理准备，把天真无知的幼儿抚育成健康有用的人，那样艰巨的重任，她对自己完全没信心。

湛开见她失神怔忪，面带忧色，心中腾地升起怒火。

"我在你爸爸的手机上装过Monitor，还记得吧？你听一听这段远程录音。"幸好天网恢恢，疏而不漏，湛开把耳机插上电话，塞进她耳朵里。

她回过神，听到耳道里传来两个熟悉的声音，不禁怔了怔。

慢慢地，她越听越专注，脸色渐渐肃凝。

…………

"从头到尾，你一步步接近我女儿，就为了不降价联盟是吗？"

"是。"

…………

"既然这样，那我也开诚布公，坦白说，沈书记做官六亲不认，至今为止我没还见过谁敢跟他开口讨人情，好在除了沈书记，我的亲生母亲你也认识。

"梅家珠宝展时，你曾经去展会找她谈过投资的事。

"和顾达合作的城锦基金，隶属于同富银行，我母亲是银行董事。

"其实，我前女友就在美国我母亲的公司里，不过我母亲对她不满意，珠宝展那天，老人家一眼看中了双晴，实际上我和双晴一样对婚姻没兴趣，和谁结婚，对我而言没分别，既然有个女孩能讨老人家欢心，我被催烦了，那就结婚吧，反正娶谁都无所谓。

"你身为父亲，都舍得把女儿当棋子，指望我这个外人有多爱惜她？

"我不介意闪婚闪离。

"倒是顾达千万要抗住，别汪家被逼急了，死也扯上你们当垫背，给达陵西路的工地再整出点麻烦，将来工程无法如期完工，我母亲所在的银行会轻轻松松接管。

“当然，要说服城锦基金接受工程延期，于我母亲也不是难事。

“是伤敌一千，自损八百，还是审时度势，抓住机遇。

“随你选。”

紧接着是顾天成几乎气绝的声音：“你从一开始就给汪秀年和我设了一个局？！”

“可以说是，也可以说不是，从始至终，我什么也没做。

“我只不过给汪家和你传递信息，今日的局面，由你们双方亲手造成。

“你们总不愿错失打压对手的机会，总不肯放弃追求更高的利益。

“非要说我做了什么，那只能说，我利用了人心。”

寇中绎临下班前接到双晴的电话，说在星宇豪庭等他。

初春时分，天色仍然黑得较早，下班高峰的路上又堵了堵，他去到时已是暮色苍茫，临近掌灯，两人曾交换过门钥匙，上楼他直接开门进了她的房子。

屋里暗蒙蒙没有开灯，她抱膝窝在藤制的沙发里，显得落索孤清，寇中绎把灯掣摁下，亮起一室光明，她似对突如其来的光亮不适应，别过头眯了眯眼睛。

他瞬间也微眯眼眸，她的动作是下意识排斥，他没有轻率地像往常那样过去抱她，而是在单人沙发坐下，给她留出安全的心理距离。

茶几上搁着西洋梨和一碟滚圆的青枣，旁边碟子里有果核，他心里动了动。

她转过头来看他，在认识他之时，她曾经迷茫过。

爱情是什么？

现在终于知道答案。

爱情就像一件清透的千年水晶，表面看去坚硬不可匹敌，但其实那只是虚假的美丽，内里一道道云絮，全是肉眼看不出的易裂脆纹，有人轻轻一碰就碎。

“我今天回学校了。”她开口。

“嗯。”他无比小心。

“我上学期修够了学分，这学期没什么课，论文题目也定了，所以给老师递了假条，申请提前离校，自己在家准备论文，等到毕业答辩再回去。”

“那……你是打算住在这里，还是回你爸爸家？”

她看着他，轻轻笑了出来，果然不是她太天真，而确实是他隐藏得太深，越是看出她情形不对，他越是冷静镇定，不急不躁，耐心地等候她摊牌。

想起下午回学校，见着老师同学，也不知怎么做到的，照旧微笑着，面对所有人，如常地与欢声笑语的世界相处，唯有轻衣薄掩的心口内在无声下雨。

原来，这就是伤心的滋味。

以及无尽的愤怒。

“我哪儿都不住，机票定好了，明天跟湛开回加州。”

这句森冷的话就像一枚威力极强的炸弹，把他的脑袋炸得蒙了一下，她简短语句里信息齐全，某种巨大的可能会失去她的恐惧，紧紧箍住了他的心脏。

“给我一次机会，我们好好谈谈，别急着离开我。”

她霍然起立，心头气恨堆积已久，冷冷笑道：

“你是打入敌后的英勇战士，我是万恶资本家的女儿，怎么在一起？”

“事实是我们已经在一起。”他也缓缓起身。

“那是因为你骗我！”

“是因为你爱我。”

“哈！谢谢你的好心提醒，那真是我一生中做过最盲目、最愚蠢的事！”她气极反笑，再也不想跟他废话，一把抓过外套，“离婚的事，我爸的律师会联系你！”

他移身两步，拦住她的去路，两人各据在茶几一端。

“你去哪儿都可以，只除了跟湛开走，还有，我们不会离婚。”

“寇中绎，你说了不算，让开！”

“你冷静一下，只要给我五分钟。”

“我根本不想见到你多一秒！你给我滚开！”

“别说气话。”他隐然警告。

他还有理了？！她隐忍一天，情绪终于飙到失控，暴躁眼光扫到茶几上的西洋梨，抄起来就砸向他，他不闪不避，连眼也不眨，由着西洋梨直线掷中胸口，她扔了一个还不解恨，连盘端起全砸过去，碟子里的青枣被衣袖带到，连带滚落在地。

他仍旧是泰山崩于前而面不改色，安如磐石得让她崩溃，她气急败坏，就不信他不会痛！满脑子想要拳打脚踢把他狂揍一顿，忘顾脚下向他直冲过去！

意外在这瞬间发生。

寇中绎被面前飞来的外套挡住了视线，就这一秒之差，来不及接住踩到青枣重重摔倒的她，一团纸抛落在他脚边，她伏在地上不但没爬起来，反而原地蜷起了身子。

他箭步上前，蹲下扶着她的肩把她轻翻过来，焦急道：

“摔到了哪里？”

她脸色一片刷白，捂着腹部痛苦呻吟。

他似乎意识到了什么，猛地抓过地上的纸团打开，化验单上显示妊娠阳性，他如当头被人浇了一盆冰水，寒透全身，瞬间拿起她的包一倒，从杂物里捡起跑车钥匙。

他小心地把她抱起来，沉声安抚：

“别怕，不会有事的。”

寇中绎以最快速度冲了下楼，直接抱着双晴坐入跑车驾驶座，用安全带把她缚在身前，她蜷在他怀内紧捂着小腹，痛得鬓边发丝被细汗染湿，跑车一启动就被他闪电驶了出去，他以她枕着的单手疾速控制驾驶，另一只手飞拨电话，打开扬声器。

进入战斗状态的思维无比缜密清晰，他比平时更冷静百倍。

“我老婆怀孕摔了一跤，我会在十分钟左右到达第一妇幼的急诊门口，不管你用什么办法，我要医院在八分钟内把一切准备好，否则你这辈子唯一的孙子就没了，如果这个孩子没了，我老婆也就没了，以后我永远不会再有孩子。”

她的意识陷在疼痛和恐慌的混沌中，模糊听见他的说话，不知为何觉得想哭，想哭之余又有点想笑，别人威胁他只会吃瘪，他威胁起人来倒很有一套。

他眼观六路，一边连连超车，一边不住轻抚她汗湿的脸庞。

“别担心，孩子会好好的，我保证。”

短短十分钟路程，对两人而言却是如此漫长难熬，说不出谁的心中更加后悔，如果时光可以倒流一刻钟，无论他还是她，都绝不会让这样的事情发生。

那是他们两人的孩子。

她汹涌而出的眼泪浸湿了他的胸膛。

幸而白天人满为患的医院，入夜后几成空城，去到时已有医生护士守在门口，她一整天情绪动荡太大加上惊吓，陷入半昏迷状态，被抬上床架往医院内急推进去。

寇中绎紧跟过去，在紧闭的诊室门外等候，来回踱步时手机响起来。

“双晴的电话怎么没人接，你是不是又——”湛开没能把话说完。

“托你的福，她现在进了医院。”腹中的孩子生死未卜。

他挂了电话，在长椅上坐下，闭上双眼靠向墙壁。

不过片刻，市委办公厅主任徐闻复领着院长和产科最权威的专家急赶而来，大夫匆匆进去后，徐闻复在寇中绎身旁坐下，掏出手帕抹了抹额头的汗。

拭完汗徐闻复摸出支烟，想起是在医院，又放了回去。

记忆转日回天，飞到四个多月以前。

那是个深秋的午后，办公楼狭长的走廊里静谧无人，徐闻复走到长廊尽头，敲开沈迟山办公室的门，工作汇报到中途，便察觉领导变得有点心不在焉。

每隔几分钟，沈迟山就忍不住望一眼门口，似在期盼什么人出现，过了会儿，外头有轻微的脚步声行近，沈迟山一下子坐直了身体，目光隐隐有些激动。

有人敲了敲门。

“请进。”

门被推开，一个年轻人立定在门边，身姿翩若惊鸿。

“你找我有事？”他淡淡开口。

冷淡的嗓音和神态，完全不是面对领导应有的态度，在机关打滚几十年的徐闻复立刻听出异样，悄悄窥了眼两人相似的眉宇，他心里一惊，当即自觉退出。

“你过来，先坐下。”沈迟山定睛看着他说。

年轻人迟疑了下，依言行入，对擦身而过的徐闻复颔了颔首。

徐闻复走出去，回身把房门关得严严实实。

沈迟山五官威严端正，广额浓眉，炯亮目光落在儿子身上。

“有件事相当棘手，我想来想去，只有你最合适。”

“你说。”语气隔膜依然。

“维州市有二十八家房地产商，成立了不降价联盟。”

“我看到新闻了。”

“要是放任这个联盟不管，维州市的房地产市场就会越来越集中，几家核心的大地产商会把持高度的话语权，他们将会联手操纵楼市的供应量和定价。”

如此一来，将会大幅度推高维州房价，把沉重的压力转嫁给老百姓。

“政府虽然不能干预市场，不过不是可以调控吗？”

沈迟山摇了摇头：

“调控政策对宏观经济的影响很大，每一条的出台都要经过慎重考量，无法针对市场作出迅速及时的反应，在时效上永远处于滞后状态。”

而根据以往摸索的经验，有些政策即使出台，收效也是甚微。

“那你想怎么做？”他淡淡问。

“我希望你私人行动，使这个不降价联盟解散，越快越好。”

他听了缄默片刻，才再度开口，平静嗓音不徐不疾：

“有一点我不明白，不出意外的话，过两年你就会上调吧？”

作为一个城市的最高执政者，多的是其他渠道和方法，更容易取巧出政绩，对于楼市这种既敏感又难啃的硬骨头，动辄得咎，为人诟病，过往领导都是睁只眼闭只眼，只求任期内平稳过渡、顺利升迁，他倒要去冒某些权贵阶层的大不韪。

沈迟山喟然长叹，浑雄声气感慨良多。

“说到底，我也是维州人。”怎能尸位素餐，无功而受禄，眼睁睁看着维州百姓望房却步，“唐朝的宰相魏征，一生都在向唐太宗死谏，这段历史你记得的吧？”

魏征犯颜直谏，屡犯龙鳞，就算李世民怒而放话，总有一天要杀了他，他依然故我，无畏无惧，后人统计他一生谏诤，包括廷议和上疏高达数十万字。

如此竭精殚力，匡弼时政，为的什么？

他对沈迟山的意思略有领悟。

“你想说，在其位谋其政？”

“历史上大多数名臣将相，他们心中关注的更多已不是个人的功过得失，而是国家和民众的整体利益，我虽然只是区区一个市的书记，不能与他们相提并论，但也绝不会为了个人仕途前程，而不顾一方百姓的死活，那样我于心何安？”

他挑了挑眉，身份如眼前人，何至于要对他苦苦解释。

他打开手机连上网，搜索不降价联盟的关键人物，除了汪秀年还有一个是顾天成，网页上有照片，他点击进去，顾天成身边站着一名雅致端静的年轻女孩，清澈的眼眸似会说话，指尖拉动网页上的介绍文字，他一行行往下看，最后看到一个名字，顾双晴。

他关了网页抬起头，没多问什么，只说话声仍旧听不出任何情绪：

"既然这样，我回去打报告，申请从省厅下调市局吧。"

"你答应了？"沈迟山倍觉欣慰，"谈谈你的想法，为什么要去市局？"

"进一个和房地产业务沾边但又不是核心的部门，这样对某些消息有所了解会让人觉得顺理成章，同时身份也不会过于敏感，而引起其他方面不必要的关注。"

"行，你记住，任何时候都要遵纪守法，这是根本原则。"

"我明白。"他语气骤然变冷，带着难忍的嘲讽，"你放心吧，要是中间出了什么问题，一切都是我个人自作主张，绝不会给你惹出不必要的麻烦。"

他的价值就在这里吧？对出特殊任务及其戒条，驾轻就熟。

不然贵人事忙，哪有空找他聊天。

"你想到哪儿去了？"沈迟山呵斥，放缓口气，"快两点了，一起吃个饭吧。"

"不了。"他迅速明确地拒绝，"我回单位还有事，先走了。"

"你等一等。"

他正欲离座，闻言抬眼，领导还有何重要指示？

沈迟山踌躇了下，不知如何开口，最后迟疑着道：

"你——姑姑，是不是过阵子回来？"

"嗯。"他倏然疏离，"还有事吗？"

"我想——"说话被突来的敲门声打断，沈迟山只好改口："进来。"

门被一个中年男人推开，他印堂发亮，身材明显发福，看见房内有人，立即诚惶诚恐，"对不起，不知道书记你在忙。"说完就要把门拉上。

"差不多忙完了，你过来吧。"沈迟山把来人唤进办公室，对从座位里起立的儿子道，"小寇，这位是即将调任维东区国土局的刘振鸿局长，你们认识认识。"

刘振鸿与徐闻复一样为官多年，怎会看不出面前这位神态冷淡的年轻人，与房中主人关系匪浅？他脸上堆满笑容，率先伸出手去和人握手，热络问候。

沈迟山望向儿子："那就先这样？"

"是，你忙。"他转身离开。

办公室的门如帷幕被拉开，再咣当一声，如落幕般被合上，秋日斜阳从窗缝撇入，在半明半暗的走廊里拉出一道寂静的细长淡影，遗立无声，久远不动。

时光霍霍飞流而回，现实扑入睁开的眼帘前。

大夫出来时，湛开正好赶到。

寇中绎一见医生露面，立刻起身问：

"我老婆怎么样了？"

"大人和胎儿暂时都没事了，就是有流产危险，最好住院观察。"

寇中绎闻言，忍不住单手掩脸，长长舒出口气，指缝下原本忧虑紧蹙的眉际施展开来，心中千斤重的石头终于落下，几乎想脱口说一声谢天谢地。

他送走欢喜得不停擦汗的徐闻复，一把抓住想进去看人的湛开。

"谈谈。"

湛开脸一沉，甩开他的手，恼目而视。

"我和你没话说，等晴晴好了我就带她走。"

"她不会走。"

"你别做梦了！她不会原谅你才是真的。"

"她把我叫去摊牌前，买了水果回家里吃，我不知道是否医生交代她，怀孕了要多补充维生素，但就清楚知道，她潜意识里不想离开，否则不会还买东西上去。"

湛开脸色一变："她不过是为了孩子。"

"你爱她？"寇中绎忽然问。

"至少比你爱，我不会利用和欺骗她，任何时候！"

寇中绎笑了，笑容越绽越深，定睛看着湛开，继续问：

"那你觉得顾天成爱不爱这个女儿？"

"当然。"湛开狐疑应声。

虽然父女俩因为继母而时有摩擦，但毫无疑问，顾天成一直疼爱女儿。

“你说你爱她，也承认顾天成爱她，那为什么最早也是最了解事情真相的她父亲，却没有第一时间把你所以为的、我的真面目，迫不及待地告诉她？”

湛开被问得一滞，寇中绎没给他反应时间，冷笑着继续挞击：

“还是你以为你比她爸爸更爱她？就连双晴自己，明知道汪秀年的为人多离谱，她却瞒着汪锦媚不提，难道她的刻意隐瞒是在害汪锦媚？爱一个人，是设身处地为对方着想，不是为了满足自己一吐而快的私欲，你爱她？别说笑了。”

“你拿这套诡辩术骗骗她还可以，对我说没用。”湛开恼火地鄙夷驳斥。

真的没用吗？寇中绎笑容更淡。

“你在她身边这么多年，她始终没有爱上你，我和她只认识几个月，现在婚也结了，连孩子都有了，你有没有认真想过，到底是为什么？”

这个问题直接击中湛开的死穴，很想一拳打掉寇中绎嘲讽的笑容。

“明明是你把她骗到手！还敢问我为什么？！”

“我把她骗到手？你就是这样自欺欺人的？”寇中绎看向他的眸光怜悯之极，“你真以为她很蠢？你也太低估她了，她对情感的认知，确实可能比较迷糊懵懂，分不清你和我对她的感情有什么区别，但她的心却比大脑的认知明敏一百倍，为她作出了最好的选择。”

湛开素来天资聪颖，一听他言下之意，脸色霎时变得又青又白。

“你就瞎扯淡吧！”他拼死不认。

“她选择我的最深层原因，是她的内心真切感受到了，我就是这世界上最爱她、会为她付出一切的那个人。她从前没有爱上你，是因为你对她的感情，始终达不到我对她的程度，你一直停留在对待亲密异性好友或是普通恋人的程度上，所以才无法打动她的心。她惧怕爱情和婚姻，她极度需要一个人，毫无保留地对她全身心付出。你枉在她身边那么多年，始终做不到，你占尽优势，却白白辜负，否则我怎么会有机会？现在你明白你输在哪里了？”

湛开双唇紧抿，竟是无法反驳，神色极为难堪。

寇中绎知道问题已经解决。

这个潜在着极大危险的唯一对手，已被击得溃不成军，往后很长一段时间，都需要在自我怀疑中重构信心体系，而再没有闲情逸致去骚扰他挚爱的女人。

转身时轻撇唇角，除了用枪，他也不介意杀人于无形。

仿佛过去重叠又重叠，只剩下一个昨天。

双晴在贵宾病房醒来，看着窗外落英缤纷，不期然忆起这两句诗，一年年春来春去，四季循环往复，又轮回到落花时节。

可能是听到了她的动静，寇中绎从外头的会客厅推门进来。

她所在小楼的这一层，只有七套病房，非常舒适清静，这两天亲友来来去去，她一直嗜睡，难得醒着时，不是顾天成和钟怡在，就是寇戎飞和胡秋悦到来，有时是湛开，沈承贤也曾到访，简直应接不暇，加上她存心不想理睬他，两人一直没有机会好好说话。

他看上去也不急，整整守了她两夜。

休息过两天，她的精神明显好转，他拉开椅子坐在她床前。

“我姑姑知道你住院，订了机票回来，明天到维州。”

她面无表情地瞥了他一眼，是了，难怪他对超跑开得那么熟练，寇丹在美国购置的跑车，大概就是特地为他而准备，在他过去时给他使用，也难怪他一声令下，寇丹明明没有需要，也付钱给他买下她手中的跑车，那是一个母亲背负着的巨大负疚心理在起作用。

“我们谈谈好吗？”他征询她的意见。

她掉转头，继续望向窗外，不说话，也不睬他。

他用几秒理了理思路，这是最后一场硬仗，不能输，只能赢。

“我和你爸爸的会面在十点二十分，和你结婚在十一点一刻。”

他说完耐心等候，过了许久，她才开口：

“你想说明什么？”

“你爸爸以你为筹码和我谈判，如果让他知道你在我心中的真实分量重得超过一切，他一定会咬死我不放，所以我跟他说的话，真里掺假，只为了迷惑他，当中关于你的那部分，都不是真心话，事实如何你最清楚，我迫不及待要和你结婚。”

“为什么是我？利用别人不可以吗？”

他沉默了一下。

“汪家有汪锦程，我不需要通过汪锦媚去传递信息，但锦程虽然能把我带进你们的圈子，影响力却有限，单凭他及他背后的汪秀年，还不足以成事。”

“必须把我爸爸也诱进来是吗？”

“维州一直是汪秀年坐大，你爸早就不甘人下。”

“所以我就成为你最合适的切入人选？”只要把她这个万里挑一的傻瓜利用好，她就会化身为刀尖一样的车前卒，在不知不觉中为他扫清一切障碍。

“当时是这样。”

“你认识和接近我，其实不是意外，全是你一手策划的吧？”

“不全是，遇见你是天意，只有接近是刻意。”

“我笔试那天，你来接我去吃饭，和我爸碰上面，是不是你计划的一个环节？”

“是，我需要取信于他，这样他才不会阻挡你和我来往，以便我后面能够经由你，间接告诉他更多相关的信息。”

“那为什么后来又叫我离开维州？”

“你对我的感情让我于心不忍，然而你我的立场注定了我们不可能在一起，事情的结局必然会是你受到伤害，那不是我想见到的结果。”

“既然这样，为什么我和妈妈在餐厅遇到你时，你又故意撩拨我？”

“这就是最荒谬的，我发现自己也陷了进去，我想念你。”

“在鼎庐天台，你告诉我长乐庄的玻璃秘密，是在给我爸爸下饵吗？”

“是，当时王准在楼梯口。”

“和李证先夫妻吃饭，遇见刘振鸿，也是你刻意安排？”

“那天在大仙店里看到你，其实不在我计划内，后来去尚膳宫和刘振鸿相遇，确是我顺势而为，就算当时你不在，过后我也会安排在别的场合，使刘振鸿看到你和我一起，让他在土地拍卖时生出关照你父亲的想法，我必须确保达陵西路的地，会顺利落入你爸爸手中。”

“后来你送我回家，说那块地要挂牌，同样是为了引我爸爸入局？”

“只有让你爸得知这个消息，他才会加快和城锦基金的合作。”

“……为什么当时会吻我？”

“情难自控。”

“汪家在背后搞事，也是你煽动的吧？”

“事实上，我让童念给汪锦程提供了一个对两家都伤害最小的法子，就算没有我的间接提醒，汪家最终也会想到要拖你爸爸下水，要死两家一起死，而按我所见他们的做事方式，在急眼的情势下，如果想不到好计策，很有可能真的会给你们工地弄出一起命案。”

她静默了一下，心中想作对，理智却认可了他的解释，轻轻咬唇：

“明明只是利用我，为什么还把我带回你家？”

“我原以为，我这一生都不适合儿女情长，然而除夕那天接到大仙的电话，当我赶到你身边，看到你被你妈打红的脸庞时，我第一次知道，原来我也会为一个女人心痛，那一刻我心中愤怒得想把所有伤害过你的人，全部凌迟处死。”

她好一会儿没说话，低垂着头，沉默着。

他进一步缓声解释：

“那一刻我终于明白，我根本不可能放手，既然这样，索性不放手了，这就是我带你回去见我父母的初衷，我决定从此把你牢牢地缚在身边，永远不让你离开。”

“所以你就设计我和我爸爸，让我脑子发热嫁给你？”

“我必须让你和我结婚，是因为我只有这一次机会，否则当你知道事情的真相，短时间内肯定不会原谅我，我不担心你不原谅，我只怕你冲动之下，再度去找湛开寻求安慰。”

“结了婚，我也可以离婚！”

“有了孩子你就不会。”

她瞠目结舌，怒得眼底生烟，几乎喷出火焰：

“让我怀孕也是你故意的？！”

“我爱你。”他坦诚到底。

两个来自破碎家庭的人，曾经亲身深切体会，比任何人都清楚，没有一个完整的家所给孩子带来的伤害和痛苦有多大，她绝不会为了自己，轻易让孩子步上后尘。

所以，他费尽心机，布下天罗地网，将她捆入围城。

只要她不离婚，一切的一切，都可以交给时光。

她说不出心里是一种什么样的感受，只能用爱恨交加来形容，一方面恨得牙痒痒，很想找个法子狠狠地惩罚他，另一方面，对于他所做的一切，她其实也不是真的那么难以接受，毕竟没有对她造成实质性伤害，他做事的分寸把握得极好，至少没有逾越她的底线。

如果他当初为达到目的，也曾和汪锦媚暧昧不清，或是使顾天成或汪家父子锒铛入狱，那么对她来说，就真的不可原谅了。

最不能被原谅的，当然还是始乱终弃。

他虽然乱了她，到底没有弃。

她想来想去，思绪愈加混乱，始终没想好要怎么处置他，轻易原谅是不可能的，他对她太过分了，可是绝情离开同样不可取，她不能因为自私和负气，而轻易抹杀肚子里的孩子原本应有的权利，使得孩子一出世就没有爸爸……他这一招太狠，对她了解得太透彻。

她烦躁得摔掉被子，鼓起脸拿眼瞪他：

“你出去！我现在不想见到你！”

寇中绎难得听话，立刻推椅起身：

“那你好好休息。”

看着他走向门口的背影，她反而觉得愈加生气，心里隐隐失落，叫他走就走，哄她两句会死啊？她委屈得咬唇，赌气一翻身钻进被窝，把床蹬得泼天大响。

泪水从紧闭的眼角滑下，染湿了面庞和枕着的发丝。

过了几秒，她身后的床铺下陷，有人躺了上来。

“躺过去一点。”他横手搂住她的腰，紧贴在她身后，唇瓣蹭在她的颈侧，整个人似十分疲惫，“外面的沙发太窄，我两晚都没睡好，让我睡一会儿。”

她刚才还在生他的气，现在又觉得有点心疼，往前挪了挪身体，眼泪渐渐止住，他搂着她腰的手往上移，覆在她脸上，温暖的指腹为她抹去残余的泪痕。

她不自觉地往他怀里窝了窝，他弯着的唇沿弧度加深。

他静穆凝视，她又开始睡意蒙眬。

两人相同的家境，近似的身世，同样破碎的家庭，她在亲子关系中的痛苦挣扎，让他产生强烈共鸣，而当发现爱上，终于领悟，世上最吸引人同时也最毁灭人的，不是美貌财富，而是两个人心灵契合，神魂相吸，及由此衍生出来的对整颗心和灵魂的冲击震荡。

他心甘情愿捧上沦丧的心，供她一生践踏。

她忽然睁开睡眼，想到一件重要的事：

“你——姑姑回来，那我也叫她姑姑吗？”还是叫妈妈啊？

“嗯。”

“你父母，我是说你亲生父母，为什么会分开？”

“他们两个人是高中同学，同级不同班，高三那年偷偷谈上了恋爱，青春年少，荷尔蒙旺盛，一个热血方刚，一个胆大骄纵，就这样偷吃了禁果，结果高考体检时发现怀孕，班主任认识我家里人，没对外声张，我奶奶一怒之下把姑姑空投到美国。”

“你是在美国出生的？”

“嗯，一出世就被送回来养，入的中国籍。”

她向后侧首，脸庞蹭了蹭他的唇角。

“比我好多了，至少没挨过打。”

“你可以用更好一点的方式安慰我。”

“比如？”

“我自给自足。”他的手从她衣服下摆探入。

她笑着在他的兜揉下缩了缩身子。

“我妈过不久也会回来。”

“我叔叔有套水晶杯，是年轻时参加设计比赛拿到的第一个奖杯，对他来说很有纪念意义，被以前那个冒牌货借花献佛，送给了你妈妈。”

“等我妈回来还给他。”她应完，又开始迷瞪，过了会儿又惊醒，“那个骗子冒充你叔叔，我妈一头栽进去，要是真人出现在她面前，万一她又喜欢上了怎么办？”

“你想多了，好好睡。”

她把他的手拿下，捂在肚子上，舒服地享受他轻柔的抚摸。

“锦媚要是知道我有了孩子，不知道会是什么表情。”

她在脑子里设想了下，汪锦媚可能会有的各种反应，越想越觉得好笑，不禁哧哧笑了出来，笑完继续有一搭没一搭地和他闲话家常，无论多琐碎的事，都想告诉他。

“你还不睡，我要代儿子揍你了。”他无奈地威胁。

困意终于不可挡地袭来，她在他的怀里带笑合上双眼。

她不接受简·爱回到罗切斯特身边，是因为既然已经离开，何必回来？既然要回来，当初又何必离开？人生短暂，若耿耿于怀地折腾，不过是白白虚耗那段分离的光阴。

但其实，她一向喜欢完满的结局，这样也好。

白驹过隙，斗转星移，双晴和寇中绎分居了五年。

星宇豪庭一带，全是中高档住宅，整片区域由外国人规划，主干道两旁不设任何商铺，六车道的中间隔离带及临街两侧，全是花圃绿树，青砖阑石。

双晴边走边看手机新闻。

沈迟山调任之前，维州房价得到有效控制，除了小幅度波动，再也没有出现过大涨的势头，市场逐渐形成观望氛围，成交量反而较往年同期有所下跌。

她停下脚步，从前的售楼处，已改建为带喷泉的开放式广场。

周末假日，邻近的孩子聚集满地，奔跑嬉戏。

“妈妈！”

一道小身影虎虎生风扑过来，刘惠娟跟在后头急叫：

“我的小祖宗，你跑慢点！慢点！”

她笑着蹲下身，拿出纸巾，擦拭儿子额沿的细汗。

“和小朋友们说再见，我们回家吃饭了。”

还没等他回头，一群孩子已经围了过来，个个依依不舍。

“寇琰你一会儿还来吗？”

“寇琰你星期六来吗？”

“寇琰你明天来吧，我想和你一起打水仗。”

“寇琰我想玩小球小球波利利。”

真是每天都有不同的惊奇，她看着仿佛已经征服世界的儿子，用一种酷似他父亲锋锐静专、又不失天真无邪的纯稚眸光，领袖般扫视全场，启开尊口：

“明天的事明天再说，你们也回家吃饭吧，我走了。”

小朋友们不满嘟嘴，却只能看着他转身，牵着双晴的手离去。

“妈妈，晚饭是在你家吃，还是在爸爸家吃？”

“你喜欢，都可以。”反正两家就隔着一道走廊。

“你什么时候才肯原谅爸爸？”

“那要看妈妈的心情咯。”

“你们两个大人真是超不懂事的。”小脸上满是鄙弃。

她大乐，握着他小手的手臂用力一提，让他借势蹦上骑楼台阶。

“哦，我们大人怎么不懂事了？”

“老是要我晚上开门，放爸爸进来和你幽会，我幼小的心灵都扭曲了。”

她失笑出声，一巴掌拍在他的小屁股上。

“谁让你偷偷和他串通的。”

“你以为我想啊，我是被他逼上了绝路。”

她笑得直打跌，连绝路都会说，简直太厉害了。

“爸爸怎么逼你了？”

“他说我有两个选择，要么乖乖给他开门，要么把我扔去美国给奶奶养，我怎么能离开维州呢，妈妈没有我怎么办？真是一只渣渣的大猪头，枉为人父，哼！”

枉为人父都出来了，她抱着肚子蹲在家门口，笑得直不起腰。

房门被从里打开，寇中绎身形轩昂，泰山压顶般俯看着老婆和儿子。

“又在说我坏话？”

寇琰用小手摸摸母亲的脑袋，走进去和父亲击了一下掌。

“你老婆喜欢笑，我就逗逗她。”

这下连一路跟在后头的刘惠娟都忍不住，咧着嘴咯咯大笑，双晴彻底目瞪口呆，没想到儿子的小魔脸变得这么快，瞬间就把她灭了去讨好英伟的父亲。

一大一小两个男人，把家中唯一的女王惹怒的下场就是，晚饭后没多久她就抛弃家庭，独自出门寻欢作乐，临走前三令五申，不许父子俩跟去捣乱。

荏苒的时光迁改了万物，只有夜庭还是当年的夜庭。

灯霓酒浓，朱弦笙歌，湛开和汪锦媚坐在软榻上。

一晃五年时光，然而其实，他们也不过只有二十六七岁，正是青春做伴，大好年华，双晴蹬掉鞋子上榻，给自己斟了杯起泡酒，一饮而尽。

“哟，什么事把大少奶气成这样？”汪锦媚讥声讽笑。

“住嘴。”她再斟一杯，“将来你也会有这一天。”

“我才不结婚！”

“以前我也这么想。”

湛开忽地一手勾过她的脖子，把她的脸压入颈窝，亲昵道：

“不开心就离了呗，我都等你多少年了。”

她反应奇速，立刻转头看向门口，果然寇中绎牵着寇琰站在门边。

抚额呻吟一声，她拍开湛开故意凑近的脸。

“我儿子都比你成熟，真的。”

湛开嘿嘿一笑，搂着让她脱身不得，挑衅目光向那方投去。

李证先和童念先后进门，过来双晴这桌打过招呼，往邻榻落座，汪锦媚一双大眼忽闪忽闪，追着童念的身形打转，作为外貌协会的死忠会员，她对俊男一向没有免疫力，垂涎艳色的样子看在双晴眼内，直想把以前收到的嘲笑全部倒回给她，简直花痴得没有底线。

寇中绎牵着儿子过来，走到双晴面前时，忽然倾身，手掌插入她的发丝和湛开的肩膀之间，掌心轻柔地拍了拍她的脸颊，轻描淡写地说了声：

“别喝那么多。”暗眸深深，看她一眼。

内里意味太明显，她心底直哀号，这下完蛋，回去别想睡了。

她长长叹气：

“你怎么把儿子也带来？这里镭射灯太刺眼，会损害他的视力。”

“哦，我跟爸爸说，他不带上我，以后就不给他开门。”寇琰穿着名牌设计师打造的撞色格子小衬衫和外套，袖口挽了起来，像大驾莅临现场走秀的帅气小模特。

寇中绎低头看向儿子：

“眼镜呢？”

寇琰端起小脸，从外套口袋摸出一副小小墨镜戴上。

冷酷潮童瞬间秒杀现场无数眼球。

“太可爱了！”汪锦媚被萌得心都化了，伸手就想捏他的粉脸。

寇琰侧头避开怪阿姨的摧残，学着父亲的动作，小手拍拍双晴的脸。

“别喝那么多，一会儿回去要吃奶奶。”

被无视的汪锦媚迅速抓住转身欲走的小朋友手臂，奋言打击他：

“都这么大了还喝奶奶，你羞不羞？”

寇琰推了推小鼻梁上的墨镜，朱唇贝齿，唉叹一声：

“我也是这么跟寇中绎说的。”

汪锦媚愣了愣，瞬即狂笑到躺倒，双手双脚在榻上一通乱捶。

双晴羞愤欲绝，一张脸爆红得几乎要炸开，恨不能端起酒杯泼儿子满身。

之后两桌人各有各玩，中途汪锦媚心血来潮，特地跑去向寇琰邀舞，寇琰很绅士地接受了她的邀请，舞池平时就是个摆设，这时一大一小站在中央，尽皆出色耀眼，汪锦媚拎着寇琰的小手，教他翩翩起舞和优雅转圈，不时赢来阵阵口哨和热烈的掌声。

气氛很久没有这么热烈尽兴，以至于夜庭给他们两桌都免了单。

家有幼童的夫妻，其实难有真正夜生活，十点刚过一家三口就先走了，回到星宇豪庭，双晴把玩累了昏昏欲睡的儿子抱进儿童房，脱衣洗脸，盖好被子。

出来刚关上门，就被寇中绎一把抵在墙上，她任由他压着，凝视他俊逸的面庞，他含笑挑起她的下巴，她柔情地抱紧他的后背，闭上爱慕如初的双眼，沉醉在他愈来愈激烈的吻。

多年以前，这个男人不惜精心设局，为她量身定做了一份爱情。

她的余生在他的臂弯里完满。